Un dilemme insoutenable

Tentée par une seconde chance

JULES BENNETT

Un dilemme insoutenable

Traduction française de
JULIA LOPEZ-ORTEGA

PASSIONS

HARLEQUIN

Collection : PASSIONS

Titre original :
SCANDALOUS REUNION

HARPERCOLLINS FRANCE
83-85, boulevard Vincent-Auriol, 75646 PARIS CEDEX 13
Service Lectrices — Tél. : 01 45 82 47 47 - www.harlequin.fr
ISBN 978-2-2804-4637-2 — ISSN 1950-2761

Composé et édité par HarperCollins France. Achevé d'imprimer en février 2021.
par CPI Black Print - Barcelone - Espagne
Dépôt légal : mars 2021.

FSC
www.fsc.org
MIXTE
Papier issu de sources responsables
FSC® C159065

Pour limiter l'empreinte environnementale de ses livres, HarperCollins France s'engage à n'utiliser que du papier fabriqué à partir de bois provenant de forêts gérées durablement et de manière responsable.

- 1 -

Sam prit une gorgée de café serré et tourna les yeux vers les piles de courrier réparties sur son bureau. Après trois semaines d'absence, il fallait s'y attendre. Son assistante avait effectué un premier tri entre les lettres les plus urgentes et tout le reste. Il décida d'opter pour cette seconde sélection afin de s'en débarrasser avant de s'attaquer aux choses sérieuses.

Comme il prenait la première enveloppe, son téléphone se mit à vibrer. Il jeta un coup d'œil à l'écran pour identifier son interlocuteur, mais ce n'était pas un numéro de son répertoire. Il décrocha.

— Sam Hawkins, annonça-t-il.

— Bonjour Sam, c'est Maty Taylor.

Maty Taylor.

Il n'aurait pas pu être plus brusquement renvoyé dans son passé. Ce nom lui était familier, évidemment. C'était celui de la femme qui lui avait brisé le cœur et à qui il n'avait pas parlé depuis seize ans.

Il devait se concentrer sur ce qu'elle avait à lui dire plutôt que sur les souvenirs qui affluaient et l'empêchaient de réfléchir.

— … Nouvelle avocate au service de Rusty Lockwood, disait-elle d'un ton tout professionnel. C'est pourquoi je voudrais organiser une rencontre avec toi sans tarder pour évoquer nos affaires.

Elle lui parlait comme s'il était un simple contact

professionnel parmi tant d'autres. Comme si leur lien si intime n'existait plus depuis qu'elle l'avait quitté. Sam sentit sa main se crisper sur l'enveloppe qu'il tenait.

— Maty.

Prononcer son prénom lui semblait tellement étrange et pourtant si familier à la fois. Il le fit cependant, dans l'espoir sans doute de lui faire perdre un peu de cette assurance qu'elle affichait en s'adressant à lui comme si de rien n'était. Dans l'espoir sans doute vain qu'elle lui parle vraiment. Il reprit le fil de la conversation.

— Excuse-moi, tu parles bien d'une réunion avec Rusty Lockwood ?

— Oui. J'ai appelé la semaine dernière et ton assistante m'a dit que tu étais absent. Je te rappelle ce matin avant que ton agenda ne soit trop chargé.

Il n'en revenait pas. Elle l'appelait ainsi après aussi longtemps sans même lui demander de ses nouvelles et de la part de Rusty Lockwood, son plus grand rival en prime ? C'était non seulement incroyable, mais très décevant de sa part. À quel jeu se livrait-elle donc ?

— Tu travailles pour Rusty Lockwood, c'est bien ce que tu viens de dire ?

Par quelle ironie du sort les souvenirs les plus douloureux de son passé lui revenaient-ils associés au nom de son pire ennemi présent ? Lorsqu'ils s'étaient séparés avec Maty, ils étaient encore étudiants. Elle voulait étudier le droit et projetait de changer le monde, rien que ça. Comment pouvait-elle aujourd'hui se retrouver à travailler à la solde du plus malhonnête des hommes ?

Qu'était-il donc arrivé à la jeune femme intègre qu'il avait connue ?

— Je défends ses intérêts dorénavant, répondit Maty de sa voix toujours aussi impersonnelle. D'où mon appel : je souhaiterais organiser un rendez-vous pour mon client afin de discuter ensemble de son offre d'achat concernant la distillerie.

Sam haussa les épaules en soupirant avec dédain à cette idée ridicule.

— Ton client sait très bien que je ne vends pas. Ni maintenant ni jamais. Le projet de réunion et ton appel n'ont donc pas lieu d'être. Il y avait autre chose que tu voulais me dire ?

— Sam, dit-elle d'un ton soudain radouci, je ne te demande que cinq minutes de ton temps.

Cinq minutes. Il ne donnerait pas cinq secondes à Lockwood. Cet homme désirait quelque chose qui était hors de sa portée pour une fois et, même s'il avait du mal à s'y faire, Sam ne comptait pas jouer à ce petit jeu du chat et de la souris avec lui.

— Bon sang, Maty, mais à quoi est-ce que tu joues, bon sang ?

— Pardon ?

— Comment est-ce que tu peux travailler pour le compte de cette crapule ? Je lui ai déjà dit des centaines de fois que je ne vendais pas ma distillerie, mais il refuse de l'entendre. Rusty Lockwood n'est pas quelqu'un de bien, il est dangereux et malveillant !

Un silence accueillit sa tentative de franc-parler. Sam ouvrit machinalement la lettre qu'il avait en main. Elle était manuscrite. Il la mit de côté.

— Mes choix professionnels ne te regardent pas, déclara-t-elle. Je demande simplement que nous organisions une entrevue pour trouver un compromis dans ce projet d'acquisition.

Elle avait repris ce ton insupportable. Sam serra involontairement les poings en se tournant vers la fenêtre pour fixer son regard sur la vue spectaculaire. La montagne majestueuse, la rivière qui coulait le long de sa distillerie… Cet endroit était tout ce qu'il avait au monde et il préférait mourir que de laisser quelqu'un mettre la main dessus. Et tout particulièrement si ce quelqu'un était Rusty Lockwood. Et si en plus il se servait de son ex pour essayer d'y parvenir…

— Je te demande à quoi tu joues, Maty ?

— Jouer ? répéta-t-elle. Je ne joue pas. Je t'appelle de la part de mon client pour te proposer un rendez-vous. Que dirais-tu de mercredi à 13 heures ? Je passerai à ton bureau et j'apporte une nouvelle offre.

Sam fit « non » de la tête.

— Je ne vais pas te recevoir, Maty, mais je vais te donner un conseil : trouve-toi un autre client que cette crapule de Rusty si tu veux faire carrière dans la région.

Sam raccrocha et glissa son téléphone dans sa poche arrière.

Qu'est-ce que c'était que cette histoire et qu'est-ce que Maty venait y faire ?

Sam n'était plus le jeune homme naïf et éperdu d'amour qu'elle avait connu à l'époque. Elle était déjà étudiante lorsqu'il était arrivé à l'université. Il avait été subjugué par cette sublime blonde sexy et était tombé amoureux aussitôt, assez crédule pour s'imaginer rapidement que c'était la femme de sa vie. Quelle plaisanterie ! Lorsqu'elle avait été sélectionnée pour intégrer une prestigieuse école de droit, il n'avait pas fait le poids bien longtemps… A posteriori, faisant contre mauvaise fortune bon cœur, il s'était dit qu'elle lui avait offert la plus grande leçon de vie qui soit. Il avait appris à protéger son cœur, se concentrer sur son travail et bâtir son empire, pierre à pierre.

Il fixa la pile de courrier qu'il devait encore passer en revue. Il avait toujours sa lettre manuscrite, mais il n'avait pas la tête à ça. C'était à Maty qu'il pensait. Il savait qu'elle reviendrait à la charge, elle était coriace et Rusty de son côté ne lâchait jamais une proie.

Au fond, il avait aussi envie de la revoir après toutes ces années et, s'il était troublé, il savait qu'elle le serait aussi, car elle aurait affaire à quelqu'un de bien plus solide et assuré que le jeune homme qu'elle avait rencontré à l'époque de leurs amours.

— Bon sang, Sam Hawkins, tu n'as pas changé ! marmonna-t-elle, les dents serrées.

Maty sentait pourtant que sa colère venait catalyser la peur et le stress qui l'avaient envahie. Sam n'avait pas envisagé un quart de seconde de la rencontrer comme elle le lui demandait et il lui avait ri au nez. Était-ce ainsi qu'il traitait tout le monde ou s'agissait-il de représailles uniquement pour elle ?

Enfin, même s'il s'était comporté comme un mufle, elle n'avait pu s'empêcher de noter sa voix grave, si basse qu'elle la faisait frémir de la tête aux pieds. Il lui faisait toujours autant d'effet et ce n'était pas une mauvaise nouvelle.

Elle savait pourtant que c'était le risque, pour avoir toujours gardé un œil sur lui au fil des années, grâce à Internet. Les années en plus jouaient cruellement en sa faveur : il était encore plus séduisant.

Mais cela ne lui donnait pas le droit pour autant de l'ignorer ou de se montrer malpoli. N'avait-il pas le moindre instant à lui consacrer ?

Les enjeux étaient trop importants pour laisser Sam la renvoyer promener ainsi. Certes, il n'était pour rien dans ce qu'elle traversait, mais il était sa seule issue. Si elle avait une autre solution pour aider son frère, elle se serait bien passée de faire appel à Sam. Mais Rusty était intraitable et son chantage odieux l'obligeait à en passer par là. Il faudrait qu'elle trouve le moyen de convaincre Sam de revendre sa distillerie à Rusty Lockwood.

Baisser les bras n'étant pas une option. Elle irait donc voir Sam en personne et l'obligerait à l'écouter, quitte à glisser le pied dans la porte.

Rusty avait été très clair sur sa mission à son service en tant qu'avocate et sur ce qu'elle devrait faire pour protéger son frère.

Elle n'avait d'autre choix que d'accepter de faire le sale boulot que lui imposait Rusty. Elle avait essayé de résister à son chantage, mais il était trop puissant. Elle avait pourtant entendu parler de sa réputation d'homme intraitable et capable du pire, lorsqu'elle était venue s'installer dans la Green Valley et avait accepté de travailler pour Lockwood Lightning, la plus grande distillerie au monde, qui avait fait fortune grâce à des ententes illicites pour s'assurer un quasi-monopole.

On disait d'ailleurs de lui qu'il recrutait toujours les meilleurs avocats et juristes pour dissimuler ses malversations…

Mais Rusty avait eu d'autres projets pour elle, et son CV brillant n'était qu'un prétexte. Ce qui l'avait intéressé, c'était sa relation passée avec Sam Hawkins.

Car ils s'étaient aimés autrefois, avaient même imaginé un avenir commun, jusqu'à ce qu'elle intègre son école et qu'il refuse de quitter la Green Valley pour la suivre. Ils n'avaient pas su trouver un accord alors, et elle avait fini par partir. Seule.

Et voilà qu'elle revenait au bout de seize ans d'absence et que la seule façon de payer les soins dont avait besoin son frère était de se soumettre au chantage immonde de Rusty Lockwood.

Si Rusty arrêtait de payer les soins… Non, ce n'était

pas possible. Maty n'avait pas d'autre option, personne pour lui venir en aide. Contrairement à Rusty ou Sam, qui n'avaient pas le moindre problème d'argent, elle n'avait plus un sou, était seule au monde pour la première fois de sa vie et elle se sentait plus vulnérable que jamais.

Maty soupira avant de lisser sa robe noire du plat de la main. Elle s'était attendue à ce que Sam ne lui facilite pas la tâche, c'était plutôt logique. S'il avait été simple de lui faire vendre sa précieuse distillerie, Rusty n'aurait jamais eu besoin de faire appel à elle.

Elle faillit éclater de rire. « Faire appel à elle » était une étrange façon de formuler les choses quand elle avait été embarquée contre son gré dans un chantage sans nom. Il lui avait fait perdre son poste précédent en Virginie avant de la loger dans cet appartement porteur de tant de souvenirs. C'était là ses conditions pour que son frère continue à recevoir ses traitements et les soins qui lui étaient vitaux. Et à elle le sale boulot.

Rusty avait dû fouiller avec soin dans le passé de Sam pour la retrouver, car elle n'avait plus eu la moindre relation avec lui depuis leurs études, même si elle n'avait jamais pu l'oublier.

Elle avait quatre ans de plus que lui, et elle était impatiente de s'engager dans la vie active, alors qu'il commençait seulement ses études. Et puis il devait s'occuper de sa mère, qui avait un sérieux problème avec les jeux d'argent à l'époque.

Aussi sérieuse qu'ait été leur relation, aussi amoureux qu'ils aient été l'un et l'autre, ils avaient dû affronter tant de circonstances contraires qu'ils avaient fini par se perdre, ces choses-là arrivaient.

Maty était nouée, il fallait qu'elle parvienne à tenir ses souvenirs à distance. Elle avait changé, depuis. C'était une autre époque, une autre vie, presque, entre ses vingt-deux et ses trente-huit ans. Elle avait connu des épreuves bien plus dures que celle de perdre son premier amour.

Pourtant, elle s'était toujours demandé ce qu'il devenait. Il aurait été impossible d'ignorer son ascension fulgurante, ici au Tennessee évidemment, mais aussi dans le pays tout entier.

Il avait d'abord été le plus jeune patron de distillerie à atteindre un million de dollars de ventes en une année et le plus jeune maître distillateur de tous les temps. Elle ne pouvait entrer dans un restaurant de luxe un club ou un pub en Virginie, sans que son regard ne repère une bouteille avec sa signature au bar.

Mais ici, à Green Valley ? Rien. Le seul endroit où on pouvait acheter du gin ou prochainement du bourbon Hawkins était à la distillerie elle-même. Rusty Lockwood avait réussi à verrouiller les licences. Le magnat local, connu pour sa poigne de fer, tenait tout l'État du Tennessee sous sa coupe.

Et voilà que Maty et Sam allaient être engagés ensemble, et l'un contre l'autre, dans cette guerre d'influence.

Une guerre que Maty ne pouvait se permettre de perdre au risque de perdre sa seule famille : son frère.

Le chantage était illégal, évidemment, et en tant qu'avocate elle était bien placée pour le savoir, mais Rusty était rusé et prudent. À tel point qu'il avait réussi à la faire tomber dans sa toile sans grande difficulté. Sa seule marge de manœuvre maintenant dépendrait de l'effet de surprise. Sam avait été sous le choc en entendant sa voix, elle l'avait bien senti, et si cela l'avait touchée, il fallait avant toute chose qu'elle parvienne à en tirer profit.

Sa seule issue consisterait à obtenir de Sam ce que Rusty exigeait avant que le poids des souvenirs douloureux ne la fasse renoncer et tout perdre.

- 2 -

Une heure après avoir raccroché, Sam se tenait toujours debout dans son bureau, la lettre manuscrite qu'il avait décachetée un peu plus tôt à la main.

Il l'avait parcourue en vitesse avant de la relire avec soin, se demandant à chaque ligne s'il ne s'agissait pas d'un canular. Après en avoir analysé chaque mot, il était toujours dans le même état de choc qu'à la première lecture.

Tant de questions se bousculaient en lui qu'il ne savait plus par quoi commencer. Une chose était sûre, cependant : il devait retrouver au plus vite des idées claires.

Cette lettre énigmatique n'aurait pas pu tomber plus mal, mais il ne croyait pas aux coïncidences et il comptait bien essayer de comprendre de quoi il retournait.

Maty était-elle au courant de cette lettre ? Et Rusty ? Est-ce qu'il attaquait aussi fort parce que sa distillerie s'apprêtait à lancer son premier cru de bourbon 10 ans d'âge ?

Il ne parvenait toujours pas à comprendre que Maty puisse travailler pour quelqu'un comme lui.

En entendant sa voix tout à l'heure, Sam s'était retrouvé propulsé dans une période de sa vie où il avait eu l'impression, pour la première et la dernière fois, que tout allait dans la bonne direction. Durant ces quelques années où ils avaient été ensemble, il s'était laissé aller à croire en un avenir qu'il savait illusoire maintenant.

Évidemment, il était naïf et amoureux… Mais tout

cela était du passé. Il avait sans doute appris sa leçon, on ne le reprendrait plus à faire confiance aux autres. Maintenant, il fallait sacrément faire ses preuves pour gagner sa confiance. Une fois dans son cercle de proches, cependant, il était un ami fidèle. Ses amis et quelques collègues de confiance représentaient son socle.

Ceux qui avaient connaissance de son passé auraient dit qu'il avait des comptes à régler avec sa mère, mais le fait était qu'il n'avait jamais pu lui faire confiance, ce qui réglait le problème d'une certaine façon.

Non, son scepticisme était le fruit de sa rencontre avec une certaine blonde aux grands yeux enjôleurs et qui semblait bien trop innocente pour être honnête. C'était elle qui lui avait piétiné le cœur sans pitié.

Aussi furieux qu'il ait été à l'époque, il savait aujourd'hui que, si elle était restée, ni l'un ni l'autre n'auraient été heureux. Ils avaient chacun des rêves qui impliquaient des projets professionnels ambitieux qui seraient sans doute passés avant leurs vies personnelles. Ils étaient aussi inexpérimentés et naïfs en amour.

Il avait voulu la détester lorsqu'elle l'avait quitté et pourtant… Il l'aimait. Peut-être l'avait-il encore aimée durant des années ensuite… Et aujourd'hui ? Il ne savait même pas à quoi elle ressemblait. Il n'avait pas cherché à la revoir, même sur Internet ou les réseaux sociaux, craignant de replonger. Était-il possible qu'elle soit plus belle encore qu'alors ?

Le retour de son ex en ville après tant de temps ne devait rien changer à sa vie. Elle pouvait bien dire ou faire ce qu'elle voulait, cela ne changerait rien à sa décision de ne pas vendre Hawkins. Sam décida de repousser méthodiquement toutes les pensées concernant Maty pour se concentrer sur quelque chose qu'il était en mesure de contrôler. Il aurait assez à faire avec cette lettre qu'il venait de recevoir et qui menaçait elle aussi tout son équilibre.

Cette lettre, si elle disait vrai, changeait absolument tout ce qu'il avait tenu pour des évidences jusqu'à ce jour.

Toutes ces années où il avait demandé à sa mère qui était son père et où elle lui avait répondu qu'il ne méritait pas qu'on se préoccupe de lui ou qu'ils se porteraient bien mieux sans lui… Il avait pourtant tant de questions sans réponse. Sa mère avait par exemple une peau beaucoup plus mate que la sienne, qui lui avait toujours fait s'interroger sur les origines de son père. Sam avait aussi des épaules larges et une carrure impressionnante, par rapport à sa mère qui était plutôt fine et petite. Et cette fossette au menton, cachée par sa barbe ? Sa mère n'avait pas de fossette.

Ces détails l'avaient toujours poursuivi.

Est-ce qu'il détenait enfin la vérité ? Il avait beau espérer refermer ce chapitre de toutes ses forces, il n'était pas certain que la conclusion qui lui était présentée soit celle qu'il appelait de ses vœux.

Sam décida d'envoyer un message à Nick Campbell, qu'il côtoyait depuis quelque temps, pour lui demander une entrevue rapide. Non seulement Nick s'était associé à lui pour essayer de faire tomber Rusty, mais il était aussi lié à cette fameuse lettre.

Ils ne s'étaient rencontrés qu'un mois plus tôt et pourtant leurs vies étaient maintenant entremêlées. Sam vérifia le cachet sur l'enveloppe. Il datait de trois semaines. Le courrier avait dû arriver juste après son départ.

Sa porte s'ouvrit soudainement et Joe, son assistant, lui adressa un regard impuissant.

— Je suis désolé, Sam, mais elle…

— Bonjour, Sam.

Maty fit irruption dans son bureau à la façon d'une

tornade. Il la reconnaissait bien là, car elle avait toujours été d'un tempérament vif. Du genre à prendre le taureau par les cornes.

Pourtant elle lui semblait changée, sans qu'il parvienne bien à définir en quoi.

Ses cheveux étaient plus longs, ses boucles travaillées, et sa robe bleu roi mettait en valeur ses courbes féminines accentuées par les années.

Pas de blague, elle travaille pour l'ennemi, ce qui fait d'elle un ennemi.

— Pas de problème, Joe. Merci, je m'en occupe, tu peux nous laisser.

Son assistant referma les portes, les laissant en tête à tête. Sam s'assit sur le coin de son bureau, croisant les bras d'un air détendu. Pourtant, il était tout sauf détendu face à Maty, il fallait le reconnaître.

Il aurait peut-être dû se préparer à la revoir, chercher des photos sur Internet pour savoir à quoi elle ressemblait. Il s'était douté qu'elle viendrait, il était trop facile pour lui de lui raccrocher au nez, elle n'allait pas courir ce risque une nouvelle fois.

Bon sang, les souvenirs, les images affluaient irrésistiblement. Heureusement qu'il était plus solide, aujourd'hui, qu'il s'était blindé émotionnellement depuis des années. Il était tellement crédule quand il l'avait rencontrée, qu'il s'était livré totalement, sans la moindre réserve. Mais aujourd'hui, il savait.

Rusty avait bien choisi ses armes avec elle, mais Sam ne comptait pas le laisser faire, ni permettre à Maty de s'insinuer dans leur combat. Il comptait bien faire ravaler sa morgue à Rusty et lui faire regretter ses coups bas amèrement.

— Je ne vends pas, dit Sam sans la quitter du regard.

Tu peux retourner voir ton boss pour lui dire que ma réponse ne change pas selon l'interlocuteur qu'il m'envoie.

Maty fit un pas en avant et il nota ses escarpins léopard, et il se souvint de sa collection de chaussures à talon de toutes les formes et couleurs…

— Peut-être qu'il nous est possible d'imaginer un compromis qui conviendrait aux deux parties ? suggéra-t-elle, un petit sourire aux lèvres.

Elle ne se maquillait que rarement lorsqu'ils étaient ensemble. Il nota que ses grands yeux bruns étaient maintenant soulignés d'un trait de crayon.

Il fallait qu'il cesse de l'observer ainsi. On se moquait bien de savoir si elle avait du rouge à lèvres ou des talons aiguilles.

Il devait se prémunir de l'attirance physique, ou des faiblesses émotionnelles, c'étaient des armes redoutables que Rusty avait choisi d'utiliser contre lui.

Maty le fixa pendant une minute avant de finir par détourner le regard. Elle fit quelques pas vers un panneau couvert de photos en noir et blanc sur un mur. Ces photos représentaient l'histoire de son entreprise, le chemin qu'il avait dû emprunter pour en arriver là où il était. Pour ne pas oublier.

Elle s'arrêta devant un cliché de lui avec sa première bière brassée à la distillerie. Elle avait un goût d'eau de vaisselle, mais il avait été sacrément fier de lui. Et chaque erreur lui avait permis de progresser pour devenir celui qu'il était aujourd'hui.

Même si la plus grande de ces erreurs passées se tenait devant lui à cet instant, mélange d'intelligence perspicace et de beauté fatale…

— Je me souviens de cette photo, dit-elle en lui adressant un regard par-dessus l'épaule.

Sam ne dit rien. Qu'aurait-il pu dire ? Évidemment

qu'elle se souvenait de cette photo, c'était elle qui l'avait prise.

Maty avait participé à la création de tout cela, elle avait connu ses expérimentations, ses tâtonnements du début, elle savait qu'il avait toujours eu le rêve d'avoir sa propre distillerie, mais à dix-sept ans cela semblait un projet bien au-delà de sa portée. Il n'avait jamais imaginé que cela finirait par arriver.

Au bout de quelques instants de silence, elle se tourna vers lui. Il expira, réalisant seulement qu'il retenait son souffle. Il avait l'impression que son regard sur lui le paralysait ou l'hypnotisait.

Malgré tout ce qui s'était passé entre eux, son corps réagissait à sa présence de façon incontestable. Elle était encore plus séduisante, c'était une évidence. La sensation était si intense que ça en devenait douloureux. Il fallait qu'elle s'en aille.

Elle se pencha vers une nouvelle photo et croisa les bras, se déhanchant au passage.

— Tu avais l'air heureux, là, dit-elle en tapotant d'un doigt sur le verre qui recouvrait la photo.

— Oui, j'avais terminé major de ma promotion alors que tous les événements semblaient se liguer contre moi, et que je devais prendre soin de ma famille.

Elle lui jeta un nouveau regard.

— Ta mère ?

Il acquiesça. Inutile de nier les faits. Maty avait passé suffisamment de temps auprès de lui pour savoir de quoi il retournait. Elle savait quel genre de femme était sa mère. Tout cela avait changé ensuite, après le départ de Maty. Maintenant qu'il avait de l'argent, sa mère n'avait plus qu'une idée en tête, lui demander de la tirer de toutes les mauvaises passes par lesquelles elle passait et repassait immanquablement.

— Je suppose que tu n'es pas venue feuilleter mon album photo ? demanda-t-il. En tous les cas, tu perds ton temps ici, quel que soit ton projet.

Elle se retourna vers lui.

— J'ai tout de même envie de prendre de tes nouvelles, répliqua-t-elle alors. Qu'est-ce que tu es devenu depuis le temps ?

— Ce que je suis devenu ? répéta-t-il en riant. Eh bien, regarde autour de toi. Ce que Lockwood et toi essayez de me prendre c'est ce que j'ai créé au fil de seize années d'un travail acharné.

Lui arracher le cœur n'avait pas suffi, elle voulait maintenant ce qui était le projet de sa vie ?

Car sa distillerie, ses employés, c'était tout pour lui. Il avait travaillé si dur, des heures infinies, des nuits sans sommeil consacrées à faire de Hawkins la distillerie de renom qu'elle était devenue. Plutôt mourir que de voir Rusty mettre la main sur son entreprise. Et même mort, il refusait d'imaginer Lockwood dans sa distillerie.

— Je ne cherche pas à faire main basse sur quoi que ce soit, répliqua-t-elle. Je suis là au nom de mon client qui est prêt à consentir un effort sur sa proposition financière. Voudrais-tu connaître son offre ? Elle mérite d'être considérée, je peux te le dire.

Sam détestait ce ton faussement professionnel. Il détestait qu'elle le traite comme un client ordinaire. Il détestait encore plus qu'elle collabore avec un sale type comme Rusty. Mais peut-être avait-elle changé en profondeur. Peut-être avait-elle renoncé à toute forme de moralité, même. La femme qu'il avait aimée autrefois était pourtant loyale, du moins envers les siens.

Elle semblait avoir franchi une ligne en acceptant de travailler pour Rusty : qu'est-ce qui avait bien pu se passer au cours des seize dernières années pour qu'elle change sur ce genre de point ?

— Comment va ta famille ? demanda-t-il.

Elle lui sembla pâlir fugacement, avant de redresser le menton.

— Mes parents ont été tués dans un accident de voiture il y a deux ans, dit-elle d'une voix blanche. Mon frère est toujours en Virginie.

Sa colère et sa rancune refluèrent aussitôt en apprenant la nouvelle. Il avait aimé ses parents comme les siens et la douleur l'envahit.

— Oh Maty, je n'avais pas idée ! Je suis désolé... Tu t'en moques sans doute, mais c'est vrai.

Sam prit sur lui pour se retenir de la toucher ou la serrer contre lui, comme il aurait pu le faire en de telles circonstances, avec quelqu'un d'autre. C'était lui qui était en état de choc, tandis qu'elle avait eu le temps d'apprendre à vivre avec cette nouvelle réalité. Sam avait toujours eu beaucoup d'estime pour Will et Monica Taylor. Ils étaient des parents aimants, une famille unie autour de leurs deux enfants promis à de grandes destinées.

— Est-ce que Carter est aussi devenu avocat ?

Maty se retourna vivement vers les photographies.

— Tu as rencontré des célébrités, je vois !

Elle pointa du doigt le cliché qui représentait un célèbre chanteur de country. Mais Sam n'était pas dupe : elle ne voulait pas parler de son frère. Ce qui l'incitait à creuser dans cette direction pour essayer d'en savoir plus. Maty et Carter avaient toujours été tellement proches, plus encore que des amis.

Maty finit de passer en revue les photos en noir et blanc et fit quelques pas en observant son bureau.

— Tu as vraiment fait un sacré boulot.

— Je n'ai pas vraiment besoin de ton approbation, répliqua-t-il.

Sam garda les bras croisés en cherchant son regard. Pourquoi est-ce qu'elle avait encore ce pouvoir sur lui après tout ce temps ? Il avait parcouru un tel chemin depuis elle. Il se sentait si fier de son parcours que l'avis de Maty n'aurait pas dû lui faire le moindre effet.

— Je sais que nous ne sommes pas repartis sur de bonnes bases, dit-elle. Est-ce à cause du passé ?

— Mon irritation n'a rien à voir avec le passé, mais bien avec l'attitude de ton patron, cet homme malhonnête et arrogant qui s'imagine qu'il pourra obtenir tout ce qui lui chante si son caprice dure suffisamment longtemps et qu'il menace suffisamment fort. Mais qu'il passe son chemin et aille se chercher une autre distillerie.

— Je comprends, dit Maty, mais c'est la tienne qui l'intéresse.

Sam haussa les épaules.

— Et comme par hasard, tu viens d'être recrutée pour t'occuper de cette mission pour lui…

Elle fronça les sourcils.

— M. Lockwood est en effet au courant de notre relation, si c'est ce que tu me demandes.

— Et est-ce pour cela qu'il t'a recrutée ? Dans l'espoir que j'accepte de te voir, que nous évoquions le passé ensemble et que tu arrives à déjouer mes réticences ?

Maty ouvrit de grands yeux lorsque Sam s'avança vers elle. Du bout du doigt, il glissa une mèche de cheveux derrière son oreille. Aussi doux que dans son souvenir.

— Peut-être espérait-il que je t'embrasse, pour que nous revivions cette complicité d'autrefois, dit-il en s'approchant encore. Peut-être espérait-il que je laisserais mon désir pour toi prendre le pas et que j'accéderais à ses conditions sur l'oreiller ?

Il approcha ses lèvres tout près, sentit son souffle, baissa les yeux vers ses lèvres et la vit retenir son souffle.

Elle était là, cette même tension d'autrefois qui les aimantait, cette électricité entre eux dès qu'ils s'approchaient l'un de l'autre.

Sam ne la touchait pas et il lui fallait une volonté de fer pour y résister. Elle sentait bon, un parfum floral qui émanait d'elle et qu'il ne reconnaissait pas.

— Sam, murmura-t-elle.

— Est-ce que c'est ce que tu espérais, Maty ? Obtenir un contrat contre du sexe ?

Sam posa ses lèvres sur les siennes et tout son corps se tendit à son contact. Elle soupira.

Contrôle-toi, Hawkins, ne joue pas à ce petit jeu !

Serrant les poings, il recula d'un pas. Ses grands yeux étaient toujours sur lui, mais ils lui semblaient plus sombres encore qu'à l'accoutumée. C'était le désir qui s'exprimait, il le savait.

Elle n'avait jamais été capable de dissimuler son désir. C'était bien la même Maty qu'il avait devant lui.

Il jura dans sa barbe et se retourna pour regagner son bureau. Il avait besoin de mettre un peu de distance entre eux. Ils avaient été dans la même pièce pendant dix minutes et il brûlait déjà de défaire sa robe.

— Retourne voir Rusty et dis-lui que personne, pas même toi, ne pourra me faire vendre, dit-il. Peut-être trouveras-tu un nouvel employeur qui ne sera pas aussi malhonnête que lui. À moins que tu ne fasses tout cela uniquement pour l'argent ?

Elle n'avait jamais été intéressée par l'argent, mais les temps et les gens changeaient. Peut-être que la mort de ses parents avait infléchi ses valeurs morales, après tout.

Mais cela ne le regardait pas. Il avait une entreprise à faire tourner, un gala d'inauguration à organiser d'ici à deux semaines et, après trois semaines de déplacements, il avait du pain sur la planche. Laisser son ex le distraire ainsi n'était certainement pas la façon la plus productive d'attaquer sa semaine.

Maty remit ses cheveux en ordre et plaqua un sourire policé sur son visage. C'était comme un coup de poing dans le ventre de la voir ainsi. Il avait l'impression qu'elle savait très précisément quel pouvoir elle avait sur lui. Maty n'était ni stupide ni naïve et il devrait rester vigilant à chaque instant.

— Je te rappellerai, promit-elle, un sourire aux lèvres. Viendra bien le moment où tu recevras une offre que tu ne pourras plus refuser.

Alors qu'elle retraversait son bureau, Sam dut admettre que c'était bien là ce qu'il craignait.

Il allait falloir qu'il se trouve une distraction, quelque chose pour se sortir de la tête cette femme qui semblait l'avoir marqué au fer rouge.

Elle referma la porte derrière elle.

Il baissa les yeux. La lettre manuscrite était toujours là. C'était si rare d'écrire à la main de nos jours, et il avait encore du mal à croire ce qu'il avait lu.

Sam,

Vous ne me connaissez pas et, lorsque vous recevrez cette lettre, je serai partie. Mon nom est Lori Campbell, je suis la mère de Nick. Je ne veux pas bouleverser votre vie, mais je ne peux quitter cette Terre sans révéler à mon fils la vérité sur son père, et je crains que cela ne m'oblige à vous la révéler aussi.

Rusty Lockwood est le père biologique de Nick. Il vient tout juste de le découvrir. Rusty a eu deux autres enfants, et vous êtes l'un d'eux.

Je regrette de vous l'annoncer ainsi, mais je sais qu'après ma mort mon fils aura besoin d'une famille. J'espère qu'il pourra trouver quelqu'un pour le soutenir dans cette épreuve et j'espère que vous serez celui-là.

J'espère que Rusty ne vous créera pas de problèmes. J'ai aussi écrit à votre autre frère. Je vous souhaite le meilleur.

Lori

Il ne pouvait digérer cette information.

Rusty Lockwood serait son père biologique ? Mais comment cette femme pouvait-elle être au courant, si tel était le cas ?

Sam était en rapport régulier avec Nick Campbell, maintenant. Ils s'étaient rencontrés pour un motif professionnel il y avait quelque temps, mais, depuis un mois, Nick s'était rapproché de lui pour l'inciter à refuser les offres de rachat de Rusty, et dans l'espoir que leur union contre Lockwood pourrait mettre un terme à son monopole dans la région.

La mère de Nick était décédée récemment, mais Sam ne l'avait jamais rencontrée et n'avait jamais même entendu son nom.

Est-ce que Nick savait que Rusty pouvait être son père ? Était-ce la raison de son désir de l'évincer professionnellement ? Ou bien le motif indirect de son rapprochement ?

Sam plaça les mains sur son bureau et souffla longuement. Qu'était-il censé faire de ces informations, de toutes ces questions ?

Devait-il parler à Nick de tout cela ? Valait-il mieux attendre un peu ?

Et sa mère à lui ? Elle avait gardé son secret jusqu'à ce jour. Chaque fois qu'il avait abordé le sujet, elle avait répondu qu'ils se portaient bien mieux sans lui. Sam devait effectivement reconnaître que si Rusty était bel et bien son père elle n'avait pas tort. Mais comment est-ce que sa mère avait bien pu avoir une liaison avec Rusty ?

Une nouvelle question surgit alors… Est-ce que Rusty lui-même était au courant de leurs liens de filiation ? Et si tel était le cas, avait-il révélé cela à Maty ? Était-ce en lien avec sa présence justement en ce moment ?

Entre le retour inattendu de Maty à Green Valley, les attaques répétées de Rusty contre sa distillerie et cette lettre mystérieuse qui arrivait, il ne savait plus à quel saint se vouer.

Il devait éclaircir ces énigmes au plus, vite, il n'avait pas le choix.

- 3 -

Rusty devait faire du chantage à Maty, c'était là la seule explication.

Même si elle l'avait quitté sans un regard, Sam refusait de croire que celle qu'il avait aimée ait perdu ses valeurs au point de devenir capable d'accepter un emploi et un salaire de la part de cet homme sans scrupule qui était devenu son ennemi personnel. Qu'est-ce qu'elle lui cachait ? Pourquoi revenir à Green Valley après tout ce temps pour s'associer à Rusty ?

Sam avait eu une journée chargée entre réunions et rapports à traiter, mais maintenant qu'il était rentré chez lui et avait un peu de temps pour faire le point, il n'arrivait plus à penser à autre chose qu'à cette idée d'un chantage. Non pas qu'il espérât que Rusty se montre menaçant envers Maty, mais Sam avait du mal à accepter qu'elle soit devenue une personne aussi peu scrupuleuse.

Est-ce qu'il s'agissait d'argent ? Ce serait presque pire, songea-t-il.

Tandis qu'il sortait sur le balcon de sa chambre, son téléphone vibra dans sa poche. Il sortit son téléphone, posa son verre de bourbon et regarda l'écran de son téléphone.

Nick. Il hésita un instant. Il avait presque oublié qu'il avait envoyé un SMS à ce dernier un peu plus tôt. Entre l'entrevue avec Maty et cette lettre… Il avait du mal à savoir où il en était.

Il inspira et prit la communication.

— Hawkins.

— Sam, c'est Nick, pardon de ne te rappeler que maintenant mais Silvia et moi étions en déplacement toute la journée.

Nick Campbell et Silvia Lane avaient commencé à travailler ensemble lorsque Nick l'avait recrutée comme architecte pour le complexe hôtelier de sa défunte mère. Sam n'avait pas connaissance de tous les détails, mais le fait était que maintenant ils étaient mariés et Silvia attendait leur bébé. La vie semblait sourire à Nick aujourd'hui, même s'il avait vécu un coup dur avec le décès de sa mère. Sam songeait qu'elle avait dû lui écrire peu de temps avant son décès, alors qu'elle savait sa fin proche.

— Est-ce qu'il y a un problème ? demanda Nick. Ton SMS semblait urgent.

Un problème ? Si Rusty Lockwood était son père – leur père – alors, oui, il y avait certainement un très gros problème.

— Oui, c'est urgent, mais je préfère en parler de vive voix, dit Sam en reprenant son verre pour faire tourner le bourbon autour du glaçon. Est-ce que tu aurais un moment demain matin ?

— Cela semble sérieux.

— Oui, ça l'est.

— Dans ce cas, j'aurais un moment, répondit Nick. Est-ce que je te retrouve à ton bureau ?

— Oui, vers 8 heures ? proposa Sam. Mon assistant n'arrive qu'à 9 heures, nous devrions être tranquilles.

— Est-ce que j'ai des raisons de m'inquiéter ? demanda Nick.

Sam n'avait pas la moindre idée de la réponse à lui apporter.

— Je suis tombé sur des informations confidentielles

concernant Rusty et j'ai besoin de t'en parler de façon privée au plus vite.

— Ma curiosité est piquée, tu peux compter sur moi. Je serai là à 8 heures.

Sam raccrocha et descendit d'un trait son verre. Cette liqueur précieuse était plutôt prévue pour être savourée tranquillement, mais Sam n'était pas du tout dans ces dispositions pour le moment.

Il avait besoin d'un remontant, d'un coup de fouet.

C'est à Maty qu'il pensa aussitôt.

Elle était devenue plus pulpeuse avec le temps, mais son corps n'était pas la seule chose qui avait changé depuis ses vingt-deux ans. Il avait l'impression qu'elle était devenue une tout autre personne. Celle qui était joviale et joyeuse à l'époque semblait dure et froide. Elle lui cachait quelque chose et Sam savait que le mieux à faire était certainement de la tenir à distance, mais… Il n'en était pas capable. Quelque chose la liait contre son gré à Rusty. C'était la peur qui devait la tenir. Sam ne souhaitait à personne de se retrouver dans cette situation, et encore moins quelqu'un à qui il avait été tant attaché.

Rusty devait utiliser Maty pour l'atteindre et Sam n'était pas du genre à s'en laver les mains. Il n'était pas un manipulateur froid comme Rusty Lockwood.

Il n'avait rien à voir avec cet homme même s'il se révélait être son père.

D'ailleurs était-ce seulement la vérité ? Il pouvait bien aller interroger sa mère, mais elle avait toujours été tellement réticente à aborder la question avec lui… De toute façon, elle avait toujours été bien trop occupée à gaspiller sa vie et ses économies à des tables de black jack pour répondre à ses questions.

Sam était un grand garçon, maintenant, et il était capable d'affronter seul les coups durs.

Il parlerait à sa mère lorsqu'il y serait prêt. Il avait encore trop de choses à digérer et il lui semblait que Nick pourrait lui donner quelques pièces manquantes du puzzle.

Leur partenariat instauré afin de lutter contre Rusty les avait rapprochés au point de nouer une belle relation. Cela ne présageait cependant en rien de la réaction de Nick une fois que Sam lui aurait révélé la lettre de Lori.

Maty venait de retirer ses gants de boxe lorsque son téléphone sonna. Elle essuya son front mouillé de transpiration avant d'attraper son téléphone sur le rebord de la fenêtre.

La première chose en arrivant dans ce minuscule appartement avait été d'accrocher son sac de frappe. Certaines personnes buvaient en cas de stress, d'autres mangeaient compulsivement, mais elle préférait la méthode forte. Elle aimait aussi l'art, mais elle en profitait surtout lorsqu'elle était détendue, et son état d'esprit du moment était tout sauf détendu.

Elle vit le nom de Rusty s'afficher à l'écran. Commencer la journée par un appel aussi matinal de la dernière personne à qui elle avait envie de parler n'était probablement pas de bon augure.

— Miss Taylor, déclara Rusty, je commençais à m'impatienter, je n'ai pas eu d'échos de votre entrevue d'hier avec Sam.

Elle inspira en saisissant sa bouteille d'eau.

— Elle a bien eu lieu et nous avons eu une bonne discussion.

— Par « bonne », vous voulez dire qu'il est prêt à signer, j'imagine ?

Maty prit sur elle pour rester calme.

— Je vous avais prévenu qu'il ne serait certainement pas d'accord immédiatement. Sam Hawkins aime l'entreprise qu'il a fondée et il faudra du temps pour qu'il accepte de la vendre.

— C'est quelque chose dont vous ne disposez pas indéfiniment, rappela-t-il d'une voix menaçante. Le mois se sera écoulé avant que vous n'ayez eu le temps de vous en rendre compte.

Comme s'il était besoin de lui rappeler… Rusty l'avait non seulement contrainte à revenir à Green Valley au moyen d'un odieux chantage, mais il la soumettait à des délais intenables, même dans les meilleures des circonstances imaginables. Et ils étaient loin de les avoir. Son niveau de stress n'avait jamais été aussi élevé, au point qu'elle s'inquiétait parfois pour sa santé mentale. Mais sa toute première préoccupation restait son frère qui avait tant besoin de l'assurance santé que lui fournissait Rusty.

Maty se voyait contrainte de suivre le parcours d'obstacles qu'il lui imposait, qu'elle le veuille ou non. Elle devait œuvrer à son projet, coûte que coûte.

Elle était arrivée ici bien décidée à mener à bien sa mission face à Sam Hawkins. Le rendez-vous avec lui s'était d'ailleurs passé mieux que prévu, à son goût. Elle avait réussi à ne pas s'excuser pour sa fuite et leur rupture. Avait réussi à ne pas succomber à son charme toujours aussi irrésistible. Il n'avait pas refusé de la voir, ni ne lui avait déclaré qu'il la haïssait. Au bout du compte, les choses auraient pu être pires. Elle allait certes avoir du mal à se l'ôter de la tête maintenant qu'elle l'avait revu, plus solide, plus fort et sexy encore que dans ses rêves les plus fous.

Il allait pourtant falloir qu'elle arrive à le convaincre. Vaille que vaille.

Elle prit une longue gorgée d'eau fraîche, le temps de peser ses mots.

— Ce n'était que le premier jour, expliqua-t-elle. Vos avocats précédents s'y sont essayés pendant des mois et vous n'avez jamais eu l'ombre d'une possibilité de contrat, inutile dans ce contexte d'attendre un miracle.

— J'attends pourtant un miracle de votre part, sinon vous risquez de ne pas aimer les conséquences.

L'intimidation semblait être la seule méthode de Rusty pour parvenir à ses fins. Il se servait des gens et c'était ce qui lui avait permis d'arriver là où il était aujourd'hui.

C'était par des menaces qu'il l'avait fait céder, aussi forte soit-elle. Il avait su trouver son talon d'Achille et s'en servait de façon éhontée. Et comme si sa vie n'était pas déjà assez dure, il fallait maintenant qu'elle travaille pour le diable en personne.

Sam avait sans doute pensé qu'elle était devenue une avocate sans foi ni loi, une sorte de requin prêt à tout pour l'argent… Il devait déjà la détester, cela n'arrangerait certainement pas son cas. La simple idée qu'il puisse la détester lui nouait pourtant le ventre. S'il y avait bien une personne au monde dont l'opinion comptait aux yeux de Maty, c'était Sam.

Et elle ne pouvait pas lui en vouloir de refuser de vendre sa distillerie. Pourquoi accepterait-il ? En dix ans, il avait sauvé une entreprise plus que chancelante et avait réussi l'exploit d'en faire un immense succès. D'ici quelques années, sa marque ferait le tour du monde.

Sam avait toujours eu une idée très précise de son projet et de son rêve. Il le vivait jour après jour et l'argent n'en était pas le moteur.

C'était là un aspect de la personnalité de Sam que Rusty ne pouvait pas comprendre. Il n'était pas dans ce business pour l'argent, mais par passion. Il avait toujours aimé créer, apprendre, transformer et faire grandir. Il apprenait de ses erreurs.

Rusty quant à lui ne vivait que pour amasser des dollars, et c'était sans doute ce qui le perdrait au bout du compte, d'ailleurs.

Malheureusement, ce moment n'était pas encore venu et ne semblait pas même se profiler. Maty était tombée entre les griffes de Rusty et, tant qu'elle n'aurait pas d'option pour se tirer de cette impasse, elle était coincée.

Restait l'espoir de gagner à la loterie ?

— Je compte sur votre relation particulière avec Sam pour obtenir des résultats rapides, précisa Rusty.

Elle serra les dents. Elle aurait tant aimé avoir le pouvoir de dire à Rusty ce qu'elle pensait de lui et de son projet. Elle aurait tant aimé ne pas dépendre de lui pour assurer la santé de son frère. Elle pourrait ainsi retrouver la Virginie et sa vie !

Mais elle était coincée et n'avait aucune idée de ce qui se passerait au bout du compte. Rusty était capable de suspendre l'assurance de son frère, même si elle parvenait à obtenir une signature de la part de Sam. Et si tout cela était voué à l'échec ? Pourtant, elle n'avait guère le choix, elle ne pouvait pas baisser les bras…

— Malgré vos insinuations, je ne compte pas séduire Sam pour tenter d'obtenir quoi que ce soit. Je ne l'ai pas revu depuis seize ans, notre « relation particulière » est inexistante.

— Eh bien faites la renaître, je vous paye pour ça ! exigea-t-il, d'une voix forte.

Maty ferma les yeux et serra sa bouteille au point de faire craquer le plastique sous ses doigts. Elle avait su dès le départ que trahir Sam serait mission impossible. Mais, entre le risque pour son frère et sa propre situation professionnelle en jeu, elle n'avait pas eu le choix.

Une fois ce cauchemar terminé, elle devrait retrouver

un poste honorable, et pour cela il valait mieux que son honneur soit sauf.

— J'attends un compte rendu après chacune de vos entrevues dorénavant, conclut Rusty avant de raccrocher sans une salutation.

Maty posa son téléphone sur le siège à côté d'elle et saisit une autre bouteille. Ses yeux se posèrent sur ses gants et elle se releva. Elle n'avait peut-être pas de meubles, mais elle avait un moyen de canaliser son stress et c'était ce qui primait pour le moment.

Il fallait qu'elle trouve le meilleur des suivis possibles pour son frère et qu'elle convainque Sam de renoncer à son entreprise. Il lui restait vingt-neuf jours.

Jamais elle n'avait eu aussi peur de sa vie.

Sam ouvrit la porte pour faire entre Nick.

— Merci d'être ici si tôt, dit-il en refermant derrière eux et en se dirigeant vers son bureau. Ici nous pourrons parler tranquillement.

— Tu as été absent pendant trois semaines et, à peine rentré, tu apprends quelque chose sur Rusty que tu ne peux aborder par téléphone, lança Nick, avoue qu'il y a de quoi piquer ma curiosité !

Sam avait la gorge nouée. Il n'avait pas été totalement honnête en évoquant le motif de leur entrevue ce matin, et il ne savait pas comment Nick prendrait ce qu'il avait à lui annoncer. Il imaginait que le décès de sa mère, encore récent, devait toujours être une douleur vive, même si Lori avait semblé vouloir les réunir après sa mort. Sam et Nick formeraient-ils une famille au bout du compte ?

— Je ne passerai pas par quatre chemins, dit Sam en saisissant la lettre sur son bureau. J'ai reçu ce courrier pendant mon absence. Il est resté ici pendant trois semaines, sans que je n'en sache rien.

Nick posa les yeux sur l'enveloppe.

— C'est au sujet de Rusty ?

Sam hocha la tête.

— C'est une lettre de ta mère.

— De ma mère ? demanda Nick avec des yeux ronds. Moi aussi elle m'avait laissé une lettre. Elle disait…

Le silence se fit tandis que Nick fixait l'enveloppe. Sam attendit que Nick se décide à poursuivre. Il devait déjà avoir une petite idée de ce qui l'attendait.

Au bout de quelques longues secondes, Nick avança et tendit la main vers le courrier.

— Est-ce que tu permets que je la lise ?

Sam lui tendit l'enveloppe. Il ne quitta pas Nick du regard tandis qu'il dépliait la lettre. Il le regarda lire sans que la moindre émotion ne transparaisse sur son visage. Les yeux de Nick parcouraient les lignes d'écriture les unes après les autres. Une fois à la dernière ligne, il reprit le courrier depuis le départ.

Après une deuxième lecture, il inspira et fixa Sam l'air désorienté.

— Qu'est-ce que tu penses de ce qui est écrit ? demanda-t-il.

— Et toi ?

Nick se passa la main dans les cheveux.

— Je crois que c'est la vérité.

Sam s'était attendu à cela. Il ne connaissait pas Lori Campbell, mais ne voyait pas pourquoi cette femme mentirait après sa mort sur un sujet aussi grave, en particulier pour Nick. Sam pensait qu'elle était sincère dans son désir de voir Nick retrouver une famille, et peut-être voulait-elle aussi obliger Rusty à pourvoir à ses besoins ? Il ne pouvait pas lui en vouloir pour cela.

Reculant d'un pas, Sam s'assit sur un coin de son bureau, croisant les bras devant son torse. Il n'avait pas la moindre idée de ce qu'ils étaient censés faire de tout cela, maintenant…

— Je ne sais pas ce qui me choque le plus dans toute cette histoire, dit-il. Est-ce d'apprendre que tu es mon demi-frère, ou que Rusty est notre père…

Nick replia le courrier avec soin et le replaça dans l'enveloppe.

— La révélation pour Rusty n'en est pas une pour moi. Mais je suis surpris de rencontrer un de mes frères.

Sam hocha la tête.

— Tout cela est tellement fou.

Nick acquiesça.

— Ma mère m'avait laissé une lettre à moi aussi. Elle me parlait de deux frères qui avaient Rusty pour père. Maintenant que je te connais, il n'en reste qu'un. S'il a lui aussi reçu cette lettre, il ne s'est pas encore manifesté, je m'attends à tout.

— Depuis quand sais-tu cela ? demanda Sam.

— J'ai ouvert la lettre le jour même des funérailles de ma mère.

Cela avait dû être terrible, songea Sam. Pourquoi est-ce que la mère de Nick avait souhaité que les enfants de Rusty apprennent une telle nouvelle ? À moins qu'elle n'ait simplement voulu soulager sa conscience avant le grand départ… Il n'aurait pas la réponse. Il devait avancer.

Il allait devoir parler à sa mère, l'obliger à affronter le passé et lui demander la vérité. Comme si leur relation n'était pas déjà difficile et douloureuse. Il l'aimait, bien sûr, mais son addiction au jeu était un tel problème… Et la poussait à agir de façon incohérente et imprévisible.

— Est-ce que tu as parlé à Rusty ?

Nick acquiesça.

— Oui. Je te laisse imaginer sa réaction… Il se moquait bien que ma mère ait dû lutter toute sa vie pour m'élever seule. Il n'avait pas l'air si surpris que cela d'apprendre que j'étais son fils.

— Et tu n'as pas le moindre doute ? demanda Sam. Non pas que je remette en question la parole de ta mère, mais tu ne penses pas que nous devrions faire tester nos ADN ?

Nick haussa les épaules.

— Je ne veux rien confirmer. Ma mère n'avait aucune raison de mentir et de bouleverser ma vie et celle de deux inconnus au passage. Je ne crois pas qu'un test pourra changer ce que je ressens pour lui ou lui pour moi.

Sam était d'accord. Lori Campbell avait écrit ces confessions depuis son lit de mort et, quelle que soit la réalité, cela ne changerait pas ce que Nick et lui éprouvaient pour Rusty. Ce dernier n'était pas du genre à leur ouvrir les bras avec ou sans test à la clé…

— Il a recruté une nouvelle avocate pour me faire vendre Hawkins, dit Sam. Maty Taylor. Et il se trouve que c'était ma petite amie à la fac…

Nick ouvrit de grands yeux.

— Waouh, je n'arrive pas à croire qu'il ait fait ça. Comment ça se passe ?

— J'imagine qu'il se sert d'elle, dit Sam. Elle m'a dit qu'il était au courant de nos liens passés. Nous avions perdu tout contact, mais je ne l'imagine pas du tout accepter de travailler par choix pour quelqu'un comme Rusty d'après ce que je connais d'elle.

Plus il y pensait et plus il se sentait en colère. Il avait prévu de rendre une visite impromptue à Maty aujourd'hui. La surprendre lui permettrait peut-être d'y voir un peu plus clair dans toute cette histoire. Et puis il avait envie de la voir, même si leur histoire était finie depuis bien longtemps. Sam était un être humain et il devait reconnaître que Maty lui faisait un effet fou. Sous une façade glaciale, il savait quelle vulnérabilité elle abritait. Il voulait mieux comprendre. Il était prêt à la protéger. Bien sûr, elle ne se laisserait pas faire et serait furieuse, sans doute, mais tant pis. Si Rusty essayait de se servir d'elle, il comptait l'en empêcher. Le face-à-face avec Rusty aurait lieu sans victime collatérale.

— Si je ne te connaissais pas, je n'aurais peut-être pas cru à tout cela, reconnut Sam. Je ne mets pas ta parole en doute, mais je reste réservé. Non pas que t'avoir pour frère soit une mauvaise nouvelle, bien au contraire, mais j'espère encore que Rusty n'est pas notre père.

Sam voyait bien à l'expression de Nick qu'il croyait à tout ce que sa mère leur avait révélé. De son côté, il gardait le mince espoir de la possibilité d'une erreur de la part de Lory Campbell.

— Tu comptes aller lui parler ? demanda Nick.

Sam avait beaucoup réfléchi depuis qu'il avait lu cette lettre.

— Non, du moins pas tout de suite. Je veux attendre un peu et voir comment il avance ses pions. J'ai besoin de comprendre à quel jeu il joue avec Maty.

— Tu tiens beaucoup à elle ? demanda Nick, les sourcils froncés.

Sam devait être sincère… Comment pouvait-il en être autrement ? Elle était la première femme à être entrée dans son cœur, et sans doute en avait-elle emporté un morceau en partant. Il savait qu'en la revoyant il rouvrait ces blessures, mais il n'était plus le même homme, aujourd'hui. Il pouvait la voir, la trouver séduisante et garder ses distances.

— Je tiens à la personne que j'ai connue à l'époque,

mais je ne sais pas qui elle est aujourd'hui. Ce qui est sûr, c'est que Rusty sera prêt à tout pour essayer de se servir d'elle contre moi.

Nick déposa l'enveloppe sur le bureau devant Sam.

— Est-ce que tu veux la garder ?

Nick recula d'un pas.

— Non. Elle voulait que tu la reçoives et elle m'a écrit une lettre aussi. J'espère que nous pourrons continuer à travailler ensemble en équipe pour résister à Rusty.

— Plus que jamais, assura Sam.

— Si tu décides de le confronter à ces questions, je serai à tes côtés.

Sam apprécia ce soutien, même s'il ne savait pas le moins du monde ce qu'il devait faire de ces informations. Il aurait préféré avoir des preuves en main, quelque chose de plus solide que les confessions d'une femme aujourd'hui décédée. D'un autre côté, il n'avait pas particulièrement envie d'en savoir plus en creusant ce sujet.

Ce qu'il espérait le plus, c'était de voir Maty libérée de Rusty. Si les choses devaient se compliquer entre Rusty et lui, il ne voulait pas qu'elle y soit mêlée.

— Je dois y aller, dit Nick. Est-ce que nous jouons toujours aux cartes vendredi ?

Un mois plus tôt, ils avaient tous deux décidé de se retrouver au tournoi de poker du pub local, le Rogue Wingman. Chaque vendredi, Rusty et une poignée d'élus municipaux se retrouvaient pour jouer, et Nick avait proposé à Sam d'aller faire une petite apparition dans leurs réunions. Leur irruption avait été un choc pour Rusty et leur avait valu l'attention des conseillers. D'autres jeunes entrepreneurs du secteur avaient commencé à les imiter et une dynamique était en train de se créer.

Sam voyait une étrange ironie du sort au fait que les propres fils de Rusty, que ce dernier avait abandonnés et ignorés, seraient peut-être ceux qui lui vaudraient sa perte, bien méritée.

Bientôt, d'ailleurs, Sam et Nick auraient peut-être un nouvel allié.

— J'en serai, dit Sam. Est-ce que je peux te demander de garder cette lettre et toutes ces révélations entre nous pour le moment ?

— Tu as déjà honte de m'avoir pour frère, c'est ça ? plaisanta Nick.

— C'est la seule partie de l'histoire que je suis prêt à croire, corrigea Sam. J'ai besoin de comprendre ce qui se passe avec Maty, et il faut que je garde une petite longueur d'avance pour cela.

Nick hocha la tête.

— Je te comprends, Sam. J'ai fait la même chose, dit Nick en baissant les yeux.

Après le départ de Nick, Sam resta un long moment à son bureau à fixer la lettre. Son passé et son avenir semblaient sur le point d'entrer en collision. Il devait rester prudent. Quelle que soit la prochaine étape, il ne devrait pas se laisser amadouer ou séduire et risquer de tout perdre. Il avait travaillé trop dur pour arriver où il en était.

Mais il n'était pas optimiste pour autant. Revoir Maty après tout ce temps avait réveillé quelque chose, et il savait reconnaître le désir qui l'habitait. Un désir plus fort que jamais. Impérieux, irrésistible. Elle était devenue une femme accomplie et forte et n'en était que plus séduisante à ses yeux.

Comment garder ses distances ? Comment ignorer l'attraction ?

Il avait un ennemi à combattre et une entreprise à protéger. Et, au milieu de tout cela, la femme qu'il désirait plus que tout semblait bien décidée à changer la donne et bouleverser ses projets.

- 4 -

Maty s'engagea dans une allée bordée de conifères, presque surprise de ne pas être aussitôt cernée par des vigiles prêts à chasser les importuns.

Elle n'avait pas eu de mal à trouver la maison de Sam, mais elle s'était attendue à devoir franchir au moins un portail à l'entrée.

Elle avait aussi imaginé qu'il se serait installé plus en altitude et pas dans le creux de la vallée. Elle découvrit d'abord un grand parc, avec un étang et des arbres sans doute centenaires tant ils étaient majestueux. L'allée semblait s'étirer à n'en plus finir.

Finalement, une ouverture parmi les arbres dégagea la vue sur une demeure à couper le souffle. Toute de rondins et de pierre de taille, elle se dressait devant les Smoky Mountains. Elle ressemblait à Sam. Elle l'imaginait bien dans ce genre de lieu qui, comme lui, en imposait.

Deux rocking-chairs étaient installés sous un porche, ainsi qu'une balancelle rustique. Autour de la bâtisse, toutes les nuances de vert étaient déclinées naturellement par les arbres, les massifs, les pelouses et même l'eau, comme des aplats de couleurs répartis par un pinceau sur une toile. On aurait dit une photo de magazine… Et elle n'avait pas encore jeté un œil à l'intérieur. Elle essaya de fixer autant de détails que possible dans sa mémoire pour pouvoir les dessiner dès qu'elle serait rentrée chez elle.

Chez elle…

Cet appartement miteux qu'elle détestait. Comme elle détestait ce qu'il évoquait et ce qu'il symbolisait aujourd'hui. Son aliénation, la perte de sa liberté… Si jamais Sam apprenait où Rusty l'avait installée, il serait sous le choc, c'était certain.

Mais il n'y avait aucune raison qu'il l'apprenne.

Rusty avait loué l'appartement précis où Sam vivait lorsqu'ils s'étaient connus. Cet homme faisait tout de manière calculée et délibérée.

Elle serra les poings. Venir ici était un geste fort, une tentative d'électrochoc, mais elle n'avait pas le choix. Il fallait qu'elle le touche personnellement, car l'homme d'affaires serait intraitable. C'était ainsi qu'il avait toujours fonctionné, au feeling. S'il n'envisageait pas une seconde l'offre plus que généreuse de Rusty, c'était parce que sa distillerie avait une valeur sentimentale à ses yeux. Elle avait bien essayé de faire comprendre ça à son patron, mais autant parler à un sourd.

Une fois garée devant les marches du perron, elle leva les yeux vers le porche qui abritait de grandes portes en bois d'acajou. Elle s'était doutée qu'il aurait une belle maison, mais elle n'avait pas prévu qu'elle se sentirait aussi émue en la découvrant.

Elle était plus nerveuse que jamais et elle savait que les enjeux par rapport à son frère n'en étaient que pour partie responsables. C'était sa relation à Sam qu'elle revivait. Après tout ce temps, elle ne pensait pas que le désir se réveillerait ainsi en le voyant.

Mais elle était attirée, c'était inutile de le nier.

Et s'il lui claquait la porte au nez ? Ou s'il n'était pas chez lui ? Et s'il la détestait encore d'être partie ? Ou alors de travailler pour Rusty ?

Les questions se bousculaient, faisant monter l'anxiété. Elle n'avait pas d'autre choix, aucun plan B. Il lui faudrait bien se résoudre à réunir ses forces et toute sa détermination pour aller le voir.

Elle saisit son téléphone et son sac. Sur l'écran de son smartphone, une photo de son frère et elle. Carter était sa raison de vivre et elle n'avait d'autre solution que de faire ce à quoi Rusty la contraignait.

Carter avait besoin d'elle.

Elle inspira en sortant l'air pur des montagnes. En cette fin de printemps, la douceur de l'air était agréable. C'était une saison magnifique et cette beauté luxuriante l'apaisait. Il y avait quelque chose de très calme ici, si elle ne réfléchissait pas trop aux raisons de sa présence.

Passant son sac sur l'épaule, Maty fit le tour de son coffre avant de s'arrêter. Sam se tenait au sommet des marches, les bras croisés, la regardant d'en haut. Pas de surprise dans son regard, comme s'il s'était attendu à la voir.

Elle posa un pied devant l'autre, s'obligeant à avancer sans réfléchir.

— J'espère que je ne te dérange pas, dit-elle en soutenant son regard à grand-peine.

— Cela dépend de ce qui t'amène ?

Elle tenta un sourire amical en bas des marches.

— Je voudrais parler, essayer de reprendre depuis le début, je crois que nous avons pris un mauvais départ, expliqua-t-elle.

— Qu'est-ce que tu entends par là ? Est-ce que le mauvais départ était lié au fait que tu travailles pour un homme que je méprise ou alors à celui que tu imagines me faire vendre ma distillerie simplement pour tes beaux yeux ? rétorqua-t-il froidement.

Évidemment, il ne comptait pas lui faciliter le travail, elle s'y était attendue. Mais elle non plus ne se laisserait pas faire. Les enjeux étaient trop importants. Elle se retrouvait d'ailleurs à redouter l'impact émotionnel qu'il y aurait à continuer sa mission auprès de lui.

Plus elle le voyait et plus l'attirance était forte. Comment lutterait-elle contre une passion qui avait été autrefois si vivante, si ardente ? Elle n'avait pas pensé à cet aspect-là des choses en revenant à Green Valley.

Puisqu'il ne lui avait pas demandé de quitter les lieux, elle trouva le courage de gravir les marches jusqu'à lui. Il s'écarta un peu, lui laissant de la place sur le perron.

— Ta maison est magnifique, dit-elle. Tu as toujours rêvé d'un lieu comme celui-là, je m'en souviens bien. Isolé, au milieu des montagnes, fait avec des matériaux naturels et nobles.

Ne pouvant soutenir son regard plus longtemps, elle parcourut des yeux le vaste jardin et se concentra sur les piaillements des oiseaux, sur le vol des papillons autour des fleurs. Les montagnes majestueuses les entouraient. Tout cela viendrait nourrir ses croquis plus tard.

— Depuis combien de temps vis-tu ici ? demanda-t-elle pour tenter d'engager la conversation plus légèrement.

— Je l'ai fait construire il y a cinq ans.

Elle se tourna vers lui. Ses épaules étaient larges sous son T-shirt. Elle avait du mal à se contenter de cette conversation anodine, alors que la seule chose qui occupait son esprit était l'image de ses doigts effleurant sa peau.

— C'est une grande maison pour une seule personne, dit-elle.

— C'est ta façon de me demander si je suis en couple ? répliqua-t-il.

Maty rit.

— Non, pas du tout, je suis surprise car tu n'as jamais été du genre prétentieux, à vouloir afficher une maison immense si tu n'en avais pas l'usage. J'étais simplement curieuse de cela.

— Puisque tu as fait la route jusqu'ici, je suppose que tu as un peu de temps devant toi ?

Elle acquiesça.

— Je n'ai rien de prévu ce soir.

— Suis-moi.

Sam entra par la porte principale et l'attendit. À l'instant où Maty franchit le seuil, sa gorge se noua. Si elle avait trouvé les extérieurs impressionnants, ce n'était rien en comparaison de l'immense séjour devant elle qui occupait pratiquement toute la surface au sol de la demeure.

Un mur entièrement vitré au fond offrait une vue spectaculaire sur un autre étang, partiellement entouré d' une forêt de conifères. Une mezzanine prolongeait le séjour en hauteur tel un immense balcon reliant une aile de la maison à l'autre. Trois lustres imposants pendaient du plafond. Le sol, un parquet sombre et épais, crissait délicatement sous les pieds.

La cuisine était dans l'aile droite, sans véritable cloison, mais séparée par des poutrelles en bois. Tout semblait sorti d'une revue d'architecture intérieure.

— Je n'arrive pas à imaginer comment on peut vivre dans un lieu tel que celui-là, murmura-t-elle en réalisant que son appartement tenait dans son entrée.

Peut-être était-ce la raison pour laquelle il avait choisi une si grande maison. Ayant grandi dans un minuscule appartement avec sa mère, il avait toujours rêvé de diriger sa propre distillerie et de bâtir une grande maison où ils auraient vécu.

Ensemble.

Ils avaient eu des rêves en commun fut un temps. Ces jours étaient depuis révolus et elle devait affronter la cruelle réalité : pour elle, ils ne s'étaient pas réalisés.

Elle avait eu des grands rêves pourtant, à une époque. Et il n'y avait pas si longtemps encore, d'ailleurs. Et puis l'accident… La mort de ses parents et la nécessité de prendre son frère en charge. Ses économies y avaient été englouties en même temps que ses rêves.

Elle aurait tout donné, ses rêves comme sa carrière, pour retrouver sa famille au complet aujourd'hui. Mais voilà qu'elle était sur le point de perdre son emploi et qu'il lui fallait tout reconstruire pour s'occuper de Carter.

À moins qu'elle n'arrive à convaincre Sam.

— Je rêvais d'un grand espace après avoir grandi dans un trois-pièces, dit-il.

C'était bien ce qu'elle avait pensé. Elle qui vivait seule dans ce trois-pièces à l'heure actuelle avait l'impression d'être dans un trou à rat.

Sam se dirigea vers un grand escalier.

— Au premier étage j'ai trois chambres avec leurs salles de bains. J'aime y recevoir mes amis.

Elle devait presser le pas pour le suivre. Il ouvrit les portes et elle découvrit alors ce qu'il appelait des chambres d'amis et qui lui paraissaient être de véritables suites. À couper le souffle…

Sam emprunta alors le balcon qui permettait de traverser la maison et arriva au pied d'un nouvel escalier.

— Là-haut il y a ma chambre, une salle de sport et un studio de visionnage. J'aime pouvoir être indépendant lorsque je reçois du monde.

Elle se demanda qui étaient les visiteurs qu'il évoquait. Des femmes ? Une sensation de jalousie inattendue la frappa. C'était ridicule, elle était celle qui l'avait quitté, et cela faisait seize ans, maintenant. Et ce n'était pas comme si elle n'avait pas fréquenté d'hommes pendant ce temps-là. Évidemment que Sam avait eu des liaisons.

Pourtant cette idée la dérangeait, elle qui ne s'était jamais considérée comme jalouse.

Avant aujourd'hui, elle n'avait jamais imaginé qu'elle pourrait le désirer autant à nouveau, et pourtant…

Sam ouvrit une porte double et elle aperçut une salle de gym incroyable, dotée d'équipements dernier cri avec même un sac de frappe dans un coin. À croire qu'après tout ce temps ils avaient encore des choses en commun, alors qu'ils n'avaient jamais boxé ensemble à l'époque.

Elle n'eut pas l'occasion de lui parler de boxe car il ouvrait déjà les portes suivantes. Maty avança pour découvrir des sièges en cuir, inclinables, face à un immense écran noir qui occupait tout le mur.

— Je me souviens comme tu aimais regarder des films, dit-elle en souriant.

— Nous n'avions pas vraiment les moyens de nous payer le cinéma, répondit-il. Ma mère dépensait chaque dollar au jeu… Maintenant, j'ai accès aux avant-premières depuis chez moi…

Maty sentit son cœur se serrer pour ce jeune homme qu'elle se remémorait. Elle savait que sa mère avait un sérieux problème avec le jeu. Elle repensait à leur premier appartement minuscule… Pourtant, elle n'avait pas vraiment abordé la question de sa mère et de son enfance avec Sam, à l'époque. Ils rendaient rarement visite à sa mère et elle avait toujours pensé que Sam était un peu gêné de la lui présenter et de la côtoyer.

— Moi je me souviens combien j'avais envie de t'emmener voir les dernières sorties, poursuivit-il. Mais je n'en avais pas les moyens et je me sentais terriblement honteux. Je cherchais toujours une excuse pour éviter d'avoir à te dire la vérité.

Elle s'en était doutée, pourtant. Elle voyait bien qu'il n'avait pas les moyens de l'emmener au cinéma. Elle se moquait bien de ses finances, cependant. Ses parents leur auraient payé la place, mais elle craignait que cela n'embarrasse Sam encore davantage. Elle était avec lui parce qu'elle l'aimait, qu'il la faisait rire et lui donnait l'impression d'être en vie. Jamais elle n'avait connu cela depuis.

— Cette pièce est incroyable, dit-elle, en tâchant de revenir au moment présent. Et là, c'est un bar ? Une machine à pop-corn ?

— Quand on a une distillerie, un bar c'est le minimum. J'en ai cinq au total. Et puis le pop-corn est un must pour les soirées films !

— Avec un supplément caramel ! lança-t-elle dans un sourire.

Il lui rendit son sourire.

— Évidemment.

Quelque chose se passa alors, imperceptiblement, comme si l'immense iceberg entre eux se fracturait. C'était la nostalgie qui avait permis cela. Elle détestait avoir recours à ce genre d'émotions. Elle se détestait pour ce qu'elle était en train de faire, en obéissant aux consignes de Rusty. L'espace d'un instant, pourtant, elle avait oublié Rusty en laissant Sam lui faire visiter sa maison, alors que les souvenirs envahissaient sa mémoire et celle de Sam. Mais maintenant le nuage noir et menaçant au-dessus de sa tête s'était rappelé à elle, et elle ne pouvait plus oublier.

Quoi qu'elle ait ressenti pour lui autrefois et quoi qu'elle ressente aujourd'hui, elle avait une mission à accomplir. Et ce n'était pas de retomber dans ses bras ou dans son lit à la première occasion…

Sam reprit le couloir et se dirigea vers les dernières portes, celles de sa chambre. Une chambre où deux immenses baies vitrées servaient de cloison avec l'extérieur. Même si la maison se trouvait dans une vallée, la vue était spectaculaire. Les montagnes majestueuses, l'étang du jardin qui semblait plus grand encore vu d'ici et le spectacle féerique du coucher du soleil ne gâchaient rien. Une lumière orangée baignait la pièce.

— J'avais envie de me sentir vraiment en pleine nature, dit-il. Ne plus me sentir enfermé.

Cela expliquait que son lit soit au milieu de la pièce. Son enfance difficile lui avait donné la force de devenir un entrepreneur talentueux, mais elle lui avait aussi laissé des blessures. Elle était tellement impressionnée par ce qu'il avait accompli. Mais elle ne pouvait pas le lui dire. Si elle le faisait, elle courrait le risque qu'il cherche à découvrir pourquoi elle avait accepté de travailler contre lui.

Sam lui fit face.

— Voilà pourquoi j'ai une si grande maison, expliqua-t-il. Parce que je peux me l'offrir et que je ne me laisserai plus enfermer par qui que ce soit. Je veux garder la main sur ma vie, autant que possible.

Elle comprenait ce qu'il disait, mais pouvait-il seulement garder le contrôle sur ce qui était en train de se passer ? L'ombre de Rusty planait sur eux et il n'y avait pas grand-chose que l'un ou l'autre puisse y faire.

Maty aurait voulu le serrer dans ses bras, lui dire qu'elle comprenait ses blessures, mais elle savait que ce serait maladroit, égoïste, même. Elle avait envie de se sentir blottie dans ses bras, contre son torse. Elle avait envie qu'il la rassure. Pourquoi ne pouvaient-ils se réconforter l'un l'autre ?

Son regard s'attarda sur ses épaules qui tendaient le tissu de son T-shirt gris anthracite. Il y avait quelque chose de hautement érotique chez lui. En le voyant ainsi, personne n'aurait deviné qu'il était millionnaire et à la tête d'une distillerie réputée, en passe d'avoir pignon sur rue dans le monde entier. Bientôt il allait fêter les dix ans de sa première gamme de bourbon et ce serait un véritable événement.

Ce n'était pourtant pas sa fortune ou sa réussite qui attiraient Maty. Elle se rappelait ce qu'ils avaient vécu ensemble et ne pouvait s'empêcher de se projeter à nouveau avec lui. Elle n'arrivait pas à chasser les souvenirs de la magie de leurs étreintes, de la façon qu'il avait de l'aimer totalement. Était-ce une époque définitivement révolue ?

Avait-elle fait une erreur en le quittant ?

Elle avait voulu aller au bout de ses ambitions, intégrer cette école de droit prestigieuse coûte que coûte, et elle l'avait laissé derrière elle.

— Et pour répondre à ta question indirecte : oui, je suis célibataire.

Il était ridicule qu'elle se réjouisse d'une telle nouvelle, mais elle devait bien admettre que face à son lit, au milieu de cette chambre, elle n'avait qu'une idée en tête : leurs deux corps enlacés toute la nuit durant, dans une étreinte torride qui lui permettrait d'oublier tout le reste.

— Et toi ?

Sa question la tira de ses pensées érotiques.

— Pardon ?

Il avança vers elle.

— Je présume que tu es célibataire aussi ?

— Qu'est-ce qui te fait penser cela ? demanda-t-elle en espérant qu'il continuerait à s'approcher.

Il s'arrêta devant elle. Si proche…

— Parce que si nous étions ensemble jamais je ne laisserais quelqu'un comme Rusty s'approcher de toi, dit-il en avançant son visage jusqu'à ne plus parler que dans un souffle. Et si nous étions ensemble, tu ne serais certainement pas chez ton ex. Je suppose donc que tu n'as personne dans ta vie.

Maty se recula légèrement lorsqu'elle crut qu'il pourrait l'embrasser.

— Mais nous ne sommes pas ensemble ! répondit-elle dans un souffle.

Sam saisit une boucle de ses cheveux et la glissa derrière son oreille. Ce simple effleurement la fit frissonner. Il poursuivit son mouvement, frôlant sa joue et s'arrêtant sous son menton, puis il posa son pouce sur sa lèvre inférieure. Maty ne put s'empêcher de caresser son doigt de ses lèvres en un baiser silencieux. Elle vit son regard s'assombrir. Il serra les mâchoires.

— Non, en effet, nous ne sommes pas ensemble, dit-il en retirant son doigt.

Mais il resta tout près d'elle, pourtant.

— Alors c'était donc ton plan ? demanda-t-il, un sourire narquois aux lèvres. Venir me trouver chez moi et tenter de me séduire ?

Le séduire ? Peut-être avait-il oublié que c'était lui qui avait fait le premier pas ? Lui qui l'avait touchée le premier pour éveiller le désir en elle, lui donner envie de le sentir en retour ? Il l'avait emmenée dans sa chambre… Mais peut-être que cette caresse fugace ne l'affectait pas autant qu'elle…

Pourtant elle savait qu'il était troublé. Elle en avait reconnu les signes dans son regard, ses mâchoires tendues. Elle était sûre qu'il n'était pas si indifférent qu'il le prétendait.

— Je n'ai pas de plan, je peux te l'assurer, répondit-elle. Je suis venue te parler, rien d'autre.

Il continua à la fixer, faisant mine de ne pas croire un traître mot de ce qu'elle disait. Pourtant elle n'avait pas de plan, c'était la vérité.

Maty avait eu l'espoir que quelque chose se débloque entre eux, en allant ainsi le voir chez lui à l'improviste.

Et c'était le cas, d'une certaine façon. Même s'il s'agissait surtout d'un désir ardent qui semblait se réveiller en elle. Plus irrésistible encore que celui qu'elle avait ressenti lorsqu'elle l'avait revu à son bureau un peu plus tôt et qui l'avait déjà déstabilisée.

Elle avait espéré le retrouver sur un plan plus personnel, et ce soir, il fallait le reconnaître, elle avait réussi bien au-delà de ses espérances.

Pourtant elle savait que le désir ne résoudrait pas ses problèmes, bien au contraire ! Elle risquait surtout d'être balayée par ses émotions et par le surgissement de sensations qu'elle pensait oubliées. Elle avait déjà bien trop d'émotions complexes à gérer…

Pourquoi est-ce qu'il ne se reculait pas un peu ? Elle n'arrivait plus à raisonner à le sentir si près… Si près qu'elle avait l'impression que sa peau s'embrasait au simple contact de son regard.

— Tu as eu envie que je t'embrasse, dit-il avec assurance et une pointe de morgue. Et je parierais même que tu as envie de plus que d'un baiser !

Maty redressa le menton et soutint son regard, bien décidée à ne pas baisser les yeux.

— Tu peux jouer aux devinettes tant que tu veux, Sam Hawkins, répliqua-t-elle en retenant son souffle imperceptiblement. Et si j'avais effectivement envie d'un baiser, qu'est-ce que cela signifierait, dis-moi ? Peut-être que…

Sans lui laisser le temps de finir sa phrase, il avança d'un dernier pas et couvrit sa bouche de la sienne avec fièvre. Elle perdit aussitôt le fil de ses pensées et s'abandonna à ce baiser fougueux.

Et soudain, comme par miracle, la vente de la distillerie Hawkins devint la dernière de ses préoccupations.

- 5 -

Sam ne savait pas du tout ce qu'il était en train de faire, mais il savait qu'il n'avait pas le moins du monde envie que cela s'arrête.

Il prit alors conscience de ce qu'il ressentait confusément depuis le début, sans réussir à le formuler avec précision... La raison de sa dureté envers Maty. Il voulait lui faire reconnaître qu'elle était revenue pour le voir. Qu'elle avait eu envie de le retrouver. Et en même temps, il n'était pas prêt à l'entendre. Il ne pouvait admettre qu'elle serait prête à le séduire, à l'embrasser ou coucher avec lui pour arriver à ses fins. Ce n'était pas la Maty Taylor qu'il avait connue. Et même si depuis que leurs chemins s'étaient séparés il avait pu se passer tellement de choses, il ne pouvait croire qu'elle ait changé à ce point.

Peut-être était-elle vraiment venue pour lui parler, mais il y avait certainement une part de curiosité. Il en avait été convaincu par une étrange lueur dans ses yeux dès leur première entrevue.

Il la saisit par les hanches sans cesser de dévorer ses lèvres encore quelques secondes. Il avait presque réussi à réunir ses forces pour interrompre ce baiser, lorsqu'elle avait passé les mains autour de son cou en soupirant de plaisir. Un de ces soupirs qui avaient toujours eu le don de lui faire perdre la tête.

Bon sang, il y avait des choses qui ne changeaient pas ! Même après tout ce temps, il la sentait éclore entre ses bras. Comment pourraient-ils reprendre où ils en étaient restés ? Comment est-ce que leur passion pouvait être toujours aussi vive après le temps passé ?

La main sur le bas de son dos, il la fit reculer de quelques pas jusqu'au chambranle de la porte contre lequel il l'adossa. Et lorsqu'il se plaqua contre son corps, elle l'entoura de ses jambes, s'agrippant à son cou dans un souffle.

— Sam, murmura-t-elle contre ses lèvres.

Il reconnut l'envie dans sa voix. Une envie qui faisait écho à la sienne.

Mais il ne pouvait pas. Il avait beau la désirer comme un fou, il ne pouvait pas aller plus loin. Pas maintenant… Il ne l'avait pas revue depuis seize ans et elle travaillait pour l'ennemi ! Il n'était plus ce jeune homme fou d'elle, incapable de se contrôler.

Il devait se concentrer sur ses affaires, sur sa mère qu'il devait soutenir. Il n'avait pas le temps pour ce genre de distraction, même avec sa si séduisante ex.

À grand-peine, il la remit sur ses pieds. Maty rouvrit les yeux.

— Qu'est-ce que tu fais, ça ne va pas ? demanda-t-elle dans un souffle.

— Je nous évite une erreur.

C'était si dur.

Lui qui avait pensé lui renvoyer son plan au visage, se retrouvait à ne plus savoir quoi faire du désir qui envahissait maintenant son corps.

— Mais c'est toi qui m'as embrassée, je ne comprends pas !

Il n'avait pas besoin qu'elle lui rappelle qu'il avait fait le premier pas. Il aurait dû rester dehors avec elle. Ne pas l'inviter à entrer, ou même la renvoyer d'où elle était venue avant même qu'elle n'ouvre la bouche.

Mais il n'avait pas pu s'en empêcher… Parader en lui faisant visiter sa maison, et l'entraîner jusque dans sa chambre.

— Tu essaies de prétendre que tu n'y avais pas pensé en venant me retrouver chez moi ? Ou que tu n'en avais pas envie ? Parce que je ne vais pas te croire ! dit-il en haussant les sourcils.

Maty rajusta ses cheveux.

— J'ai eu envie de t'embrasser, c'est vrai. Je ne regrette pas ce baiser. C'était bon, d'ailleurs, jusqu'à ce que tu coupes court.

Il reconnaissait là sa franchise directe habituelle. Il avait toujours aimé le fait qu'elle n'ait pas honte de son désir, qu'elle soit claire avec ses attentes. Pour lui, une femme qui savait ce qu'elle voulait n'était pas du tout un problème, bien au contraire.

Il devait être fou. Ou masochiste. Il avait beau le savoir, cela ne l'empêchait pas de renouveler ses erreurs. Il se rapprocha et la reprit par les hanches.

— Tu es en train de dire que si je n'avais pas coupé court tu nous aurais laissés continuer comme ça jusqu'à… Jusqu'à quand ?

Elle avait le regard brillant.

— Je ne sais pas, dit-elle. Nous sommes toujours attirés l'un par l'autre, non ? Où est le problème dans ce cas ? Nous sommes majeurs et consentants…

Il posa l'autre main sur son bassin.

Tu dois arrêter tout de suite cette folie !

Mais comme si un diablotin sur son épaule lui soufflait des encouragements démoniaques, Sam retrouvait le goût du risque qui le guidait en toutes circonstances.

— Nous ne sommes plus ceux que nous étions, dit-il en déboutonnant son jean sans la quitter du regard. Je ne suis plus le jeune homme d'autrefois, en tous les cas.

— Tu étais jeune mais pas naïf, dit-elle dans un soupir, lorsqu'elle sentit ses doigts effleurer ses hanches nues. Nous étions amoureux, c'est tout.

L'amour… Qu'en savaient-ils à l'époque ?

Ce qui se passait maintenant était de l'ordre du désir, le besoin de se prouver que c'était encore possible, qu'il pouvait la séduire et la combler.

Sans doute une façon aussi de prendre soin de son ego blessé lors de son départ, mais il s'en moquait. Maty plongea son regard dans le sien, comme si elle lui intimait l'ordre de poursuivre.

Elle le provoquait et il était du genre à ne jamais fuir devant un défi.

Il glissa lentement la main dans sa culotte et elle retint un gémissement en se mordant la lèvre sensuellement, sans jamais le quitter des yeux.

Serrant les dents pour essayer de garder le contrôle, il glissa un doigt en elle, tout doucement. Elle soupira et il la sentit se cambrer contre lui. Il poursuivit ses caresses, sans cesser de l'observer, comme s'il cherchait à ne rater aucune expression ou soupir qui lui serait adressé.

Elle saisit son poignet et la vision de ses doigts blancs crispés sur sa peau mate était ce qu'il y avait de plus sexy au monde à cet instant. Cette façon qu'elle avait de lui montrer son plaisir, d'aller le chercher elle-même.

Sam poursuivit jusqu'à ce qu'il sente le plaisir l'envahir. Elle cria en s'agrippant à ses épaules. Il aurait voulu que ce moment ne s'arrête jamais. Il aurait voulu lui procurer un plaisir infini et garder en mémoire chaque expression pour se les rappeler une fois qu'il se retrouverait seul dans cette grande maison vide.

Lorsqu'elle reprit une respiration plus lente, que son corps cessa de trembler, Sam rajusta délicatement sa culotte en dentelle. Elle avait gardé ce goût pour la lingerie fine, apparemment. Et lui aussi. Il rajusta son jean. Elle s'adossa au cadre de la porte, renversant la tête contre le montant en soupirant.

Les yeux fermés, elle resta silencieuse. Ce silence qui semblait assourdissant, maintenant. Il recula d'un pas pour maintenir un peu de distance entre eux et retrouver un peu de raison.

Il n'aurait pas dû faire ça et pourtant il ne le regrettait pas. Maty avait toujours été si passionnée, si réactive. Et voilà qu'il se comportait comme un sale égoïste. Ils n'étaient plus les mêmes. Plus les mêmes amants qu'autrefois. Maty aussi avait changé. Elle semblait plus intense encore. Elle ne retenait rien, ne cachait rien. Elle avait laissé le plaisir l'envahir librement et il espérait qu'elle non plus ne le regretterait pas.

— Tu as toujours envie de parler ? demanda-t-il quand le silence se fut suffisamment étiré.

Elle sembla mettre un certain temps à fixer son regard sur le sien.

— Parler…, répéta-t-elle pensive. Tu as vraiment changé, alors, si tu peux passer aussi rapidement du sexe à la discussion.

Sam croisa les bras, non pas parce qu'il avait envie de se tenir à distance, mais parce qu'il avait trop envie de replonger dans ses bras. Plonger la tête la première dans une erreur était parfois si bon. Ne serait-ce que le temps d'un instant. Mais à la fin, la situation restait la même. Elle était toujours dans le camp ennemi. Une très sexy et très ardente ennemie.

— Je n'ai pas changé, rétorqua-t-il. Lorsque je veux quelque chose, je vais le chercher.

Elle haussa un sourcil.

— Et tu voulais me donner un orgasme sans rien prendre en retour ? demanda-t-elle.

— Pourquoi est-ce si difficile à croire pour toi ? Je ne crois pas avoir été un macho égoïste autrefois…

Maty pencha la tête, plissa les yeux et sembla l'étudier un moment.

— Non. Et d'ailleurs, je n'ai jamais connu d'autre homme comme toi.

Sam ressentit un mélange de jalousie qui n'avait pourtant pas lieu d'être. Elle avait connu d'autres hommes, évidemment, tout comme il avait aussi rencontré des femmes, mais l'entendre ainsi formulé était brutal, alors même qu'il aurait pu le prendre comme un compliment.

— Je ne crois pas que ça existe, et j'en suis tout à fait heureux.

— Et qu'est-ce qu'on fait, maintenant ? Nous reprenons notre visite guidée ? lança-t-elle d'un ton rieur. Tu veux essayer une autre pièce ?

Sam éclata de rire devant son audace, même s'il savait qu'elle plaisantait.

— Tu es venue me trouver, dit-il en haussant les épaules. Qu'est-ce que tu voulais ?

Maty soupira et serra les lèvres.

— Honnêtement, j'avais envie de savoir ce que tu étais devenu depuis que nous étions séparés. Je veux dire au-delà de la façade de l'homme d'affaires qui monte et dont tout le monde parle. Je voulais connaître un peu mieux l'envers du décor.

Ne voulait-elle pas surtout avoir des armes personnelles, sans doute pour les utiliser contre lui plus tard ou les offrir à Rusty ? Sam jouerait le jeu, mais il resterait aussi sur ses gardes. Il avait la certitude que rien de bon ne pouvait sortir de l'intérêt de Lockwood pour ses affaires. Et il était inquiet aussi pour Maty. Il pouvait gérer Rusty, mais elle, en serait-il capable ? En avait-il seulement envie ? Il la sentait vulnérable, sans pouvoir identifier ce que c'était, car elle se gardait bien de le montrer, mais c'était en tous les cas une sensation qu'il n'avait pas connue lorsqu'ils étaient ensemble.

Maty ne savait pas à qui elle avait affaire avec Rusty, et Sam préférait qu'elle n'ait pas à s'en rendre compte d'elle-même. Il lui souhaitait de s'éloigner de lui au plus vite, mais elle ne semblait pas l'envisager. Comment la sortir de ses griffes ?

— Viens, allons faire le tour du lac, la nuit est belle, proposa-t-il.

— Tu préfères ne pas rester trop près du lit ? plaisanta-t-elle encore.

Sam avança jusqu'à ce qu'elle bute contre le cadre de la porte à nouveau.

— Maty, si nous devons faire l'amour, je me moquerai bien qu'il y ait un lit ou pas.

Son regard se troubla et Sam recula d'un pas avant de s'engager dans l'escalier. Il devait s'éloigner avant de lui prouver combien il avait envie d'elle.

Combien de temps son corps allait-il continuer à vibrer après cet orgasme ? La présence de Sam tout près d'elle n'aidait pas du tout, il fallait dire, et ses sous-entendus encore moins.

Si nous devons faire l'amour…

Il avait prononcé cette phrase si naturellement, avec une telle confiance dans la voix… Elle savait que plus elle passerait de temps avec Sam, plus elle devrait affronter cette attirance. Elle n'avait pas anticipé en revanche que ce serait aussi fort, au point qu'elle avait eu la tentation de le déshabiller pour se jeter sur lui, avant qu'il ne propose d'aller faire le tour de son jardin pour profiter de la vue sur le lac au coucher du soleil.

— Je devine que tout ne s'est pas passé comme tu l'espérais en Virginie ?

Comme si elle avait envie de se plonger dans tout cela après ce qu'ils venaient de partager…

— Je préférerais parler de toi.

Le soleil n'était pas encore couché, mais d'ici à peine une demi-heure ses dernières lueurs orangées auraient disparu, remplacées par un beau ciel étoilé. La nuit dans cette nature devait être tellement apaisante. Maty se sentait pourtant tout sauf apaisée.

Elle ne savait pas quoi dire, pas plus qu'elle ne savait ce qu'elle devait ressentir ou comment se comporter après ce qu'ils avaient partagé dans sa chambre. Comment allait-elle pouvoir reprendre des relations purement professionnelles, maintenant ? Impossible…

Maty marchait à côté de lui, mais Sam s'arrêta pour sortir son téléphone qui vibrait. Il regarda le nom de son correspondant et jura avant de rempocher son portable. Maty avait eu le temps de voir son nom.

Carla Hawkins.

— Tu peux répondre, si tu veux, dit-elle.

— Non, je préfère rappeler, dit-il. Alors tu voulais savoir ce que je devenais ?

Il se remit en marche en soupirant. Maty ne connaissait pas l'état de ses relations avec sa mère… Elle savait que Sam se montrait très protecteur envers Carla à l'époque et se souvenait bien de l'énergie qu'il employait à essayer de l'aider par tous les moyens, malgré ses résistances et rechutes perpétuelles.

— Comment va ta maman ?

— Comme toujours… Les mêmes problèmes de jeu…, dit-il en faisant un geste élusif. Et toi, alors ? Tu es revenue ici juste pour travailler pour Lockwood ?

Maty enfouit les mains dans ses poches et fixa ses pieds dans l'herbe.

— Je suis venue pour essayer de commencer une nouvelle vie, disons.

— Une nouvelle vie qui implique de travailler pour un sale type sans scrupule ?

— Je n'ai pas à justifier pour qui je travaille, je n'ai pas à te rendre des comptes.

Sam s'arrêta et lui prit le coude.

— Pour quelqu'un d'assuré tu sembles particulièrement sur la défensive !

Elle soutint son regard, cherchant à ignorer le contact de sa main et les frissons qu'il lui provoquait.

— Si tu veux savoir ce que cherche Rusty, dit-elle, c'est bien simple : il veut tout simplement racheter ton affaire. C'est limpide, non ?

Sam hocha la tête.

— Oui, ça, je le sais.

— Et je ne lâcherai pas tant que je n'aurai pas rempli mon contrat.

Sam la fixa. Il avait un léger sourire aux lèvres qui s'effaça.

— Alors cela va devenir intéressant, car pour ma part c'est très clair : plutôt mourir, que de laisser ma distillerie aux mains de Lockwood.

Maty savait qu'il était sérieux. Mais elle l'était aussi. Il devait bien y avoir un moyen, quelque chose à faire. Elle allait trouver.

— Je sais que tu es prête à tout pour essayer d'arriver à tes fins, même si cela implique de te frayer un chemin dans ma vie. Je suis prêt à te laisser faire, Maty, mais tu n'obtiendras jamais mon entreprise, et encore moins mon cœur !

- 6 -

Le lendemain matin, Sam se reprocha amèrement d'en avoir autant dit à Maty. Il avait voulu qu'elle sache qu'elle perdait son temps, mais il avait l'impression que le jeune Sam blessé en lui avait repris les rênes devant elle.

Quoi qu'il en soit, il n'avait guère le temps ni la disponibilité d'esprit de s'inquiéter de tout cela bien longtemps. Il devait s'occuper de sa mère. Encore une fois.

Elle l'avait appelé ce matin dans un moment de panique alors qu'elle venait d'ouvrir ses factures. Sam ne supportait pas ses crises d'angoisse au téléphone et il préférait se rendre chez elle rapidement, dans la petite maison qu'il lui avait achctée il y a quelques années.

Parfois, il devait se montrer ferme avec elle, tant elle se reposait sur lui. Non pas qu'il se refuse à l'aider, mais il espérait qu'elle retrouve indépendance et fierté, c'était la seule façon qu'elle sorte du cercle vicieux du jeu qui lui faisait jeter son argent par les fenêtres.

Il aimait sa mère, mais elle avait un problème et il ne voulait pas lui faciliter les choses. S'il ne tenait pas à elle, il ne serait pas là pour elle à chaque fois, mais il était parfois difficile de rester ferme face à son abattement et ses crises d'angoisse.

Lorsqu'elle l'avait appelé, il s'était dit que c'était l'occasion de lui parler de la lettre et de ce qu'il avait appris au sujet de son père. Il voulait entendre sa version des choses, qu'elle lui explique comment elle avait bien pu accepter de fréquenter un homme comme Lockwood, pour commencer.

Sam se gara dans l'allée devant chez elle, juste derrière sa petite voiture rouge. Il prit son téléphone et descendit de son pick-up. Sa mère était devant la porte, en train de fumer une cigarette, une tasse de café à la main.

— Mon chéri, ce n'était pas nécessaire de venir aussitôt ! lança-t-elle lorsqu'il sortit de voiture. Je vais me débrouiller, tu sais.

— C'est ce que tu dis toujours.

Il gravit les quelques marches en empochant son téléphone. Si elle n'avait pas souhaité qu'il vienne, elle n'aurait pas appelé.

— De quoi s'agit-il, alors ? Combien est-ce que tu dois, cette fois-ci ?

— Ça dépend à qui, répondit-elle en baissant ses yeux bruns.

Ses traits tirés et ses yeux cernés indiquaient bien son état de stress. Ses dettes la rendaient toujours très anxieuse, même si elle s' attendait à celles-ci… Elle était pourtant incapable de briser ce cercle vicieux.

— Laisse-moi deviner : à ton fournisseur d'électricité, ton organisme de crédit ou d'autres malfaiteurs à qui tu dois de l'argent ?

Ses lèvres pincées lui signifièrent qu'il avait visé juste du premier coup.

— Tu ne peux pas t'empêcher de me juger ! C'est pour ça que tu es venu ? Pour me mettre plus bas que terre en me rappelant que toi, tu n'as pas de problèmes ?

Il n'avait pas de problèmes ? Première nouvelle… Mais elle en ignorait tout… C'était elle qui risquait d'en avoir un de plus une fois qu'il aurait démêlé le nouveau mystère qui lui était tombé dessus. Sa mère était pourtant aimante et bienveillante lorsqu'elle était dans son état normal, mais dès qu'elle avait des soucis, elle devenait amère et agressive. Il avait l'impression qu'elle était de plus en plus avancée dans le processus d'autodestruction…

— Combien dois-tu, maman ?

— Si j'inclus les factures en retard, j'arrive à douze mille dollars.

Le total n'était pas un problème pour lui, mais c'était une sacrée somme pour envisager un étalement de remboursement. Et c'était énorme lorsqu'on pensait qu'il l'avait tirée d'un mauvais pas du même type la semaine précédente.

Tout ce qu'il voulait, c'était pouvoir lui faire confiance. Il lui avait demandé de venir travailler pour son entreprise, auprès de lui, mais cela restait encore impossible à ses yeux. Et cela le rongeait chaque jour. Il aurait tant aimé pouvoir entretenir une vraie relation avec elle, mais la confiance ne se décrétait pas, ils devraient la reconstruire ensemble, mais pour y parvenir il avait besoin de sa participation.

— J'imagine qu'il y a des pénalités de retard importantes, pour atteindre cette somme ?

— Il est possible que j'aie une dette de quelques milliers de dollars envers mon amie Sally, marmonna-t-elle dans sa cigarette. Et le reste ce sont quelques factures qui traînent depuis la semaine dernière, que je ne t'ai pas mentionnées parce que je pensais pouvoir m'en tirer seule.

Toujours la même histoire… Elle pensait toujours pouvoir s'en tirer toute seule et cela finissait de cette façon : un appel en panique.

— Si Sally était vraiment ton amie, elle arrêterait de te prêter de l'argent pour que tu le joues. Quoi qu'il arrive, les factures devraient toujours être prioritaires, on en a déjà parlé.

Sa mère souffla la fumée de sa cigarette en fixant les montagnes.

— C'est dur, dit-elle alors que des larmes roulaient sur ses joues. J'essaie, Sam, tu le sais, mais l'autre jour, j'ai eu un coup de chance et j'ai cru me refaire…

Comme toujours depuis des années, des décennies, même… Sam connaissait son rythme habituel. Un café devant son ordinateur pour se connecter aux plates-formes de jeux en ligne. Il avait le souvenir très précis de tous ces matins de son enfance. Dernièrement, pourtant, les choses s'étaient aggravées et il était temps de mettre un terme à cette folie.

Que fallait-il pour qu'elle comprenne ? Que fallait-il pour qu'elle comprenne qu'elle ne retrouverait jamais les années perdues et qu'elle ne pouvait pas indéfiniment jeter son argent par les fenêtres. Où en serait-elle aujourd'hui sans son aide ?

Lorsqu'il avait eu dix-huit ans et qu'elle lui avait donné un petit pécule pour sa majorité, elle avait prétendu qu'il provenait de ses gains au jeu, mais il comprenait aujourd'hui qu'il s'agissait sans doute de l'argent de Rusty Lockwood pour se dédouaner de ses éventuelles responsabilités parentales, sans doute.

C'était avec ces fonds qu'il avait lancé Hawkins. Il ne savait pas trop comment analyser cela à l'heure actuelle. Quelle ironie que ce soit justement celui qui voulait lui racheter son entreprise qui en ait financé le lancement sans le savoir…

— Donne-moi le nom de cette femme à qui tu dois de l'argent, et aussi tes documents de reconnaissance de dette, je vais m'occuper de tes factures aussi, mais tu n'auras pas un centime de plus de ma part ensuite, est-ce que c'est bien clair ?

— Je suis ta mère, répliqua-t-elle, blessée, et ce n'est pas ma faute si je ne gagne pas autant d'argent que toi !

— Si tu gérais ton argent au lieu de le jouer, tu aurais quelques économies.

Elle n'avait certainement jamais eu le moindre centime de côté, malgré son poste d'assistante administrative. La simple idée d'épargne lui était d'ailleurs totalement étrangère de manière générale.

Il fallait que cela s'arrête. Il allait réfléchir à la possibilité d'une procuration sur son compte, mais il devait d'abord régler quelques détails.

Il alla s'asseoir sur le rocking-chair en regardant sa mère passer du café à sa cigarette.

Il ne savait pas comment aborder les sujets qui le préoccupaient. Il n'avait pas la moindre idée de sa réaction. Reconnaîtrait-elle seulement qui était son père biologique ? Il n'était pourtant pas du genre à reculer devant la difficulté même s'il s'agissait de poser une bombe qui risquait de lui exploser à la figure. Mais il méritait de connaîtrc la vérité et sa mère avait le droit aussi de lui présenter sa version des choses.

— J'ai reçu une lettre intéressante à mon retour de voyage, commença-t-il.

Carla vida sa tasse de café et la posa sur la balustrade. Puis elle se tourna vers lui.

— Est-ce que tu connais Lori Campbell ? Ce nom te dit quelque chose ?

Elle fronça les sourcils et fit « non » de la tête.

— Jamais entendu parler.

— Elle est décédée il y a un mois, mais elle avait laissé cette lettre derrière elle. Pour moi.

Sam observait sa mère avec attention, mais il ne nota aucune réaction.

— Pourquoi est-ce qu'une femme morte t'aurait écrit ?

demanda-t-elle avant de plisser les paupières. Tu n'aurais pas mis une femme enceinte ?

— Non, maman. Lori était la mère d'un de mes associés, expliqua-t-il alors que le mot *frère* résonnait dans sa tête. Son fils est Nick Campbell, il rénove le vieux bâtiment d'Elkin Mountain. Sa mère prétend que Rusty Lockwood serait mon père biologique et celui de son fils.

Sa cigarette lui glissa de la main et tomba sur le sol. Elle ouvrait de grands yeux.

— À en juger par ta réaction, je devine que ça t'évoque quelque chose…

La douleur était vive. Elle savait cela depuis trente ans et avait délibérément choisi de ne pas lui en parler. Il n'avait jamais eu la moindre liberté de décider de ce qu'il devait faire vis-à-vis de son père et de leur relation.

Il comprenait pourtant une partie de son appréhension. Sa mère n'aurait jamais eu la force de lutter contre quelqu'un comme Rusty. Mais Sam, si. C'était précisément ce qu'il était en train de faire.

— Cet homme est un sale type, lança-t-elle. Nous nous portions bien mieux sans lui.

— Oui, mais il est arrivé un moment où j'avais droit à la vérité. J'étais capable d'y faire face, mentalement et financièrement, ajouta-t-il. Combien d'argent t'a-t-il donné pour sortir de sa vie ?

— Cinquante mille, dit-elle en glissant une mèche de ses cheveux noirs derrière une oreille. Je ne jouais pas autant à l'époque et j'ai eu la présence d'esprit d'en mettre la moitié de côté pour toi. L'autre moitié m'a servi à acheter une voiture et obtenir un appartement plus confortable.

Sans cet apport, Sam se demandait s'il aurait été capable d'acquérir sa distillerie. Peut-être pas, même s'il avait l'impression d'avoir toujours eu ce métier dans le sang.

— Je ne te reproche pas d'avoir fait ce que tu pensais juste, dit-il. Mais tu aurais dû me dire la vérité au bout d'un moment.

— Bon et maintenant, qu'est-ce que tu attends ? Tu voudrais aller le rencontrer pour organiser une grande réunion familiale ? Tu le connais pourtant, tu sais quel genre d'homme il est !

Sam sourit tristement.

— Oh oui…

En poussant un soupir, il se leva et saisit la balustrade, fixant dans le lointain les brumes sur les montagnes.

— Je ne sais pas ce qu'il aurait fallu faire, mais je peux te dire que je n'ai pas aimé apprendre la vérité ainsi et découvrir de qui il s'agissait. Tu sais à quel point je déteste cet homme.

Sa mère se leva et avança jusqu'à lui. Elle lui tapota la main. Sam savait combien ce geste lui coûtait. Venir lui parler de tout cela l'était tout autant. Dire qu'elle avait gardé ce secret pendant trente ans…

— J'ai travaillé pour Rusty, expliqua-t-elle. Je faisais le ménage chez lui depuis environ deux mois, lorsque nous avons eu une aventure. Je n'avais que dix-huit ans et pas la moindre idée de ce que je voulais faire dans la vie. Et puis je suis tombée enceinte.

Sam ne pouvait s'empêcher de compatir en imaginant combien tout cela avait dû être difficile pour elle… Une jeune femme sans repères, elle avait dû être terrifiée.

— J'étais si naïve, murmura-t-elle. J'ai imaginé un temps qu'il allait me proposer de venir emménager avec lui dans son immense demeure et que nous t'élèverions ensemble. Il me semblait qu'il ne fréquentait personne d'autre à l'époque… Mais j'ai appris plus tard qu'il enchaînait les aventures sans lendemain. Il n'avait pas plus de scrupules dans sa vie qu'en affaires.

— Et il t'a proposé un chèque pour acheter ton silence ? suggéra Sam.

— Oui, c'est à peu près cela, répondit-elle tristement. Alors j'ai pris l'argent et je l'ai investi pour que tu aies une vie correcte. Je voulais ce qu'il y avait de mieux pour toi, pas comme moi…

Sa voix se brisa et Sam se retourna pour la serrer dans ses bras. Elle avait perdu du poids. Sa mère avait toujours été un petit modèle, mais aujourd'hui elle lui semblait presque fragile. Il fallait qu'il garde un œil sur elle, car si elle se laissait aller, alors son addiction prendrait le pas sur tout le reste.

— Je suis désolée d'être une telle déception pour toi, murmura-t-elle contre son torse.

Sam s'écarta pour essuyer ses larmes.

— Tu n'as jamais été une déception. Si je ne t'aimais pas, je ne serais pas là, mais il faut que tu me laisses t'aider et que tu aies envie que je t'aide. Ce que je pense de toi n'est pas l'enjeu, il faut que tu t'aimes toi-même suffisamment pour vouloir changer.

Elle acquiesça doucement en reniflant, levant ses yeux rougis vers lui.

— J'essaie, Sam, je te le promets.

Il savait bien qu'elle avait eu un but autrefois, des aspirations dans la vie. Personne ne décide de sombrer dans l'enfer du jeu ou dans une quelconque addiction. Il refusait de la laisser couler.

— Je vais régler tes factures et tes dettes, et nous allons te chercher de l'aide.

— Et Rusty ? Qu'est-ce que tu comptes faire avec lui ? Il est tellement puissant…

Sam se mit à rire.

— Ce sale arrogant s'imagine qu'il peut menacer

le monde entier, mais je ne le crains pas. Tu n'as pas à t'inquiéter de lui.

Elle lui tapota doucement la joue, comme elle le faisait souvent quand il était petit.

— Sois prudent…

Bien sûr, qu'il serait prudent. Rusty n'était pas le problème en soi, Sam ne le laisserait pas toucher aux gens qu'il aimait.

Ce qui lui fit penser à… Maty

Il saurait être prudent avec Rusty, mais avec Maty, c'était une autre histoire. Il savait que tout n'était pas réglé entre eux, loin de là.

Cela venait à peine de recommencer.

Qu'elle soit dans le camp ennemi ou pas, il avait entrevu le genre de femme qu'elle était devenue et il n'en avait pas eu assez !

- 7 -

Après la visite à sa mère de bon matin et une longue journée de travail, Sam avait par-dessus tout envie de souffler… Ses pensées ne cessaient pourtant de le ramener à Maty.

Lors de sa visite chez lui, il l'avait retrouvée plus passionnée que jamais. Cette façon qu'elle avait eue de s'abandonner à ses caresses, de lui dire clairement qu'elle était prête à aller plus loin. Cette franchise brute l'avait perturbé et il devait bien reconnaître qu'il n'avait pas cessé de penser à elle depuis lors.

Voilà donc qu'il faisait route vers l'appartement qu'il avait eu la surprise de trouver associé à son nom dans ses recherches sur Internet. Une adresse qu'il ne connaissait que trop bien… Elle ne lui avait rien dit à ce sujet lors de sa visite.

Encore des secrets…

Ces quartiers qui avaient autrefois été vivants et animés semblaient tristes et éteints. La résidence dans laquelle se situait l'appartement paraissait encore plus miteuse qu'à l'époque où il y avait vécu adolescent.

Entre les émotions liées au retour de Maty, leurs retrouvailles plus intimes la veille et la découverte stupéfiante de son adresse actuelle, Sam avait l'impression de plus en plus nette qu'il commettait une erreur en venant la voir.

Mais ce ne serait pas sa première erreur, après tout, et il était prêt à tenter le tout pour le tout.

Il s'engagea dans le parking et passa en revue chacune des entrées de ces lieux familiers. Il repéra la voiture de Maty garée précisément devant ce qui avait été sa maison toute son enfance.

La colère l'envahit. Il y reconnaissait la vilaine patte de Lockwood… Et Maty était son appât. Quelles qu'aient été les manigances de Rusty, Sam devait y mettre un terme au plus vite.

Cet homme qui avait abusé sa mère et manipulait aujourd'hui Maty avait réussi à le faire sortir de ses gonds une fois encore. Il se sentait capable d'aller se confronter à lui et éventuellement de lui coller son poing dans la figure sans trop se faire prier.

Il devrait se contenter de protéger sa distillerie et tout ce qui lui tenait à cœur des griffes de ce vautour.

Il se gara à côté de la voiture de Maty et fixa la porte qu'il avait franchie des milliers de fois, enfant. Il n'était pas effrayé par ses souvenirs d'enfance. Sa mère l'avait toujours aimé et elle avait fait de son mieux, mais cela semblait une époque si lointaine que c'en était surréaliste.

Il se demanda ce que Maty avait ressenti en revenant ici, dans cet appartement défraîchi… Qu'était-il advenu de son appartement en Virginie ? Et n'avait-elle pas hérité du patrimoine de sa famille ?

Sam ne savait rien de tout cela, mais il avait la certitude que Rusty avait dû trouver un levier de poids pour la décider. Il lui fallait tous les tenants et aboutissants s'il voulait l'aider.

Il se dirigea vers la porte noire à la peinture craquelée. Rien ici n'était accueillant, mais Maty avait placé une décoration jaune vif sur la porte qui la faisait se détacher un peu des autres.

Il frappa avant de reculer d'un pas pour patienter. Il entendit du mouvement à l'intérieur et se rappela qu'il était venu pour lui parler calmement et pas pour exploser au sujet de Rusty et de ses manipulations, comme celle qui faisait qu'elle logeait précisément ici…

Il entendit le bruit du verrou, puis la porte s'ouvrit. Maty écarquilla de grands yeux. Elle avait son téléphone à l'oreille, et il lui fallut un instant pour gérer sa surprise avant de libérer le passage pour Sam, tandis qu'elle retournait à l'intérieur, poursuivant sa conversation téléphonique. Il prit cela pour une invitation silencieuse à entrer.

— Dites-lui que je serai là dès que possible, et s'il vous plaît, dites-lui que je l'aime !

Sam referma la porte derrière lui, tandis que Maty raccrochait. Il regarda la pièce autour de lui, sans bien savoir ce à quoi il s'attendait.

Au moins la vieille moquette avait-elle été remplacée par un revêtement en vinyle façon faux bois. Il y avait un canapé. Une chaise. Une lampe. Pas de photos sur les murs. Un pichet en verre était posé sur la table avec quelques fleurs sauvages qu'elle avait sans doute cueillies sur un bord de route.

Les lieux lui étaient étrangement familiers tout en étant différents. La nostalgie l'envahit, mais il la repoussa de toutes ses forces. Il ne comptait pas laisser Rusty l'atteindre avec son passé.

— Pourquoi es-tu venu ici ?

Sam fixa Maty qui semblait peu réjouie de le voir, ce n'était rien de le dire. Mais il voulait des réponses maintenant. Il les méritait.

— J'ai pensé que je pourrais passer te proposer de manger un morceau avec moi.

Ce mensonge lui était venu spontanément. La vérité était qu'il avait commencé par penser à leurs caresses toute la journée. C'était en découvrant son adresse qu'il avait eu besoin de réponses.

Il aurait aussi voulu savoir à qui elle voulait témoigner son amour par téléphone, mais cela ne le regardait certainement pas.

Elle devait être rentrée depuis peu de temps, à en juger par son tailleur strict et ses cheveux tirés en arrière. Elle avait dû enlever ses chaussures en entrant, car elle était pieds nus… Ce qu'il trouva étonnamment excitant.

Mais la vérité était qu'à peu près tout en elle lui faisait cet effet… Depuis son apparence, à son regard inquiet, ses lèvres pincées ou la vulnérabilité qui émanait d'elle. Il la désirait comme jamais, à cet instant.

— Tu t'arrêtes à l'improviste pour me proposer de diner ? demanda-t-elle, suspicieuse. Je ne te crois pas, Sam Hawkins !

— Bon, tu as raison, ce n'est pas ça, mais maintenant, j'ai faim, alors que dis-tu de ma proposition ?

— Tu ne comptes rien dire quant à cet appartement ? demanda-t-elle.

Sam serra les dents et pesa ses mots. Il brûlait de la questionner, mais il savait qu'il fallait qu'il retienne ses questions et surtout sa colère. Rusty tirait les ficelles et Sam comptait bien les couper une par une.

Si Lockwood avait fureté dans le passé de Sam pour retrouver cet appartement, c'était sans doute parce qu'il connaissait sa mère. Se souvenait-il d'elle, savait-il qui il était ou n'était-elle qu'une mésaventure parmi d'autres qu'il avait payée puis oubliée ?

— Qu'est-ce que tu veux que je dise ? répliqua Sam en avançant vers elle. Je reconnais bien là les idées tordues de Rusty pour m'atteindre. Il veut que je me souvienne de notre relation, et au passage me rappeler d'où je viens. Je ne sais pas bien quelle est son intention d'ailleurs, mais je devine où il veut en venir et je sais qu'il se sert de toi pour me faire flancher plus facilement. Pourquoi ne me dis-tu pas ce qu'il a contre toi ?

Elle serra les lèvres.

— Je t'ai déjà dit que je ne peux pas évoquer ce qui me lie à un client.

— Si l'on considère que je suis le dénominateur commun entre nous, j'aurais imaginé qu'il était possible que tu m'en fasses part.

Maty soupira et se glissa la main dans les cheveux, retirant les épingles qui maintenaient son chignon, jusqu'à ce que la masse de boucles blondes s'étale sur ses épaules. Elle passa la main dans les ondulations et Sam sentit tout son corps se tendre. Il brûlait de ressentir ce contact soyeux sur son corps, sous ses doigts.

Il ne pouvait s'empêcher de se demander si elle n'essayait pas de le séduire à chacun de ses gestes, aussi anodins soient-ils. La frontière était sans doute ténue.

— Écoute, je suis épuisée et tendue ce soir, je n'ai qu'une envie : enfiler une tenue confortable, retirer mon soutien-gorge et ne rien faire.

Sam sourit.

— Je ne voudrais pas t'empêcher de retirer ton soutien-gorge !

Maty leva les yeux au ciel et se tourna vers le couloir qui menait à la chambre.

— Une réponse tellement prévisible ! soupira-t-elle en disparaissant.

Sam aurait donné n'importe quoi pour la suivre, mais il sentait que ce n'était pas le moment. Il était tendu, lui aussi. Ces révélations étranges, Maty, Rusty et sa mère, cela faisait beaucoup à la fois.

Lorsqu'elle revint en legging noir et un T-shirt ample qui lui découvrait une épaule, il serra les poings involontairement. Comment pouvait-elle être encore plus sexy, alors qu'elle n'avait plus la moindre trace de maquillage et ne portait qu'une tenue d'intérieur ?

C'était sans doute la Maty qu'il avait connue à l'époque qu'il retrouvait. Simplement belle et naturellement élégante. Elle incarnait tout ce qu'il aimait chez une femme.

— Tu comptes rester sur le pas de la porte, ou tu vas finir d'entrer ? demanda-t-elle.

— Je ne me suis pas encore décidé.

Elle croisa les bras devant sa poitrine, lui rappelant au passage qu'elle avait bel et bien retiré son soutien-gorge. Elle devait bien s'amuser à le torturer ainsi.

— Pourquoi est-ce que tu es venu ?

— Je voulais te voir.

— Tu espérais reprendre où nous nous en étions arrêtés ? suggéra-t-elle.

Sam haussa les épaules. Inutile de prétendre le contraire. Il ne pouvait nier qu'il la désirait et il était à peu près sûr que c'était réciproque.

— Maintenant, je voudrais surtout savoir pourquoi tu es ici, dans cet appartement, et pourquoi tu laisses un type comme Lockwood se servir de toi.

Elle ne répondit pas et Sam sentit que, tant que personne ne baisserait la garde, ils resteraient mutiques l'un en face de l'autre. Mais ils étaient aussi têtus tous les deux. D'ailleurs sa détermination contribuait encore à rendre la Maty d'aujourd'hui plus séduisante à ses yeux.

Il voulait la connaître mieux. Il savait que c'était risqué, mais ne pouvait s'en empêcher. C'était bien la dernière chose dont il avait besoin, pourtant… De quoi s'agissait-il en réalité ? Pouvait-il parler d'une relation ? Ils n'avaient pas même une aventure, même s'il ne parvenait à exclure cette possibilité de son esprit.

Après les quelques instants partagés avec elle dans

sa chambre, il n'avait cessé de fantasmer. Il était prêt à parier sa distillerie qu'elle aussi s'était rejoué la scène plusieurs fois les heures suivantes.

Mais sa distillerie était déjà en jeu.

Il ne devait pas oublier qu'elle travaillait pour l'ennemi. Celui qui essayait de lui prendre tout ce qu'il avait construit. Cela ne signifiait pas qu'il ne pouvait rien partager avec elle, mais il ne devait pas laisser des sentiments se développer. Rien d'autre que le sexe.

— Laisse-moi m'inquiéter toute seule de ma vie personnelle, répondit-elle.

Sam avança et se planta devant elle, effleurant du pouce les ombres noires sous ses yeux.

— Tu es épuisée et tu ne mérites pas de vivre ici. Laisse-moi t'aider.

Elle ne cilla pas.

— Parce que tu as envie de moi ?

— Si j'ai envie de toi ou pas ne change rien, répliqua-t-il en posant la main sur son épaule nue. Je n'aime pas te voir ainsi, fatiguée et manipulée.

Avant qu'elle n'ait le temps de répondre, Sam recula d'un pas.

— Mets des chaussures, je t'emmène dîner.

— Je ne suis plus vraiment habillée pour dîner, répondit-elle en souriant.

Il se moquait bien de sa tenue, étant donné l'effet qu'elle lui faisait déjà, et il n'avait pas prévu de l'emmener dans un lieu public.

— Personne d'autre que moi ne te verra.

Maty hocha la tête.

— Pourquoi est-ce que cela me donne l'impression que tu as une idée derrière la tête ?

Il ne put s'empêcher de rire.

— Si tu insistes…

Elle haussa les épaules et repartit vers sa chambre.

— Laisse-moi mettre mes chaussures.

Il ne pouvait s'empêcher de se demander s'il n'était pas en train d'entrer dans le piège de Rusty sans même s'en apercevoir. Il pensait être assez méfiant, et pourtant il fallait bien admettre qu'il était totalement à fleur de peau en sa compagnie.

Mais après tout, il n'y avait pas de raison qu'ils ne puissent reprendre où ils en étaient restés la veille. Une aventure sans lendemain permettrait sans doute qu'ils passent à autre chose et se débarrassent de cette tension grandissante entre eux.

Sam décréta qu'il sortirait de toute cette histoire entier, victorieux et le cœur intact.

Maty aurait dû s'attendre à voir Sam débarquer ainsi chez elle.

— C'est toi qui cuisines ? demanda-t-elle.

— Eh bien, non, mais mon cuisinier a préparé plusieurs plats aujourd'hui, tu pourras choisir.

Il entra dans son garage et la porte se referma derrière eux. Elle se sentit tendue à l'idée de se retrouver seule avec Sam dans la pénombre. Il avait raison sur le fait qu'elle était vulnérable et que Rusty se servait d'elle, mais lui en parler ne réglerait pas son problème, d'autant plus que Sam tenterait de voler à son secours.

Il fallait qu'elle se débrouille de son côté dans ces nouvelles épreuves de la vie et qu'elle parvienne à se relever seule.

Elle trouverait bien une façon de sortir de tout cela sans que personne n'y perde de plumes. Bien sûr, elle s'exposait à quelques égratignures émotionnelles, mais c'était le prix à payer pour que son frère bénéficie des soins dont il avait besoin. Elle était prête à tout pour lui. Il était sa seule famille à ce jour.

Elle sentit des larmes lui monter aux yeux. Elle avait horreur d'être aussi émotive, en particulier en face de Sam. Pleurer ne résolvait rien et elle n'avait pas le temps de s'abandonner.

À une époque, elle avait tout, pourtant. Une famille, une carrière réussie et lucrative. Il ne lui manquait presque rien pour devenir associée dans l'une des principales et plus prestigieuses entreprises d'Arlington, en Virginie.

Tout avait changé en moins d'un an, avec la mort de ses parents, la blessure de son frère et le chantage de Rusty à la suite.

Maintenant qu'elle était au fond du seau, de retour dans sa ville natale, face à la dernière personne qu'elle aurait voulu revoir à ce moment si difficile… Voilà que cet homme était son dernier recours.

Alors qu'elle ouvrait sa portière, Sam avait déjà fait le tour pour lui tendre la main.

— Est-ce qu'on peut parler des larmes dans tes yeux ? demanda-t-il.

Rien ne lui échappait jamais. Il avait toujours été tellement en phase avec ses émotions et ses sentiments. Peut-être était-ce là une compétence qu'il avait développée en grandissant avec une mère célibataire.

— Pas forcément, répondit-elle. Est-ce que tu veux parler de ta mauvaise journée ?

Sam hocha la tête.

— Allons plutôt jeter un œil à ce que mon chef nous a préparé.

Un point partout. Cela convenait à Maty. Il valait mieux qu'ils évitent les échanges trop intimes. Et les orgasmes ne comptaient pas.

Elle le suivit dans la maison. La cuisine avait le plus grand îlot central en béton qu'elle ait jamais vu.

Elle prit un siège au bar et déposa son sac, tandis que Sam fouillait dans son réfrigérateur pour en sortir différent plats.

— Je te propose un buffet varié, dit-il. Veux-tu t'occuper du vin ?

— Tu bois du vin ? demanda-t-elle en découvrant une impressionnante cave à vin de service.

Il lui adressa un regard par-dessus l'épaule.

— Je suis un connaisseur de tout ce qui se fait de raffiné ! répondit-il.

Elle préféra faire mine de ne pas saisir son allusion. La tension était déjà suffisante.

Elle choisit une bouteille de pinot, bien fraîche.

— Où est ton tire-bouchon ?

Sam posa quelques victuailles et couverts sur la table et pointa du doigt le minibar.

La vue par la porte-fenêtre était à couper le souffle. Avec le soleil qui se couchait derrière les montagnes dans le calme du soir, Maty ressentit un vague apaisement. Sam n'insistait pas pour obtenir des informations, c'était aussi un soulagement.

Dans son état global d'anxiété, elle ne savait pas comment elle réagirait face à son insistance. Elle avait tellement besoin de pouvoir se reposer sur quelqu'un. Mais il n'y avait personne.

Les personnes avec qui elle parlait le plus souvent étaient l'infirmière de Carter et Rusty Lockwood. Elle ne se confiait évidemment à aucun des deux.

— Si tu continues à me fixer ainsi, je vais finir par me sentir mal, dit-il.

Elle réalisa qu'il s'était assis en face d'elle et qu'il

y avait de la nourriture à profusion entre eux et ne put s'empêcher de rire.

— Pardon, je pensais à quelque chose. Tu as faim ? demanda-t-elle.

— Je suis affamé, et je suppose que tu n'as rien mangé non plus, alors à table ! dit-il en saisissant une assiette. Je te prépare un petit assortiment.

Le simple fait qu'il lui serve un en-cas avec un verre de vin pour l'accompagner lui suffisait pour se détendre. C'était tout ce dont elle avait besoin. Et tant pis s'il avait d'autres motivations.

Elle avait la certitude qu'ils finiraient par se retrouver dans son lit… Peut-être pas ce soir, ni demain soir… Mais Maty était certaine qu'elle ne repartirait pas de Green Valley sans avoir refait l'amour au moins une fois avec Sam Hawkins.

- 8 -

Sam finit de débarrasser leur dîner et servit un nouveau verre de vin à Maty avant de l'accompagner dans la bibliothèque. Elle avait toujours aimé les livres et avait une véritable fibre artistique. Elle était d'ailleurs très douée en dessin. Il avait installé une table à dessin dans la pièce, et il songea qu'elle s'y plairait.

Il n'avait pas vraiment pensé à elle, pourtant, en concevant cette pièce, mais il se demandait maintenant si elle n'avait pas téléguidé ses choix d'une façon ou d'une autre.

Pour le moment en tout cas, il souhaitait simplement qu'elle se sente bien, apaisée et détendue.

Lui-même avait eu une sacrée journée, même s'il était soulagé de connaître la vérité. Il allait avoir besoin de l'aide de sa mère pour affronter Rusty, et il devrait aussi unir ses forces à celles de Nick.

Et puis, il y avait Maty.

Ce ne devrait pas être si compliqué que ça, mais elle remuait des émotions en lui, et cela compliquait tout. Elle était une page de son histoire, et aujourd'hui elle engageait son présent et son avenir du même coup. La retrouver ici, à Green Valley, était un vrai choc, mais il devait reconnaître qu'il en était plutôt heureux.

Et voilà qu'elle était chez lui, dans sa maison. Pourquoi fallait-il qu'il se soucie des manœuvres de Rusty ? Sans doute s'inquiétait-il pour elle parce qu'il n'était justement pas comme son père. Ce sale type.

Que dirait Maty en découvrant la vérité ?

Sam avait toujours admiré sa volonté à toute épreuve, mais en l'occurrence sa détermination risquait de la mener à sa perte.

D'autant plus qu'une enquête était en cours sur de possibles malversations de la part de Rusty... Elle risquait d'y laisser des plumes professionnellement, si tout cela était confirmé. Si l'on prouvait qu'il avait bien détourné des sommes destinées à un fond de charité pour des enfants déshérités, Rusty serait peut-être bien fini !

Sam espérait que la carrière de Maty n'en serait pas compromise par la même occasion.

Qu'était-il advenu de la fortune de ses parents ? Cette question lui revenait à l'esprit régulièrement. Y avait-il eu un scandale quelconque, de mauvais investissements ? Elle avait pourtant toujours vécu dans une certaine opulence.

Il fut tiré de ses pensées en voyant Maty monter sur l'échelle qui permettait d'accéder aux rayonnages en hauteur, ses doigts effleurant les tranches de livres anciens.

Il ne put s'empêcher de laisser son regard s'attarder sur sa silhouette. Il inspira profondément et elle baissa les yeux vers lui.

— C'est une sacrée collection que tu as là, dit-elle. J'adorerais avoir un bureau comme celui-là.

Il l'imagina vivant ici, installant son bureau dans cette pièce...

Il y avait une éternité de cela, ils avaient eu le projet de vivre ensemble. Il n'avait pas d'argent, pas de maison, mais il aurait tout donné pour elle. Il aurait franchi tous les obstacles pour la rendre heureuse.

Mais elle avait eu d'autres ambitions. Des ambitions sans lui.

Aujourd'hui, il avait l'impression que les rôles étaient inversés.

Elle choisit un livre qu'elle sortit précautionneusement du rayon et redescendit de l'échelle.

— L'histoire, ça a toujours été ta prédilection, dit-il.

— Oui, je trouve fascinant de comprendre comment nous en sommes arrivés où nous sommes. Notre culture, nos lois, tout cela est le fruit de l'histoire.

Il avait toujours été fasciné par son intelligence. C'était éminemment séduisant. Et cela ne changeait pas aujourd'hui. Il y avait en elle tant de choses similaires à la Maty d'autrefois, et en même temps tant de choses avaient changé. Comment résister à la curiosité de mieux la connaître, comment ne pas rêver de dévoiler ses secrets ?

— Tu séduis toujours tes conquêtes dans cette pièce ? lança-t-elle en riant. C'est un vrai piège à filles pour les rats de bibliothèque !

Elle rougit aussitôt.

— Pardon, oublie ce que je viens de dire…, reprit-elle. Cela ne me regarde pas du tout et je suis certaine de pouvoir résister à un piège comme celui-ci !

Sam hocha la tête.

— Dommage… J'avais des projets pourtant.

— Tu voulais me séduire ? lança-t-elle. C'était tellement prévisible !

Sam haussa les épaules.

— La vérité c'est que j'ai vraiment eu une dure journée, et j'ai pensé que je pouvais peut-être adoucir un peu notre soirée… J'avais l'espoir que tu m'expliques pourquoi tu logeais à cette adresse où je t'ai trouvée. Je me suis dit que je pourrais t'aider à te tirer de cette situation dans laquelle je n'arrive pas à comprendre que tu te sois mise. Mais je dois admettre que tu occupes un peu trop mes pensées, sans doute, ces derniers temps.

Il savait qu'il marchait au beau milieu d'un champ

de mines… Mais il ne pouvait faire autrement pour le moment.

Maty soupira. Elle se dirigea vers les grandes baies vitrées qui offraient une vue incroyable sur les montagnes. Elle posa le livre et s'appuya contre le bureau.

— Rusty m'a proposé un emploi et un logement, dit-elle en croisant les bras. Je n'avais pas idée de ce qu'il avait en tête en acceptant et je n'avais nulle part où aller.

— Pourquoi ne pas louer autre chose ? Je peux te mettre en contact avec un agent immobilier qui te trouvera sans doute quelque chose de beaucoup mieux.

Elle fit mine de sourire, mais il nota que ses yeux restaient froids.

— Merci, mais ce n'est pas nécessaire. Tout est sous contrôle.

Il savait bien que c'était faux, mais ne voyait toujours pas où se situait le problème.

Elle avait perdu un atout précieux depuis leurs jeunes années. Sa confiance semblait évanouie. Pourtant Maty paraissait forte, mais il sentait que quelqu'un tirait les ficelles et qu'elle n'avait pas la liberté de s'en défaire.

— Qu'est-ce qui permet à Lockwood de te tenir ainsi ? demanda-t-il.

Il reconnut la détermination dans son regard. Mais il y avait aussi de la peur. Elle avait élevé des murailles autour d'elle.

— Rien que je ne puisse gérer moi-même.

Sam fit un pas vers elle.

— Tu dis ça, mais tu sembles épuisée…

— Si tu acceptais de revendre ta distillerie, mon travail serait terminé, déclara-t-elle. Est-ce que tu voudrais que nous en parlions ?

— Jamais.

— Alors nous revoilà dans une impasse.

Il sentit la colère et l'impuissance l'envahir à nouveau.

— Si tu ne me laisses pas te mettre en contact avec mon agent immobilier, pourquoi est-ce que tu n'emménagerais pas ici ? lança-t-il soudain.

Maty le fixa, surprise. Il l'était lui aussi d'avoir prononcé ces mots avant même de les avoir pensés. Mais il était prêt à s'engager dans cette voie.

— Je ne peux pas emménager ici, Sam. Je travaille pour Rusty, et toi et moi…

Sam avança d'un pas, jusqu'à se retrouver tout près de Maty. Il plaça les mains de chaque côté de ses hanches sur le bureau.

— Toi et moi, quoi ?

Elle posa les mains sur son torse et le repoussa doucement.

— Laisse-moi, Sam. Tu essaies de me faire dire quelque chose que je ne suis pas prête à admettre.

Sam rit et l'embrassa du bout des lèvres.

— Fais attention, tu te livres sans le vouloir !

— Non, je suis ici pour le travail avant tout. Je n'ai pas grand-chose d'autre à l'heure actuelle que ma carrière, tu sais…

Il voyait bien qu'elle avait tout perdu, mais il n'arrivait pas à comprendre ce qui s'était passé.

— Tu veux dire que ta carrière passe avant tout le reste ? Pas de compagnon ? Pas de famille ?

Elle baissa les yeux.

— Je n'ai plus rien de tout ça.

Intéressant. Même si lui non plus n'avait rien construit de tel, après tout.

— J'ai rencontré des hommes avec qui j'ai eu des relations, bien sûr. Mais jamais rien de très sérieux.

C'était ridicule, il ne pouvait pas être jaloux. Lui non

plus n'avait pas été célibataire pendant seize ans, il savait bien qu'elle avait connu d'autres hommes.

Et pourtant, il avait du mal à l'envisager.

— Écoute, tu n'as pas besoin de me répondre dans l'immédiat, dit-il malgré son impatience. Réfléchis et tu verras. Tu vois qu'il y a de la place, tu n'auras même pas à me croiser si tu n'y tiens pas. Si c'est moi qui rends service, alors Rusty aura un levier en moins sur toi.

C'était là la clé de la situation… Sam voulait être celui sur qui Maty pourrait s'appuyer.

Un triste sourire s'afficha sur son visage.

— Cela semble si simple à t'entendre, mais tu sais bien que cela ne marche pas ainsi !

— Écoute…

Elle leva la main pour l'interrompre.

— Pourquoi est-ce que tu ne me racontes pas comment tu as réussi à devenir le plus jeune patron d'une distillerie du Tennessee, plutôt ?

— Si tu veux, dit-il. Tu sais que j'ai toujours été passionné par cet univers, mais ma passion est née autrement… Lorsque j'ai eu dix-huit ans, ma mère m'a annoncé qu'elle avait mis de côté une somme conséquente d'argent au moment de ma naissance.

Maty ouvrit de grands yeux.

— Vraiment ? Je n'ai jamais imaginé qu'elle était du genre prévoyant ! Pardon de te parler aussi franchement.

Sam acquiesça.

— Non, tu as raison, et ce n'est pas comme si ses habitudes de jeu étaient un secret. Elle avait mis l'argent de côté avant d'être trop avancée dans son addiction.

— Je ne savais pas que tu avais des économies lorsque nous étions ensemble, dit-elle. Même si ce n'est pas du tout un problème.

— C'est vrai que je n'envisageais pas cet argent

comme une somme que j'aurais pu dépenser, expliqua-t-il. J'avais tellement l'expérience de la vie avec ma mère que je savais que je devais être responsable et économe pour deux, et j'ai immédiatement pensé que cet argent nous servirait en cas d'urgence.

Maty sourit avec empathie.

— J'ai participé un jour à une dégustation de bourbons et ce fut une révélation. J'ai su que c'était ce que je voulais faire. Bien sûr, cela a été un chemin plus long que cela, mais c'est cette première rencontre qui a tout déclenché. Un jour, j'ai appris que la distillerie de la ville était en vente et j'ai saisi ma chance. C'était une affaire idéale, qui arrivait précisément au bon moment et correspondait à la somme que ma mère m'avait transférée. C'était un risque, bien sûr, car si j'échouais, je n'aurais plus eu de matelas de sécurité, mais je me suis lancé dans l'aventure de la distillerie Hawkins corps et âme.

Tout à coup, il se leva et vint lui prendre la main. Pourquoi continuait-il à être aussi attiré par cette femme qui l'avait laissé tomber des années plus tôt et réapparaissait dans sa vie sans prévenir ?

— Est-ce que tu as confiance en moi, Maty ? demanda-t-il gravement.

Maty haussa les sourcils en riant.

— Je ne devrais pas ? Je crois que c'est moi qui te cache des choses !

— Nous avons tous des secrets, Maty, dit-il en songeant qu'il n'était pas prêt à révéler les siens. Est-ce que tu me fais confiance ?

Elle acquiesça avec émotion et il serra sa main dans la sienne.

— Oui, bien sûr que je te fais confiance.

Ces simples mots, prononcés de façon convaincue,

furent un choc. Un soupçon d'espoir l'envahit. Peut-être accepterait-elle de l'écouter.

Elle se trouvait sans le savoir prise dans un conflit qui n'avait rien à voir avec elle et, pourtant, elle n'était pas claire de son côté avec ses propres intérêts. Comment pouvait-il tout lui exposer ?

— Il est temps que je t'emmène voir quelque chose.

Maty n'avait pas la moindre idée de ce que Sam voulait lui montrer, et elle eut la surprise de découvrir qu'il l'emmenait à sa distillerie.

Il ouvrit une petite porte discrète et elle eut l'impression d'une visite clandestine, même si c'était le directeur des lieux en personne qui l'accompagnait.

— Il n'y a pas d'entrée principale ? J'ai l'impression d'une intrusion !

Sam éclata de rire.

— Je t'assure que nous ne faisons rien d'illégal, pourtant, n'aie pas peur.

Maty leva les yeux vers le haut en découvrant les salles voûtées. Les lieux étaient impressionnants, entre le bâti ancien et les équipements dernier cri.

— C'est incroyable, dit-elle. Je n'aurais jamais imaginé que cela ressemblait à cela !

— Je me suis imaginé que cela te ferait cet effet. Les bâtiments datent des années 1800, dit Sam avant de se diriger vers un mur. Et si tu regardes ici, il y a une plaque qui correspond au niveau d'eau lors des grandes inondations de 1903.

Maty découvrit une plaque en bronze patinée par le temps. Elle se souvint d'un exposé qu'elle avait fait au lycée sur ces fameuses inondations.

— C'était l'ancien hôpital…, dit-elle.

Sam acquiesça.

— Il était déjà totalement désaffecté depuis longtemps lorsque William Wallace l'a racheté pour en faire une distillerie. Lorsque j'ai repris son installation, nous avons dû faire de nombreux travaux pour remettre les lieux en état, mais la structure de la distillerie était déjà là.

Maty apprécia la passion avec laquelle il parlait de l'architecture de sa distillerie, de son histoire, de son métier. Il avait passé tant d'heures ici avant de pouvoir sortir ses premières bouteilles et commencer à se faire un nom. Longtemps, il était resté dans l'ombre, et Maty appréciait le fait qu'il se présente comme un simple monsieur-tout-le-monde qui avait eu la chance de faire le métier qui lui plaisait.

Il avait peut-être fait fortune, mais il n'était pas du genre à rester assis toute la journée derrière un bureau. Il aimait trop son métier pour cela.

Elle le suivit pendant qu'il lui expliquait les différents processus, le temps d'attente entre chaque opération, les contraintes à respecter.

— Et tu vas donc dévoiler ta première cuvée millésimée 10 ans d'âge d'ici peu, si j'ai bien compris ? demanda-t-elle.

— Oui, c'était mon projet lorsque j'ai repris cette fabrique. Je voulais produire du bourbon. Notre gin est une réussite, en tête des ventes aux États-Unis et à la troisième place au niveau mondial. J'espère que le bourbon suivra le même chemin.

Maty sourit.

— Je suis sûre que tu vas y arriver ! Rien ne t'arrête.

Il la fixa un instant.

— Il est des défis plus compliqués que d'autres.

Elle soutint son regard pendant quelques secondes. Leur attirance mutuelle ne faisait que croître au fil du temps et à chacune de leurs entrevues. Il fallait dire que le voir ainsi, dans son environnement et si passionné, le présentait particulièrement à son avantage. Elle le trouvait plus séduisant encore que dans son souvenir. Et puis il y avait cet aspect nouveau, qu'elle n'avait pas connu lors de leur relation, il était devenu un homme accompli et sûr de lui.

Sam avait réussi à tracer sa voie, sans laisser quiconque se mettre en travers de son chemin.

Maty aussi avait rempli ses objectifs, pourtant. Elle était devenue l'avocate qu'elle avait voulu être, mais, depuis l'arrivée de Rusty Lockwood dans sa vie, elle avait perdu toute joie de vivre.

Comment l'arrêter ? Comment l'empêcher de tout détruire ? Maty ne voyait pas comment se défaire de son emprise et craignait en se confiant à Sam qu'il ne s'oppose à Rusty et que cela se retourne contre son frère. Qu'est-ce qu'il lui arriverait dans ce cas ? Elle n'avait pas les moyens de l'aider. Plus maintenant.

Son frère n'avait pas d'assurance depuis longtemps et, une fois les funérailles de leurs parents réglées, leur héritage avait été employé à payer ses dettes. Maty avait vendu la maison familiale et cet argent aussi y était passé. Elle avait pu subsister quelque temps avec ses salaires mais, très vite, cela n'avait pas suffi.

Petit à petit, elle avait perdu pied. Elle qui avait sacrifié sa relation avec Sam pour suivre son rêve de carrière, voilà qu'elle était sur le point de tout perdre.

— Est-ce que tes bouteilles sont prêtes pour ta cuvée de bourbon ? demanda-t-elle, préférant se concentrer sur du positif.

Sam sourit.

— Oui, mais elles n'ont pas encore été dévoilées.

— Tu ne veux pas me les montrer ?

Il la prit par la taille pour la guider dans un couloir.

— Certainement pas !

Parce qu'elle travaillait pour Rusty.

Elle pouvait comprendre, mais cela restait blessant. Elle lui avait dit qu'elle avait confiance en lui, et pourtant ce n'était pas réciproque. Tant qu'elle travaillerait pour l'ennemi, Sam serait toujours sur ses gardes.

Il l'aurait peut-être été même sans Rusty, d'ailleurs. Après tout, c'était elle qui l'avait quitté du jour au lendemain, même s'il ne s'était pas battu pour qu'elle revienne.

Elle s'était toujours demandé si elle aurait accepté de revenir s'il avait insisté… Au lieu de cela, il l'avait soutenue dans son rêve et avait compris sa démarche. Comment le lui reprocher ?

Elle s'en voulait pourtant de ces pensées. Rien ne pouvait changer le passé et elle avait assez de choses à gérer entre son présent et son avenir. Inutile de regarder en arrière.

— Je peux te faire visiter nos réserves, mais je te demande de ne pas prendre de photos.

— Je n'ai même pas pris mon téléphone, dit-elle.

Imaginait-il vraiment qu'elle serait capable de faire des photos pour les envoyer à Rusty ? Elle n'était pas à ce point dévouée… Sa seule loyauté consistait à garantir une assurance santé à son frère.

La sensation de la main de Sam au bas de son dos la déconcentrait, tout en lui rappelant que toute intimité avec Sam interférait avec sa capacité de jugement. Il lui suffisait d'être seule avec lui pour ne plus pouvoir penser à autre chose qu'au plaisir mutuel qu'ils pourraient partager s'ils le désiraient…

Comme ils se rendaient vers la réserve, elle eut la tentation de tout lui révéler. Elle était sincère un peu plus tôt en lui disant qu'elle lui faisait confiance, mais elle craignait qu'il se mette en tête de vouloir la sauver, et ce n'était pas son propos. Elle ne voulait pas de sa pitié, ni qu'il joue les chevaliers blancs…

Il devait bien y avoir une façon de satisfaire Rusty en permettant à Sam de garder sa distillerie, tout en assurant les soins de son frère…

— Est-ce que tu as déjà goûté un grand bourbon ? demanda-t-il.

— Non, j'ai déjà bu du brandy, une fois, répondit-elle avec un sourire.

— Je vais faire comme si je n'avais pas entendu ta réponse, dit-il. Les bourbons entre eux sont très différents, alors autant te dire qu'un brandy et un bourbon n'ont pas grand-chose en commun.

— Je te promets de goûter la cuvée Hawkins à sa sortie ! lança-t-elle.

Sam lui posa la main sur l'épaule.

— Nous pouvons peut-être envisager que tu aies une bouteille personnelle mise de côté, dit-il.

Maty ne pouvait plus résister : elle voulait comprendre pourquoi il l'avait emmenée ici.

— Qu'est-ce que tu as en tête ? demanda-t-elle, sachant très bien qu'elle jouait avec le feu.

Elle était attirée par Sam, bien plus encore que lorsqu'ils étaient ensemble autrefois. Elle le trouvait plus fascinant, plus intrigant et plus intéressant encore.

Sa confiance affichée, son intégrité étaient aussi des qualités qui l'impressionnaient beaucoup. Mais elle savait qu'il ne ferait plus partie de sa vie comme avant, désormais.

Elle était si fière de ce qu'il avait accompli. D'autant plus qu'elle connaissait son parcours. Si elle avait eu toutes les cartes en main pour réussir sa carrière, ce n'était pas le cas de Sam. Et pourtant, c'était elle qui s'était retrouvée dans un cercle vicieux sans fin après l'accident. De ce jour, elle avait commencé sa descente aux enfers.

Mais elle était bien décidée à se relever sans l'aide de personne.

— Sam, est-ce que tu essayes de me séduire ? Tu veux coucher avec moi, c'est ça ?

Il se tourna vers elle.

— Pourquoi est-ce que tu dis ça ?

— J'ai besoin de mettre cela au clair, c'est tout.

Sam soupira.

— Je te respecte, Maty. Et je ne suis pas en train de te promettre une bouteille en échange de faveurs, si c'est ce que tu suggères.

Ses yeux bruns la fixaient. Elle savait qu'il disait vrai et qu'il était sans doute plus attentif à son bien-être qu'elle ne l'était elle-même. Elle aurait tellement voulu pouvoir partager ses problèmes avec lui…

Sam se pencha alors et déposa un baiser derrière son oreille en la prenant par la taille. Elle ressentit des frissons dans tout le corps.

— Et ça, c'était quoi ? demanda-t-elle.

— Je connais tes points sensibles et je voulais te dire que j'étais là. Quoi qu'il arrive avec Rusty ou quoi que tu redoutes de me dire, je suis là pour toi, si tu décides de me parler.

Maty sentit sa gorge se nouer d'émotion et pria pour ne pas pleurer. Il serait si simple de retomber dans sa zone de confort avec lui. Même si le temps les avait changés, il la comprenait mieux que quiconque.

Il y avait pourtant tant de choses entre eux. La possibilité d'une relation semblait cependant totalement irréelle dans les circonstances actuelles.

Mais elle ne pouvait nier son désir, c'était certain. Et

peut-être pouvait-elle oublier toutes les contraintes le temps d'une nuit ?

Oui, juste une nuit où elle pourrait prendre ce qu'elle désirait.

- 9 -

Sam n'avait rien vu venir.

Voilà que soudain Maty l'avait saisi par le col, plaquant son corps contre le sien et l'embrassant comme si elle avait attendu seize ans pour ce baiser-là.

Il l'avait saisie par les hanches et l'avait attirée tout contre son corps en lui retournant son baiser passionné. Ils avaient tourné autour de cet instant depuis le premier jour où ils s'étaient revus. Elle était bien trop intelligente, trop sexy, trop…

Et voilà pourtant qu'elle était dans ses bras. Après tout, n'était-ce pas ce qu'il voulait ? Profiter d'une aventure et oublier le reste…

Il se savait incapable de s'engager dans une relation. Il avait son entreprise qui lui prenait tellement de temps et d'énergie, et puis sa famille, sa mère, ce nouveau frère qu'il venait de découvrir, et puis… Et puis Rusty.

Mais ce n'était certainement pas à lui qu'il voulait penser alors qu'il embrassait Maty !

Il recula la tête, détachant ses lèvres, sans la lâcher pourtant.

— Pourquoi maintenant ? demanda-t-il en retenant son souffle.

Elle passa la langue sur ses lèvres et Sam ressentit un frisson qui parcourait tout son corps.

— J'en ai envie, dit-elle, et puis cette nuit je voudrais

oublier les secrets et les peurs qui me répètent que c'est une erreur.

Les peurs. Il savait qu'elle craignait quelque chose et il aurait tant voulu qu'elle en parle avec lui pour pouvoir l'aider. Une fois encore, elle faisait passer sa carrière avant lui.

Pourquoi refusait-elle qu'il lui vienne en aide ? Encore une fois un sujet complexe…

Il aurait voulu que tout le reste du monde, ses complications, ses obstacles disparaissent et qu'il ne reste plus qu'eux et ce moment.

Il la fit reculer pas à pas, sans se décoller de son corps, jusqu'à atteindre la réserve. Arrivés devant la porte, il tapa le code de sécurité et alluma les lumières avant de refermer derrière eux. Il était tard et ils étaient seuls, mais il ne voulait courir aucun risque.

Sam la prit dans ses bras et Maty l'entoura de ses jambes. Il fit quelques pas jusqu'à un banc qui se trouvait à côté de l'entrée.

— Tu poursuis la visite guidée ? demanda-t-elle dans un sourire.

— Nous sommes sur le parcours VIP.

Il la déposa sur le banc et elle saisit le bouton de son jean. Il ne comptait pas l'interrompre dans un mouvement si passionné. La simple idée qu'elle sache si clairement de quoi elle avait envie l'excitait plus que tout.

Elle fit glisser son jean et son boxer sur ses cuisses au moment où il saisissait son T-shirt et le passait par-dessus sa tête. Il rouvrit les yeux et la fixa avec exaltation. Ses paupières semblaient lourdes de désir, ses lèvres gonflées et elle ne paraissait pas éprouver la moindre once d'hésitation. Un léger sourire se dessinait sur ses lèvres, une mèche de cheveux barrait son visage. Elle ne le quitta pas des yeux tandis qu'elle se déshabillait langoureusement. Un vêtement à la fois, elle lui offrait le plus simple et le plus sexy des strip-teases de toute sa vie. Et puis elle se retrouva nue devant lui.

— Dans la poche de mon pantalon, mon portefeuille, j'ai un préservatif, dit-il.

Elle s'exécuta et trouva la protection, tandis qu'il la couvait du regard. Il découvrait ses formes sensuelles, sa peau soyeuse. Lorsqu'elle se redressa et écarta la mèche de cheveux de son visage, Sam ne put s'empêcher de l'attirer contre elle.

— Mets-le-moi, demanda-t-il d'une voix entrecoupée par le désir.

Maty déchira l'emballage et déroula le préservatif sur son sexe tendu. Sam serra les dents lorsqu'elle le toucha. Il n'avait jamais imaginé qu'il la retrouverait un jour, cette idée n'avait jamais traversé son esprit. Et voilà qu'elle était là, et il comptait bien savourer chaque instant, car ce serait peut-être la dernière fois.

Ce soir, ils profiteraient l'un de l'autre. Ils n'étaient plus naïfs ni l'un ni l'autre. Elle ne voulait pas de relation autre que physique et ils ne resteraient pas ensemble après cette nuit. Ils ne vivraient pas heureux et n'auraient pas de nombreux enfants, comme ils l'avaient imaginé à une époque.

Mais il ne passerait pas à côté de cette superbe amazone qui venait de se placer au-dessus de lui. Elle s'agrippait à ses épaules sans le quitter des yeux. Il avait toujours aimé la sensation de contrôle, mais à cet instant plus rien ne lui appartenait, et c'était divin de se laisser faire, de s'abandonner entre ses bras. Maty pouvait faire ce qu'elle voulait, il était à son service plein et entier.

— Caresse-moi, dit-elle.

Sam saisit ses seins, et en porta un à ses lèvres. À l'instant où sa langue effleura son téton, elle le chevaucha et unit leurs corps avides. Elle poussa un gémissement aigu en cambrant son bassin et en attirant Sam au plus profond de son corps. Il se sentait comme hypnotisé par cette femme, et la regarder lui faire ainsi l'amour était sans doute la vision la plus érotique qui soit.

Pourtant ils avaient déjà fait l'amour des milliers de fois, mais rien ne semblait l'avoir préparé à cette nouvelle Maty, si captivante et assurée. Sa Maty.

Avant qu'il n'ait le temps de prendre conscience de ce qu'il venait de penser, il la serra contre lui et s'abandonna. Elle reposa son front contre le sien et se mit à onduler du bassin d'une façon qui l'hypnotisa. Elle murmura quelque chose aussi, mais il ne comprit pas. Il n'arrivait plus à se concentrer sur grand-chose, il fallait le reconnaître.

Il sentait son corps frémir et il ne voulait pas que cette extase s'arrête. Sentir Maty tout contre lui ici, dans cette réserve, c'était un peu comme un rêve devenu réalité.

— Je crois que la visite est terminée, murmura-t-elle doucement.

— Elle ne fait que commencer, promit-il.

Sam enfonça les mains dans ses poches et avança à la rencontre de Nick, à l'arrière du bar où Rusty et ses comparses se réunissaient pour leurs parties de cartes hebdomadaires.

La nuit n'était pas encore tombée, mais le bâtiment voisin ombrageait tout le parking. Nick était là, qui attendait Sam et lui fit un signe de tête en le voyant.

— Est-ce que tu trouves que c'est un peu différent entre nous, depuis ces révélations ? demanda Sam.

Nick haussa les épaules.

— Nous sommes toujours les mêmes, et par chance

aucun de nous deux ne ressemble au sale type qui est à l'intérieur, lança-t-il.

Sam éclata de rire.

— Tu as raison !

— Rien ne m'empêchera de lutter contre lui, dit Nick. Apprendre que tu es mon frère et que nous sommes du même côté ne me rend que plus déterminé.

Sam était parfaitement en accord avec Nick. Rusty était malhonnête et brutal, sans foi ni loi, ne s'intéressant qu'à ce quipouvait lui rapporter de l'argent, qu'il brassait par millions.

— Écoute, maintenant que nous avons quelques munitions contre lui, il me semble que nous pouvons vraiment le mettre à l'amende, dit Sam. Il ne va pas pouvoir conserver son monopole dans le secteur éternellement. De jeunes entrepreneurs, plus rapides et plus ingénieux, des investisseurs plus puissants arrivent et ne le suivent pas. Il ne sait pas gérer tout cela.

Nick acquiesça.

— Tu as raison. L'autre jour j'ai reçu un appel de sa part : il me demandait de revendre sa piquette dans mes hôtels, je l'ai envoyé promener !

Sam soupira.

— Il serait prêt à tout pour intégrer un complexe comme le tien, tu es en plein essor.

C'était la raison pour laquelle Rusty voulait mettre la main sur les distilleries Hawkins. Il voulait toutes les affaires qui marchaient.

— Et si nous allions jouer au poker ? proposa Sam. J'ai besoin de me changer les idées ce soir.

— Quelque chose qui ne va pas ? demanda Nick, l'air attentif.

Sam soupira.

Difficile de lui cacher quelque chose dans son état. Il

avait ramené Maty chez elle après leur folle soirée dans la réserve. Il ne lui avait rien dit de plus quant à son offre, mais il espérait avoir semé une graine qui ferait son chemin et qu'elle finirait par réfléchir sérieusement à sa proposition d'emménager chez lui.

Ce qui le torturait maintenant était qu'il avait commencé à y penser intensément de son côté et qu'il avait très, très envie qu'elle emménage chez lui sans attendre ! Comme si le fait de l'avoir formulé juste une fois rendait son désir plus urgent tout à coup.

Au départ, il avait espéré la reprendre ainsi à Rusty, la dégager un peu de son influence. Si elle était sous son toit, alors il aurait plus de poids pour essayer de comprendre ce qui se tramait contre lui et envisager de le déjouer plus facilement.

Mais maintenant…

Il avait toujours envie de la protéger, mais aussi de tellement plus ! Il voulait qu'elle cesse de lutter contre lui. Il voulait qu'elle se sente en sécurité. Il la voulait dans son lit et dans sa vie.

— Des problèmes de cœur peut-être ? tenta de deviner Nick.

— Je ne sais pas si j'ai un cœur, mais je crois que j'ai des problèmes, répondit Sam. Mais mon plus gros problème se trouve à l'intérieur, sans aucun doute.Allons nous occuper de Rusty.

— Une fois que nous en aurons fini avec lui, j'espère que tu me parleras de la femme qui te fait soupirer ! Je suis curieux d'en savoir un peu plus.

Peut-être le ferait-il. Peut-être qu'avoir un frère se révélerait un soutien émotionnel qu'il n'avait pas imaginé, après tout. Une force qui lui ouvrirait des portes et lui permettrait d'avancer et de réussir à s'ouvrir aux autres et à faire confiance de nouveau.

Mais l'heure n'était pas encore venue de réfléchir à cela ni à sa relation avec Maty. Il y reviendrait. Pour le moment, il avait une partie de poker qui l'attendait et il ne comptait pas laisser Rusty l'emporter.

- 10 -

— C'est impossible, s'exclama Maty en montant en voiture son portable vissé à l'oreille. L'assurance de Carter était payée pour le mois à venir !

— J'ai pourtant reçu un message confirmant que sa prise en charge se terminerait à la fin de la semaine prochaine, mais je n'ai pas d'autres détails, répondit le directeur de la structure de soins. Je suis désolé de vous contacter si tard, mais je viens de recevoir ces informations et j'ai été surpris de découvrir ce changement, alors que Carter n'est chez nous que depuis peu de temps. J'espérais que vous me diriez où il allait être transféré afin de me mettre en relation avec le prochain établissement.

Maty ne savait pas ce qui était en train de se passer, mais elle avait la certitude que Rusty Lockwood était derrière tout ça.

— Est-ce que je peux vous rappeler ? demanda Maty. Je suis sûre qu'il s'agit d'un malentendu, je vais me renseigner et je vous tiens au courant.

— Oui, bien sûr.

Maty se moquait bien de l'heure qu'il était ce vendredi soir, elle voulait des réponses. Elle rentra chez elle au plus vite et, à peine son sac posé sur la table, elle composa le numéro de Rusty. Il fallait s'y attendre, son appel tomba sur la messagerie. Il ne répondait jamais aux appels, surtout s'ils semblaient urgents. Il rappelait généralement plus tard, une fois qu'il avait constaté l'appel en absence, comme pour signifier qu'il gardait le contrôle.

Maty lui envoya un SMS, lui expliquant qu'elle avait besoin de lui parler de façon urgente. Comment avait-il pu interrompre les paiements sans la prévenir ? Pourquoi avait-il dit au centre que Carter serait transféré ? Son frère ne pouvait aller nulle part ailleurs et certainement pas sans assurance de toute façon.

Elle avait envie de pleurer, mais elle savait que cela ne résoudrait rien. Le temps ne jouait pas en sa faveur et il fallait qu'elle trouve des réponses d'abord et une solution ensuite.

Elle fixa son téléphone du regard en espérant qu'il sonne. Furieuse et à bout de nerfs, elle saisit finalement son sac au bout de quelques minutes et décida de repartir. Elle monta en voiture et sans même y réfléchir prit la direction de chez Sam.

Elle ne l'avait pas revu ni appelé depuis qu'il l'avait ramenée chez elle la veille, après leur visite très privée de la distillerie.

Au point où elle en était, elle ne savait plus quoi lui dire ou pas. Où en étaient-ils dans leur relation ? Le sexe n'était vraiment pas un problème entre eux, il ne l'avait jamais été, mais ils n'étaient plus un jeune couple éperdu, aujourd'hui… Non, elle avait un problème autrement plus sérieux, et elle ne pourrait pas y trouver de solution si elle ne lui parlait pas franchement.

C'était sans doute ce qui l'avait poussée à se diriger vers chez lui, ce soir. Ces décisions impulsives ne lui ressemblaient pourtant pas, mais à circonstances désespérées…

Elle chassa les larmes qui lui brûlaient les paupières et ouvrit sa portière au moment où une averse s'abattait sur la voiture. En maugréant, elle chercha son parapluie et se débattit contre la portière entrouverte pour parvenir à l'ouvrir.

Le parapluie refusait de se déployer, elle se leva et se cogna à la portière et, lorsqu'elle se dégagea, cette dernière se referma sur son sac. La pluie lui battait le visage. Lorsqu'elle finit par ouvrir son parapluie, une bourrasque soudaine le retourna.

Elle jura et jeta l'objet devenu inutile dans les plates-bandes avant de s'élancer vers la porte. Sam était sans doute en train de la regarder en riant aux éclats, bien à l'abri à l'intérieur avec un verre de bourbon à la main, pendant qu'elle se débattait ridiculement avec son parapluie sous l'orage.

Elle se rendit compte à cet instant que les larmes se mêlaient à la pluie sur son visage. Des larmes de colère, d'impuissance, d'angoisse. Elles jaillissaient maintenant après avoir été retenues si longtemps.

Elle appuya sur la sonnette et attendit en s'essuyant le visage. Au bout de quelques instants, elle essaya le heurtoir sans plus de résultat.

Bon sang, elle aurait dû le prévenir avant, s'assurer qu'il était là. Où pouvait-il être ? Elle avait tellement besoin de lui parler…

Elle sortit son téléphone et tenta de rappeler Rusty, laissant un nouveau message avant de jeter son portable au fond de son sac. La pluie continuait de tomber. Elle vit son parapluie toujours dans les plates-bandes et songea que c'était une bonne illustration de l'état de sa vie à l'heure actuelle.

Elle devait rester concentrée sur sa priorité : les soins à son frère.

Le tonnerre gronda et Maty s'abrita sous le porche. Elle s'assit dans la balancelle. Elle avait besoin de parler à Sam et décida de l'attendre. Si seulement Rusty pouvait l'appeler pendant ce temps. Mais mieux valait éviter d'espérer un miracle.

Maty poussa du pied pour se balancer doucement et se remémora aussitôt leurs virées en camping sauvage avec Sam. Ils partaient dans sa fourgonnette aménagée et dormaient à l'arrière, en pleine nature. Ils parlaient de l'avenir, celui qu'ils avaient imaginé ensemble. Ils regardaient le ciel étoilé… Il avait toujours voulu avoir une balancelle sous son porche. Il avait toujours dit qu'il se ferait un nom, qu'il deviendrait quelqu'un et qu'elle serait fière de lui.

Et puis la vie en avait décidé autrement pour elle. Elle avait voulu entrer dans une école prestigieuse, n'avait pas cru en une relation à distance. Elle avait eu peur de devoir renoncer à l'ambition de toute sa vie pour une histoire d'amour, et Sam de son côté n'avait pas envisagé de la suivre.Si elle avait abandonné son rêve, elle aurait certainement fini par en vouloir à Sam.

Elle n'avait jamais voulu lui faire de mal, et voilà qu'elle se retrouvait dans une situation où elle risquait de lui en faire. Mais cette fois-ci elle n'avait plus le choix.

Rusty avait stoppé l'assurance de son frère pour lui mettre un coup de pression, certainement. Quels que soient ses sentiments pour Sam, il fallait qu'elle arrive à le convaincre de revendre Hawkins au plus vite. La vie de son frère en dépendait…

La partie de poker ne s'était finalement pas si mal passée que ça, mais Rusty n'était pas venu cette fois-ci. Peut-être avait-il quelque chose d'autre à faire, mais Sam ne pouvait s'empêcher de penser qu'il l'évitait peut-être d'une façon ou d'une autre.

Malgré l'absence de Rusty, Sam et Nick étaient restés jouer et avaient remporté la partie.

Sur le chemin du retour, Sam accéléra, galvanisé par leur victoire, sans doute.Il commençait à penser qu'il pouvait peut-être obtenir tout ce qu'il espérait sur la lancée. Sa licence d'exploitation, devenir fournisseur officiel des enseignes de la ville, ruiner Rusty Lockwood et garder Maty !

Il ne lui avait pas parlé depuis la veille et il avait la certitude qu'elle avait repensé à leurs étreintes autant que lui. Chaque caresse, chaque baiser avait tourné dans son esprit, sans fin. Il rêvait plus que jamais qu'elle vienne emménager avec lui.

Alors qu'il approchait de chez lui, il repéra la tache rouge de sa voiture au bout de l'allée. Il entra dans son garage et, au lieu de passer directement par l'intérieur, il sortit et gagna son porche sous la pluie. Il ne l'avait pas vue dans sa voiture, mais il nota au passage son parapluie retourné, abandonné dans le jardin.

À l'instant où il allait saisir sa poignée de porte, il la vit, endormie dans la balancelle. La pluie continuait à tomber dru et le tonnerre grondait dans le lointain.

Sam essuya son visage et se passa la main dans les cheveux. Il n'osait pas s'approcher, elle avait l'air si paisible, malgré les cernes sombres autour de ses yeux. Il aurait voulu pouvoir effacer de son visage tous les signes de stress. La protéger de ses inquiétudes dont elle ne lui avait toujours pas expliqué la cause.

Des mèches de cheveux couleur miel étaient collées à son visage. Elle tenait son portable dans une main, mais son sac était tombé à ses pieds.

Est-ce qu'elle attendait un appel ?

Sam sortit son téléphone et vérifia. Elle n'avait pas cherché à le contacter.

Est-ce qu'elle avait voulu parler avec lui ? De son emménagement, peut-être ? Ou était-ce en lien avec leurs retrouvailles de la veille ?

Il tapa le code de son alarme pour la désactiver, puis revint vers Maty. Il ramassa son sac, le déposa dans l'entrée, et se demanda comment perturber son sommeil le moins possible.

Il glissa un bras sous ses épaules et l'autre sous ses genoux et la souleva ainsi, la tenant fermement contre son torse. Maty bougea doucement, mais garda les yeux fermés. La main qui serrait son téléphone s'ouvrit, mais ce dernier resta sagement contre le torse de Sam.

Elle était éreintée, et ce n'était guère surprenant puisqu'elle travaillait pour Rusty qui ne devait pas la ménager un seul instant. Sam ne connaissait pas vraiment tous les tenants et aboutissants, mais il savait que Maty ne renoncerait pas et serait capable d'aller au bout de ses forces avant de reconnaître la moindre faiblesse.

Tandis qu'il la portait à l'intérieur, il se dit qu'elle était sans doute la femme la plus forte qu'il connaissait. Elle n'abandonnait jamais, et surtout pas quand la situation était désespérée.

Il l'admirait, bien sûr. Et cela ne l'en rendait que plus attirante à ses yeux.

Son téléphone se mit alors à sonner, et Sam s'arrêta devant les marches pour la déposer en douceur tandis qu'elle se réveillait. En lui passant son téléphone,il vit le nom de son interlocuteur. Lockwood.

Quel timing parfait… Même s'il n'y avait jamais de bon moment pour recevoir un appel de Lockwood…

Maty émergea en saisissant son téléphone, écartant ses cheveux de ses yeux et regardant autour d'elle pour essayer de comprendre où elle était. Puis elle prit l'appel et tourna le dos à Sam.

Tant pis s'il était indiscret, mais il était chez lui et décida de ne pas quitter la pièce.

— Je peux savoir ce que vous êtes en train de fabriquer, Lockwood ?

Sam fut stupéfait de la façon dont elle parlait à Rusty, même si ses mots confirmaient ses craintes. Son employeur devait lui faire un chantage terrible pour qu'elle réagisse aussi vivement par rapport à lui.

— Vous jouez avec sa vie ! s'écria-t-elle en se dirigeant vers l'escalier.

Sam pensa d'abord qu'elle voulait s'isoler à l'étage, mais elle saisit la rampe d'une main tremblante avant de s'asseoir sur les marches. Elle posa la tête sur ses genoux remontés, semblant lasse et sans force. Sam aurait tellement voulu l'aider, la soutenir. D'autant plus que leur ennemi était le même…

Mais il ne savait toujours pas de quoi il retournait.

— Ce que vous me demandez est impossible, murmura-t-elle.

Lorsque sa voix se brisa sur ce dernier mot, Sam se dit qu'il en avait assez entendu. Il avança jusqu'à elle, lui prit le téléphone des mains et coupa la communication en raccrochant.

— Sam ! s'écria Maty en se relevant d'un bond. Tu ne peux pas faire ça…

— Je viens pourtant de le faire, répliqua-t-il. Je ne vais pas laisser ce salopard continuer à te traiter ainsi. Qu'est-ce qu'il se passe à la fin ?

Il s'était attendu à toutes les réactions, mais pas à la voir fondre en larmes. Son visage se froissa et elle se détourna en laissant échapper un sanglot. Il avait imaginé de la colère, du mépris ou des reproches, mais pas de la voir craquer ainsi.

Il était plus que temps de briser ce cercle vicieux et

de se parler vraiment. Tout le monde avait une limite, et Maty venait sans doute d'atteindre la sienne.

Sam glissa le téléphone dans sa poche et lui saisit les épaules avant de l'attirer contre sa poitrine. Il attendit qu'elle se décide à parler. Il avait beau vouloir savoir de quoi il retournait, il ne supportait pas de la voir ainsi en détresse. Rien ne méritait qu'elle souffre autant, même pas son bras de fer avec Rusty.

Il sentit son corps secoué par de violents sanglots et en eut le cœur noué. Tout doucement, il la prit dans ses bras et la souleva, pour monter les marches avec elle.

— Je ne vais pas rester, dit-elle entre deux sanglots. Je ne suis pas venue pour ça.

Il ne répondit pas et continua son chemin vers sa chambre. Il faudrait vraiment qu'il ait un cœur de pierre pour essayer de profiter d'elle maintenant. Elle avait simplement besoin d'un refuge. Un refuge contre Rusty, contre elle-même peut-être et même contre Sam. Elle avait besoin de se sentir en sécurité et il pensait au moins pouvoir lui offrir ça.

— Je ne peux pas rester, ajouta-t-elle d'une voix faible. Il faut que je règle tout ça. Il faut que tu… Sam, il faut que tu vendes ta distillerie, je t'en supplie, je sais combien elle compte à tes yeux, mais…

Non, il ne vendrait pas. Il ne laisserait pas Rusty le dépouiller de son bien en se servant d'elle.

Au moment où il entrait dans sa chambre, un éclair illuminait la pièce. Il allongea Maty sur son lit et écarta les cheveux de son visage avant d'allumer le chevet et de s'allonger à côté d'elle.

Ses yeux remplis de larmes le fixaient.

— Je n'ai pas le temps, Sam, dit-elle. Je dois m'assurer que Carter peut rester où il est.

Carter ? Qu'est-ce que son frère avait à voir avec toute cette histoire ?

— Je ne comprends pas ce que tu dis…

Elle ferma les yeux et se frotta les tempes.

— Mon frère a besoin de soins médicaux et je ne peux pas les assumer plus longtemps.

— Des soins pour quoi ? demanda Sam en se rapprochant pour mieux l'entendre.

— Suite à l'accident qui a emporté mes parents, dit-elle en rouvrant les yeux, mon frère est resté paralysé, il a besoin de soins permanents. L'aide qu'il perçoit ne couvre pas les frais. Il se trouve dans un centre de rééducation à Arlington en ce moment.

Paralysé ? Bon sang. Pourquoi ne lui en avait-elle pas parlé plus tôt ? Il aurait dû faire des recherches peut-être, pour essayer de comprendre de quoi il retournait. Il s'était douté qu'il y avait quelque chose de sérieux, mais il était trop préoccupé par ses propres problèmes pour creuser le sujet. Et puis le retour de Maty à Green Valley l'avait aussi sacrément perturbé.

Maintenant il savait qu'elle était manipulée par Rusty d'une façon qu'il n'avait pas même envisagée, et cela le rendait plus furieux encore.

— Repose-toi, dit-il en espérant qu'elle comprendrait qu'il était son allié. Je vais m'occuper de tout ça, tu n'auras plus à t'inquiéter.

Elle ouvrit de grands yeux.

— Tu ne peux pas !

— Bien sûr que si, assura-t-il. Tu disais l'autre jour que tu avais confiance en moi, il est temps de mettre ta confiance à l'épreuve.

Elle essaya de se relever, mais Sam posa la main sur son épaule pour l'en empêcher. Elle ne pouvait pas repartir maintenant, il était primordial qu'elle se repose… Comme elle était primordiale à ses yeux.

— Fais-moi confiance, répéta-t-il en plongeant son regard dans le sien.

— N'essaie pas de traiter avec Rusty, surtout, insista-t-elle. Cet homme est horrible, il est dangereux, tu n'imagines même pas…

Trop tard.

— Je reprends le dossier, répondit-il en lui embrassant le front. Ne t'inquiète plus pour ton frère, ni pour toi. Je m'occupe de tout maintenant, et je peux t'assurer que tout se passera bien.

Il n'avait pas été capable de sauver leur relation par le passé, mais il était certain de pouvoir gérer la situation, maintenant. Il n'y avait rien, ni l'argent, ni l'influence d'un homme, absolument rien qui l'empêcherait d'aider Maty.

Il allait s'occuper de Rusty, et ce serait un plaisir de le voir mettre un genou en terre. Qu'il soit son père ou pas, le règne de Rusty Lockwood allait bientôt arriver à son terme.

- 11 -

Les mains parcoururent ses hanches et se posèrent dans le creux de sa taille. Maty se cambra, accueillant avec délice la promesse excitante.

Le frôlement passa sur son abdomen juste en dessous de son nombril puis descendit à l'intérieur de ses cuisses jusqu'à ce point si sensible. Elle frémit et se tordit, les sens en éveil. À cet instant, elle nota une étrange odeur, comme un arôme intense de café chaud.

Qui donc pouvait préparer du café maintenant ?

Maty cligna des yeux, essayant de comprendre où elle était.

Oh non !

Elle était dans la chambre de Sam, mais Sam n'était pas avec elle au lit. Ce n'étaient pas ses mains à lui qui la caressaient.

— Je ne voudrais surtout pas t'interrompre…

C'était sa propre main qui effleurait sensuellement son entrejambe, alors qu'elle rêvait de Sam… Qui l'avait surprise !

Maty se redressa d'un bond le rouge aux joues. Il se tenait au pied du lit, une tasse fumante à la main et un sourire curieux aux lèvres.

Pourquoi fallait-il qu'elle rêve de lui ainsi ? Il l'avait surprise en plein fantasme…

Elle saisit les draps et les remonta sur son corps.

— Où sont mes vêtements ? demanda-t-elle.

Il vint à côté d'elle et lui tendit la tasse.

— Je t'ai retiré tes chaussures et ton pantalon lorsque tu t'es endormie. J'avais peur que tu ne sois pas à l'aise. Je te promets que la seule personne qui a posé la main sur ton corps, c'est toi !

Maty détourna le regard et plongea le nez dans sa tasse de café.

— J'espère que tu l'aimes toujours avec une goutte de crème à la vanille et du sucre ?

Elle releva les yeux vers lui.

— Tu as de la crème à la vanille ?

Il haussa les épaules.

— J'en ai acheté hier, après t'avoir proposé de venir t'installer ici.

— Je ne sais pas quoi dire.

— Il n'y a rien à dire, répondit-il en souriant. Est-ce que tu as faim ?

Il se montrait charmant alors qu'elle devrait lui en vouloir… Et cela fonctionnait : elle n'arrivait pas être en colère. Elle s'en voulait à elle-même d'être tombée dans ce piège et d'avoir affiché ainsi sa vulnérabilité.

— Est-ce qu'on discute tout de suite ou tu préfères prendre ton petit déjeuner d'abord ?

— De quoi veux-tu discuter ?

— De ton frère et de Rusty.

Aussitôt, Maty chercha fébrilement son téléphone du regard.

— Il faut que…

— Il ne faut rien, dit-il d'un ton calme. L'assurance de ton frère est prise en charge d'avance pour les cinq prochaines années.

Maty resta bouche bée.

— Quoi ?

— J'ai appelé ce matin le centre d'Arlington et j'ai

confirmé que Carter restait bien chez eux, expliqua-t-il en s'asseyant auprès d'elle. Maintenant que ce n'est plus un problème, dis-moi si tu es toujours liée à Lockwood ? J'ai supposé que le deal était que tu obtiennes de moi que je vende Hawkins, sinon il coupait l'assurance de ton frère ? Je ne sais pas ce qu'il est advenu de vos biens familiaux, mais je veux bien croire que l'accident et les soins médicaux ont quelque chose à voir avec tout ça.

Maty n'arrivait pas à en croire ses oreilles. Le coût de l'assurance pour Carter était énorme. Comment avait-il pu avancer cinq années ainsi, avant même qu'elle n'ait bu sa première tasse de café ?

Avec perspicacité il avait mis le doigt sur l'engrenage qui la maintenait prisonnière de Rusty. Il devait vraiment tenir à elle pour se montrer aussi attentif.

Et pourtant, alors qu'elle se sentait immensément redevable, elle avait surtout honte de ne pas être capable de prendre soin elle-même de sa propre famille. Sa seule famille.

— Je ne sais pas quand je pourrai te rembourser, dit-elle, embarrassée.

— Tu n'as rien à me rembourser. Tu ne m'as jamais rien dû, dit Sam en posant la main sur la sienne. Il me suffit que tu me dises quand tu seras prête à emménager ici pour que Rusty n'ait plus le moindre pouvoir sur toi.

— Comment ça ?

Il inspira.

— Pardon, je me suis mal exprimé. Je n'ai pas payé l'assurance pour que tu viennes t'installer ici, mais parce que je refuse que Rusty puisse effectuer la moindre pression sur toi. Je sais que le centre d'Arlington est un des meilleurs, je veux que ton frère puisse continuer d'en bénéficier sans l'intervention de Rusty.

— Comment connais-tu le centre d'Arlington ? demanda-t-elle.

À son regard, elle devina qu'il avait fait quelques recherches pendant qu'elle dormait.

Elle ne dit rien. Sam avait raison, et maintenant qu'il savait la vérité, elle n'avait plus de raison de rester ici. Peut-être pourrait-elle rentrer en Virginie pour être auprès de son frère, essayer de reconstruire sa vie. Il fallait qu'elle se trouve un nouveau travail avant que Rusty ne mette sa promesse de ruiner sa réputation à exécution. Au point où elle en était, elle n'avait ni les moyens, ni l'énergie de le combattre efficacement.

Maty s'écarta de Sam et se redressa.

— Il faut que j'y aille, dit-elle, laisse-moi me lever, s'il te plaît.

Il ne bougea pas.

— Tu n'as besoin d'aller nulle part.

— Si. Je ne peux pas…

— Reste ici, ramène tes affaires et essayons de régler tout cela ensemble.

Confuse, elle le fixa un moment.

— Régler tout ça ?

— Tu veux laisser Rusty continuer à te manipuler ? demanda-t-il. Tu peux aussi rester et m'aider à le faire tomber.

Elle détailla son expression. Il était sérieux. Elle ne l'avait jamais vu aussi sérieux. Aussi furieux non plus. Une colère froide en lui.

— Tu lui en veux à ce point d'avoir voulu acheter ta distillerie ?

— Oh ! mes problèmes avec Rusty sont bien plus profonds que cela. Je compte bien régler mes comptes avec lui, que tu restes ou non, Maty, mais, s'il te plaît, reste…

Elle ne l'avait jamais entendu aussi direct. Il était sincère déjà lorsqu'il lui avait demandé de rester la première fois, il y avait seize ans de cela. Elle n'avait pas réussi à l'envisager alors, mais aujourd'hui…

Pouvait-elle rester ?

Est-ce que les choses pouvaient être aussi simples que cela ? Ou est-ce que Sam comptait tout prendre en main de façon autoritaire ? Elle avait toujours tout fait pour être le plus indépendante possible et en tirait une grande fierté, mais il était sans doute temps pour elle d'admettre qu'elle avait besoin d'aide. Il n'y avait pas de honte à accepter une main tendue.

Et comment repousser Sam, alors qu'elle avait tant besoin de lui et que son cœur semblait déjà avoir pris sa décision ?

Il était si naïf d'imaginer qu'ils pouvaient n'avoir qu'une simple relation physique…

— Peut-être que tu n'as pas besoin de trop réfléchir, mais simplement d'écouter ce que te dictent tes tripes ? suggéra-t-il. Lorsque je t'ai demandé de rester, qu'as-tu ressenti ?

— C'est vrai, dit-elle. Ma première réaction était de ne rien écouter et de dire oui.

— Alors dis-le, implora-t-il.

Maty ferma les paupières et inspira profondément. Pourquoi ne serait-ce pas possible ? Si son frère était à l'abri pour les cinq prochaines années grâce à Sam, alors Rusty ne pouvait plus rien contre elle. Sam pourrait l'aider à se retrouver un poste, même si Rusty cherchait à nuire à sa réputation. Elle était libre, non ?

Elle faisait vraiment confiance à Sam, comme elle le lui avait dit. Mais faisait-elle confiance à son cœur ?

Elle le regarda droit dans les yeux.

— Et si je reste, qu'est-ce qu'il se passera à ton avis ? demanda-t-elle.

— Nous montrerons ensemble à Rusty qu'il ne peut pas manipuler les gens.

Elle avait l'impression de ne pas avoir toutes les clés de l'animosité de Sam envers Rusty. Comme s'il cherchait à obtenir une vengeance personnelle.

Elle avait envie de prendre sa revanche aussi pour ce qu'il lui avait fait endurer, ainsi qu'à son frère. Et elle brûlait d'être auprès du seul homme qu'elle ait jamais autant désiré. C'était peut-être fou, mais au point où elle en était, elle n'avait pas grand-chose à perdre. Il était temps d'essayer de rebondir. Peut-être que cela ne fonctionnerait pas, pas ici ou pas cette fois, mais elle ne le saurait jamais si elle n'essayait pas.

— Je veux bien essayer de rester, dit-elle timidement. Pour l'instant…

Le sourire qu'il lui adressa l'inonda de chaleur de la tête jusqu'au bout des orteils…

Et dans le ventre…

Sam se sentit immensément soulagé. Elle avait accepté, même si ce n'était que temporairement, pour le moment. Il n'avait pas vraiment réfléchi au-delà de son acceptation, d'ailleurs, qu'il s'était fixée comme but.

Bien sûr, il rêvait de la retrouver dans son lit, mais avant toute chose ce qui lui importait était qu'elle se sente en sécurité.

S'il projetait quelque chose avec elle au-delà de ça ? La vérité était qu'il avait peur de laisser son esprit s'aventurer sur ce chemin.

Il avait l'impression que toutes les questions cruciales de son existence se rappelaient à lui en même temps. Sa mère et son addiction au jeu. Son lien de filiation avec Rusty, la découverte de son demi-frère, et maintenant les retrouvailles avec Maty.

Le simple fait de les énumérer lui donnait le vertige. Il avait déjà tant de choses à gérer au quotidien avec sa distillerie et le lancement imminent de son millésime de bourbon.

D'ailleurs, cela le fit penser à quelque chose…

— Est-ce que tu as quelque chose de prévu vendredi prochain ?

— Vendredi ? Non, je ne pense pas. Il va falloir que je m'occupe de trouver un travail avant que Rusty ne cherche à me fermer toutes les portes.

— Rusty ne fera rien pour nuire à ta réputation, crois-moi, assura Sam dans un sourire. Donc, nous disons que tu es libre vendredi.

— Oui, pourquoi ?

— Il y a une dégustation pour mes principaux clients, et ce sera la première fois que nous ferons goûter le nouveau millésime.

Il était nerveux et très enthousiaste à la fois. Il avait tant attendu ce moment.

— J'aimerais que tu m'accompagnes, ajouta-t-il en posant la main sur sa jambe.

Elle prit une gorgée de café et posa sa tasse sur la table de chevet en se retenant de rire.

— Tu veux que je t'accompagne à une soirée de gala dans ta distillerie, alors que j'étais mandatée pour essayer de te la faire vendre ?

— Tu agissais par désespoir, sous le chantage de mon concurrent.

— Que fera-t-il selon toi lorsqu'il découvrira ce que nous avons décidé ? demanda-t-elle. Lorsqu'il comprendra qu'il n'a plus de moyen de pression sur moi et qu'il n'obtiendra pas ce qu'il veut ?

— Je suis impatient de le découvrir, répondit Sam. Je veux qu'il sache une bonne fois pour toutes qu'il ne peut pas manipuler les gens, ni prendre ce qu'il convoite malgré eux. Il peut continuer à distiller son alcool frelaté tant qu'il veut, même si cela ne dure pas éternellement.

L'entreprise Lockwood Lightning avait été contrôlée ces dernières semaines pour des soupçons de détournement de fonds de mécénat. Sam était soulagé que le nom de Maty ne risque plus d'y être associé, d'ailleurs.

— Je n'ai jamais été responsable des fonds de mécénat, expliqua-t-elle. Lorsque Rusty m'a fait venir, il s'est bien gardé de me laisser approcher les dossiers sensibles de son entreprise, mis à part ceux en lien avec ce projet d'acquisition de Hawkins.

— Ce que quelqu'un comme lui ne peut pas comprendre, c'est que je n'exerce pas mon métier uniquement pour l'argent. Aucune offre n'aurait pu me décider à abandonner mon projet.

Maty inspira.

— Je voudrais t'aider à lutter contre lui et lui rendre la monnaie de sa pièce pour ce qu'il m'a fait et a tenté de faire à mon frère.

Sam venait d'avoir une idée. Il ne savait pas comment elle avait germé, mais il avait l'impression de tenir quelque chose de brillant.

— Et si tu continuais à travailler pour lui ? suggéra-t-il soudain.

Maty ouvrit de grands yeux.

— Comment ça ?

— Tu pourrais par exemple lui faire croire que je suis en train de réfléchir à sa proposition, et que ses affaires sont en bonne voie.

Elle fronça les sourcils.

— Alors toi aussi, tu veux te servir de moi ? lança-t-elle sèchement.

Sam se plaça face à elle, les deux mains posées sur ses épaules.

— Jamais, Maty. Si cela ne te convient pas ou si tu ne veux plus avoir à croiser son chemin, je m'assurerai que ce soit le cas, tu n'as qu'un mot à dire.

Elle le fixa attentivement.

— Bon, c'est d'accord, dit-elle finalement. Je veux bien essayer.

Sans réfléchir, il avança la tête et effleura sa bouche du bout des lèvres.

— Jamais je ne me servirai de toi, Maty, et je ne laisserai personne le faire.

Il l'embrassa une nouvelle fois, de façon un peu plus appuyée. Il avait besoin de plus. Il sentit alors ses doigts se poser sur son torse, remonter vers ses épaules et l'attirer contre elle. Sam se laissa guider jusqu'à se retrouver presque allongé sur elle.

— Est-ce que tu as toujours confiance ? demanda-t-il contre ses lèvres.

Elle hocha la tête en guise d'acquiescement et revint chercher ses lèvres. Mais il devait en avoir le cœur net.

— Dis-le, s'il te plaît.

Elle rouvrit les yeux.

— J'ai confiance en toi, Sam. J'ai toujours eu confiance en toi.

— Je vais t'aider, assura-t-il. Toi et ton frère, je serai là pour vous.

— Je le sais. Tu as déjà tant fait.

— Pas encore assez, dit-il.

Elle allait répondre, mais il se redressa et fit mine de lui retirer son T-shirt en l'interrogeant du regard.

— Enlève-le, dit-elle.

Ces mots de sa part étaient les plus érotiques qui soient. Maty avait toujours été claire et franche sur ses envies et il avait toujours trouvé ça très séduisant. Elle était forte, elle se relèverait de ce qu'elle venait de traverser, et elle serait plus forte que jamais. Et Sam comptait bien être à côté d'elle pour assister à cela, même si, curieusement, il ressentait comme une appréhension à cette idée.

Mieux valait se concentrer sur le moment présent, et ce n'était pas difficile avec Maty en sous-vêtements de dentelle dans son propre lit. Il se redressa et se dévêtit à son tour. Il croisa son regard et ce qu'il y lut lui fit un effet incroyablement aphrodisiaque.

— Tu vas rester longtemps comme ça à me regarder dans le blanc des yeux ? suggéra-t-elle dans un sourire.

Sam rit et commença par écarter les couvertures avant de glisser les doigts sous la dentelle qui enserrait ses hanches.

— Et tout à l'heure, dans tes rêves, est-ce que tu étais en bonne compagnie ? demanda-t-il.

Maty rougit et il la trouva plus sexy encore. La retrouver ainsi, nue dans son lit, était absolument déroutant, délicieux et terrifiant à la fois. Il avait envie d'elle comme jamais et pourtant, au fond de lui, il n'oubliait pas qu'elle lui avait déjà brisé le cœur une fois. Cette fois-ci, pourtant, il n'était plus le jeune homme naïf qui rêvait d'amour éternel. Il savait maintenant qu'il fallait savourer l'instant présent.

Il plaça un genou de chaque côté de ses hanches et s'assit sur ses cuisses. Elle lui caressa les bras, remontant jusqu'à ses épaules avant de se glisser dans ses cheveux.

— Je suis vraiment désolée de tout ce qu'il s'est passé, dit-elle.

— Ce n'est pas ta faute, rappela-t-il. Mais ne laissons pas le monde extérieur parasiter cet instant. Maintenant il n'y a que toi et moi. Plus de problèmes.

Elle sourit et il se pencha vers elle.

— Ton monde n'est pas le même que le mien, dit-elle dans un soupir. J'avais oublié que l'argent pouvait résoudre les problèmes.

— Alors servons-nous de mon argent pour résoudre tous tes problèmes ! Mais parlons-en plus tard.

Il ne la laissa pas opposer d'objection en couvrant ses lèvres aussitôt. Il ne voulait plus qu'elle s'inquiète d'autre chose que de leur plaisir.

Elle écarta les genoux pour l'accueillir tout contre elle. Il sentait sa chaleur et eut l'impression que jamais de sa vie il n'avait ressenti une telle félicité. Elle le comblait. Elle était sienne.

Sienne ?

Non.

Non, pas vraiment. Il pouvait la posséder physiquement, mais il savait qu'émotionnellement c'était plus complexe que cela.

— Je prends la pilule, murmura-t-elle, mais tu devrais mettre un préservatif.

— J'ai toujours utilisé des préservatifs et j'ai fait des tests, si tu en es d'accord, nous pouvons peut-être nous passer de protection.

— J'ai aussi fait des tests et je suis célibataire depuis deux ans, répondit-elle.

Elle ne le quittait pas des yeux. Il glissa la main entre ses cuisses, tandis qu'elle relevait les genoux pour s'offrir à lui. Elle était si excitante lorsqu'elle le désirait. Lentement, les yeux dans les yeux, il glissa un doigt en elle.

De sa main libre, il chercha ses seins qu'il caressa

doucement. Il les sentit se tendre sous ses doigts et son excitation s'accrut encore. Il se consumait de désir, mais avait envie de faire durer. Il voulait lui offrir tout le plaisir qu'elle méritait.

— Sam, je t'en prie, soupira-t-elle.

Le fait qu'elle manifeste ainsi son impatience lui faisait un effet incroyable. Il ne savait combien de temps il pourrait résister encore.

— Dis-moi ce que tu veux.

Elle le serra contre elle.

— Toi. Viens.

Il n'avait pas besoin d'en entendre davantage. Il se redressa sur les genoux en la prenant par les cuisses. Elle s'abandonnait totalement entre ses mains et cette confiance absolue était terriblement excitante.

À la seconde où leurs corps s'unirent, Maty gémit en agrippant son oreiller. Sam la regarda se cambrer contre lui tandis qu'il se mettait doucement en mouvement. Elle avait la bouche entrouverte, les yeux mi-clos, et cette vision de son plaisir faillit le faire jouir aussitôt.

Maty l'entoura de ses jambes pour l'attirer plus profondément en elle. Ses gémissements de plaisir ne laissaient aucun doute sur la vague qui montait en elle, et soudain son corps se tendit tout entier, ses jambes agrippées à lui.

Sam aurait voulu que cet instant dure toujours, mais le plaisir le saisit à son tour sous le regard de Maty. Il eut l'impression de noter quelque chose de nouveau dans son regard ; une expression qu'il ne lui connaissait pas.

Quand il retrouva une respiration normale, Sam se pencha vers elle pour l'embrasser et posa les mains sur les siennes, entremêlant leurs doigts.

Il aurait voulu que cet instant dure toujours, que jamais elle ne doive quitter son lit.

Ou sa vie, peut-être.

Mais leurs vies à tous les deux étaient tellement bouleversées ces derniers temps qu'il ne s'accrocha pas à cette pensée. Il n'avait déjà que trop souffert et ne devait pas baisser la garde un seul instant.

- 12 -

Maty soupira en regardant le lac depuis la bibliothèque. Elle tenait son téléphone d'une main et un verre de vin dans l'autre. Elle n'avait jamais vraiment recouru à l'alcool comme un anxiolytique, mais aux grands maux les grands remèdes. Pour cette fois peut-être, un petit verre lui permettrait-il de se focaliser sur autre chose que cet appel à passer.

Sam était parti à la distillerie pour finaliser l'organisation du gala. Elle appréhendait de participer à une soirée mondaine de ce type, d'autant qu'elle n'avait pas de tenue appropriée pour ce genre d'événement, mais il serait temps de s'en préoccuper plus tard.

Elle lança son appel et attendit. Rusty répondait rarement…

Comme à l'accoutumée, elle tomba sur sa messagerie. Elle lui laissa un message et raccrocha, furieuse. Il avait décidément le don de lui mettre les nerfs en pelote. Elle prit une gorgée de pinot. Elle n'allait tout de même pas passer la journée chez Sam à boire du vin en fixant son téléphone. Il fallait qu'elle se mette en mouvement. Qu'elle se cherche un emploi, avant toute chose.

Mais où ? Comment ? Par quel bout commencer ? Elle était perdue.

La pression était moindre maintenant qu'elle savait que son frère serait pris en charge. Elle avait le temps de réfléchir à ses options. Rentrer en Virginie en était une. Elle pouvait aussi rester ici dans le Tennessee.

Son frère était en Virginie et elle ne voulait pas être trop longtemps éloignée de lui. Mais Sam était ici, à Green Valley.

Pouvait-elle reconsidérer toute sa vie aussi radicalement à cause de quelques moments passés avec Sam ? Et même s'ils avaient été plus intenses et forts que jamais, tout cela était ridicule… Elle ne pouvait pas prendre une telle décision en fonction de lui ou d'une hypothétique relation, c'était une pure folie.

Leur véritable relation appartenait au passé. Ils avaient fait l'amour, bien sûr, mais le sexe ne faisait pas tout. Ce qu'ils vivaient maintenant était… Elle ne savait même pas comment le nommer.

Bien sûr, elle avait la tentation de rester ici. Elle savait qu'elle avait envie de ressentir cela encore, de ressentir à nouveau ces émotions, mais elle avait si peur. Pourrait-elle garder son libre arbitre avec Sam ? Ne dépendrait-elle pas complètement de lui ? Elle lui était infiniment redevable pour tout ce qu'il avait fait pour elle, mais elle voulait rester libre et indépendante.

Et si Sam avait simplement envie d'un peu de compagnie agréable ? Ou s'il l'utilisait pour se venger de leur rupture ou pour atteindre Rusty ?

Elle allait se retrouver prise au piège entre eux deux, servant de prétexte pour régler leurs rivalités.

Son téléphone vibra dans sa main et elle jeta un coup d'œil au SMS qui venait d'arriver.

> Marly et Natalie viendront à 1 heure te proposer des robes de gala. Elles travaillent pour moi. Ne te pose pas de questions et choisis ce que tu veux.

Il lui envoyait des modistes ? Elle était tout de même

capable d'aller s'acheter une tenue ! Certes, ses finances étaient très limitées en ce moment, mais elle ne voulait pas qu'il prenne en charge toutes ses dépenses alors qu'elle vivait déjà chez lui. Il fallait qu'elle parvienne à le lui dire au plus vite.

Il faut que nous parlions de ta façon de tout prendre en main, ce n'est peut-être pas nécessaire.

Elle relut sa réponse et se demanda sielle n'était pas un peu désagréable alors que Sam essayait de l'aider. Elle ne savait pas comment réagir. Elle n'avait pas l'habitude qu'on s'occupe d'elle ainsi. Elle sentait bien qu'il tenait à elle et que c'était sa façon de l'aider. Il ne faisait pas tout ça pour profiter d'elle…

Maty se tourna vers la fenêtre. Curieusement, la vue sur cette nature si belle et paisible ne l'apaisait pas du tout. Il y avait aussi tous ces livres inspirants, mais elle était trop agitée pour lire. Restait la table de dessin… Oui, ça, c'était une idée. Elle aimait dessiner pour se détendre et démêler ses pensées.

Elle prit place à la table au moment où son téléphone se remettait à vibrer. Cette fois, c'était un appel. Rusty.

Elle prit une gorgée de vin, posa son verre et inspira avant de répondre.

— Rusty, dit-elle en s'efforçant de paraître cordiale. Merci de me rappeler.

— J'espère que vous avez de bonnes nouvelles à m'annoncer ?

Elle détestait le son de sa voix. Il avait toujours l'air d'en savoir plus long qu'il ne voulait bien le dire.

Ce serait un vrai plaisir d'aider Sam à le démasquer. Les hommes comme Rusty ne respectaient personne.

— C'est bien possible. Je crois que Sam est sur le point de signer.

— J'en étais sûr ! Il suffisait d'un peu de pression, lança Rusty, satisfait.

Maty s'interdit de lui répondre. Il avait mis en jeu la santé de son frère pour exercer son chantage sur elle. Cet homme était un monstre.

Au moins était-elle maintenant du bon côté. En disant la vérité à Sam, elle avait pu reprendre en partie le contrôle de sa vie.

— Mais il demande plus que votre dernière offre. Une rallonge de dix millions, lança-t-elle.

— Comment ? Mais c'est ridicule, c'est une somme énorme !

Maty sourit et fit tourner le contenu de son verre.

— C'est le prix qu'il en demande, moi si j'étais vous, je réfléchirais à sa proposition.

À moins qu'il n'ait besoin de cet argent pour payer ses avocats en charge du dossier de détournement de fonds ? Il s'était piégé tout seul…

— J'exige que vous le fassiez diminuer ses prétentions ! répondit-il finalement.

— Ainsi quand vous disiez que son prix serait le vôtre, ce n'était pas vraiment cela ? Si l'argent est un problème, monsieur Lockwood…

— L'argent n'est pas un problème ! rétorqua-t-il aussitôt, piqué au vif.

Et pourtant, il ne devait pas être si tranquille. Pas alors qu'un scandale comme celui du détournement des fonds de mécénat destinés à des enfants menaçait d'éclater.

Maty n'avait aucune pitié pour ce monstre qui avait bâti son empire sur des malversations et des intimidations. Il avait cherché à se servir d'elle de la façon la plus ignoble qui soit. Elle espérait qu'elle parviendrait au moins à sauver son honneur.

— Si l'argent n'est pas un problème, vous devriez

accepter son offre pendant que je m'occupe des actes de vente, lança-t-elle en tâchant de paraître parfaitement sûre d'elle malgré sa tentative de bluff. Si vous voulez que ce soit réglé au plus vite et que la distillerie Hawkins soit vôtre d'ici quelques semaines.

Rusty ne parlait plus. Elle savait qu'il était en train de calculer, et cela ne lui disait rien qui vaille. Il n'y avait rien de pire qu'un manipulateur à qui on laissait le temps de réfléchir.

Mais elle avait foi en Sam, il avait une longueur d'avance et ne la laisserait pas tomber.

— C'est d'accord. Je rajoute dix millions, mais je veux que tout soit signé avant la fin de la semaine prochaine.

S'il savait…

— Très bien, répondit-elle. Dans ce cas, je vais aussi vous demander de décrocher votre téléphone la prochaine fois que je vous appelle, je n'ai plus le temps pour ces parties de cache-cache.

Rusty ricana.

— Je suis un homme occupé, mademoiselle Taylor. Je vous répondrai lorsque je pourrai vous répondre !

Sur ces mots, il raccrocha et il fallut beaucoup de self-control à Maty pour ne pas jeter son téléphone en travers de la pièce. Elle préféra finir son verre de vin en jurant.

— Sale type arrogant…

— Tout à fait de ton avis.

Elle sursauta et se tourna vers Sam qui venait de passer le pas de la porte. Elle observa sa large carrure qui semblait occuper tout le cadre de la porte. Son cœur se mit à tambouriner alors que son regard était aussitôt happé par le sien.

— Je pensais que tu étais à la distillerie…

Maty remit son téléphone dans sa poche et déposa son verre vide sur la table. Sam était parti assez précipitamment ce matin en lui disant qu'elle pouvait faire comme chez elle, ce qui était finalement plus facile à dire qu'à faire, surtout dans son état de nervosité actuel.

Faire l'amour avec lui avait tout changé. Elle sentait bien que ce n'était pas son corps seul, mais bien son cœur qui avait changé. Elle n'avait cessé de douter depuis et, si l'on ajoutait le coup de fil à Rusty, elle se retrouvait maintenant prête à se servir un deuxième verre.

— Je savais très précisément ce que j'avais à faire, et mon assistant connaît les dossiers mieux que quiconque, il n'y avait plus qu'à finaliser.

— À voir ta tête, poursuivit-il, je devine que la conversation avec Rusty ne s'est pas passée comme tu le voulais ?

— Je l'ai pourtant convaincu de te proposer dix millions de plus.

Sam fronça les sourcils avant de se mettre à rire.

— Qu'est-ce qui t'a pris, nous n'avions pas du tout parlé de ça !

— Non, j'ai eu envie d'improviser ! dit-elle en haussant les épaules.

Il avança jusqu'à se planter devant elle et baissa les yeux vers son verre vide et ses croquis tracés d'un trait qu'il devinait nerveux.

— Tu cherchais à te déstresser, on dirait…

— Rien n'y fait…

Sam tendit la main et lui prit le bras. La sensation de ses paumes sur sa peau la faisait frissonner de la tête aux pieds. Elle ne le quittait pas des yeux.

— Tu es tellement déterminée, dit-il en lui prenant les épaules. Tu ne te laisses pas faire et j'aime ça. Je me demandais si cela t'intéresserait d'intégrer mon équipe juridique ?

Maty se raidit.

— Pardon ?

— Voudrais-tu travailler pour moi ? Sans pression ni chantage, c'est à la professionnelle que je m'adresse, précisa-t-il.

Elle eut envie de le serrer, de poser la main sur sa joue et de retrouver ce lien si fort, cette connexion qu'elle avait éprouvée la nuit dernière.

Mais elle devait rester solide et se protéger des élans de son cœur. Ne pas s'emballer parce qu'il lui faisait miroiter un travail ou la complimentait sur ses compétences. Elle n'était pas vraiment prête à accepter de faire un grand saut comme celui qu'impliquerait le fait de travailler pour lui.

— Je ne peux pas accepter cela…

Il fronça les sourcils.

— Pourquoi pas ?

— Eh bien… Je ne peux pas, c'est tout.

— Ce n'est pas un argument très convaincant, essaie encore !

Maty s'écarta pour se placer face à la fenêtre. Elle avait besoin de remettre un peu de distance entre eux pour retrouver son calme. Elle parcourut du regard le parc, le lac et les montagnes environnantes. Elle se souvenait de ces paysages à l'automne, c'était si beau, les couleurs étaient si vibrantes… Serait-elle là pour voir ce spectacle ?

— Il faudra sans doute que je reparte en Virginie, murmura-t-elle. Je ne suis pas sûre de pouvoir rester ici, tu sais…

Le silence se fit et elle tourna la tête pour observer sa réaction.

— J'imagine que je me suis un peu emballé en imaginant que tu voudrais rester.

Il y avait quelque chose dans sa voix qu'elle avait du mal à définir. Elle se demanda s'il était blessé à l'idée qu'elle s'en aille ou si c'était autre chose. Pourtant, ils ne s'étaient rien promis dans un sens ou dans l'autre. Maty se retourna pour lui faire face.

— Je ne sais pas quoi faire, reconnut-elle. Je veux être plus près de mon frère, il est ma seule famille… Et en même temps, j'hésite. Je sais que tu as payé ses soins, mais il faut que je m'occupe de lui moi aussi, que j'arrive à être indépendante et à prendre en charge son assurance santé. Reprendre le cours de ma vie.

— Et pourquoi ne pourrais-tu pas faire cela ici, à Green Valley ?

Maty scruta son expression, sans bien savoir si elle y voyait plus qu'un désir de revanche. Les choses étaient si compliquées ! Entre son départ il y a seize ans et les derniers rebondissements… Ils avaient tellement changé eux aussi avec le temps. Et pourtant, l'attirance entre eux était bien la même.

— Je ne suis pas capable de prendre une décision aussi importante maintenant, admit-elle. Est-ce que tu me permettrais simplement de rester un peu ici, le temps de…

Sam avança jusqu'à elle et prit doucement son visage entre les mains.

— Tu peux rester autant que tu le veux, murmura-t-il en se penchant pour saisir ses lèvres entre les siennes. Ce n'est pas moi qui te demanderai de partir.

Il lui laissait la main, pleinement et complètement. C'était si fort et si important à ses yeux. Comme lorsqu'il l'avait laissée partir il y a seize ans. Tant de choses avaient changé, et pourtant d'autres étaient immuables.

Maty resterait, le temps que l'affaire avec Rusty soit résolue…

Oui, c'était bien la suite qui la terrifiait, car elle avait tant d'espoirs et tant de craintes… À la fois d'être déçue, et de se fracasser le cœur une nouvelle fois.

- 13 -

Sam observa la carafe à décanter qu'il avait dessinée. Il devait reconnaître qu'il n'en avait pas totalement inventé les courbes, assorties à celles de sa bouteille, mais une seule personne au monde pouvait le savoir.

Il avait du mal à croire que le jour de la sortie officielle de son millésime de bourbon arrivait. D'abord, le gala pour appâter sa clientèle haut de gamme, et d'ici à quelques semaines le lancement international. D'ici à cinq ans, il aurait un 15 ans d'âge et, cinq ans plus tard, un 20 ans d'âge. Un cycle s'ouvrait qu'il était impatient de voir éclore.

Ses entrepôts étaient remplis de fûts que l'on faisait tourner sur eux-mêmes de façon régulière. Il aimait marcher dans les allées parmi les empilements de fûts qui sentaient le bois et le bourbon. Rien n'égalait cette odeur. Sam ne pouvait croire que c'était vraiment devenu sa vie.

Sa vie professionnelle. Cette vie qu'il contrôlait et menait comme il l'entendait. C'était sur le plan personnel que tout lui semblait anarchique et hors de contrôle.

Pourtant, sa mère avait accepté d'être prise en charge, et Rusty connaissait sans doute ses dernières heures de gloire.

Et puis il y avait Maty…

Qu'est-ce qu'il espérait ?

S'il était honnête avec lui-même, il devait reconnaître

qu'il avait envie de plus. Mais n'étaient-ce pas ses souvenirs qui parlaient ?

Et, depuis leurs ébats torrides dans les entrepôts, il savait qu'il ne pourrait plus passer par là sans ressentir un frisson d'excitation.

Il était impatient de l'emmener au gala. Reconnaîtrait-elle son inspiration pour la forme de la bouteille ? Est-ce qu'elle s'en souviendrait seulement ?

Elle avait dessiné ce flacon bien des années auparavant, et depuis lors, il n'avait jamais pu imaginer une autre forme de bouteille que celle-là.

Il replaça son prototype dans son coffre et le verrouilla. Il entendit son téléphone sonner depuis son bureau.

Il traversa la pièce et jeta un coup d'œil à l'écran. Le nom de Nick s'affichait.

— Hé, Nick, quoi de neuf ?

— Je viens d'apprendre que le conseil municipal a convoqué une réunion exceptionnelle vendredi après-midi, répondit-il.

— J'imagine que c'est en lien avec l'obtention de ta licence ?

— Tu es tellement perspicace que nous ne pouvons qu'être frangins !

Sam ne put retenir un sourire. Il avait un demi-frère, c'était une chose qu'il n'avait jamais imaginée et, aujourd'hui, il avait envie de connaître les détails de cette histoire qui les avait séparés avant de leur permettre de se réunir. Et puis il y avait encore cet autre frère qu'ils devaient découvrir.

— Pour répondre à ta question, oui, il s'agit de la licence. Personne n'est censé savoir que la réunion va se tenir, mais j'ai un contact qui m'a renseigné.

— Comment est-ce que Lockwood pourrait l'ignorer ?

demanda Sam. S'il y a quelqu'un qui a des indics infiltrés un peu partout, c'est bien lui !

Sam savait qu'ils devaient couvrir leurs arrières avec quelqu'un comme Rusty. Le moindre défaut d'attention pouvait les faire trébucher. Tout cela avait commencé quelques décennies plus tôt, alors que Rusty lançait son alcool de contrebande en achetant très largement les membres du conseil en charge de l'attribution des licences.

Lorsqu'il avait obtenu le droit de produire son alcool légalement quelques années auparavant, Rusty avait de fait déjà la majeure partie des membres du conseil dans la poche et il était devenu le fournisseur officiel de tous les débits de boissons de la région.

— Mon contact est un homme de confiance et il m'assure que Rusty n'en saura rien, répondit Nick. Il semblerait que nous ayons fait douter quelques-uns de ses hommes de main qui commencent à reconnaître que la mainmise de Rusty est abusive. Écoute, je sais que tu as ta soirée de gala ce soir, mais je voulais te tenir au courant au cas où Rusty prévoirait un coup d'éclat.

— Qu'il essaye seulement et il entendra parler de moi, marmonna Sam les dents serrées.

— En tous les cas, il ne devrait pas apprécier le bilan de la réunion de vendredi, dit Nick, mais si nous sommes ensemble avec une galerie d'invités de poids, il n'osera sans doute pas tenter quoi que ce soit.

Sam avait invité du beau monde à sa soirée, des hommes politiques, des restaurateurs, des chefs d'entreprise, des mécènes. Tout le monde avait été partant pour participer à cette nouvelle aventure, d'autant plus qu'avec un jeune chef d'entreprise prometteur comme Sam aux commandes d'une distillerie novatrice les médias adoraient couvrir ce genre d'événements. Mais Sam préférait évidemment qu'aucun coup d'éclat ne vienne ternir sa soirée de lancement.

— Je dois te laisser, dit Nick, Silvia a besoin de moi. Je te tiens au courant sans faute.

Sam raccrocha et lut un SMS de sa mère qui venait d'arriver.

Est-ce que tu pourrais passer aujourd'hui ?

Il s'empressa de répondre.

Bien sûr.

Il jeta un coup d'œil à sa montre, il pouvait s'échapper maintenant, tout était organisé, jusqu'aux stylistes et au coiffeur pour Maty. Non pas que sa tenue ou sa coiffure lui posent le moindre souci, elle était toujours belle à couper le souffle.

Il était impatient de la retrouver. C'était peut-être un peu égoïste, mais il espérait qu'elle serait fière de tout ce qu'il avait accompli. Lorsqu'ils étaient ensemble, il essayait toujours de l'impressionner, lui qui avait longtemps souffert d'un complexe d'imposture plus grand que lui. Elle venait d'une famille fortunée et, même s'il y avait été accueilli les bras grands ouverts, il avait en permanence eu l'impression de ne pas appartenir à leur monde, et s'était senti un peu perdu dans leur grande maison et leurs soirées branchées.

Il savait pourtant que ses parents étaient des gens bien. Jamais ils n'avaient manifesté le moindre doute à son égard, malgré sa situation instable et son cadre familial fragile. Ils s'étaient montrés encourageants, toujours, accueillant ses idées les plus folles avec bienveillance, même lorsqu'il parlait de créer sa propre distillerie. Ils auraient pu rire, pourtant, ou le décourager en lui rappelant qu'il n'avait ni les fonds, ni le début d'un pied dans le domaine, mais ils avaient semblé y croire, pourtant. Sam n'arrivait toujours pas à se faire à l'idée qu'ils n'étaient plus de ce monde. Il n'arrivait pas à accepter que Maty ait perdu ses parents et doive accompagner son frère paralysé. C'était tellement lourd à porter toute seule…

Il ferait tout ce qui était en son pouvoir pour l'aider à se relever, à se sentir prête à affronter ce nouveau chapitre de sa vie qu'elle devrait écrire sans ses parents. Sam ne lui souhaitait que des bonnes choses, mais il ne savait pas dans quelle direction la mènerait ce chemin. Elle était la seule à pouvoir le déterminer.

Au fond de lui, il espérait qu'elle resterait définitivement à Green Valley, mais il redoutait aussi cette possibilité. Qu'adviendrait-il si elle prenait cette décision ? Est-ce qu'ils étaient prêts à s'engager dans une relation tous les deux à nouveau ? La vie pouvait-elle être si simple ?

Peut-être.

Ou peut-être pas.

Il était fou de l'envisager seulement. Le bonheur à la fin de l'histoire, ce n'était que dans les contes. Maty doutait que Green Valley soit une bonne idée, alors pourquoi essayer de se projeter ? Mieux valait essayer de profiter au mieux de ce qu'ils avaient à vivre ensemble tant qu'elle était là, et préserver son cœur des émotions et des désillusions. N'avait-il donc pas appris la leçon la première fois ?

Il sortit pour rejoindre sa voiture. Il n'était habituellement pas d'un tempérament anxieux, mais les circonstances le mettaient malgré tout un peu sur les nerfs, il devait le reconnaître.

Il monta le son de la musique dans sa voiture et reprit la route sinueuse qui menait chez sa mère. Il profiterait de ces quelques minutes de route pour s'éclaircir les idées. Il était important qu'il parvienne à maintenir une distance émotionnelle vis-à-vis de Maty, même si cela se révélait de plus en plus difficile. Il ne pouvait simplement faire abstraction de ses émotions, même s'il avait réussi à ne pas s'impliquer sentimentalement pendant toutes ces années. Il n'était pas un animal à sang-froid…

Il ne pouvait prétendre qu'il ne serait pas blessé si elle décidait de partir. Maty avait toujours eu une emprise sur lui qu'il ne parvenait pas à expliquer.

Il se demanda quelle influence il avait sur elle de son côté… Si tant est qu'il en ait la moindre…

Il gara sa voiture devant chez sa mère, et la vit sortir sur le pas de la porte, un sourire aux lèvres. Elle avait les traits particulièrement tirés, mais elle était toujours une très belle femme. Elle n'avait pas eu une vie facile, mais elle avait toujours fait de son mieux et l'avait toujours aimé inconditionnellement.

Elle avait mis de côté l'argent de Rusty pour lui, malgré ses problèmes d'argent, malgré son addiction au jeu. Elle avait toujours voulu qu'il ait l'avenir qu'il méritait. Il n'avait qu'un espoir : qu'elle puisse prendre un nouveau départ.

Comme Maty était en train de le faire.

Il sentait bien que ses pensées le ramenaient toujours à Maty. Il avait besoin de comprendre ce qui se jouait entre eux. Quel nom mettre sur leur relation ? Le sexe n'était pas le seul enjeu. Cela durerait un temps, mais ils ne pourraient éviter de se confronter à leurs sentiments très longtemps.

Il rejoignit sa mère et l'embrassa.

— Je ne voulais pas t'obliger à quitter ton travail sur-le-champ, dit-elle.

— C'est moi le patron, tu sais. Je n'ai de comptes à rendre à personne, sauf à ma mère !

Elle rit en levant les yeux au ciel, mais il nota le voile préoccupé sur son visage.

— Je voulais te dire que la clinique m'a appelée et qu'ils proposent que je rentre dès vendredi et pas lundi.

Vendredi matin. Ce qui signifiait qu'elle ne serait pas présente pour son gala, qu'elle n'assisterait pas à la sortie de sa cuvée millésimée.

Mais sa santé passait avant tout le reste et il était pressé qu'elle puisse intégrer la clinique et commencer à se reconstruire.

— C'est une bonne nouvelle, dit-il.

Elle baissa les yeux.

— Je voudrais repousser.

— Non, insista-t-il. Vas-y. Ne t'inquiète pas pour le gala, il y en aura d'autres, je te le promets et je te mettrai de côté une des bouteilles numérotées.

— J'espère sortir rapidement, dit-elle en lui caressant la joue. Je voulais tellement être à tes côtés pour ce grand jour !

Sam la serra dans ses bras.

— Je le sais et c'est tout ce qui compte, mais j'ai surtout besoin de te voir en bonne forme, guérie.

Elle reposa sa joue contre sa poitrine.

— Je savais que tu dirais cela, murmura-t-elle.

Sam s'écarta légèrement.

— Alors pourquoi avons-nous cette conversation ? plaisanta-t-il.

— J'espérais aussi que tu convaincrais la clinique de reporter mon admission à samedi matin…

Un jour. Elle demandait un petit jour de plus pour pouvoir le soutenir…

— S'il te plaît, plaida-t-elle.

Sam l'embrassa sur le front.

— Très bien, je vais les appeler aujourd'hui.

Il avait payé très cher pour lui obtenir une place dans cette clinique privée et il pourrait sans doute négocier vingt-quatre heures de délai.

— Il faut que tu saches qu'il pourrait y avoir du grabuge avec Rusty, cependant, dit-il. Rien de grave, des histoires de concurrence entre nos compagnies, mais je préfère te prévenir. Il ne sait pas que je sais tout et je préfère que cela reste ainsi.

Nick avait décidé de se confronter à Rusty, mais Sam préférait garder un coup d'avance et attendre que leurs affaires soient réglées. Une fois que Rusty n'aurait plus le monopole des ventes de liqueurs dans la région, Sam pourrait lui parler. Il n'ambitionnait pas le moins du monde de renouer ou de tenter de créer un lien père-fils qui n'avait jamais existé, cette absence de relation lui convenait tout à fait, mais il se demandait comment il réagirait.

La bonne nouvelle était que d'ici là sa mère aurait intégré sa clinique et serait préservée de l'influence de Rusty. Sam préférait ne pas le savoir à proximité des gens qu'il aimait. Il était rassuré en cela de savoir Maty chez lui.

— Ne t'approche pas de lui, Sam, il est vraiment tordu, tu sais, avait prévenu sa mère.

— Je le sais, mais je n'ai pas peur de lui, je suis plus malin et j'ai un coup d'avance.

— Promets-moi d'être prudent, je ne veux pas m'inquiéter pour toi pendant que je serai à la clinique.

Sam sourit.

— Alors ne t'inquiète pas, je viendrai te voir et je te tiendrai régulièrement au courant de ce qui se passe.

Ses yeux s'emplirent de larmes et il essuya du doigt celle qui roulait sur sa peau mate.

— Je suis désolée de te faire vivre tout ça… Tu as

déjà tellement de choses à gérer sans avoir à voler à mon secours tous les quatre matins.

— Si tu ne vas pas bien, alors rien d'autre ne compte, dit-il. Est-ce que tout est prêt pour le gala de ce soir ? Tu as choisi ta robe et tes chaussures ? Une styliste va venir s'occuper de ta coiffure et de ton maquillage.

Il était heureux de savoir que les deux femmes de sa vie pourraient se préparer dans les meilleures conditions pour être auprès de lui ce soir.

— Je peux me coiffer et me maquiller toute seule ! protesta-t-elle en riant.

— Et si cela me fait plaisir que quelqu'un te dorlote ? répondit-il alors que son portable vibrait dans sa poche. Tiens-toi prête à partir de 10 heures ce matin, ensuite j'enverrai une voiture pour venir te chercher.

Elle sourit et caressa tendrement sa joue.

— Je suis tellement fière de toi, n'oublie jamais cela ! Je ne sais pas ce que je serais devenue sans toi.

Sam était bouleversé par ses déclarations, mais il se devait d'être fort pour prendre soin d'elle.

— Je sais que tu luttes chaque jour contre tes démons, mais tu vas y arriver, j'en suis certain.

Il la serra dans ses bras afin qu'elle sache combien il l'aimait et pour la rassurer sur sa présence intangible à ses côtés.

- 14 -

Maty détailla son reflet dans le miroir, se tournant d'un côté et de l'autre en se demandant si elle n'avait pas fait un mauvais choix. Elle aurait peut-être dû opter pour la robe rouge. Son choix était plutôt classique et sans doute un brin prévisible…

— Waouh !

Maty se retourna et trouva Sam à l'entrée de la pièce. Il portait une chemise blanche sans cravate, avec une veste noire assortie à son pantalon. Il avait même dompté ses cheveux en bataille pour l'occasion, mais n'était pas rasé de près, et ce mélange des genres le rendait toujours aussi sexy.

Le regard qu'il posa sur elle parvint aussitôt à la convaincre qu'elle avait bien choisi sa robe.

Elle sentit son estomac se nouer à la seule idée de la soirée qui s'annonçait. Elle ne savait pas vraiment à quoi s'attendre, mais elle imaginait quelque chose d'exceptionnel.

— Quel dommage de devoir te partager ce soir ! Tu es sublime.

Il posa la main sur son bras et l'attira contre lui. Leurs regards se croisèrent dans le miroir. Ressentir la chaleur de sa peau alors que leurs yeux ne se lâchaient pas lui donnait envie d'oublier les mondanités de ce soir pour s'échapper avec Sam.

— Peut-être pourrions-nous arriver en retard ? suggéra-t-il en effleurant son cou de ses lèvres.

Ses larges mains se glissèrent autour de sa taille par-derrière et Maty renversa la tête contre lui, entrelaçant ses doigts dans les siens.

— Mieux vaut y aller maintenant, avant que nous ne soyons plus en mesure de partir ! dit-elle. Nous reprendrons plus tard, une fois rentrés… Peut-être que je te montrerai ce que je ne porte pas sous ma robe ?

Sam soupira et lui fit faire volte-face avant de l'embrasser tendrement.

— Ne me dis pas cela, je n'étais déjà vraiment pas prêt à te voir aussi…

Maty aimait l'idée qu'elle pouvait lui faire un tel effet. Quoi qu'il y ait entre eux, c'était plus fort, plus intense que tout ce qu'elle avait imaginé. Elle ne savait pas ce qui pouvait se passer en revenant s'installer à Green Valley, mais pour le moment, elle ne regrettait rien, même si elle n'aimait pas les circonstances de son retour.

Elle détestait Rusty, évidemment, mais ses manœuvres l'avaient remise sur le chemin de Sam. Un chemin qui l'avait menée dans ses bras. Elle se demandait ce qu'elle devait faire. Rester, partir…

Sam se pencha vers elle pour l'embrasser encore, mais elle esquiva son baiser d'une pirouette. Pourtant, elle ne désirait rien tant que de sentir ses lèvres, ses mains sur elle, mais elle savait que c'était jouer avec le feu. Une fois qu'il aurait commencé, elle aurait trop de mal à mettre le holà, et sa coiffure sophistiquée ou sa robe de gala n'y résisteraient pas.

— Je suis prête à partir, dit-elle en saisissant son sac doré sur le vanity.

Sam la prit par les hanches et se pencha vers elle.

— Je n'aurais voulu personne d'autre à mon bras, ce soir. C'est vraiment important pour moi.

Elle pesa ses mots tandis qu'il l'accompagnait dehors. Elle l'avait senti sincère et pensait qu'il lui ouvrait vraiment son cœur. Et s'il y avait un futur pour eux ? Peut-être serait-elle capable de se construire une vie ici ? Une nouvelle vie. Elle n'était pas si loin de la Virginie, après tout.

Était-ce là ce qu'elle voulait faire ? Écrire ce nouveau chapitre de sa vie ici, où tout avait commencé si longtemps en arrière ? Était-elle prête à risquer son cœur, son avenir, en les mettant entre les mains d'un homme dont elle ne savait s'il l'aimerait ainsi en retour ?

Elle se figea un instant alors qu'une évidence la frappait.

— Maty, tout va bien ?

Elle aurait voulu lui dire, s'ouvrir devant lui sur ses sentiments, ses doutes. Cette bouffée d'espoir lui avait donné des ailes, mais ce n'était pas le moment. Sam avait une soirée importante et mieux valait qu'il reste concentré.

Et s'il ne ressentait pas la même chose ? Une fois qu'elle lui aurait parlé, il ne serait plus possible de retirer ce qu'elle avait dit et de rendre la soirée légère à nouveau.

Maty lui sourit.

— Oui, tout va bien, dit-elle. Mais j'ai quelque chose à te dire ce soir, une fois que nous serons rentrés.

— Quelque chose à me dire ? Je n'aime pas ces mots. Tu n'es pas enceinte ?

Maty se mit à rire.

— Non, mais je note que j'ai là un sujet sensible !

Il hocha la tête.

— Ce n'est pas ça, j'espère avoir des enfants un jour, mais… Tu m'as fait peur ! Est-ce que tu veux bien me dire de quoi il retourne ?

Elle reprit sa main dans la sienne, tendrement.

— Tout à l'heure, en rentrant !

— Avant ou après le moment où nous nous déshabillons fougueusement ? plaisanta-t-il en lui adressant un clin d'œil.

Alors qu'il déambulait parmi les convives, Sam ressentit un moment de grande fierté. Il avait attendu cet instant toute sa vie, et ce sentiment d'accomplissement qui l'envahissait était profondément agréable.

Et pourtant, il manquait quelque chose… Il ressentait un vide qu'il ne parvenait pas à identifier.

Il croisa le regard de sa mère, qu'il avait vue un peu plus tôt, occupée à discuter avec un restaurateur de Miami. Elle était resplendissante dans sa robe bleue. Lorsqu'elle lui sourit, il sentit que tout irait bien, qu'elle allait s'en sortir.

— Monsieur Hawkins ?

Sam se tourna vers la voix affable et sourit au gouverneur qui venait à sa rencontre, la main tendue.

— Belle soirée, et grand bourbon, dit le gouverneur Pate en lui serrant la main.

— Je suis ravie d'entendre que vous passez une bonne soirée, gouverneur.

— J'aimerais surtout acquérir un fût pour une inauguration prochaine, ajouta-t-il.

— Vous envisagez déjà une réélection ? lança Sam un sourire aux lèvres.

— On ne se lance pas dans ce genre d'aventure si l'on pense perdre ! répliqua le gouverneur. Puis-je mettre mon assistant en contact avec votre bureau la semaine prochaine ? Votre bourbon est le meilleur qu'il m'ait été donné de goûter, et de loin !

Sam acquiesça.

— Je préviens mon assistant, ce sera un plaisir.

Derrière le gouverneur, il reconnut Maty, avec sa robe dos-nu en soie qui semblait enlacer son corps.

— Si vous voulez bien m'excuser ? dit-il à son invité de marque.

Le gouverneur suivit son regard et vit Maty.

— Bien sûr, je vous comprends… Vous avez beaucoup de chance…

Sam sourit et hocha la tête.

C'était ça. C'était ce qui lui avait manqué. Elle était celle qui avait manqué à sa vie. Maty Taylor. Avait-elle toujours été la femme de sa vie ? Avait-il fallu toutes ces années de séparation et son retour dans des conditions aussi difficiles pour tous les deux afin qu'ils puissent en prendre conscience et se retrouver ? Peut-être n'y avait-il pas d'autre façon pour eux d'apaiser les blessures et d'être capable d'aller à nouveau de l'avant ensemble ? Ou alors était-ce enfin le moment, après une première histoire ratée seize ans auparavant ?

Tout allait rentrer dans l'ordre, maintenant.

En avançant vers elle, il vit Nick et Silvia de l'autre côté de la pièce. Les bras solides de Nick autour de la taille de sa femme qu'il enlaçait avec tendresse. Il se dégageait une forme de protection dans son geste et Sam se sentit étrangement touché.

Il n'avait pas encore eu vraiment l'occasion de parler à son frère. Sam aimait assez penser à Nick en ces termes. Il espérait avoir prochainement des nouvelles de la réunion d'attribution de licence qui devait statuer en ce moment.

Mais avant de s'occuper de tout cela, il était impatient de rentrer chez lui avec Maty et de se livrer à leur célébration personnelle. Et puis elle voulait lui parler. Il repensa à cet instant où il s'était demandé si elle n'allait pas lui annoncer qu'elle craignait d'être enceinte et dut reconnaître qu'après un premier réflexe de rejet il ne détestait pas l'idée de Maty portant leur bébé. Il n'imaginait personne d'autre qu'elle avec qui fonder une famille.

Pourtant, il devait lui dire la vérité. Et toute la vérité. Au sujet de Rusty. De Nick. Est-ce que cela serait un choc pour elle après ce que Rusty lui avait fait ? Il espérait qu'elle ne le prendrait pas mal et qu'elle ne se sentirait pas menacée par cette proximité involontaire.

Sam fut coupé plusieurs fois dans son élan pour rejoindre le coin de la salle où se trouvait Maty. Lorsqu'il se débarrassa du dernier importun, elle avait disparu de son champ de vision.

Il parcourut l'assemblée du regard et la repéra à l'étage, sur l'un des balcons, près de sa mère. En avançant, il nota que les deux femmes se tenaient les mains et se souriaient.

Sam sentit son cœur se remplir d'une émotion indescriptible. Il avait l'impression de voir toute sa vie devant ses yeux. Son passé, son présent et peut-être son avenir.

Il se dirigea vers l'escalier en saluant les invités au passage, impatient de dévoiler sa cuvée d'ici à une heure. Il se demandait comment Maty réagirait, si elle reconnaîtrait le design de ses flacons qui datait de l'époque où ils étaient ensemble.

Il espérait secrètement que ce serait une pièce du puzzle qu'ils étaient en train de tenter de réassembler en ce moment pour unir à nouveau leurs vies.

— Sam.

Arrivé au pied des marches, il se retourna en entendant la voix de Nick et le vit qui venait à sa rencontre avec Silvia à son bras.

— Bonsoir, je ne vous ai pas vraiment salués ce soir, dit-il. Je suis heureux que vous soyez des nôtres !

— Nous de même ! répondit Nick en levant son verre.

Ce bourbon est incroyable, Sam ! Je suis impatient de pouvoir le servir dans mes restaurants.

Sam ouvrit de grands yeux.

— Tu veux dire que… ?

Nick sourit.

— Nous voulions te l'annoncer nous-mêmes, intervint Silvia, le conseil a donné un avis positif, Rusty n'a plus de monopole !

La soirée ne pouvait décidément s'annoncer sous de meilleurs auspices !

— C'est vrai, vous avez obtenu la licence ?

Nick hocha la tête.

— J'ai reçu un appel de mon contact juste avant de venir ici !

Intrigué, Sam croisa les bras et tourna le dos à la salle pour éviter d'être entendu.

— Qui est ta source, tu peux me le dire ?

— Il s'agit du fils du conseiller Perry, répondit Nick en souriant. Nous avons fait connaissance il y a quelque temps, et il a obtenu un poste dans un de mes centres.

Sam avait du mal à y croire, il avait l'impression que tout à coup tous ses rêves devenaient réalité, s'unissant pour lui tracer un chemin vers un avenir doré.

— Est-ce que Rusty est au courant ?

Nick haussa les épaules et termina son bourbon d'un trait, avant de le déposer sur le plateau d'un serveur qui passait.

— Je ne sais pas, mais il ne tardera pas à le savoir si ce n'est pas encore le cas. Soyons préparés à sa réaction, car nous pouvons être certains que réaction il y aura.

— Avec un peu de chance, il est déjà trop occupé sur le front des accusations de détournement de fonds, suggéra Sam.

Connaissant Rusty, cependant, il savait que celui-ci

ne s'effacerait pas humblement en reconnaissant qu'il avait perdu à la loyale. Quelqu'un comme Lockwood ne s'admettait jamais vaincu.

— Peut-être que, si je lui dis qu'il est mon père, il se rendra compte que…

Nick fit une drôle de tête alors que le regard de Silvia était braqué derrière Sam. Il se retourna et vit sa mère et Maty, juste à côté d'eux.

— Rusty est ton père ? interrogea Maty avec difficulté, comme si elle ne pouvait prononcer ces mots sans un certain dégoût.

Il s'avança vers elle.

— Maty, je…

Elle leva les mains.

— Non, réponds à ma question d'abord.

Sam inspira et jeta un regard à sa mère aux yeux remplis de tristesse et de culpabilité. Il se détesta aussitôt d'avoir gardé ce secret envers Maty.

— Oui, c'est bien le cas, et Nick est mon demi-frère, répondit-il.

Maty ne le quittait pas du regard et il se sentit tout à coup dans l'œil du cyclone, alors que l'animation de la soirée lui semblait s'éloigner. Comme si son monde s'apprêtait à imploser.

— Allons en parler dans mon bureau, si tu veux ? proposa-t-il.

Il tendit la main vers elle, mais elle se recula, serrant instinctivement son sac contre elle.

— Je ne compte pas faire de scène, si c'est ce que tu redoutes, murmura-t-elle les dents serrées. Je n'ai rien à te dire de plus, je préfère partir.

Il aurait presque préféré qu'elle lui crie dessus, qu'elle fasse cette fameuse scène ou formule ses reproches. Son ton grave et définitif le blessait bien davantage, alors que les regrets l'étreignaient.

— Je t'en prie, ne pars pas, demanda-t-il. Je sais que je n'ai aucun droit de te demander ça, mais s'il te plaît, j'aimerais que tu restes !

Elle redressa le menton et lui jeta un regard noir. Elle n'était pas seulement blessée, elle était aussi furieuse contre lui.

Sam la regarda quitter la salle dignement, d'un pas gracieux et mesuré, s'arrêtant même pour saluer un convive. Elle ne faisait pas de scène, mieux, aucun témoin de la scène n'aurait sans doute pu imaginer ce qui était en train de se passer derrière la façade.

Malgré ses mensonges qui la blessaient, elle respectait les enjeux cruciaux pour lui de cette soirée, et cela en disait long sur la femme dont il était épris. Bon sang. Il l'aimait plus qu'il n'était capable de le formuler et il la regardait partir sans réagir ! Il n'arrivait pas à croire qu'elle allait le quitter ainsi sans un mot de plus. Encore une fois.

— Rattrape-la !

Sam se retourna.

— Cela ne servirait à rien, maman, elle est trop bouleversée, maintenant.

— Je suis désolé, dit Nick, je n'ai pas imaginé que…

— C'est moi qui ai fait n'importe quoi. J'aurais dû lui parler avant. C'est juste que cela ne s'est pas présenté et puis…

— Tu veux t'isoler un moment ? demanda sa mère.

Sam fit « non » de la tête.

— Il faut que la soirée se déroule comme prévu, je ne laisserai pas Rusty me prendre tout ce que j'ai.

Il aurait bien aimé pouvoir accuser Rusty de tous ses

malheurs, mais ce qui venait de se passer avec Maty était entièrement sa faute.

Un désespoir qu'il n'avait jamais connu auparavant l'envahit. Il était arrivé pour passer la meilleure soirée de sa vie et voilà que le pire advenait. Si seulement il avait compris plus tôt que Maty n'était pas l'ennemie.

Elle était tout pour lui.

- 15 -

Elle était tellement naïve…

Maty fixa son sac rempli de ses quelques affaires et retint ses larmes. Sa vie se résumait donc à une valise et un cœur brisé…

Mais elle avait au moins une certitude : Rusty et Sam ne valaient pas mieux l'un que l'autre.

Elle avait appelé un taxi pour la ramener chez Sam afin de réunir ses affaires. Inutile de tergiverser plus longtemps. Elle prendrait un hôtel pour la nuit et rentrerait en Virginie dès le lendemain matin. Elle était trop épuisée pour faire le voyage de nuit.

Elle baissa les yeux vers sa robe et éclata de rire au ridicule de la scène. Il fallait qu'elle retire cette robe, elle n'allait pas partir avec. Elle fit glisser une épaule.

— Garde-la.

Elle sursauta et fit volte-face en maintenant le tissu devant sa poitrine.

Sam se tenait à l'entrée.

— Qu'est-ce que tu fais là ?

— C'est chez moi.

— Tu as quitté ta soirée de gala ?

C'était une évidence qu'elle venait d'énoncer, mais il répondit pourtant.

— Je suis resté jusqu'à la présentation de la nouvelle bouteille. Il y avait assez de monde pour me remplacer, et certaines choses sont prioritaires.

Il avait quitté sa soirée de gala…

La soirée qu'il avait attendue si longtemps. Il l'avait quittée pour venir la retrouver. Il n'avait pas cherché à la retrouver seize ans plus tôt, mais il le faisait aujourd'hui.

— Je récupère simplement mes affaires et je m'en vais, répondit-elle sobrement, même si elle ressentait une vraie émotion à sa présence.

Cela n'excusait en rien ses mensonges.

— Est-ce que tu veux entendre ma version de toute cette histoire ? Tu sais mieux que personne que les choses ne sont parfois pas ce qu'elles semblent.

Maty retira ses bijoux. Un bracelet, une boucle d'oreille, puis l'autre. Elle replaça chaque pièce dans son écrin en respirant pour essayer de se calmer.

— Tu as pourtant reconnu que Rusty était bien ton père, lui rappela-t-elle. C'est là la preuve que tu t'es moqué de moi, à moins que Nick ne te l'ait appris ce soir ?

Il baissa le regard et Maty sentit son cœur se serrer un peu plus encore. Elle espéra que des larmes ne viendraient pas la trahir trop vite.

En attendant de pouvoir laisser libre cours à sa tristesse, elle réunit toutes ses forces pour traverser cette nouvelle épreuve. Elle en avait vu d'autres, après tout.

— Pour tout te dire, j'ai appris que Rusty était mon père il y a quelques semaines, expliqua-t-il. La première fois que tu m'as appelé, j'étais en train d'ouvrir la lettre qui allait me l'annoncer…

Maty acquiesça. Elle avait envie de partir, mais elle avait aussi besoin de ces explications. Elle leva les yeux vers lui pour l'inciter à poursuivre.

— J'ai finalement lu cette lettre un peu plus tard dans la journée. Elle était arrivée pendant un de mes déplacements et était là depuis quelques jours déjà. C'est la mère de Nick qui l'avait écrite. Elle est décédée depuis, mais avant cela, elle avait envoyé trois lettres, aux trois fils de Rusty.

Maty s'assit sur le bord du lit.

— Trois fils ? Nick, toi, et qui est le troisième ?

Sam inspira.

— Nous n'en savons rien. Personne ne s'est manifesté. Soit il n'a pas reçu la lettre, soit il n'y a pas cru ou pas souhaité donner suite.

Elle avait du mal à en croire ses oreilles. L'homme qu'elle avait tant aimé était le fils de celui qui l'avait manipulée, qui lui avait fait le chantage le plus infâme… Comment faire confiance à Sam aujourd'hui ?

— Et qu'a dit Rusty à tout ça ?

— Je ne lui ai pas parlé. Nick a souhaité lui parler immédiatement, mais pas moi.

— Est-ce que tu redoutes de lui dire ?

Sam la fixa quelques instants avant de passer une main impatiente sur son menton.

— Je n'ai pas peur de lui, mais je ne suis pas encore prêt à ouvrir cette porte. Tant que je garde ce secret pour moi, j'ai un coup d'avance sur lui.

Maty comprenait cela. Elle se disait aussi que parler à Rusty ne changerait rien. Cet homme n'avait pas de cœur, pourquoi serait-il touché par le fait de rencontrer ses enfants ? Mais quoi qu'il en soit, cela ne la regardait plus. Elle sortait de l'équation.

— C'est à toi de décider et de faire les choix qui te conviennent pour ta vie, dit-elle. Toute décision est porteuse de conséquences. Certaines sont pires que d'autres.

— Est-ce que tu es en train de me parler de Lockwood ou de nous ?

Maty baissa les yeux.

— Des deux, sans doute.

— Je n'ai jamais voulu te blesser.

— Tu l'as fait, pourtant.

Comment pouvait-on à la fois en vouloir à quelqu'un au point de le détester et l'aimer en même temps ?

Mais elle ne détestait pas Sam. Elle détestait ce qu'il avait fait. Elle détestait cette douleur dans sa poitrine, mais elle savait bien qu'elle ne pourrait jamais le détester.

— Tu es venue vers moi alors que tu travaillais pour l'ennemi, rappela-t-il. Je ne savais pas vraiment à qui j'avais affaire. Tu travaillais pour Rusty, je ne pouvais pas encore te faire totalement confiance.

C'était désagréable à entendre, mais il avait raison sur ce point. Lorsqu'ils s'étaient retrouvés, ils ne savaient pas encore ce que l'autre était devenu. Seize années faisaient un sacré bail. On avait le droit de changer pendant tout ce temps.

— Mais une fois que nous nous sommes retrouvés dans ton lit, que tu m'as demandé de venir m'installer chez toi, est-ce que tu n'avais toujours pas confiance ?

Sam fit un pas vers elle. Elle ne l'arrêta pas. Maty le fixait sans fléchir, refusant de sembler fragile ou hésitante, alors même qu'elle luttait pour ne pas s'effondrer.

— Je voulais te dire la vérité, Maty. Je m'apprêtais à le faire parce que je veux construire quelque chose avec toi, et que je voulais simplement attendre que ce gala soit derrière nous pour voir comment Rusty réagissait avant de tout te dire.

— C'est le genre de choses que l'on dit lorsqu'on vient de se faire prendre, non ?

— C'est la vérité, Maty.

Elle lui accorda le bénéfice du doute. Même s'il avait prévu de lui parler après le gala, la réalité était qu'il n'avait pas assez confiance en elle jusque-là pour lui dire la vérité. Après tout ce que Rusty lui avait fait, ne méritait-elle pas un peu de crédit ? Au moment même où il avait vu qu'elle était dans son camp, il aurait dû lui dire la vérité.

— C'est peut-être la vérité, rétorqua Maty, mais cela ne rend pas ton silence moins blessant pour autant. Tu devais bien te douter que ce serait douloureux pour moi.

Il se frotta la joue et elle reconnut le bruit de sa barbe naissante contre sa paume.

— Je pensais qu'il n'y aurait pas de bon moment et que tu risquais d'être blessée. Je voulais me laisser le temps de te retrouver, m'assurer que je pouvais te faire pleinement confiance. Et puis les choses se sont compliquées et j'avais tellement de choses en même temps… La distillerie, Rusty, toi, ma mère…

Sa voix se brisa en disant cela et Maty sentit son cœur se serrer.

Elle se leva et il ne bougea pas. Elle dut effleurer son torse pour passer devant lui et elle sentit aussitôt le désir l'envahir. Elle lutta farouchement, cependant. Ce n'était pas le moment, cela ne ferait que compliquer les choses.

— Je voudrais retirer cette robe, dit-elle, et puis m'en aller d'ici.

Il la fixa un long moment et elle espéra qu'il se reculerait. C'était compliqué qu'il reste si proche alors qu'elle se remémorait les promesses qu'ils s'étaient faites.

L'émotion lui noua la gorge. Elle avait imaginé lui dire tout son amour, lui dire qu'elle voulait leur offrir une nouvelle chance, ici, maintenant. Et voilà qu'ils se regardaient en chiens de faïence, l'un devant l'autre, leurs cœurs brisés et l'espoir en fuite.

— Tu peux garder la robe, répondit-il la voix chargée d'émotion.

— Non, je ne peux pas.

— Alors change-toi et viens me retrouver. Je t'en prie, Maty.

Elle ne répondit pas immédiatement. Elle faillit dire « non », mais finit par hocher la tête en signe d'acquiescement.

Sam quitta la chambre pour qu'elle puisse se changer. Maty soupira, se rendant compte au même instant qu'elle avait retenu son souffle tout ce temps. Elle se glissa rapidement hors de sa robe, regrettant que la soirée se termine ainsi.

Elle plaça soigneusement la robe sur le lit, et recula d'un pas. Ensuite elle retira un escarpin, puis l'autre, et les plaça côte à côte au pied du lit. Elle extirpa alors de son sac un short en jean et un débardeur qu'elle enfila rapidement.

Après avoir réuni ses dernières affaires, elle sortit de la chambre de Sam et descendit le retrouver dans son bureau. Elle sentait son cœur lourd battre contre sa poitrine, ses nerfs à fleur de peau. Elle ne savait pas à quoi s'attendre ni ce qu'elle pouvait espérer. Que pouvait-il avoir à lui dire ? Elle avait l'impression d'avoir surtout besoin de faire le tri dans ses pensées et de faire le point sur ses projets.

Elle s'était retrouvée dans cette situation compliquée avec Sam de façon précipitée et sous la pression de Rusty. Elle s'était réfugiée dans ses bras, et il allait falloir qu'elle mette maintenant toute son énergie à reculer et à reconquérir son indépendance et sa clairvoyance.

Soufflant profondément, elle s'immobilisa devant la porte avant de frapper et d'entrer. La pièce était faiblement éclairée, seule la lampe de bureau était allumée. Sam se tenait devant la baie vitrée et fixait la nuit noire. Maty fit un pas dans la pièce et s'arrêta, préférant rester sur la réserve.

— La lettre est sur mon bureau, si tu veux la lire, dit-il sans se retourner.

Maty réfléchit un instant, mais elle était tellement intriguée par toute cette histoire qu'elle fit les quelques pas qui la séparaient du bureau et saisit la lettre.

Elle essaya de la parcourir rapidement, mais dut reprendre une lecture plus attentive depuis le départ. Elle devinait la détresse de la femme qui avait écrit cette missive, dans l'espoir de transmettre la vérité à son fils, Nick et de lui offrir à terme le soutien de celui qu'il allait découvrir être son frère. Maty n'avait jamais rencontré la mère de Nick, mais à en juger par cette lettre, cette femme était quelqu'un de bien.

— Je n'ose imaginer ce qu'elle a ressenti toutes ces années à porter ce secret, dit elle en reposant la lettre sur le bureau. Est-ce que tu vas en parler à Rusty ?

Sam lui jeta un regard par-dessus son épaule. La façon qu'il avait de la regarder lui procurait toujours un frisson irrépressible. Son désir semblait le même, qu'elle porte une robe à dix mille dollars ou un jean déchiré.

— Je ne crois pas, répondit-il. Il ne mérite rien de moi, et certainement pas la vérité. S'il avait souhaité en savoir plus sur ses enfants, il aurait pu parler avec ma mère, plutôt qu'acheter son silence.

Maty regarda autour d'elle, ne sachant pas vraiment si elle devait rester encore. Que se serait-il passé si elle avait décidé de rester dans sa vie, alors qu'il essayait de régler le chaos autour de sa naissance, la relation entre sa mère et Rusty ? C'était peut-être une autre raison qui l'avait incité au silence vis-à-vis d'elle.

Mais elle aussi avait connu des tourments. Comment effacer ses mensonges et lui refaire confiance comme si de rien n'était, alors qu'elle avait été tellement blessée…

— Avant de partir au gala, ce soir, tu m'as dit qu'il y avait quelque chose que tu voulais me dire ?

— Comment ?

Sam se tourna vers elle et la fixa.

— Juste avant de sortir, tout à l'heure, tu m'as dit que tu aurais quelque chose à me dire. Est-ce que tu t'en souviens, maintenant ?

Évidemment qu'elle s'en souvenait. Rien n'avait changé, même si tout avait changé.

Ses sentiments ne s'étaient pas évanouis, elle ne pouvait les annuler ni les éteindre. Mais elle pouvait préserver son cœur.

— Je voulais te dire que… Que je t'aime, dit-elle en redressant le menton. J'ai eu la folie de croire que nous avions une deuxième chance devant nous, que nous formions une équipe, il me semble que c'est le terme que tu avais employé.

Il avança d'un pas et tendit une main.

— Maty…

— Non, fit-elle en relevant les mains d'un geste défensif avant de reculer d'un pas.

— Voilà ce que je pensais, reprit-elle, et maintenant tu le sais, mais je veux m'en aller. Il est tard et je suis épuisée.

— Où veux-tu aller ? demanda-t-il. Reste ici, dans la chambre d'amis si tu veux, je te promets de te laisser tranquille. Si tu préfères, c'est moi qui m'en vais, mais je préfère te savoir ici, en sécurité.

Maty fit « non » de la tête.

— Ne sois pas ridicule ! Tu ne vas pas quitter ta propre maison. Je suis une grande fille, Sam, tout ira bien. Ne t'occupe plus de moi, Sam, s'il te plaît.

Quelque chose changea dans son regard, quelque chose qu'elle ne parvenait pas totalement à identifier, mais qui semblait attester d'une lutte interne acharnée qu'il menait contre lui-même.

Peut-être qu'après tout c'était de temps dont ils avaient besoin tous deux. Pour panser leurs plaies.

— Je ne voulais pas simplement m'occuper de toi. Tu es ma vie. Tu étais ma vie. Autrefois comme aujourd'hui. Je veux savoir où cela nous mènerait. Je sais que je n'ai pas le droit d'espérer une deuxième chance, mais je te la demande pourtant.

Maty aurait aimé que la vie soit aussi simple que cela. Pouvoir effacer en quelques mots peine et blessure, et bâtir un pont pour repartir ensemble au-delà de la douleur.

— Nous avons été trop vite, répondit-elle. C'était bien, j'y ai presque cru un moment, d'ailleurs, que tu tenais à moi…

— C'était le cas et ça l'est toujours, dit-il en se passant la main dans les cheveux. Bon sang, Maty, reste ici, prends ma chambre et ferme la porte à double tour ! Je te promets que je ne t'ennuierai pas et nous pourrons parler demain matin. S'il te plaît, ne pars pas ainsi, alors qu'il est tard et que tu es bouleversée. Tu n'as nulle part où aller…

Il n'avait pas complètement tort. En tous les cas, elle ne savait pas précisément où se réfugier et n'avait pas beaucoup d'argent devant elle.

— Alors je prendrai ta chambre d'amis, répondit-elle. Je ne te promets rien demain matin, mais tu as raison, je suis fatiguée et je ne sais pas où aller dormir ce soir.

C'était dur de le reconnaître, dur à vivre. Elle n'avait jamais été plus vulnérable de toute sa vie, mais au moins lui restait-il un peu de bon sens.

— Je vais t'apporter tes affaires.

— Je peux le faire, répondit-elle. J'ai juste besoin d'un peu d'espace.

Il serra les mâchoires en hochant la tête. Ses yeux sombres pourtant ne la quittèrent pas un instant. Maty aurait voulu qu'il l'entoure de ses bras solides, qu'il lui dise que tout irait bien, que rien de tout cela n'était grave, c'était une simple incompréhension, qu'il n'était pas le fils de Rusty, qu'il ne lui avait jamais vraiment menti.

Mais comme il n'y avait rien à ajouter pour le moment, elle tourna les talons, ramassa son sac par terre et prit le chemin de la chambre la plus éloignée de celle de Sam.

— Moi aussi, je t'aime.

Il avait prononcé ces mots avec une telle douceur… Maty se figea, mais ne se retourna pas. Elle ne voulait pas croiser son regard maintenant. Peut-être que cela faisait d'elle une lâche, mais elle savait qu'elle n'était pas en capacité de le soutenir. Que ce soit mentalement ou émotionnellement.

— J'espère que tu penses vraiment ce que tu dis, murmura-t-elle avant de quitter la pièce, le cœur brisé et retenant ses larmes.

- 16 -

Les lueurs du matin filtraient par les persiennes et Maty se retourna pour saisir son téléphone. Elle avait peu dormi et ne se sentait pas plus au clair que la veille. Et elle était toujours aussi blessée.

Sam avait tenu sa promesse et n'avait pas essayé de lui parler. Elle ralluma son téléphone et trouva un message de sa part.

> Je suis à la distillerie, prends tout le temps et l'espace dont tu as besoin. Je pensais ce que je t'ai dit hier soir.

Il l'aimait.

Une partie d'elle le croyait sincèrement, mais l'autre, la partie d'elle qui souffrait, se demandait comment dans ce cas il avait pu lui mentir sur une chose aussi importante.

Elle s'assit dans son lit, mais ne lui répondit pas. Elle nota qu'il lui avait envoyé le message à 4 heures du matin. Il n'avait pas dû beaucoup dormir, lui non plus. Était-ce sa culpabilité qui s'était exprimée ?

Elle écarta les cheveux de son visage et décida d'aller se changer les idées en surfant sur Internet. Peut-être qu'aller fureter dans la vie d'autres personnes lui permettrait d'oublier la sienne un moment.

À peine eut-elle tapé le nom de Sam qu'une interview au sujet de sa distillerie apparut. Elle ne put résister à l'envie d'en savoir un peu plus.

Elle parcourut l'article où il détaillait ses débuts, l'achat des bâtiments qui allaient devenir la Distillerie Hawkins. Elle continua à lire et tomba sur une photo d'eux deux, prise la veille. Une photo où il la tenait par la taille, où elle riait de quelque chose qui se passait hors cadre, alors que Sam la regardait attentivement. Elle zooma et observa son visage. Il avait une expression qu'elle ne lui avait jamais vue. Ou peut-être qu'elle n'avait jamais vraiment pris le temps de la noter ?

Il la regardait comme si elle était son monde tout entier. Ce gala avait réuni tant de gens importants, des milliardaires de tout le pays et pourtant, au moment de la photo, il semblait ne pas leur accorder la moindre importance.

Maty sentit sa gorge se nouer. Elle tomba sur une question au sujet du design des bouteilles, et en détailla la photographie juste en dessous.

La bouteille était de forme rectangulaire, assez haute et fine avec un bouchon doré et un grand H qui en couvrait toute la surface.

Maty reprit sa lecture.

Lorsque j'ai rêvé de toute cette aventure au départ, quelqu'un de très important pour moi a dessiné ce flacon. C'était un simple croquis pour elle, mais je ne l'ai jamais oublié, malgré les années. Je gardais en tête l'idée fixe que si j'arrivais un jour à lancer ma cuvée spéciale, ce serait dans cette bouteille-là et pas une autre.

Elle remonta vers la photo.

Les souvenirs se mirent alors à affluer en force. Elle se remémora le jour où elle avait griffonné cette forme. Ils avaient mangé une pizza et bu une bière qu'il avait brassée lui-même. Elle était imbuvable. La pizza n'était pas terrible non plus, mais ils avaient ri et continué à rêver ensemble à des projets d'avenir et elle avait dessiné cette bouteille.

Il avait gardé son dessin toutes ces années !

C'était comme un baume sur son cœur blessé. Elle sentit des larmes lui monter aux yeux. Elle lâcha son téléphone et laissa enfin libre cours à toutes ses émotions contenues. Les larmes affluèrent et elle pleura la perte de ses parents, la paralysie de son frère, le chantage de Rusty et la trahison de Sam.

Tant de coups durs à la suite. Elle devait cicatriser de l'intérieur et se demander ce qu'elle voulait vraiment pour l'avenir. Elle avait besoin d'une vision, de quelque chose à quoi se raccrocher pour retrouver l'espoir qui lui avait manqué depuis si longtemps.

Sam était cet espoir.

Même si elle l'avait rejeté hier, il lui avait ouvert son cœur et révélé ses sentiments. Elle le croyait lorsqu'il lui disait qu'il l'aimait. Son regard sur la photo de l'article, ce croquis qu'il avait conservé si longtemps, la façon dont il n'avait pas hésité à la protéger de Rusty, et dont il avait pris en charge les soins de son frère. Il lui avait prouvé ses sentiments de façon répétée.

Il avait aussi fait une erreur, mais n'en avait-elle pas commis elle aussi ? En particulier lorsqu'elle l'avait quitté il y a si longtemps. Peut-être qu'elle aurait dû lui faire confiance, croire en leur avenir, en la possibilité de concilier amour et carrière.

Et pourquoi ne serait-ce pas possible aujourd'hui encore ? Rien ne les en empêchait !

Elle essuya ses larmes et sécha son visage, avant de repousser ses couvertures. Elle voulait courir à la distillerie au plus vite, mais il fallait d'abord qu'elle retrouve forme humaine, en prenant une douche et en avalant quelque chose après cette nuit d'insomnie. Elle comptait retrouver son avenir, ses espoirs, sa vie. Elle allait retrouver l'homme qu'elle aimait.

— Tout va bien ?

Sam soupira et hocha la tête en se tournant vers Nick, parmi les bouteilles vides.

— Oui, mentit-il. Je n'ai pas trop bien dormi cette nuit, c'est tout.

C'était peu de le dire, vu qu'il avait passé la nuit entière à espérer un signe de Maty. Il avait vraiment tout gâché en lui cachant la vérité. Il aurait dû savoir qu'il pouvait lui faire confiance, que jamais elle n'aurait essayé de lui nuire.

— Nous pourrons reprendre tout ça un autre jour, suggéra Nick.

Silvia lui tapota sur l'épaule.

— Il n'y a pas de mal à prendre un jour de repos !

Sam fit « non » de la tête.

— Je préfère travailler, et quoi de mieux que de m'occuper des premières commandes de mon frère et de sa femme !

Ils avaient prévu de se retrouver ce matin et Sam n'avait pas voulu reporter ou annuler le rendez-vous. Sa vie personnelle était une chose, mais il avait une distillerie à faire tourner, et cette commande était des plus importantes pour Nick et Silvia.

Un bruit de talons dans l'entrée attira son attention. Maty avançait à sa rencontre, d'un pas ferme et déterminé. Il resta figé à la table de dégustation. Elle était si belle avec ses longs cheveux ondulés détachés sur les épaules, un jean moulant, des escarpins et un simple débardeur noirs. Ses lèvres rouges lui donnaient une touche de glamour qui le séduisit aussitôt.

Il jeta un regard à Silvia et Nick qui souriaient tous deux comme s'ils savaient quelque chose…

— Excusez-moi, marmonna-t-il finalement en avançant à sa rencontre.

Sam leva les yeux vers Maty qui le rejoignit et lui offrit le plus large sourire dont elle était capable à cet instant.

— Je veux que les choses soient claires. Tu t'es montré en dessous de tout en me cachant la vérité.

Sam se mordit la lèvre inférieure pour ne pas rire, mais il acquiesça.

— C'est vrai.

— Mais j'arrive à voir les choses de ton point de vue, et je te crois quand tu me dis que tu n'essayais pas délibérément de me cacher des choses.

Cette discussion commençait sur un ton radicalement différent de celui de la veille. Il avait craint que le temps ne fasse qu'augmenter sa colère.

— Qu'est-ce qui t'a fait reconsidérer les choses de mon point de vue ? demanda-t-il.

Elle jeta un regard vers la table et Sam se retourna vers Nick et Silvia aux mines hilares. Il éclata de rire.

— Ignore-les, dit-il.

— Nous pouvons vous laisser, proposa Silvia.

— Non, non, hors de question de le laisser risquer de tout gâcher encore une fois, intervint Nick.

Sam rit de plus belle.

Maty s'écarta de Sam et gagna la table de dégustation. Il la regarda saisir une des bouteilles.

— Pourquoi ne m'avais-tu pas dit que tu avais utilisé mon modèle ?

Sam enfonça les mains dans ses poches et baissa le regard, gêné. Même s'il aurait préféré que Silvia et Nick ne participent pas à cette minutede vérité, il ne voulait pas laisser échapper ce moment. Maty était venue le retrouver et il voulait croire que c'était là sa dernière chance.

— J'ai voulu t'offrir la surprise hier au gala. Je ne savais pas si tu t'en souviendrais et si tu la reconnaîtrais une fois bien réelle. Je me disais que c'était la soirée idéale pour te présenter cela et pour te dire que… je t'aime.

— Nous devrions vraiment les laisser tranquilles, souffla Silvia.

Nick lui prit la main.

— Nous serons dans le hall d'accueil, glissa-t-il.

Sam attendit qu'ils s'éloignent et se retourna vers Maty.

— Je t'aime. Je t'aime vraiment, répéta-t-il en se disant qu'il ne le lui dirait jamais assez. Je voulais tellement que la soirée d'hier soit parfaite pour nous deux. Je voulais t'embarquer avec moi pour ce voyage parce que tu étais avec moi dès le début de l'aventure.

Les yeux de Maty s'emplirent de larmes et elle se mordit la lèvre. Sam ne pouvait pas attendre un instant de plus. Il saisit ses mains et les attira contre son torse.

— Dis-moi que nous pouvons essayer encore une fois, implora-t-il. Dis-moi que je n'ai pas tout gâché, que tu ne vas pas tirer un trait sur nous.

Maty s'avança et reposa son front contre son torse.

— Je veux tout tenter avec toi. Tout, murmura-t-elle. Je sais pourquoi tu as fait ce que tu as fait et je sais que tu m'aimes. J'ai simplement peur, Sam. Peur du futur, de la vie pour moi, mon frère, ma carrière… Et toi.

Elle recula d'un pas et redressa le menton pour qu'il puisse voir ses yeux.

— Tu es la femme la plus forte que je connaisse, Maty. Tu n'as pas à avoir peur, même seule. Et ensemble, nous serons invulnérables.

— Tu sembles tellement sûr de toi…

Une larme roula sur la joue de Maty et Sam l'essuya

doucement du pouce. Il aurait voulu que plus jamais elle ne pleure. Que plus jamais elle n'ait à souffrir dans son cœur la moindre douleur.

— Je le suis.

— Et Rusty ? demanda-t-elle. Tu sais qu'il essaiera de nous détruire.

Sam sourit et saisit son visage entre ses deux larges paumes.

— Écoute-moi. Lockwood n'est personne. En tout cas, il n'est pas un problème à mes yeux et il n'en sera certainement pas un pour toi. Nick m'a dit ce matin qu'il avait été arrêté dans la nuit dans le cadre de l'enquête sur les détournements. J'imagine que ses soutiens le sortiront d'affaire et qu'il enverra ses avocats au combat pour essayer de se faire blanchir, mais dans tous les cas, m'est avis qu'il sera trop occupé pour être une réelle nuisance pour nous.

Elle ferma les yeux et soupira longuement. Sam en profita pour effleurer ses lèvres des siennes, aussi légèrement qu'une plume qui viendrait s'y poser, et un soulagement immense l'envahit lorsqu'elle l'enlaça en lui offrant sa bouche.

Il posa les mains sur sa taille et l'attira tout contre lui, rêvant qu'il n'aurait plus jamais à la laisser s'éloigner d'un pouce. Elle enfouit les doigts dans ses cheveux avant de pencher la tête, juste assez pour lever les yeux et le regarder en face.

— J'imagine que cela signifie que je reste à Green Valley, alors ? dit-elle dans un sourire.

— Pour toujours…

— Excusez-moi !

Sam se retourna vers l'entrée, serrant Maty par la taille. Nick et Silvia accompagnaient un homme qu'il ne connaissait pas et qui venait d'entrer. Il était grand, avec de larges épaules et des cheveux noirs. Il semblait élégant, avec discrétion et bon goût, mais sans doute beaucoup d'argent.

— Je suis navré de débarquer ainsi, expliqua-t-il. Je sais que la distillerie n'est pas ouverte aujourd'hui, mais j'espérais que quelqu'un pourrait me renseigner. Je suis à la recherche de Sam Hawkins et de Nick Campbell.

Le regard de Nick se planta dans celui de Sam. Maty se raidit contre lui.

Il la maintint fermement pour qu'elle sente sa présence rassurante, bien que silencieuse.

— Je suis Sam Hawkins.

— Et moi je suis Nick Campbell, de quoi s'agit-il ?

Sam savait déjà. Il avait sondé le regard de cet inconnu et avait deviné avant même qu'il ne parle ce qu'il était venu leur dire.

— Je m'appelle Reese Conrad et je sais que tout cela vous paraîtra complètement fou, dit-il en sortant une enveloppe de la poche arrière de son pantalon, mais j'ai reçu cette lettre au courrier.

Maty sursauta. Sam avança vers l'homme et Nick qui ne quittait pas la lettre des yeux. Une lettre qui venait de sa mère, sans l'ombre d'un doute.

— Je crois que nous sommes tous les trois frères, messieurs, déclara-t-il.

Ainsi, ils avaient finalement retrouvé le troisième frère. Sam ne l'avait jamais vu, et pourtant le nom de Reese Conrad lui disait quelque chose. Peut-être un membre de la famille Conrad qui dirigeait la chaîne de restaurants de luxe du même nom ?

Sam sentit la fine main de Maty sur son dos et il se dit que quoi qu'il advienne à l'avenir, dans ce nouveau chapitre qui allait se présenter, il serait prêt à tout avec cette femme à ses côtés.

Qui que soit cet homme, cet inconnu pourtant son demi-frère, il allait participer à une nouvelle dynamique et interagirait dans leurs relations à tous, ici présents. C'était une évidence.

Maty ne put s'empêcher d'espérer secrètement pour Sam et Nick que Reese Conrad n'aurait rien à voir avec leur père.

Vous avez aimé *Un dilemme insoutenable ?*
Découvrez la suite et fin de la série
« Liaisons scandaleuses »
dès le mois prochain, dans votre collection Passions.

JOSS WOOD

Tentée
par une seconde chance

Traduction française de
AURE BOUCHARD

PASSIONS

HARLEQUIN

Titre original :
SECOND CHANCE TEMPTATION

- 1 -

Levi Brogan était en vrac.

Il avait mal partout !

Voilà ce qui arrivait aux passionnés de motocross qui allaient flirter avec une route de graviers bordée de rochers.

Il était désormais vissé à un fauteuil, en partie à cause de sa jambe plâtrée du haut du genou jusqu'à la cheville, mais surtout parce que bouger tout autre muscle que ses paupières était devenu une torture. Non seulement il s'était fracturé la rotule, mais il avait aussi réussi à se luxer l'articulation de l'épaule gauche. Autrement dit, l'utilisation de béquilles transformait chacun de ses pas en supplice.

Bon sang ! Il en avait tellement marre de ses blessures et de tous les problèmes qui en découlaient qu'il commençait à se demander s'il n'aurait pas besoin d'un peu d'assistance.

Enfin, du moment que cette assistance ne venait ni de sa mère, ni de ses sœurs ! Il avait beau les adorer, toutes les trois, elles passaient leur temps à jacasser. En permanence. Et quand elles ne papotaient pas au sujet de listes de mariage, de voyages de noces, de bébés ou d'arrangements floraux, elles se faisaient du mauvais sang pour lui.

Quand il les avait mises à la porte, ce matin, il était au bord de l'overdose d'œstrogènes. Seulement à présent, il regrettait profondément sa démonstration d'indépendance et il y avait de fortes chances que d'ici à la tombée de la nuit il ne soit contraint de ravaler sa fierté pour leur envoyer un SOS.

Fourrageant nerveusement dans ses cheveux, il jura.

Son monde se résumait désormais au rez-de-chaussée de sa maison. Entretenir sa forme physique dans sa salle de sport ultramoderne du sous-sol n'était, bien sûr, pas possible. Incapable de monter l'escalier menant à sa chambre spacieuse, il dormait sur le canapé de la salle vidéo et se servait de la salle de bains du bas pour sa toilette. Il aurait vendu son âme pour une douche chaude ! Mais il était incapable d'entrer ou sortir de la baignoire. Et à cet instant précis, il lui semblait que la cuisine se situait à des années-lumière.

D'autant que son estomac criait famine.

Il regarda ses béquilles. Avait-il l'énergie nécessaire pour entreprendre d'aller chercher à manger ? Il évalua le niveau de douleur dans son épaule. Il agonisait encore de ses dix mètres de marche depuis la salle de bains. Or, pas question de reprendre un antidouleur. Car, à chaque fois qu'il avalait un comprimé le ventre vide, il le vomissait aussitôt.

— Eh bien mon vieux, toi qui te prenais pour un dur à cuire…

On sonna soudain à la porte d'entrée et il fronça les sourcils. Sa mère et ses sœurs passaient par la cuisine, et le prévenaient toujours de leurs visites. Les frères Murphy venaient également le voir fréquemment, mais ils arrivaient aussi par la porte de derrière, rarement fermée à clé. Quant à ses associés, ils prenaient rendez-vous s'ils avaient besoin de le voir. Et le reste de son petit cercle d'amis était à leur travail, à cette heure.

Conclusion : il ne savait absolument pas qui venait le déranger.

Un journaliste ? Un photographe ? La presse l'avait pris en embuscade à sa sortie de l'hôpital, les flashs des appareils photo accentuant sa sensation de vertige. Il n'avait répondu à aucune sollicitation. Contrairement à son père, il n'aimait pas les médias, tout comme sa mère et ses sœurs.

Quoi qu'il en soit, les Brogan avaient beau fuir les feux de la rampe, la presse à scandale s'intéressait à lui et ses sœurs de beaucoup trop près, juste parce qu'ils étaient les enfants de l'homme d'affaires et bon vivant le plus prospère de Boston, Ray Brogan. Avides de scoop, ces parasites avaient, via de nombreux articles, relayé son accident de moto, rappelant aux habitants de Boston la relation explosive qu'il entretenait avec son père. Les médias s'étaient en effet fait un plaisir de redire au monde entier qu'il avait refusé l'offre de son père de reprendre Brogan LLC, une holding qui œuvrait dans de nombreux domaines, et que, réservé et taciturne, il ne suivait pas les traces brillantes de son père.

Eh non, il n'était ni aussi charmant, exubérant ou instable que le très médiatique Ray Brogan. Grâce au ciel !

Il ne prenait pas de décisions hâtives, ne formulait jamais de promesses intenables, ne courait pas de risques inconsidérés qui affolaient les gens qu'il aimait. Ray, lui, carburait au risque et à l'adrénaline, en pariant jusqu'au dernier de ses centimes sur des contrats faramineux sans aucune garantie. Ray, lui, prenait des décisions impulsives, rachetant des entreprises sans audits préalables et traitant les personnes qui lui suggéraient la prudence – principalement Levi – de rabat-joie en manque d'imagination.

Si les succès de Ray Brogan étaient retentissants, ses échecs ne l'étaient pas moins. Sa famille en avait fait les frais bien trop souvent.

Levi, après avoir rejoint la firme familiale au terme de

ses études, n'avait pas réussi à supporter la versatilité de son père et avait démissionné au bout d'un an.

Ray l'avait traité de lâche, d'incapable inadapté à ce monde cruel.

Levi avait accusé le coup mais n'était pas revenu sur sa décision.

Il n'avait jamais compris son père, qui n'éprouvait jamais ni gêne ni remords, fanfaronnait à tout-va, et n'avait que faire des critiques. D'ailleurs, les gens semblaient l'en apprécier d'autant plus.

Il était tout l'opposé de son père ; il n'était pas, et ne serait jamais, un fan de l'échec, ni en privé ni en public. Il préférait être le capitaine de son propre navire, même modeste, évitant les tempêtes. Il aimait garder le contrôle. Seulement les gens s'attendaient à ce qu'il se comporte comme son illustre père, si bien que, chaque fois qu'il manifestait ne serait-ce qu'un soupçon de la nature impulsive de Ray – et manifestement son accident de motocross remplissait ce critère –, il se retrouvait à la une des journaux.

Comme on sonnait de nouveau, il se servit de sa béquille pour soulever le rideau de la fenêtre du bureau, à travers laquelle il voyait la rue et l'allée menant chez lui. Un SUV stationnait devant la maison, trop luxueux pour appartenir à un journaliste intrépide.

Enfin, il l'espérait !

On sonna de nouveau et il cria un bref « Entrez ! » Finalement, s'il parvenait à persuader son visiteur de lui préparer un sandwich et une tasse de café chaud, il serait prêt à écouter les inepties d'un journaliste, voire d'un VRP.

C'est dire s'il était désespéré.

— Je suis dans la salle vidéo ! Au bout du couloir, deuxième porte à gauche !

Il entendit la porte d'entrée se refermer et, à en juger par les pas hésitants, il comprit que son visiteur n'était pas un habitué de la maison.

— Pour l'amour du ciel, grogna-t-il, exaspéré. Seconde porte à gauche !

— Ça va, j'ai entendu. Je ne suis pas sourde.

Les paroles lui parvinrent au moment même où une femme apparut dans l'embrasure de sa porte.

Il se figea et se demanda si ses analgésiques, trop puissants, ne provoquaient pas des hallucinations.

Tanna…

Un jean noir et un petit pull couleur menthe épousaient ses courbes sous un manteau noir. Ses boucles brunes disparaissaient presque entièrement sous un foulard multicolore qui encadrait son visage plus mince, plus mur et, oh bon sang ! encore plus beau que dans son souvenir…

S'agrippant au bras de son fauteuil, il lutta contre l'envie de se jeter sur elle, de la prendre dans ses bras pour enfouir son visage dans son cou, dans ses cheveux soyeux. Oh ! comme il voulait s'enivrer de l'odeur de sa peau, pour voir si elle était aussi douce et savoureuse qu'elle en avait l'air…

La déshabiller, pour enfin sentir ses petits seins ronds entre ses mains, et vérifier qu'ils étaient aussi fermes qu'il l'imaginait. Voir aussi si elle était aussi fougueuse qu'elle en avait l'air.

Tant de temps avait passé… Et il n'en revenait pas de constater à quel point son désir pour elle était intact.

C'était plus fort que lui, il la dévorait du regard.

Ses yeux vert clair bordés de longs et épais cils noirs l'hypnotisaient, et il brûlait d'envie de promener ses doigts sur ces hautes pommettes et ce menton rond et obstiné. Autrefois, il avait été accro à sa bouche sensuelle, à ses lèvres pulpeuses, et il avait adoré ses cheveux noirs comme le charbon et leurs boucles souples. Grâce à sa grand-mère bengalaise, sa peau donnait toujours l'impression qu'elle revenait d'un long séjour sous le soleil brûlant des Caraïbes.

Car Tanna, c'était la brise tiède des îles et les feux sur la plage, avec une silhouette faite pour porter un bikini, ou mieux encore, rien du tout. Cette femme, c'était la caresse d'un soleil chaud, une étoile filante, un ciel bleu. Le bonheur.

Enfin, tout cela c'était *avant*…

Avant qu'elle lui ait pourri la vie en le ridiculisant aux yeux de sa famille et du monde. Avant qu'elle le quitte, faisant basculer sa vie.

Alors, pas question d'entendre ce qu'elle avait à lui dire ! Il en avait bavé pour se reconstruire une vie quil lui plaisait, pour l'oublier. Elle l'avait plongé dans le chaos et il ne voulait plus jamais avoir l'impression d'avoir été poussé hors d'un avion sans parachute.

Il l'avait rayée de sa vie. Définitivement.

— Qu'est-ce que tu fiches ici, Tanna ? grommela-t-il.

— Il faut que je te parle, annonça-t-elle en s'avançant jusqu'au fauteuil face à celui dans lequel il était assis.

Il vit alors ses yeux se poser sur sa jambe, et elle haussa un de ses délicats sourcils.

— Que t'est-il arrivé ?

— Ma moto et moi, on s'est séparés un peu trop brusquement, rétorqua-t-il sèchement.

Pourvu qu'elle ne remarque pas le léger tremblement de ses mains…

— Tu connais la sortie, ajouta-t-il.

Ignorant ses propos, elle s'assit face à lui, posant son sac fourre-tout par terre à côté d'elle.

— Il faut qu'on parle, Levi.

Était-il prêt à entendre ce qu'elle avait à dire ? Bien sûr que non ! Et… bien sûr que oui.

Bien sûr que non, car elle l'avait quitté peu avant leur mariage, ce qui le rendait réticent à revivre un tel traumatisme dix ans plus tard. Et bien sûr que oui, car… c'était Tanna Murphy. La seule femme qui le faisait vibrer.

Plutôt solitaire, il ne liait pas facilement d'amitié et, avant Tanna, il n'avait jamais été amoureux. Durant des mois après son départ, il avait eu l'impression que ses côtes étaient cassées, que chaque respiration lui coûtait.

Il l'avait aimée, il l'avait désirée, il aurait déplacé des montagnes pour elle. Et, à cause de sa notoriété, l'annulation du mariage avait fait parler de lui sur la côte Est. Et jusqu'à la côte Ouest, d'ailleurs.

À cause d'elle, il avait été l'idiot du village. De la nation tout entière !

— Bouge tes jolies fesses de là, Murphy !

Tanna inclina la tête, et il remarqua la détermination dans ses yeux. Il reconnaissait ce regard. C'était le même que lorsqu'elle avait été blessée dans un terrible accident, juste avant leur rencontre. Tanna n'acceptait pas la contradiction. Et comme il ne pouvait pas la faire sortir *manu militari* de sa maison, il était condamné à soutenir son regard.

Et à supporter sa présence, ce qui l'agaçait au plus haut point.

Mais puisqu'il n'avait pas le choix, il allait écouter les bêtises qu'elle s'apprêtait à lui servir. Plissant les yeux, il la dévisagea longuement.

— Je t'accorde cinq minutes si tu me prépares une tasse de café, dit-il.

— Quinze minutes.

— Dix. Mais dans ce cas je veux du café *et* un sandwich.

Tanna eut l'audace de lui sourire !

— Ou je pourrais ne faire ni l'un ni l'autre et rester assise ici à te regarder jusqu'à ce que tu m'écoutes.

Il s'empara de son téléphone qu'il agita.

— Ou je pourrais appeler la police et te faire payer cher ton intrusion à mon domicile.

Il la vit hésiter et entendit le juron silencieux qu'elle mima du bout des lèvres. Elle s'apprêta à riposter, mais n'en fit rien.

— Je savais que tu te rangerais à mon point de vue, dit-il alors qu'elle se levait. Tu trouveras tout ce dont tu as besoin dans la cuisine. Et ne crois pas que je me contenterais d'un sandwich au beurre de cacahuètes. Il y a de la charcuterie, de la salade et toute une gamme de condiments. Tu n'as qu'à les empiler, princesse.

Elle se raidit en entendant son ancien surnom, celui qu'il lui murmurait autrefois avec affection. Aujourd'hui, il était teinté de sarcasme et d'agacement. Il s'en était assuré.

Il la regarda sortir de son bureau et se passa la main dans les cheveux. Il avait vraiment envie d'un sandwich, notamment pour pouvoir prendre un antidouleur, mais il était prêt à supporter ladite douleur si cela signifiait que Tanna devait quitter sa maison, et sa vie.

Car Tanna Murphy avait une façon de tout compliquer bien à elle. Et la seule chose à laquelle il aspirait en ce moment, c'était la simplicité.

Arrivée dans la cuisine au bout du couloir, Tanna se précipita vers l'immense réfrigérateur. Collant son front contre ses doubles portes froides, elle s'efforça de contrôler sa respiration. Elle dut résister à l'envie de quitter cette maison pour retourner à Beacon Hill ou, mieux encore, à l'aéroport international de Logan !

Mais elle s'était juré de faire tout ce qui était en son pouvoir pour combattre les symptômes du syndrome de stress post-traumatique qui s'était soudain manifesté, l'obligeant à arrêter son travail et à quitter Londres.

Il n'était guère difficile d'identifier le déclencheur. En tant qu'infirmière dans une équipe d'intervention d'urgence, elle s'était retrouvée sur les lieux d'un accident de voiture, au cours duquel une adolescente brune aux yeux noirs avait provoqué un immense carambolage. La fille ressemblait trait pour trait à Addy, et Tanna s'était figée. Au bout d'une minute, son collègue l'avait écartée de la blessée afin de lui prodiguer les premiers soins nécessaires, et depuis cet instant précis, Tanna s'était mise à souffrir de crises d'angoisse et de flash-back de son propre accident.

Elle s'était alors retrouvée en arrêt maladie et, sur les conseils de son thérapeute de Londres, elle était retournée à Boston afin d'y affronter son passé. Mais dans la version qu'elle présentait à ses amis et sa famille, elle s'accordait quelques vacances. Nul besoin que ses frères surprotecteurs soient au courant des démons qu'elle combattait.

Traînant les pieds sur le carrelage noir et blanc de la cuisine, elle tira une chaise de la grande table en bois et s'assit là un instant, rassemblant son courage. Et elle en avait sacrément besoin ! Il lui fallait replonger dans son passé pour pouvoir reprendre le travail. Car qui voudrait d'une infirmière en proie à des crises d'angoisse ?

Cela faisait à peine une semaine qu'elle était de retour à Boston, mais la thérapeute qu'elle avait consultée sur place, installée dans le très branché quartier de Back Bay, lui avait déjà fait exprimer ses souvenirs de l'accident. Elle l'avait accompagnée lors de sa visite sur les lieux de l'accident mortel, lui suggérant de reprendre contact avec les personnes touchées par ce drame. Isla ayant perdu sa fille unique, Addy, elle avait été la première personne sur la liste de Tanna.

Leur conversation avait été un véritable enfer…

Tanna essuya ses larmes. Addy était si brillante, belle, et tellement consciencieuse. Elle avait réussi son parcours universitaire, jonglant entre deux jobs et ses études avec grâce et humour. Le soir de l'accident, elle s'était pour la première fois depuis des mois accordé une petite soirée pour décompresser.

Tanna trouvait atrocement injuste qu'Addy, complètement sobre, la personne la plus mature et la plus responsable de leur groupe d'amis, soit celle qui avait perdu la vie dans cet accident. Malgré ses origines modestes, Addy avait courageusement suivi des études d'assistante sociale, tout en travaillant dans des soupes populaires et des refuges pour animaux. Alors que Tanna, héritière d'un empire financier, se concentrait plus sur les fêtes qui s'enchaînaient jusqu'au bout de la nuit avec ses amis que sur ses études. Ce soir-là, Tanna était ivre et avait préféré donner ses clés de voiture à Addy. Mais, en conductrice inexpérimentée, Addy n'avait pas su garder le contrôle de la puissante décapotable.

Tanna ne reprochait pas à Isla sa colère : la futile héritière avait eu la vie sauve, mais pas sa douce et courageuse Addy.

De plus, non seulement Tanna avait survécu, mais à l'hôpital, elle était tombée amoureuse de l'homme qui conduisait la voiture derrière elles, et qui lui avait tenu la main en attendant l'arrivée des secours.

Levi Brogan, le fils d'un illustre milliardaire. Qui lui avait très vite glissé un diamant au doigt.

Tout le monde lui répétait alors qu'elle avait une

chance exceptionnelle d'être en vie, notamment parce que sa famille disposait de tout l'argent nécessaire pour sa guérison.

Car, comme Isla l'avait souligné, c'était elle la chanceuse, celle qui avait trompé la mort en sortant de cette situation dramatique avec seulement quelques cicatrices et un homme splendide à son bras.

La mère de son amie n'avait pas tort…

C'était d'ailleurs pour cela qu'elle avait fui son mode de vie privilégié et son somptueux fiancé dix ans plus tôt. La seule façon pour elle de supporter sa culpabilité de survivante, c'était d'oublier cette fêtarde richissime et futile qu'elle était. Elle devait à Addy de devenir meilleure, de vivre pleinement sa vie, de faire sa part.

De souffrir.

Elle soupira. Sa conversation avec Isla avait été brève et désagréable, mais elle était terminée. À présent, le moment était venu de s'entretenir avec Levi. Et ça…

Il était toujours aussi beau. Si elle faisait abstraction de son visage blême et de sa jambe plâtrée, il était… splendide. À vingt-quatre ans, il était déjà grand et bien bâti, d'une beauté naturelle avec ses cheveux brun foncé aux reflets auburn et ses yeux bleu d'encre. Hélas, Levi Brogan était encore plus charismatique une décennie plus tard. Il paraissait beaucoup plus musclé et viril, avec cette barbe broussailleuse et ses cheveux en désordre.

Malheureusement, son ex-fiancé, même affaibli par ses blessures, demeurait extraordinairement attirant.

Quoi de plus injuste ?

Elle n'était pas fière d'avoir laissé tomber Levi, de l'avoir fait souffrir. C'était là son plus grand regret.

Elle avait laissé sa bague de fiançailles sur la table de l'entrée de la maison familiale des Murphy, à Beacon

Hill, avec une lettre qui lui était adressée dans une enveloppe scellée.

Elle aurait pu lui expliquer qu'elle était rongée par la culpabilité, qu'elle avait des doutes sur le fait de se marier si jeune, qu'elle n'était pas prête à devenir l'épouse de qui que ce soit.

Qu'elle avait une dette à payer, qu'elle devait devenir meilleure. Pour Addy.

Elle aurait pu lui confier qu'elle se demandait si elle ne confondait pas gratitude et amour.

Elle aurait pu lui mettre tout cela par écrit, mais elle n'en avait rien fait. À travers ses larmes et son cœur brisé, elle s'était contentée de lui écrire qu'elle était désolée et qu'elle ne pouvait pas l'épouser.

Elle ne regrettait pas de ne pas s'être mariée. Elle ne regrettait pas un seul instant les dix dernières années. Non. Ce qu'elle regrettait, c'était d'avoir fait souffrir Levi, d'avoir pris la fuite alors qu'elle aurait dû trouver le courage de lui parler en face.

Sauf qu'elle avait eu peur.

Peur de ne jamais être autre chose que la sœur adorée et surprotégée de ses frères, et la femme de Levi, une mondaine richissime, amatrice d'art et de vêtements de luxe.

Elle aspirait à autre chose.

À être plus ancrée dans les réalités de la vie. À devenir une personne qui donne, et non plus qui prend.

Et, avec le temps, elle avait espéré se sentir moins coupable. Or, dix ans plus tard, rien n'avait changé.

Elle doutait que cette culpabilité s'efface un jour. Elle allait donc travailler sur ce qu'elle pouvait maîtriser, c'est-à-dire affronter le passé, gérer son stress post-traumatique et reprendre son travail.

— Bon sang, Murphy, tu as décidé de le fabriquer, ce

fichu pain ? rugit soudain Levi. Qu’est-ce qui te prend autant de temps ?

Et avant tout cela, elle allait préparer à Levi son fichu sandwich.

- 2 -

Dans son bureau baigné de lumière, Carrick Murphy, l'aîné des quatre Murphy, observait ses deux frères.

Finn, comme d'habitude, était sur son smartphone, sirotant son café dans un son mug portant l'inscription « Moi, un nerd ? Traitez-moi plutôt d'intello rebelle », un cadeau de leur sœur Tanna pour Noël. Il se tourna ensuite du côté de Ronan, qui regardait par la fenêtre, perdu dans ses pensées.

Il se passa une main dans les cheveux, puis se frotta la mâchoire. Il savait que la plupart des habitants de Boston considéraient que ces trois frères célibataires, riches et plutôt beaux gosses, ainsi que leur jolie petite sœur, menaient la belle vie. Vu de l'extérieur, il était facile d'oublier qu'ils avaient perdu leurs parents très jeunes, que les trois frères avaient élevé ensemble leur petite sœur, et que l'accident presque mortel auquel elle avait réchappé les avait traumatisés. Le mariage de Carrick avait implosé, la femme de Ronan était décédée, Finn et Beah avaient divorcé. Quant à Tanna, elle avait quitté Boston.

Très peu de monde savait ce qui se cachait derrière leur richesse et leur réussite.

Agacé par cette introspection alors qu'il avait du travail, Carrick tapa du poing sur son bureau. Ses deux frères se tournèrent vers lui.

— Avant de nous mettre au travail, parlons de Tanna, dit-il.

— Elle mijote quelque chose, fit remarquer Ronan.

Carrick hocha la tête.

— Je le crois aussi.

— Franchement, je me demande pourquoi elle est de retour en ville. Elle n'est pas du genre à prendre des vacances, reprit Ronan en plaçant une tasse sous la machine à café et en appuyant sur le bouton de démarrage.

Carrick vida son mug puis le passa à Ronan pour qu'il le remplisse à nouveau.

— Et pourquoi faut-il qu'elle vive à Londres ? marmonna-t-il. Elle peut sauver des vies ici, aussi facilement qu'elle le fait là-bas.

— On ne peut pas la forcer à revenir à Boston. Ça ne ferait que la braquer, intervint Finn. Elle est plus têtue que nous trois réunis.

Têtue et déterminée. Ces deux traits de caractère étaient les seules raisons pour lesquelles elle avait réussi à remarcher après que les meilleurs spécialistes du pays lui avaient donné dix pour cent de chances de retrouver sa mobilité. Dix ans plus tard, personne ne pouvait soupçonner que leur sœur, au dynamisme insolent, avait passé cinq mois à l'hôpital. Seuls indices de l'enfer qu'elle avait enduré, quelques discrètes cicatrices et une tendance à peine détectable à boitiller.

— Levi sait qu'elle est revenue ? demanda Finn.

Carrick haussa les épaules.

— Aucune idée.

— Est-ce qu'on devrait le prévenir ?

Les frères Murphy et Levi étaient restés amis après le départ de Tanna pour Londres, même si Levi ne leur parlait jamais de leur vibrante et magnifique sœur, refusant de poser les yeux sur les nombreuses photos d'elle dans la maison des Murphy à Beacon Hill. À le voir aujourd'hui, personne ne soupçonnerait qu'autrefois, Levi avait follement aimé Tanna.

Des trois frères, Carrick était celui qui était le plus proche de Levi. Et en tant qu'aîné, il se chargeait toujours de porter les nouvelles, bonnes ou mauvaises. Il en allait de sa responsabilité.

— Je vais le prévenir, marmonna-t-il en prenant son téléphone pour composer le numéro de son ami.

Il mit le haut-parleur, attendant le salut laconique de Levi.

— Yo.

Carrick échangea un sourire ironique avec ses frères. De nature taciturne, Levi était toujours plutôt avare de mots.

C'est pourquoi Carrick choisit d'aller droit au but.

— Je t'appelle en vitesse pour t'annoncer que Tanna est de retour en ville, et qu'elle restera environ six semaines.

— Trop tard, répondit Levi d'une voix aussi glaciale qu'un blizzard. Elle est chez moi.

Et il raccrocha.

— Levi devrait vraiment arrêter d'avoir le cœur sur la main, laissa-t-il échapper dans un soupir.

— Bon, en tout cas, on lui a dit. C'est tout ce que l'on peut faire, fit remarquer Ronan.

— J'ai un scoop, dit soudain Finn. Et c'est énorme !

Ravi de changer de sujet, Carrick se tourna vers Finn. Son frère étant normalement l'incarnation même du « cool » et de la maîtrise de soi, l'excitation qu'il lut sur son visage le surprit.

— Comme vous le savez, Isabel Mounton-Matthews a légué l'ensemble de ses biens à Keely Matthews et à Joa Jones, expliqua-t-il. Keely et Joa ont décidé de vendre la plus grande partie de la vaste collection d'Isabel afin de collecter des fonds pour sa fondation, et… nous sommes responsables de cette vente !

La société dont Carrick et ses frères avaient hérité, Murphy's International, était l'une des maisons de vente aux enchères les plus réputées au monde pour la qualité et la rareté des œuvres d'art qui leur passaient entre les mains. La vente de l'illustre collection d'Isabel serait l'une des plus importantes de ces dix dernières années, car ses articles faisaient sensation dans les milieux artistiques de leur riche clientèle.

— En établissant le catalogue de la collection, je suis tombé sur trois tableaux qui, je pense, pourraient être des *sleepers*, reprit Finn.

Carrick échangea un regard excité avec Ronan.

Un *sleeper* était une œuvre d'art dont la valeur ou le véritable auteur avaient échappé à son propriétaire ou aux marchands d'art. Un possible trésor…

— Keely m'a dit qu'Isabel pensait qu'une des trois toiles pouvait être attribuée à Winslow Homer, poursuivit Finn. Le doute subsiste pour les deux autres, mais il y en a une qui me fait penser que cela pourrait être le cas.

— Provenance ? demanda Ronan.

Dans leur secteur d'activité, la provenance était cruciale.

— Il n'y a rien d'autre que les soupçons d'Isabel, répondit Finn. Mais le tableau que j'ai vu, stylistiquement parlant, ressemblait à une des représentations de la vie rurale afro-américaine dont il était spécialiste.

— Un Homer Winslow méconnu ?

Homer était l'un des artistes les plus vénérés du pays. Un tableau inconnu qui lui serait attribué allait embraser le monde de l'art ! Malgré son enthousiasme, Carrick savait aussi que des fraudeurs se plaisaient à imiter Homer. Et certains étaient particulièrement doués.

— Ça me paraît trop beau pour être vrai, fit-il remarquer.

Ronan dévisagea Finn, leur historien de l'art attitré.

— Tu comptes aller à la source ? s'enquit-il.

— J'aimerais bien, mais je suis débordé, répondit Finn. Et je crois qu'il nous faut un expert des peintres américains du XIXe siècle. Si ces toiles sont bien de Homer, il faudrait qu'elles soient authentifiées par *tu-sais-qui*, précisa-t-il en regardant Carrick.

Carrick jura tout bas.

Tu-sais-qui. Celle-dont-on-ne-doit-pas-prononcer-le-nom. L'épouse de Satan.

Également connue comme son ex-femme.

Leur mariage avait été bref, et il regrettait profondément cette relation. Tamlyn et lui avaient été malheureux et quand, au bout d'un an, il avait demandé le divorce, Tamlyn s'était vengée en malmenant sa réputation. Comme il ne s'était jamais défendu en public, il était toujours considéré, dans certains milieux sociaux, au mieux comme un mauvais mari, au pire comme un mari infidèle. Heureusement qu'il se moquait de ce que les gens pensaient. Au moins, sa réputation d'honnête marchand d'art et de commissaire-priseur était intacte. C'était le plus important.

Cela dit, Tamlyn était une experte en art. Elle avait rédigé le catalogue raisonné, l'ouvrage définitif détaillant toute l'œuvre de Winslow Homer, et si elle décrétait que ces peintures n'étaient pas de Homer, celles-ci ne vaudraient pas un sou.

— Il nous faut un expert, de préférence quelqu'un en qui Tamlyn a confiance, pour effectuer les tests, pour retrouver toute provenance, déclara Finn. Tamlyn profite de chaque occasion qu'il lui est donné de salir ton nom, Carrick. Elle est assez vindicative pour rejeter ces peintures juste parce que c'est toi qui les as portées à son attention. Mais si on engage quelqu'un qu'elle respecte et avec qui elle travaille régulièrement, nous avons peut-être une chance d'obtenir un résultat digne de ce nom.

— OK, c'est noté, répondit Carrick. Trouvez-moi un expert dont l'opinion est respectée par Tamlyn Smith. Mais restez discrets.

— Je trouverai quelqu'un, affirma Finn. Et Tamlyn Smith-Murphy n'y verra que du feu, ajouta-t-il avec un sourire moqueur.

Carrick se retint de le frapper. Finn avait coutume de le chercher, mais il avait appris à ne pas réagir. En tout cas, il espérait que Tamlyn avait cessé d'utiliser son nom de famille. Certes, elle était experte en art, et dans le monde de l'art, le nom de Murphy vous apportait toujours une assise. Mais quand on s'était moqué d'un homme sous toutes les coutures – physiquement, émotionnellement, financièrement et mentalement –, on perdait logiquement le droit de garder son nom, à son avis.

Carrick dévisagea Finn et ignora la migraine qui montait peu à peu en lui.

— Trouvez quelqu'un avec des références aussi impeccables qu'irréprochables, ordonna-t-il. Plus vite nous établirons la provenance, plus notre vente gagnera en notoriété.

Ronan hocha la tête.

— Cette vente va être énorme.

— Et rentable, précisa Carrick.

Tanna posa la grande tasse de café et l'assiette contenant les deux épais sandwichs sur le petit guéridon à côté du fauteuil de Levi. Il porta aussitôt la tasse à sa bouche, son petit gémissement satisfait lui rappelant celui qu'il faisait à l'époque où ils s'embrassaient…

Pour deux personnes qui avaient été sur le point de

s'engager l'une envers l'autre pour le restant de leur vie, ils n'avaient pas eu beaucoup de manifestations d'affection en public. Ni même en privé.

Au cours des premiers mois de leur relation, Tanna souffrait le martyre, et quand elle avait commencé à se sentir mieux, Levi l'avait traitée comme une princesse fragile. À sa sortie de l'hôpital, elle avait encore besoin d'un temps de convalescence, et lorsqu'elle avait retrouvé l'essentiel de sa mobilité, elle était en proie à une telle confusion qu'elle avait demandé à Levi s'ils pouvaient attendre jusqu'à leur nuit de noces avant de faire l'amour.

Il l'avait gentiment taquinée en l'accusant d'être vieux jeu, et elle avait culpabilisé parce que la morale n'avait rien à voir avec sa décision. Elle doutait seulement de son avenir, et ne voulait pas que le sexe vienne compliquer ses réflexions.

Aujourd'hui, ne pas avoir fait l'amour avec Levi, le fait qu'il n'avait pas été son premier amant, constituait l'un de ses plus profonds regrets.

Chassant ses souvenirs du passé – elle y ferait face bien assez tôt –, elle balaya la pièce du regard. Elle était venue dans cette maison à plusieurs reprises entre sa sortie de l'hôpital et le moment où elle avait quitté Levi. Ses parents, la charmante Callie et le charismatique Ray Brogan, y vivaient, à l'époque, et elle était tombée sous le charme de cette maison de maître aussi spacieuse que lumineuse.

Callie avait décoré chaque pièce d'un mélange d'objets contemporains et familiaux, conjuguant sans effort le rétro et le contemporain dans une ambiance à la fois accueillante et douillette, confortable et sophistiquée. Bien que cette maison appartienne maintenant à Levi, elle conservait encore quelques traces du bon goût de sa mère.

Tanna ne put s'empêcher de penser que, si elle n'avait pas quitté Boston, cela aurait pu devenir sa maison, qu'elle aurait marquée de son style. Il y aurait eu des photos de ses frères sur les murs, ainsi que les siennes, des œuvres d'art qu'elle aurait acquises, des meubles hérités de ses parents…

Seulement Levi et elle n'avaient jamais eu l'occasion de discuter de la décoration de leur maison…

Parce qu'elle s'était enfuie.

— J'aime cette pièce, déclara-t-elle en ignorant la mine profondément renfrognée de Levi.

— Elle ne regorge pas de pièces d'art inestimables comme la maison de ton enfance, mais elle est agréable.

Regroupant des commissaires-priseurs et des marchands d'art, la famille de Tanna avait depuis des générations amassé une incroyable collection d'œuvres d'art. Beaucoup de tableaux de maîtres ornaient les murs de la maison de Beacon Hill. Sa seule chambre renfermait une esquisse de Degas et une aquarelle de Georgia O'Keeffe.

Elle avait grandi entourée d'une incroyable collection d'art, de textiles et de céramiques, et avait prévu de suivre ses frères dans l'entreprise familiale, Murphy's, en rejoignant le service des relations publiques et de la communication. Or elle avait quitté Boston depuis dix ans, et n'avait pas remis les pieds chez Murphy's depuis son accident… Et pourtant, autrefois, c'était comme une seconde maison pour elle, un lieu qu'elle adorait.

Murphy's était le seul endroit à Boston où elle se sentait complètement à son aise, épanouie. Elle adorait l'art sous toutes ses formes, aimait en parler et le promouvoir, et être entourée d'amateurs comme elle. Les rares fois où elle était revenue à Boston, après son départ, elle savait que si elle remettait un pied chez Murphy's International, elle reconsidérerait sa décision de devenir infirmière. Elle avait donc évité l'entreprise familiale. Et, autant qu'elle le pouvait, Boston.

— J'aurais dû rester à Londres, dit-elle en soupirant.

— Je suis tout à fait d'accord. N'hésite pas à y retourner.

Elle le ferait, si elle le pouvait ! Seulement ce n'était pas possible tant que ses symptômes de SSPT n'étaient pas maîtrisés. Et Dieu sait à quel point elle allait devoir travailler dur ! Et puis combien de temps cela prendrait-il ?

Son estomac se noua, sa nuque se raidit.

Détends-toi, Tanna.

En se concentrant sur sa respiration, elle s'efforça de chasser ses pensées négatives.

Elle venait de traverser une mauvaise passe et avait besoin d'un peu de temps pour se remettre les idées en place. Son accident était survenu il y a longtemps, et elle était désormais en forme. Elle n'était plus l'otage de ses peurs. Elle aimait la médecine d'urgence, et l'idée d'aider les autres comme on l'avait autrefois aidée était cruciale pour elle.

Elle devait la vie à ces secouristes – elle avait fait deux arrêts cardiaques sur le chemin de l'hôpital –, et la seule façon de montrer sa gratitude d'être sortie de cette épreuve avec seulement quelques cicatrices, c'était de rendre à son tour ce qu'elle avait reçu.

Malheureusement, le remboursement de cette dette se faisait maintenant au prix de crises d'angoisse, de flash-back et de sueurs froides. Il lui fallait juste maîtriser ses réactions quand elle partait en intervention. Elle s'accommoderait de ses symptômes de SSPT, si par ailleurs elle pouvait sauver des vies. Ces symptômes ne la tueraient pas, après tout.

Comme Levi et elle ne pouvaient pas garder le silence éternellement, elle essaya d'engager la conversation.

— Je suis désolée pour ton père, Levi. Je sais que c'est arrivé il y a des années, mais je suis sincèrement désolée.

— Comme tu viens de le dire, c'était il y a longtemps, rétorqua-t-il sèchement.

Bon. Elle attendit quelques secondes avant de retenter sa chance.

— Et j'ai lu quelque part que ta famille a vendu la société de ton père à sa mort. Ça a dû être difficile de le perdre, lui, et de perdre la société.

— Non.

Sans doute faisait-il référence à la perte de l'entreprise et non à la mort de son père. Le Levi dont elle se souvenait était pudique, mais il n'avait jamais manqué d'empathie.

— Y a-t-il un sens à cette conversation absurde, Tanna ? Depuis que tu m'as quitté, je ne pensais pas que tu te souciais particulièrement de ma vie. Et moi, ça ne m'intéresse pas de savoir comment tu as passé ces dix dernières années.

— Je suis infirmière dans les ambulances.

Voyant le rapide éclair de surprise dans ses yeux, elle laissa échapper une question qu'elle regretta aussitôt :

— Tu n'as jamais, ne serait-ce qu'une fois, demandé à mes frères où j'étais, ce que je devenais ?

— Tu m'as laissé tomber sans une explication digne de ce nom, alors non, je n'ai pas ressenti le besoin de m'intéresser à ta vie. Dis-moi ce que tu as à dire et va-t'en.

Cet ordre eut le don de l'agacer. Hormis dans le cadre de son travail, elle ne supportait pas qu'on lui dicte sa conduite.

Elle prit son temps pour s'installer sur une banquette, se mettant à l'aise.

Levi posa son assiette sur le bras de son fauteuil et saisit son sandwich.

— Parle, dit-il. Mais fais vite.

Elle s'était si souvent imaginé cette rencontre, répétant ses paroles, et à présent, ces mots soigneusement choisis ne venaient plus. Devant le regard impatient de Levi, elle se jeta à l'eau.

— Je ne t'ai pas abandonné devant l'autel, mais…

— Tu t'es enfuie juste après le dîner de répétition. À peine vingt-quatre heures avant le mariage, déclara Levi, en reposant son sandwich à peine touché dans l'assiette qu'il posa sur la table basse.

Tanna se força à croiser son regard d'un bleu profond qui défiait toute description. Parfois ses yeux viraient au cobalt, parfois à l'encre. Ou, comme à présent, au bleu glacier.

— Je n'aurais pas dû partir sans explication, c'est vrai, dit-elle. Sans te dire au revoir.

— Au moins, on n'a pas eu à nous disputer, répliqua-t-il d'un ton ironique.

— Levi, depuis que l'on s'était fiancés, j'avais des doutes.

— Est-ce que je te demande une explication ? Est-ce que j'en veux une ? Ma réponse tient en un mot : non !

Bon, d'accord. Elle se demanda dans combien de temps il allait lui ordonner de quitter les lieux. Les mots étaient sur ses lèvres, elle les voyait planer. Or il fallait qu'elle lui parle avant qu'il la jette dehors.

— J'ai eu tort, et j'aurais dû avoir le courage de te faire face, de t'expliquer, dit-elle d'une traite. C'était plus facile de te laisser cette lettre et de fuir.

— Oui, après t'avoir vue te battre pour te remettre de tes blessures, t'avoir vue réapprendre à marcher, j'ai été surpris par ton manque de courage. Et de décence.

Aïe. Elle sentit la lame du couteau l'effleurer. Mais elle pouvait difficilement contester. Elle tenait à lui dire la vérité. Elle n'avait pas pu lui parler en face avant de partir, car si elle l'avait fait, elle savait qu'il aurait balayé ses craintes en le mettant sur le compte du trac avant le mariage. Il aurait écarté ses inquiétudes, l'aurait persuadée qu'elle faisait le bon choix… et elle l'aurait écouté. Elle aurait alors été malheureuse. Et furieuse de ne pas lui avoir tenu tête.

— Ma mère a annulé le mariage, appelé tous les invités et leur a rendu leurs cadeaux, reprit-il. Noël a été plutôt merdique, cette année-là.

Les paroles de Levi enfoncèrent le couteau profondément dans la plaie.

— Mais on a quand même fait les gros titres, jour après jour, semaine après semaine, poursuivit-il. Nous avons tous, mes parents, mes sœurs et tes frères vécu avec les médias qui nous poursuivaient partout, caméra au poing, exigeant une explication, un commentaire, quelque chose. Oui, le meilleur Noël de tous les temps…

Elle grimaça. Elle avait pris des nouvelles auprès de ses frères au pic de la tempête médiatique, mais Carrick lui avait dit de ne pas s'en faire et elle l'avait écouté. Car elle tentait alors de reconstruire sa vie, une vie normale.

— Peut-être qu'un jour tu me laisseras t'expliquer, dit-elle.

— Mais je t'en prie, répliqua Levi d'un ton glacial.

Hochant la tête, elle frotta ses mains moites sur ses cuisses.

— Je suis désolée, murmura-t-elle. J'aimerais pouvoir faire quelque chose pour me racheter.

Levi la regarda fixement. Malgré les années de séparation, elle le connaissait. Il préparait quelque chose.

Elle jeta un rapide coup d'œil à la porte de la salle vidéo, et son instinct lui souffla de partir, tout de suite. Car ce que Levi s'apprêtait à dire risquait de bouleverser sa vie, elle le sentait.

— Carrick m'a dit que tu étais en ville pour six semaines, reprit-il. C'est vrai ?

— À peu près, répondit-elle, se demandant où il voulait en venir.

— Et tu dis vouloir te *racheter* ?

— Euh… oui. Qu'est-ce que tu as en tête ?

Levi la dévisagea un instant avant de répondre :

— Ça me tue de l'admettre, mais il est clair que j'ai besoin d'aide en ce moment. J'arrive à peine à tenir debout.

— Normal si tu t'es cassé la rotule.

— Je gère mon plâtre. C'est pénible mais gérable. Mais je ne peux vraiment pas me servir des béquilles, ça me fait trop mal. Donc, ça m'aiderait d'avoir quelqu'un à ma disposition. Quelqu'un à qui je peux donner des ordres, précisa-t-il avec un sourire. Quelqu'un qui m'est *redevable*.

Et zut ! Celle-là, elle ne l'avait pas vue venir !

- 3 -

Devant la mine déconfite de Tanna, Levi faillit éclater de rire. Ce qu'il se garda bien de faire.

Si Tanna lui était redevable ? C'était peu dire !

Redevable d'avoir rompu leurs fiançailles, de s'être enfuie à la veille de leur mariage, laissant derrière elle la vie qu'ils avaient planifiée. Sans oublier le cauchemar qui avait suivi.

Personne ne l'avait obligée à accepter de l'épouser, à lui faire miroiter leur avenir commun. Ni à organiser le mariage pour Noël. Personne ne l'avait forcée à dire « oui », alors qu'au fond elle hésitait.

Les semaines et les mois qui avaient suivi l'annulation de la cérémonie avaient été un véritable enfer pour lui.

Il avait ignoré les commentaires gênants sur la fuite de sa fiancée, la fausse compassion des amateurs de ragots. Il avait détesté le tumulte médiatique qui avait fait de lui, aussi réservé que son père était extraverti, un personnage public.

Quant à tout l'argent qu'il avait perdu dans les préparatifs du mariage…

Sans parler des nuits blanches qu'il avait passées à douter de ses capacités de jugement, regretter cette demande en mariage prématurée. Des mois, des années durant, il s'en était voulu d'avoir laissé la situation échapper à son contrôle.

Alors, oui. Elle lui était redevable.

Et, oui, il fallait bien admettre que malgré tout… il n'aurait pas rechigné à l'idée de la mettre dans son lit. Aujourd'hui plus que jamais. En dix ans, la jeune fille passionnée était devenue une femme épanouie, sûre d'elle, sublime, et de plus, il sentait qu'il pouvait lui parler franchement sans la brusquer.

Tanna Murphy était capable de donner autant qu'elle avait reçu.

Alors qu'un douloureux désir le traversait de part en part, il se passa la main sur le visage, réveillant la douleur de son épaule et de sa jambe…

Autrefois, leurs relations physiques s'étaient limitées à quelques baisers, plutôt fougueux. Certes, il avait alors beaucoup de désir pour elle ; à vingt-quatre ans, ses hormones étaient à leur apogée, et Tanna était aussi belle qu'attirante. Mais il lui avait fallu longtemps pour qu'elle se remette physiquement de son accident, et à chaque fois qu'il avait tenté une approche plus sensuelle, il la revoyait, clouée sur ce siège de voiture, ses yeux verts exorbités sous l'effet du choc et de la douleur, sa voix fluette lui demandant si elle allait mourir. Il se souvenait lui avoir dit de ne pas regarder son amie Addy, assise sur le siège du conducteur, affaissée sur le volant, gisant dans son sang.

Au cours des semaines et des mois qui avaient suivi cette horrible nuit, il était peu à peu tombé amoureux, envoûté par le courage féroce de Tanna. Il l'avait aimée, désirée, et s'était promis de ne pas lui mettre la pression. Très sportif, il pesait alors près de trente kilos de plus qu'elle, et il était terrifié à l'idée de faire une maladresse susceptible d'entraver son rétablissement. Il avait donc dompté son désir, certain que les choses évolueraient dès qu'elle quitterait l'hôpital. Or quand elle avait enfin été guérie, et avait accepté sa bague, elle lui avait demandé d'attendre leur mariage pour aller plus loin.

Avec le recul, il voyait bien que c'était un indice que tout n'allait pas si bien entre eux.

Or aujourd'hui, Tanna n'était ni blessée ni convalescente. Et le désir qu'il ressentait pour elle à l'époque était faible en comparaison avec le trouble qu'il éprouvait à présent. Contrairement à il y a dix ans, elle était désormais en pleine vigueur, et ne courrait aucun danger dans ses bras…

Que ce soit physiquement ou émotionnellement, d'ailleurs.

Et elle était tellement attirante… Comment lui résister ?

La vengeance ne serait pas un plat à déguster froid, mais chaud. Torride. Et tellement doux.

Levi la regarda chercher un moyen de se dérober, de se soustraire à sa demande. Elle entrouvrit la bouche, sans toutefois formuler l'excuse bancale à laquelle il s'attendait.

— En combien de temps j'aurai remboursé ma dette ? demanda-t-elle.

— Est-ce que ça veut dire oui ?

— Non, ce n'est qu'une question. Alors, combien de temps ?

Dès qu'il pourrait utiliser ses béquilles, il serait en mesure de se débrouiller seul, de se déplacer. Il ne serait toutefois toujours pas capable de conduire. Et il devait se rendre dans ses entreprises, les marinas, le chantier naval et les nombreuses sociétés qu'il dirigeait au nom du Brogan Family Trust. Certes, il pouvait s'absenter du travail aussi longtemps qu'il le souhaitait. Il pourrait même prendre sa retraite demain, s'il le voulait. Mais il n'en était pas question. Le travail, c'était la santé et, en restant occupé, il gardait la maîtrise de sa vie. Ce qui était essentiel à sa tranquillité d'esprit.

— J'ai interdiction de m'appuyer sur ma jambe pendant six à huit semaines, expliqua-t-il. Il me faut quelqu'un sur place à temps plein pendant deux semaines, puis à temps partiel pendant au moins quatre semaines de plus.

— Tes sœurs et ta mère ne peuvent pas t'aider ?

— Bien sûr, mais je les aime trop. Je ne vois pas pourquoi elles supporteraient ma mauvaise humeur. Alors que toi, si.

— Car je te dois bien ça, rétorqua Tanna avec ironie.

Oui, elle lui devait cela. Et puis, il ne pouvait pas imaginer la laisser de nouveau sortir de sa vie sans avoir pu faire l'exploration de chaque centimètre de son corps voluptueux.

Ce serait sa vengeance, en quelque sorte. Il la voulait, elle.

Il fallait qu'il garde bien ça à l'esprit. Le sexe et la revanche : voilà les seules raisons pour lesquelles il lui demandait de rester.

Il la dévisagea de nouveau et déglutit, la bouche soudain très sèche, son cœur tambourinant contre sa poitrine.

Bon sang, mais qu'est-ce qui clochait chez lui ?

Beaucoup de choses. D'abord, il avait mal partout. Ensuite, il était excité comme un adolescent. Enfin, aussi difficile que ce soit à admettre, il avait aussi un peu peur. Car personne ne lui avait jamais fait un tel effet. Un effet à la Tanna Murphy.

Oh non ! Il n'allait pas retomber dans ses filets…

Pourtant, il ressentait une folle attirance pour elle. Car cette version adulte de son ex-fiancée était sexy en diable.

N'était-il pas normal de s'enflammer un peu en imaginant sentir sa peau, nue et soyeuse, et tellement féminine, sous ses doigts ? Le sexe avec elle serait merveilleux… C'était tout ce qu'il lui demanderait. Il n'était pas assez fou pour lui proposer plus. Leur première rupture lui avait suffi.

— Je ne crois pas que ce sera possible, reprit Tanna en secouant la tête. C'est vraiment une mauvaise idée. Je ne vois pas pourquoi je renoncerais à mes… vacances pour me mettre à ton service.

Pourquoi avait-elle hésité en prononçant le mot « vacances » ? Ce n'était donc pas le but de son retour à Boston ? Mais bon, tout ce dont il avait besoin, c'était qu'elle reste là. Avec lui.

— Je ne te demande pas de rester collée à moi, Tanna. J'ai juste besoin que tu t'installes ici, que tu m'aides à préparer quelques repas, et que tu me conduises au travail.

— Tu n'es pas près de retourner au travail, lui fit-elle remarquer d'un ton assez autoritaire.

Il haussa les sourcils devant tant d'assurance.

— Mais je serai bientôt sur pieds, rétorqua-t-il sur le même ton. Je guéris vite. De toute façon, comme je te disais, je n'ai besoin de toi que quelques heures par jour. Le reste du temps, tu serais libre.

— Trop aimable !

Il réussit à dissimuler un petit sourire. En plus d'être sûre d'elle, elle devenait sarcastique. De mieux en mieux… Si Tanna était restée la fille timide et docile qu'il avait connue, il ne lui aurait sans doute pas fait une telle demande.

À vingt-quatre ans, il adorait que l'on flatte son ego. À trente-quatre ans, il préférait les femmes de tête, celles qui n'avaient pas peur de dire ce qu'elles pensaient.

Bien qu'il ne cherche pas à se caser, loin de là, il appréciait les femmes fortes, courageuses, avec des opinions bien tranchées.

Habitué à être la voix de la raison quand l'ambition de son père dépassait le bon sens, il ne se souvenait pas d'une époque où il ne s'était pas senti responsable de la protection de sa mère et de ses sœurs. À la mort de son père, c'était lui qui avait supervisé la vente de Brogan LLC et avait personnellement géré les milliards de la firme familiale.

Or sa mère et ses sœurs étaient tout à fait capables de se débrouiller elles-mêmes et, bien qu'elles aient été ravies qu'il gère les finances de la famille, elles lui avaient souvent répété qu'il n'avait pas à se soucier de leur bien-être émotionnel ; elles avaient leurs propres hommes alpha pour y veiller. Il gardait cependant un élan protecteur envers elles, même s'il n'était pas assez fou pour le leur avouer.

Il proposait à Tanna un accord franc et direct : elle lui était redevable et il avait besoin de quelqu'un pour un temps déterminé.

— Quelques repas, quelques balades, un peu de ménage, c'est tout ce dont j'ai besoin, assura-t-il.

Il remua sur son siège et la douleur le transperça de part en part. Il dut serrer les dents pour ne pas montrer à Tanna à quel point il se sentait faible et misérable. Car, autrefois, cette femme lui avait brisé le cœur, et il ne lui permettrait plus jamais de voir ce qu'il dissimulait sous sa carapace.

Elle fronça légèrement les sourcils.

— Tu as mal ?

Bon sang ! Et lui qui pensait afficher un masque impénétrable…

— Mais pas du tout, affirma-t-il.

— Ah ces hommes, tous têtus !

— Je vais bien, Murphy !

Rejetant la tête en arrière, il s'efforça de garder les yeux ouverts, se maudissant de se sentir si fatigué. Parfois, il arrivait à ignorer la douleur, et parfois, son corps meurtri avait besoin de sommeil pour récupérer. Mais pas question de s'endormir maintenant, pas devant Tanna. S'il s'assoupissait, elle s'en irait et il ne la reverrait peut-être jamais.

Et il n'aurait pas sa revanche.

La regardant droit dans les yeux, il lui prit le poignet.

— Tu seras là quand je me réveillerai ? demanda-t-il.

— Probablement pas.

Une vive déception le transperça. Pourtant, cette femme ne signifiait plus rien pour lui, aujourd'hui.

Tanna ne chercha pas à se retirer de sa main. Elle avait la peau si douce, si lisse…

— J'ai des choses à faire, répondit-elle d'une voix à peine audible. Il faut que je parle à mes frères, pour leur expliquer ce que je ferai ici. Je reviens dans quelques heures.

— Promis ?

— Oui. Dors maintenant, Levi.

Pour la première fois depuis dix ans, il espérait la revoir. Mais c'était seulement parce qu'il avait besoin d'aide et qu'elle lui devait bien ça. Il devait garder cela à l'esprit.

Et aussi parce qu'il avait vraiment très très envie de la voir nue.

Tout comme cette autre célèbre maison de ventes aux enchères de l'autre côté de l'étang, Murphy's s'enorgueillissait de l'épaisse tenture devant son entrée principale : « Murphy's International » était inscrit en blanc sur la toile rouge sang. C'était sobre, efficace et coquet, et Tanna ressentit cet élan familier en contemplant fixement les lettres de son nom de famille.

Son arrière-grand-père avait créé l'entreprise, puis l'avait transmise à son grand-père, qui l'avait transmise à son père. Aujourd'hui, ses frères dirigeaient la célèbre maison de vente qui comptait des bureaux affiliés dans le monde entier.

Elle était la seule du clan Murphy à s'être retirée du marché de l'art pour travailler dans un domaine complètement différent. Et cette seule pensée la rendait triste.

Elle plongea ses mains dans les poches de son manteau, consciente que son cœur battait la chamade. Comme toujours, elle avait prévu d'éviter Murphy's, mais elle devait parler à Carrick et, si sa mémoire était bonne, il allait bientôt partir pour Tokyo. Elle devait lui expliquer qu'elle quittait la maison de Beacon Hill, pour emménager chez Levi.

Mais seulement pour l'aider, bien entendu !

Pas question de confier à son frère qu'elle espérait, aussi fou que cela puisse paraître, que d'une manière ou d'une autre Levi et elle finiraient par se mettre à nu, au sens propre comme au figuré, et qu'elle découvrirait quel genre d'amant était son ex-fiancé…

Elle avait passé de nombreuses nuits à imaginer ses mains sur sa peau, ses coups de reins vigoureux alors qu'elle l'accueillerait en elle, la comblant comme aucun homme n'avait jamais su la combler…

Elle avait besoin de savoir car, en toute franchise, son éducation sensuelle était incomplète. N'ayant jamais fait l'amour avec Levi, elle était convaincue qu'il manquait une pièce du puzzle. C'était comme si elle n'avait jamais lu le dernier chapitre d'une histoire triste mais fascinante.

Son téléphone bipa et elle le tira de sa poche. C'était un SMS de Carrick.

> La sécurité vient de m'avertir qu'une femme d'apparence suspecte est en train de rôder autour de la salle des ventes. Ramène tes fesses ici avant de te faire arrêter !

Tanna sourit. Elle savait que la société de sécurité de Murphy's utilisait un logiciel de reconnaissance faciale, et qu'elle avait été identifiée quelques secondes après son arrivée devant l'entrée. Comme toujours, Carrick la taquinait.

Saluant le portier, elle entra dans le bâtiment emblématique, faisant claquer ses bottes sur le sol en béton ciré. Devant elle, le concierge, à gauche et à droite se trouvaient les principales salles d'exposition.

En habituée du site web de Murphy's, elle savait qu'une vente aux enchères de sculptures de Henry Moore et d'une collection de vêtements et d'accessoires d'époque était bientôt prévue. Elle eut envie de se perdre dans ces deux expositions, même si elle savait qu'elle ne pouvait franchir le seuil de ces deux salles ; il y avait trop de souvenirs ici qu'elle n'était pas tout à fait prête à affronter.

Elle observa une jeune femme en jupe noire coupe crayon et talons rouges très hauts, qui montait l'escalier de marbre menant aux bureaux privés. Une onde de jalousie s'empara aussitôt d'elle. Quelle chance avait cette femme de travailler ici, d'être en contact avec des amateurs d'art, des collectionneurs, des objets rares…

Cela aurait pu être elle… Elle avait travaillé ici, autrefois. Mais elle avait choisi de partir ; personne ne l'avait chassée.

Elle était partie parce qu'elle n'avait pas le droit de vivre sa vie de rêve, la vie pour laquelle elle était née. Son amie Addy n'avait jamais eu cette chance, et cela par sa faute à elle…

L'art était beau, mais n'était que futilité.

Elle n'aurait pas dû revenir ici. Elle aurait dû se contenter de contacter Carrick par téléphone.

Triste et émue, elle monta l'escalier en courant, franchit une porte de sécurité, puis grimpa les dernières marches.

Arrivée dans le couloir du grand bureau de Carrick, au troisième étage, elle salua Marsha, l'assistante de son frère, puis frappa à sa porte entrouverte.

Son frère leva les yeux et son sourire s'élargit en la voyant. Puis il la regarda un instant sans un mot.

— Pourquoi tu me regardes comme ça ? lui demanda-t-elle, en posant son sac sur un des fauteuils face à son bureau.

— Je suis content de te voir enfin chez Murphy's. Je me dis aussi que tu ressembles beaucoup à maman, répondit Carrick, d'une voix éraillée.

Tanna apprécia le compliment, même si elle savait qu'elle n'arrivait pas à la cheville de sa mère, à la beauté insolente.

— Je sais que je ne parle pas souvent d'elle, Tan, mais elle me manque quand même. Ils me manquent tous les deux.

Les yeux de Tanna s'embuèrent.

— Moi aussi. Mais je n'ai pas autant de souvenirs que toi.

Carrick désigna son bureau en désordre.

— J'aurais bien besoin d'un coup de main de papa aujourd'hui, dit-il en soupirant.

Tanna s'affala dans le fauteuil et croisa ses jambes.

— Des soucis ? s'enquit-elle.

Elle avait beau être complètement dévouée à sa carrière, les activités de Murphy's lui tiendraient toujours à cœur.

Carrick contourna son énorme bureau et s'appuya contre le rebord.

— Quelle entreprise ne connaît aucun souci ?

— Dis-moi, Carrick.

Parce que, juste l'espace d'un instant, elle voulait se comporter comme si elle faisait encore partie de Murphy's. Elle n'avait jamais l'occasion de parler art avec ses nouveaux collègues, à Londres. La plupart n'y connaissaient rien, et ils étaient aussi trop occupés à sauver des vies.

— Pour quelqu'un qui prétend n'avoir aucun intérêt dans l'entreprise familiale, tu poses quand même des questions pertinentes, nota Carrick en lui adressant un sourire narquois. Il y aura toujours une place pour toi chez Murphy's, dans les relations publiques ou auprès des clients. Tu aimes les gens, tu aimes l'art et tu es naturellement chaleureuse et avenante, tout comme l'était maman. Tu aimes toujours ton métier d'ambulancière ?

Tanna croisa les jambes et fixa le bout de sa botte en cuir.

— C'est un métier important, Carrick. Je rends le monde meilleur.

— Tu n'as pas répondu à ma question. Est-ce que ça te plaît ?

Disons qu'elle… ne détestait pas.

Son regard se posa alors sur le tableau installé sur le chevalet dans le coin du bureau, et elle l'observa avec attention.

— C'est un Homer ? demanda-t-elle.

Heureusement, Carrick accepta de changer de sujet.

— Nous n'en sommes pas sûrs, répondit-il en contemplant la toile représentant deux enfants et leur mère afro-américaine. C'est un tableau très puissant et si ce n'est pas un Homer, alors c'est un magnifique faux. J'ai rendez-vous prochainement avec une experte que nous engageons pour établir la provenance et faire des tests.

— Ce n'est pas le boulot de Finn ?

— Finn vérifie et revérifie la provenance de tous les tableaux que nous proposerons aux enchères de Mounton-Matthews. Ce sera la plus grande vente de la décennie et nous y travaillons depuis des mois. Finn est épuisé. Nous devons également faire appel à Tamlyn, car c'est elle qui décidera en fin de compte s'il s'agit d'un véritable Homer ou non, ajouta-t-il en se renfrognant imperceptiblement.

Les yeux de Tanna se figèrent à la mention de son ex-belle-sœur. Tamlyn et elle n'avaient jamais eu d'atomes crochus, mais n'avaient jamais fait de vagues.

— Tu traites avec cette sorcière ? ne put-elle s'empêcher de demander.

Ce fut au tour de Carrick de changer de sujet.

— J'ai un rendez-vous dans cinq minutes et je dois partir pour l'aéroport dans une heure, alors y avait-il une raison à cette visite, ou tu es juste passée dire bonjour ?

Tanna fronça le nez.

— Puisqu'on en parle… Donc, comme je te l'ai expliqué, je suis à Boston pour environ six semaines, dit-elle avant de se mordre la lèvre. Je suis allée voir Levi ce matin. Je voulais m'excuser en personne, voir si je pouvais faire la paix.

Carrick fit la grimace.

— Comment a-t-il réagi ? demanda-t-il.

— Ça ne s'est pas très bien passé. Je me suis excusée. Il s'est montré hautain.

Elle se tut et contempla la vue incroyable du quartier de Downtown Crossing et de Boston Common.

Carrick respecta son silence un instant.

— Et ?

— Il m'en veut toujours, avoua-t-elle en se tournant vers son frère.

— Sans blague…

— Il dit que j'ai une dette envers lui, et que je peux faire quelque chose pour la rembourser.

Quand elle se tut, Carrick fronça les sourcils.

— Tu vas me dire ce que veut Brogan, Tan ? marmonna-t-il sans prendre la peine de dissimuler sa curiosité.

— Il veut que j'emménage chez lui. Il a besoin de quelqu'un pour faire ses courses, préparer ses repas, gérer sa maison, précisa-t-elle en desserrant à peine la mâchoire. Il dit qu'il a envie de me donner des ordres. Il est d'une humeur massacrante.

— Ah bon ? répliqua Carrick qui ne se priva pas de lui montrer son amusement. Et tu l'as cru ?

Elle ne voyait rien de drôle dans ce qu'elle avait dit.

— Il s'est montré sacrément autoritaire, précisa-t-elle.

— Alors, tu vas accepter ses exigences pour *effacer ta dette* ?

— Tu crois que je devrais ?

— Je pense que tu devrais l'aider, Tan.

Tanna observa son frère avec attention.

— Tu dis ça juste dans l'espoir que quelque chose va à nouveau naître entre nous, de sorte qu'il y ait peut-être une chance que je revienne à Boston, murmura-t-elle.

— Je ne t'ai jamais caché le fait que j'aimerais que tu reviennes à Boston et que tu t'impliques à nouveau dans l'entreprise familiale. Tu nous manques beaucoup et tu connais à peine les enfants de Ronan. Londres, ce n'est pas la porte à côté. Levi, lui, est resté à ton chevet pendant des mois. Le moins que tu puisses faire c'est de l'aider, à présent qu'il se retrouve dans le pétrin.

Tanna ravala un juron. Bon, Carrick n'hésitait pas à jouer la carte de la culpabilité.

— Argh…

— Est-ce que ça veut dire oui ? demanda Carrick.

— En fait, je m'étais déjà décidée à aider Levi avant d'arriver ici, avoua-t-elle en le dévisageant. Mais je ne m'en réjouis pas.

Carrick allait répondre, mais il fut interrompu par un coup frappé à sa porte. Marsha apparut dans l'embrasure et, derrière son assistante, se tenait une jeune femme blonde.

— Carrick, votre rendez-vous de 15 heures est arrivé. Voici Sadie Slade.

Marsha s'écarta pour permettre à un sosie moderne de Cendrillon d'entrer dans le bureau. Ses boucles couleur miel encadraient un visage fin illuminé par de grands yeux bleus aux reflets violets.

Tanna remarqua alors que son frère aîné…

Était-ce de la surprise, qu'elle lisait sur son visage ? Ou alors il faisait une crise cardiaque. Non, son frère était un sportif aguerri à l'hygiène de vie parfaite ; inutile d'appeler les secours.

Dieu merci, car l'idée de devoir lui faire du bouche-à-bouche ne l'enchantait guère.

Contrairement à la jolie blonde qui, à en juger par son visage cramoisi et son incapacité à détacher ses yeux du visage de Carrick, n'hésiterait pas, elle…

Alchimie, quand tu nous tiens…

Tanna croisa alors le regard de Marsha qui se tenait toujours dans l'embrasure. L'assistante souriait, et Tanna lui rendit son sourire. Elle n'était donc pas la seule à avoir perçu le lien entre son frère et cette Sadie Slade.

À l'époque, il s'était moqué d'elle et de son amour pour Levi. À présent, elle avait hâte de le voir se comporter avec cette beauté, jouant le P-DG cool d'une des plus prestigieuses maisons de ventes du monde tout en luttant contre son évidente attirance pour cette femme.

Elle n'avait aucune idée de la façon dont il réussirait à garder son sang-froid. Il avait quasiment la langue qui traînait par terre !

- 4 -

Tanna sonna brièvement à la porte d'entrée de Levi puis entra sans attendre la réponse. Après avoir posé sa valise et son sac, elle leva les yeux et aperçut Levi, qui se traînait dans le couloir.

Il s'arrêta, se redressa sur son pied valide, puis la dévisagea de ce regard irrésistible qu'elle connaissait bien.

Même blessé et affaibli, il était tellement sexy…

Il lui avait énormément manqué.

Elle était heureuse d'être ici. Et terrifiée.

— Salut.

Brillante phrase d'approche, Murphy !

— Je ne pensais pas que tu reviendrais, marmonna Levi.

— Je t'ai manqué ? demanda-t-elle sur un ton qui se voulait moqueur mais qui était plutôt pathétique.

Franchement, qu'est-ce qui n'allait pas, chez elle ? Il lui suffisait de poser les yeux sur Levi pour que son cerveau et ses hormones deviennent hors de contrôle.

Mauvais signe…

— J'ai survécu, répondit-il. Tout comme j'ai survécu à ces dix dernières années.

Tanna jeta un coup d'œil sur l'horloge ancienne dans le recoin. Il était plus tard qu'elle ne le pensait.

— Je voulais revenir plus tôt, mais je devais aller voir Carrick, le prévenir que je quittais sa maison pour la tienne, expliqua-t-elle.

À ces mots, le visage de Levi se rembrunit.

— Ah, je voulais l'appeler pour lui expliquer la situation, mais je me suis endormi, marmonna-t-il. Comment a-t-il réagi ?

Tanna réfléchit à la réaction de son frère. Difficile d'oublier son amusement.

— Bizarrement, il m'a dit que je devrais t'apporter mon aide, répondit-elle.

Elle espérait vraiment que son grand frère n'essayait pas de jouer les entremetteurs. Car l'eau avait coulé sous les ponts, depuis dix ans.

Beaucoup d'eau.

— Ça ne ressemble pas à Carrick, fit remarquer Levi en plissant le front d'un air suspicieux.

— C'est aussi ce que je me suis dit…

— À ton avis, je dois l'appeler pour lui demander la permission de t'héberger et de te faire travailler ?

— Surtout pas ! Inutile de lui donner le bâton pour se faire battre. Où puis-je poser mes valises ?

— Il y a une chambre d'amis à l'étage, sur la droite.

— Même si je suppose que tes invitées dorment en général dans ton lit plutôt que dans la chambre d'amis…

À peine ses mots eurent-ils franchi ses lèvres qu'elle les regretta. La vie sexuelle de Levi ne la regardait en rien. Cela dit, s'il avait une petite amie, pourquoi n'était-elle pas là, à s'occuper de lui ? Et s'il était en couple, comment réagirait sa compagne en apprenant qu'une autre femme habiterait sous son toit ?

S'il n'était pas célibataire, cela lui offrirait une excuse idéale pour s'en aller… Il n'y avait qu'une façon d'en avoir le cœur net.

— Alors, est-ce que je dois m'inquiéter de voir ta petite amie débarquer ici, prête à me crêper le chignon ? s'enquit-elle sur un ton léger.

Levi la fixa d'un air amusé.

— Serais-tu jalouse, Murphy ?

Elle n'allait pas honorer cette pique d'une réponse. D'autant que oui, elle était jalouse. Mais avait-elle le droit de l'être ? Levi avait autrefois envisagé de passer le reste de sa vie avec elle, et elle l'avait quitté. Elle avait donc perdu son droit à la jalousie.

Ou à toute autre émotion le concernant.

Consciente qu'elle était en train de creuser son propre trou, elle se contenta de lever le menton et d'attendre qu'il réponde à sa question.

— Non, pas de petite amie.

Ces mots lui procurèrent une joie inouïe. Ce qui était ridicule. Se refusant à le laisser entrevoir un soupçon de son soulagement, elle se pencha pour prendre ses bagages.

— Et toi ? demanda-t-il.

Elle se redressa, cligna des yeux et fronça les sourcils.

— Moi quoi ?

— Tu vois quelqu'un ?

Oh non, pas depuis très, très longtemps. Quand était-elle sortie avec un homme pour la dernière fois ? Le plus triste, c'était qu'elle n'en avait pas la moindre idée.

— Non pas que cela te concerne, mais… non, répondit-elle. Pas en ce moment.

Les yeux de Levi s'animèrent d'un bleu profond.

— Tant mieux.

— Comment ça, tant mieux ? s'exclama-t-elle, outrée.

Levi esquissa un demi-sourire, puis saisit ses béquilles.

— Toi et moi, Tanna Murphy, on a une histoire inachevée. Et tout sera plus simple si personne d'autre n'est impliqué.

Une histoire inachevée ? De quoi parlait-il ? De sexe ? Pitié, faites qu'il parle de sexe !

Il lui tourna le dos et elle ne put s'empêcher d'admirer

ses fesses, parfaitement moulées dans son pantalon de survêtement. Captivée, elle garda les yeux rivés sur son T-shirt à manches longues qui épousait à merveille son dos, ses larges épaules et ses biceps saillants…

Il était à croquer !

Levi s'arrêta net, se retourna et leurs yeux se croisèrent. Puis le regard brûlant de Levi se posa sur sa bouche.

Voilà bien trop longtemps qu'elle ne l'avait pas embrassé… Elle avait oublié la saveur de ses lèvres. Pourquoi ne pas se rafraîchir la mémoire ? Pour bien commencer cette histoire inachevée.

Pas moyen d'attendre une seconde de plus. Elle se rapprocha de lui, posa ses mains sur son torse musclé et, sans le quitter des yeux, se hissa sur la pointe des pieds, retint son souffle… et joignit ses lèvres aux siennes.

Sa bouche était fraîche, ferme et tellement, oui tellement masculine… Elle posa alors ses mains sur ses bras musclés. Elle mourait d'envie de remonter son T-shirt sur son torse, pour caresser sa peau brûlante, mais elle se contenta d'enfoncer ses doigts dans sa chair, déçue qu'il n'ait pas encore répondu à son baiser.

Elle n'avait plus l'habitude, alors peut-être que cette lueur qu'elle avait cru lire dans ses yeux n'était pas du désir…

Elle sentit ses joues s'enflammer sous l'effet de l'humiliation.

— OK, donc je t'ai mal compris, marmonna-t-elle. Je… Désolée.

Embarrassée au plus haut point, elle se recula, mais Levi la retint.

Quand il l'attira vigoureusement vers lui, posant sa main à plat sur le bas de son dos pour la plaquer contre lui, elle devina aussitôt le désir qu'il ne pouvait plus dissimuler, et sa bouche, enfin, vint rencontrer la sienne…

Un vrai baiser de cinéma…

Elle se rappela aussitôt ses baisers à la fougue maîtrisée d'autrefois. Or c'était un Levi différent qui l'embrassait aujourd'hui. Ce Levi-là n'était ni poli ni attentionné. Sa bouche exigeait qu'elle réponde, qu'elle s'enflamme avec lui.

Quel bonheur de ressentir de nouveau cette exquise brûlure…

Il captura sa langue, et elle laissa échapper un gémissement fiévreux, éraillé, et merveilleusement troublé.

C'était un baiser sexy, rugueux, exigeant. Un baiser partagé par un homme et une femme différents, mais égaux. Un baiser franc et assumé. Un baiser exquis.

Levi fut le premier à s'écarter pour reprendre son souffle.

Elle sentit ses doigts glisser sur sa nuque, puis frôler son oreille, effleurer sa joue. Puis sa main retrouva la béquille qu'il avait calée sous son bras.

Elle recula d'un pas, chancelante.

Seul Levi Brogan avait cette faculté de lui donner l'impression d'avoir les jambes en coton.

— Qu'est-ce que c'était, *ça* ? demanda-t-elle.

— L'histoire inachevée dont je te parlais, répondit Levi avec assurance. Et pour que ce soit clair, la seule façon de boucler la boucle, c'est de me retrouver sur toi, ou plus probablement, étant donné ma jambe cassée, *sous* toi.

La gorge sèche et le cœur battant, elle s'appuya contre le mur du couloir. Oui, c'était exactement ce qu'elle voulait. Là ! Tout de suite !

Ne jamais avoir fait l'amour avec Levi restait, avec le fait d'avoir confié les clés de sa voiture à Addy, l'un de ses plus grands regrets.

— Dis-moi ce que tu penses vraiment, Levi, reprit-elle en poussant un long soupir.

Un petit sourire s'esquissa sur ses lèvres.

— Je suis sans nuance, Tanna, et tu devrais t'y préparer.

Il se passa la main dans ses cheveux aux reflets auburn qu'elle aimait tant, et elle fut ravie de voir que ses doigts tremblaient légèrement ; il ne se maîtrisait pas aussi bien qu'il voulait le lui faire croire.

Il se racla la gorge et reprit :

— Il y a dix ans, je t'ai traitée comme si tu étais en sucre et tu m'as fui. Cette fois-ci, je vais te dire ce que j'attends de toi. Je vais être aussi franc que possible.

— Ça marche.

— Même si j'aimerais beaucoup te porter jusqu'à la surface horizontale la plus proche, cela ne se fera pas aujourd'hui, précisa-t-il, esquissant un sourire furtif qui accentuait sa capacité érotique de mille pour cent.

Tanna hocha la tête sans un mot.

— Mais dans une semaine ou deux, voire beaucoup plus tôt je l'espère, je te demanderai si tu veux être ma maîtresse, et j'espère que tu diras oui, poursuivit-il. Il y a dix ans, je t'ai offert mon cœur. Ça, ce n'est plus possible. Mais mon corps, lui, est encore disponible, précisa-t-il en ajustant ses béquilles sous ses bras. Et avant que tu poses la question, cela n'a rien à voir avec l'aide que tu viens m'apporter au quotidien dans le cadre de cette dette que je considère que tu as toujours envers moi.

Un million de pensées bourdonnaient en Tanna, mais une seule dominait : s'ils ne faisaient jamais l'amour, elle se demanderait toute sa vie quelle était la saveur de sa peau, quel genre d'amant il était.

S'il la comblerait aussi merveilleusement qu'elle l'avait imaginé ou s'il serait un amant décevant.

Une chose était certaine : si elle ne faisait pas l'amour avec lui, juste une fois, elle le regretterait pour le reste de sa vie.

Oh ! Il n'allait pas lui mettre la pression, ni la contraindre.

Il ne la harcèlerait pas. Non, ce n'était pas son style. À sa manière, franche et directe, il avait juste posé ses cartes sur la table. C'était à prendre ou à laisser.

Il aurait été aisé de dire oui, de laisser son désir et la saveur que Levi avait laissée sur ses lèvres influencer sa décision. Or, à présent que le charme était rompu et qu'elle avait les idées plus claires, le doute l'envahissait.

Était-elle prête pour une telle chose ? Avait-elle vraiment envie de rouvrir sa porte au seul homme qui avait jamais réussi à pénétrer son cœur ?

Ne devrait-elle pas y réfléchir un peu plus ?

Glissant ses mains dans les poches de son manteau, elle haussa les épaules d'un air qu'elle espérait décontracté.

— Moi non plus, je ne te donnerai plus mon cœur, Levi, dit-elle après un long silence.

Cela, elle en avait la certitude. Son cœur n'était définitivement pas à prendre.

— Tanna, mais tu ne me l'as jamais donné, rétorqua Levi d'un sourire aussi froid que désabusé.

Dans la chambre d'amis aux tons blancs et jaunes, à l'étage, Tanna déballa ses bagages et rangea ses vêtements dans le placard, puis ses affaires de toilette et son maquillage dans la salle de bains attenante, minimaliste mais coquette. Tout en s'activant, elle se demanda si elle n'avait pas perdu la tête.

Levi n'était pas idiot. Il savait que la façon dont elle avait éludé sa question ne signifiait pas un non catégorique et qu'il y avait de fortes chances qu'elle cède à sa proposition. Pas ce soir évidemment, ni demain, mais dans un futur proche.

Sans doute ferait-elle bien de se faire à cette idée.

À un moment donné, elle découvrirait si son corps

élancé était aussi musclé qu'elle l'imaginait. Elle goûterait à ses délices, à sa vigueur d'amant. À en juger par le baiser qu'ils avaient échangé, elle ne doutait pas un instant qu'il était un amant habile, capable d'exaucer tous ses désirs. Même les plus inavouables.

Il y avait longtemps qu'elle ne s'était pas sentie assez à l'aise avec un homme pour se retrouver au lit avec lui.

Levi avait beau être d'un caractère revêche, elle lui faisait confiance en tant qu'amant. Bien sûr elle n'avait pas l'intention de lui offrir son cœur. D'abord parce qu'elle n'était plus la jeune fille prête à le donner ainsi au premier venu, et puis… parce qu'il ne lui donnerait pas le sien, comme il le lui avait bien précisé.

Elle avait eu sa chance, à une époque, et elle était tout à fait consciente qu'elle n'en aurait jamais une seconde.

Leur tour était passé. Aujourd'hui, seule subsistait leur folle attirance sensuelle.

Pas question de revenir sur leur histoire d'amour, mais une fois que Levi et elle auraient assouvi leurs désirs, elle n'aurait plus à vivre avec des pensées du genre « Et si… ? »

Quoi qu'il en soit, même si les termes de leur contrat étaient clairs, elle n'était pas rassurée pour autant, et comme à chaque fois qu'elle se sentait mal et avait besoin d'une forte dose de bon sens, elle appela Padma.

Sa marraine était spécialisée dans les conversations d'urgence. Alors qu'il était presque minuit à Londres, Padma répondit dès la deuxième sonnerie, d'une voix alerte.

— Salut, ma puce !

« Ma puce ». Le surnom que lui donnait sa mère autrefois…

— Salut, marraine préférée !

Tanna entendit le cliquetis d'un briquet, puis la longue

inspiration de Padma. Malgré toutes ses recommandations, Padma n'avait pas encore renoncé à fumer son paquet de cigarettes par jour.

Tanna allait la réprimander, mais Padma la devança.

— Ne commence pas, chérie. Dis-moi plutôt pourquoi tu m'appelles au milieu de la nuit.

Comment lui expliquer l'inexplicable ? Tanna décida qu'il valait mieux ne pas tourner autour du pot.

— Voilà… Je me suis mise dans le pétrin.

Mariée cinq fois, Padma avait toujours eu un homme, ou plusieurs dans sa vie, et elle était passée maître dans l'art de se sortir des situations les plus scabreuses.

— Oh oh, voilà qui semble prometteur. Qu'est-ce que tu as fait ?

Tanna sourit. Padma était le genre de personne qui appréciait les anecdotes de soirées d'ivresse, de danse sur les tables, les actions rebelles et autres excès. Elle ne supportait pas la médiocrité ou, comme elle l'appelait, le « comportement moutonnier ».

— Je ne suis pas à Beacon Hill avec Carrick.

— S'il te plaît, dis-moi que tu t'es trouvé un homme sexy dont tu as fait ton amant ! s'exclama Padma avec entrain. Bon, chérie, si ce n'est pas le cas, alors n'hésite pas à me mentir. Parce que, comme tu le sais, ça fait des mois et des mois que je te dis que tu as besoin d'un bon étalon.

Franchement, seuls les Anglais pouvaient parler de sexe avec une telle légèreté…

— Eh bien, je ne me suis pas installée chez lui à cause d'une proposition sexuelle. C'est arrivé quelques heures après que je suis réapparue dans sa vie.

Il ne fallut que quelques secondes à Padma pour comprendre.

— Oh ! pour l'amour du ciel ! Tu es allée voir Levi,

c'est ça ? Et je suppose que tu t'es jetée à ses pieds pour implorer son pardon ? précisa Padma de façon cinglante.

— Non ! Je ne suis pas servile ! Certes, je lui ai demandé pardon, ce à quoi il a répondu que je lui étais redevable, que je devais l'aider et qu'il avait envie de coucher avec moi, conclut Tanna en fronçant son nez.

Un petit silence s'écoula avant que Padma murmure :

— Ma puce, tu es incroyable…

Bon, ce n'était pas un compliment.

Sans plus attendre, Tanna résuma rapidement la situation. Quand elle eut terminé, elle entendit Padma allumer une autre cigarette et attendit sa réaction.

— Ça me semble être une mauvaise idée, ma chérie.

Le pire, c'était qu'elle avait raison…

Tanna se recroquevilla dans le fauteuil.

— Je l'ai vu, et j'ai su qu'il fallait que je sois là, que je me devais de faire ça pour lui, expliqua-t-elle. C'était le même sentiment que j'avais il y a dix ans. À l'époque, mon instinct me disait de fuir, de quitter Boston. Cette fois, il me dit de rester ici avec Levi. Mais seulement pour les six prochaines semaines, c'est tout.

Parce qu'il n'était pas question pour elle de revenir à Boston pour y vivre, que ce soit avec ou sans Levi.

À Londres, elle n'était pas Tanna Murphy, héritière d'un empire financier presque aussi ancien que la ville. À Londres, elle n'était que Murphy, banale ambulancière essayant de sauver des vies, gagnant son salaire et remboursant sa dette à l'univers qui lui avait permis de survivre, qui l'avait épargnée alors qu'Addy…

— Tu m'avais dit, quand j'ai débarqué à Londres en larmes, perdue, que mon intuition était la chose la plus puissante en moi, reprit-elle. Que c'était mon âme qui parlait. Tu as même suggéré qu'elle pouvait être notre lien avec la sagesse féminine, avec nos ancêtres. Je ne peux pas ignorer ce que je ressens.

— Oui, oui, ça ressemble à ce que je pourrais dire, marmonna Padma, irritée. Pour ma défense, j'avais probablement bu quatre gin-tonic de trop, à ce moment-là.

Tanna sourit. Padma remuait ciel et terre pour elle mais détestait quand elle devenait trop sentimentale.

— Alors, tu vas rester chez lui ? demanda sa marraine.

— Oui.

— Et tu m'as appelée pour me demander ma permission ? Aux dernières nouvelles, tu étais pourtant majeure et vaccinée. Choisis ce que tu as envie de faire et fais-le, Tanna. Arrête de tout suranalyser à mort.

Tanna sourit. Voilà exactement pourquoi elle avait téléphoné à Padma : sa marraine trouvait toujours les mots justes pour lui rendre les idées claires.

D'ailleurs, en parlant d'idées claires, que voulait-elle, au fond d'elle-même ?

Elle souhaitait donner un coup de main à Levi ; elle lui devait bien ça pour l'avoir abandonné si brusquement et pour le chaos qu'elle avait causé. Et elle avait aussi envie de coucher avec lui.

Voilà, c'était réglé !

— Merci, Pad. Je t'adore.

— Si tu le dis…

Tanna perçut toute l'émotion derrière son ton irrité, et décida de continuer à la taquiner.

— Je t'aime jusqu'à la lune, aller-retour. Tu me manques tellement…

Clic, appel déconnecté.

Tanna sourit. Elle se souvint du jour où Padma lui avait demandé pourquoi elle avait fui Levi, leur mariage, sa famille et sa ville natale. Tout ce qu'elle avait réussi à répondre, à l'époque, c'était qu'elle *savait* qu'elle devait partir, que rester à Boston lui était impossible.

Elle n'avait pas pu lui dire qu'il lui était impossible de vivre la vie que Levi et ses frères avaient planifiée pour elle, sachant qu'Addy était morte.

Si elle était restée et avait épousé Levi, elle n'aurait probablement pas été malheureuse. Elle aurait été une jeune mariée avec un époux qui l'adorait, et aurait vécu la vie agréable d'un couple dont chacun des membres était richissime. Ils auraient été heureux pendant un an, deux, peut-être trois ou quatre. Mais, à un moment donné, elle aurait commencé à se remettre en question, à revenir sur ses choix et à se demander si épouser Levi avait été la bonne décision.

Elle avait fait le bon choix, en prenant la fuite.

Malgré sa confusion, sa culpabilité, son immense tristesse, quitter Boston avait été le plus grand cadeau qu'elle s'était fait. En agissant ainsi, elle avait découvert la femme qu'elle pouvait devenir. Elle avait laissé la princesse Tanna derrière elle, pour devenir une autre femme, vivre de nombreuses expériences différentes, bonnes et moins bonnes, et regarder le monde à travers son propre regard, et non à travers celui de sa famille ou de Levi. Elle avait connu des hauts et des bas, s'était débrouillée seule, avait construit son propre chemin. Ignorant ses énormes ressources financières, elle vivait de son salaire, comptant les centimes lorsque son compte en banque était dans le rouge.

Elle avait fait des compromis sur sa façon de vivre, avait noué de nouvelles amitiés, en avait perdu d'autres, mais à travers tout cela, elle avait fait ses propres choix. Sans se soucier de l'opinion de ses frères ou de Levi. Certaines de ces décisions s'étaient révélées judicieuses, d'autres pas. Mais toutes avaient fait partie de son parcours initiatique.

Si elle avait épousé Levi, sa vie à Boston aurait été plus douce, plus souple, moins dramatique. Et peut-être moins amusante. Elle se serait aussi laissé influencer par Levi, par ses frères. Et elle ne serait pas devenue aussi confiante en elle. Elle se serait moins affirmée.

Levi avait une forte personnalité, et elle comprenait à présent qu'il avait besoin d'une femme forte, au mental d'acier, capable de lui tenir tête, de le défier. Jeune, elle n'était pas cette femme-là, et si elle était restée, elle ne le serait pas devenue.

Elle avait eu beau faire du mal à Levi, laisser la pagaille derrière elle, refuser ce mariage avait constitué la bonne décision. Oh ! peut-être qu'elle aurait pu mieux gérer cette rupture, mais elle ne l'avait pas fait, et elle tenait à s'excuser de la façon dont elle avait agi. Mais pas de sa décision.

Alors, qu'attendait-elle de son séjour à Boston ?

Tout d'abord, affronter son passé pour pouvoir guérir de son SPT. Elle ne pouvait pas retourner à Londres sans avoir vaincu ses démons. Une fois pour toutes.

Car la BIZD – Brigade d'Intervention en Zone Dangereuse – était un service vital. Avec ses collègues, elle prenait en charge les cas difficiles et les situations les plus délicates, et elle ne pourrait pas retrouver son service si sa santé psychologique était défaillante. La vie des personnes qu'elle secourait en dépendait, et ses collègues devaient pouvoir compter sur elle.

Le programme de ses prochaines semaines était défini : elle allait affronter son passé avec l'aide de sa thérapeute, aider Levi dans son quotidien difficile et ainsi effacer la dette qu'elle avait envers lui, puis elle retournerait à Londres.

Et elle s'y tiendrait.

Après s'être lavé le visage et remis du rouge à lèvres, elle retourna au rez-de-chaussée. À peine arrivée au bas de l'escalier, elle entendit des voix féminines dans la cuisine. Sans doute les sœurs de Levi. Oh Seigneur… Ces dernières ne devaient pas la porter dans son cœur.

Devait-elle faire face à la famille de Levi ou courir se réfugier dans sa chambre ?

Elle n'avait pas passé beaucoup de temps avec les jumelles, quand Levi et elle vivaient ensemble, ces dernières étant alors étudiantes. Jules et Darby s'étaient montrées très amicales en surface, mais Tanna n'étant pas dupe, elle avait très vite compris qu'elle aurait du mal à leur prouver qu'elle était digne de leur frère.

Le problème était qu'au moment de les rencontrer elle n'était pas sûre de vouloir leur prouver quoi que ce soit. Et elle n'était pas certaine de vouloir les affronter maintenant. Espérant que personne ne l'avait entendue, elle allait faire demi-tour quand elle entendit quelqu'un se racler la gorge.

— Hé, poulette !

Oh non… Elle était prise au piège. Par Callie Brogan, en plus.

— Je croyais que tu avais plus de cran que ça, Tanna.

Les yeux fermés, Tanna prit une profonde respiration et sentit tous les muscles de son corps se contracter. Elle regrettait d'avoir abandonné Levi, vraiment, mais elle se sentait aussi mal de ne plus jamais avoir contacté Callie.

Levi avait amené sa mère à l'hôpital, peut-être deux ou trois semaines après son accident, et dix minutes après l'avoir rencontrée, Tanna était tombée amoureuse de la ravissante blonde aux yeux bleus et à la silhouette fluette. Callie lui avait pris la main, l'avait embrassée sur la joue et avait balayé du regard sa chambre d'hôpital.

— Combien de temps vas-tu encore rester ici, ma chérie ?

À ce moment-là, personne n'en savait rien, alors Tanna avait haussé les épaules, ravalant ses larmes.

— On m'a dit au moins quelques mois.

— Alors il faut faire en sorte que cela ressemble moins à une cellule de prison, avait déclaré Callie.

Elle était revenue avec des plantes en pot et du linge propre, des fleurs coupées dans un vase de cristal et la photo de ses parents qu'elle avait posée sur sa table de nuit. À côté des magazines, de l'eau pétillante et des carnets.

En raison de leurs contraintes professionnelles, Levi et ses frères ne pouvaient lui rendre visite que le soir, mais Callie s'était liée d'amitié avec le personnel infirmier et venait souvent la voir en dehors des heures officielles. Pendant ces longs mois à l'hôpital, Callie et elle étaient devenues exceptionnellement proches, et le fait d'avoir Callie comme belle-mère – presque une mère, ce qu'elle n'avait pas eu depuis longtemps… – avait beaucoup pesé dans sa décision d'épouser Levi.

Consciente qu'elle ne pouvait rester dans l'escalier et que toute fuite était maintenant impossible, elle se retourna lentement et rejoignit Callie qui ne semblait pas avoir pris une ride. Elle portait un pantalon gris, un pull noir en cachemire et des diamants de la taille d'un œuf de pigeon en guise de boucles d'oreilles. À son doigt scintillait une bague en diamant et platine capable de faire de l'ombre au soleil. Sa chevelure blonde coupée en un carré classique lui arrivait au menton, et elle portait un rouge à lèvres rouge vif.

S'attendant à un accueil plutôt glacial de cette femme qui avait été l'hôtesse la plus populaire de tout le gratin mondain de Boston, Tanna fut choquée de la voir lui tendre les mains avec un sourire chaleureux et accueillant.

— Ma fille chérie, dit-elle en la prenant dans ses bras. Tu m'as tellement manqué.

Tanna sentit des larmes lui monter aux yeux en retournant l'étreinte de Callie. Elle n'en revenait pas de recevoir un accueil aussi merveilleux de la part de cette femme qui, elle en était sûre, avait sans doute voulu l'éviscérer pour avoir abandonné son fils.

— Pourquoi êtes-vous aussi gentille avec moi ? murmura-t-elle alors que Callie desserrait son étreinte. Je veux dire, ne vous méprenez pas, j'apprécie, mais je… je ne m'attendais pas à un accueil aussi chaleureux.

Callie posa sa main sur la joue de Tanna et lui sourit.

— Oh ! Ne te méprends pas. Je t'en ai beaucoup voulu, longtemps. Mais te voilà de retour, et je suis ravie de te voir.

Tanna se devait de dire quelque chose sur Ray, le père de Levi. Il était mort quelques mois après son départ, et elle avait fait livrer des fleurs pour les obsèques.

— Je suis vraiment désolée pour Ray, Callie. C'était un homme charmant.

Callie hocha la tête.

— Merci pour tes lys blancs, Tanna. Ils étaient magnifiques.

La prenant par le bras, Callie la conduisit vers la cuisine.

— J'ai un nouveau compagnon, et il me tient en forme, annonça-t-elle avec un sourire éclatant. Il a dix ans de moins que moi, il est un peu foufou et arbore pas mal de tatouages.

Tanna rit devant l'enthousiasme de Callie. Il était évident que cet homme la rendait très heureuse.

— Nous avons tellement de choses à nous raconter, ma chérie, murmura Callie. Je tiens à ce que tu rencontres Mason. Il est tellement charmant et me comble de bonheur.

Mais d'abord, il faut que tu laisses aux jumelles une chance de mordre tes jolies joues.

Fabuleux !

— Elles sont en train d'interroger Levi dans la cuisine, précisa Callie. Elles veulent une explication sur la raison de ton retour. J'aimerais bien en avoir une moi-même, d'ailleurs.

Callie était douce et tout à fait charmante, mais Tanna perçut la note d'acier dans sa voix. Les Brogan formaient un clan soudé. Levi lui avait confié un jour que, même s'ils se disputaient régulièrement, ils étaient toujours restés loyaux les uns envers les autres. Bref, quand on se disputait avec l'un d'eux, on se disputait avec tous…

Tanna s'arrêta net, refusant de se disputer avec qui que ce soit.

— Tu n'y échapperas pas, ma belle, ajouta Callie avec un petit rire. Alors prépare-toi.

— Et si je ne me sens pas prête à ça ?

— Alors prends-toi en main, mon rayon de soleil ! rétorqua joyeusement Callie avant de la propulser dans la cuisine.

- 5 -

Levi, assis à la table de la cuisine une tasse de café à la main, s'attendait à voir apparaître Tanna à tout instant. Il savait qu'elle n'était pas loin car il y avait quelque chose dans l'air qui se modifiait, ce qui arrivait à chaque fois qu'il se retrouvait à proximité d'elle. C'était presque comme si le temps ralentissait, en attendant son arrivée.

À moins qu'il se fasse des idées…

Tanna entra, les mains dans les poches de son jean. Son pull vert clair moulait ses petits seins et ses courbes délicates. Avec sa silhouette de ballerine, elle était sexy comme jamais.

Et il n'arrivait pas à croire qu'elle avait accepté de faire de lui son amant. Enfin, ce n'était pas encore fait, mais elle était toujours là, non ? Sa seule présence dans sa cuisine révélait son intention d'envisager une relation purement physique, torride, avec lui… Oh oui…

Il vit le regard de Tanna passer du visage d'une jumelle à l'autre et il fut impressionné par son calme. Il fallait une sacrée dose de courage pour affronter ses sœurs après ce qu'elle avait fait, dix ans plus tôt, car celles-ci pouvaient se montrer sacrément intimidantes.

Leur affection était inconditionnelle, et elles auraient vendu leur âme au diable pour protéger ceux qu'elles aimaient. Même leur casse-pieds de frère !

Après le mariage annulé, il ne les avait jamais laissées

s'en prendre à Tanna ; il s'amusait juste de leur vigilance à son égard.

Qu'allait-il se passer, maintenant ?

Il se tourna vers sa mère, croisa son regard inquisiteur et baissa immédiatement les yeux. Sa mère possédait un radar maternel ultra-sophistiqué, et il ne voulait pas qu'elle décèle quelque chose susceptible de lui donner l'espoir d'une seconde chance entre Tanna et lui.

Tanna rompit le silence gênant qui avait envahi la pièce.

— Jules et Darby ! Ça fait plaisir de vous revoir.

Quel mensonge ! pensa Levi. Si elle l'avait pu, elle aurait évité cette confrontation. S'il avait eu le choix, il aurait, lui aussi, sauté le passage des retrouvailles, mais si cette maison était légalement la sienne, ses sœurs la considéraient encore un peu comme la leur. Franchement, seule une bombe nucléaire pourrait les en déloger définitivement.

— Tanna, répondit Darby d'une voix sèche.

Voilà qui commençait bien…

Levi regarda avec nostalgie le placard qui renfermait son whisky de dix ans d'âge. Il se serait bien offert un verre ou deux. Mais pas question de mélanger alcool et analgésiques.

Si au moins une des nombreuses femmes de sa vie pouvait lui apporter une autre tasse de café… Il ouvrit la bouche pour en réclamer une, mais Darby reprit la parole avant lui :

— J'aimerais pouvoir dire que nous sommes aussi heureuses de te revoir, Tanna. Pourquoi es-tu revenue ?

— Si tu es revenue pour faire souffrir Levi, alors nous préférerions que tu repartes, ajouta Jules en croisant les bras.

— Il s'est fracturé le genou, pas le cerveau, donc il ne te reprendra pas, insista Darby.

Levi s'apprêtait à demander à ses sœurs de ne pas parler à sa place, mais avant qu'il puisse ouvrir la bouche, Tanna leva une main pour réclamer le silence. Quand elle fut sûre d'avoir la parole, elle redressa les épaules et leva le menton.

— Vous avez fini, toutes les deux ? demanda-t-elle doucement.

Jules acquiesça et Darby haussa les épaules.

— Merci, reprit Tanna d'une voix douce mais qui ne montrait aucun signe d'intimidation. Je suis de retour parce que j'avais quelque chose à dire à Levi.

— Quoi donc ? s'enquit Darby.

Tanna haussa les sourcils devant l'interruption de Darby et celle-ci se mit à rougir.

— Désolée, murmura-t-elle. Je te laisse continuer.

— Merci, dit Tanna après un silence. Ce dont Levi et moi avons à discuter n'a rien à voir avec sa famille. C'est entre nous deux. Tout comme notre petit arrangement. J'apprécie votre attitude protectrice envers votre frère, mais je vous assure qu'il n'y a aucune chance que lui et moi on se réconcilie.

Levi tressaillit. Qu'est-ce qui lui prenait ? Ils n'avaient jamais parlé de donner une seconde chance à leur relation ! Et si elle le lui demandait…

Mais apparemment, ce n'était pas le cas.

— J'ai juste accepté de l'aider le temps qu'il se rétablisse, poursuivit Tanna. Les raisons de notre décision ne vous regardent pas, précisa-t-elle en se dirigeant vers la machine à café.

Elle prit une tasse dans le placard du dessus. Tout le monde attendit pendant que la machine préparait le café, et Levi fut surpris quand Tanna vint échanger sa tasse vide contre une pleine.

— Merci, murmura-t-il.

— Tu as faim ?

— J'ai commandé une pizza. Elle devrait arriver bientôt, répondit-il, gêné par son estomac qui gargouillait.

Pour la première fois depuis son accident, il avait faim. Et pas seulement de nourriture.

Il avait faim de Tanna…

Maintenant. Ici. Tout de suite. Quand diable sa famille allait-elle se décider à les laisser seuls ?

— C'est très bien, Tanna, mais tu dois comprendre que ton retour à Boston nous paraît louche, affirma Darby.

Levi cligna des yeux devant les paroles de Darby et secoua la tête. Bon. Il adorait ses sœurs, mais c'en était trop. Blessé ou non, il était capable de mener ses propres batailles.

Il s'éclaircit la voix.

— Même je te suis reconnaissant de t'inquiéter, je…

— Non, ce n'est pas vrai, le coupa sa mère d'un ton amusé.

Levi lui jeta un regard renfrogné, puis se retourna vers les jumelles.

— Je n'ai pas besoin que vous me protégiez, poursuivit-il. Ni que vous interfériez dans une affaire qui ne vous concerne en rien.

Jules et Darby levèrent les yeux au ciel en même temps. À cet instant, dans leur incrédulité, les jumelles se ressemblaient comme deux gouttes d'eau.

— Nos vies amoureuses ne te concernaient en rien, mais cela ne t'a pas empêché de t'en mêler, lui fit remarquer Darby.

— Je ne m'en suis jamais mêlé, protesta faiblement Levi qui se savait pourtant en terrain glissant.

Bon sang ! Il n'avait plus aucun contrôle. En une semaine seulement, il s'était retrouvé blessé, puis confiné chez lui, et voilà que son ex-fiancée était non seulement de retour dans sa vie, mais aussi sous son toit. Que ses sœurs lui faisaient des reproches. Et ensuite, quoi ? Une chute de météorite ? Une nuée de criquets ?

— Pfft ! Et la fois où tu as emmené Matt dehors pour le menacer s'il s'en prenait à notre ami DJ ? rétorqua Jules.

— Je ne me disputerai pas avec vous à ce sujet, sœurettes, répondit Levi d'une voix grave pour leur faire comprendre qu'il perdait patience. Tanna et moi avons conclu un accord, et je vous demande de le respecter. Et de la respecter, elle.

Comme Jules et Darby semblaient toutes deux se mutiner, il reprit la parole, d'un ton implacable :

— Tanna est revenue et elle s'est excusée. Le fait que rien ne l'obligeait à le faire est digne de respect.

Il ignora le regard surpris et reconnaissant de Tanna. Il ne voulait pas de sa gratitude. Ce qu'il voulait, c'était sa bouche sur la sienne, leurs jambes et leurs bras emmêlés. Il la voulait nue, de préférence tout de suite.

Et plus vite sa famille indiscrète repartirait, plus vite un tel scénario serait susceptible de se produire.

Il commença à se lever et réussit à ravaler son cri de douleur. Bon sang ! Il avait bougé trop vite… Et s'il n'arrivait pas à bouger, alors il ne pourrait certainement pas faire l'amour à Tanna comme il le voulait… Comme leur première fois le méritait.

Il ne lui ferait pas l'amour aujourd'hui. Probablement pas demain non plus… Oh non…

— Les filles, il est temps de partir, déclara sa mère tout en lui envoyant un regard moqueur.

Peu importait l'âge des jumelles. Quand Callie leur parlait sur ce ton, elles s'empressaient toujours d'obéir.

Jules et Darby se levèrent et, comme à leur habitude, elles déposèrent un baiser sur la joue de leur frère. Contre toute attente, sa mère l'ignora pour aller enlacer Tanna, lui chuchotant quelque chose à l'oreille, ce qui aiguisa sa curiosité.

Parfois, à l'époque où Tanna était à l'hôpital, il trouvait sa mère allongée à côté d'elle dans son lit, en train de bavarder ou de regarder un film. Toutes les deux s'étaient très vite rapprochées, et il avait été un peu jaloux de leur franche camaraderie. Sa relation avec sa mère en avait souffert.

Il avait toujours protégé sa mère qui souffrait de ses disputes continues avec son mari. Les prises de risques de Ray avaient généré des tensions et des centaines de disputes, dans la famille.

Et puis il était mort, et Levi était devenu le chef de famille ; pour un temps, tout au moins, car sa mère et les jumelles étaient tout à fait capables de s'assumer. Mais, tout au fond de lui, il aimait penser qu'il veillait sur sa mère et ses sœurs.

Après s'être détournée de Tanna, sa mère se planta devant lui, cherchant son regard. Leurs yeux se croisèrent enfin, et elle secoua la tête, l'air un peu amusé.

— Il n'y a pas de quoi s'inquiéter, maman, assura-t-il.

Pourvu qu'elle le croie. Car lui-même n'était sûr de rien.

— Oh ne t'en fais pas, assura-t-elle en esquissant un sourire avant de déposer un baiser sur son front. Je ne suis pas du tout inquiète. Et toi, tu l'es ?

Bien sûr que non ! Et même s'il l'était, il ne l'avouerait jamais à la Grande Inquisitrice.

Le sourire de sa mère s'élargit devant son silence.

— Mais ce dont je suis sûre, c'est qu'à partir de ce soir, mon grand, ta vie ne sera plus jamais la même. Et moi, pour ma part, j'en suis ravie !

Levi la regarda s'éloigner et résista à l'envie de la rappeler, pour essayer de la convaincre qu'elle avait une imagination débordante. Qu'elle voyait des choses qui n'existaient tout simplement pas.

Il voulait lui expliquer que Tanna et lui n'étaient que deux personnes qui n'avaient plus rien en commun, si ce n'était leur désir mutuel de s'arracher leurs vêtements avant de mettre leurs mains et leurs langues au travail.

Mais il y avait des choses que l'on ne pouvait pas dire à sa mère, aussi cool soit-elle.

— Au revoir, maman.

Avec un grand sourire aux lèvres, sa mère quitta la cuisine, lui faisant un petit signe de la main.

Tanna repoussa la croûte de sa pizza sur le bord de son assiette en retenant un soupir. Les six semaines à venir promettaient d'être très longues, si Levi et elle ne parvenaient pas à dépasser ce silence gênant.

Elle but une gorgée de vin et glissa ses pieds sous ses fesses. Levi alla s'asseoir dans son fauteuil, sa jambe plâtrée reposant sur la méridienne en cuir. Il avait l'air songeur.

— Je suis allée chez Murphy's aujourd'hui, annonça-t-elle alors qu'il levait les yeux vers elle.

— Ah bon ?

Comme il paraissait intrigué, elle poursuivit :

— Quand j'ai quitté le bureau de Carrick, je n'ai pas pu résister à l'envie de faire un saut dans les salles d'exposition. Ils organisent bientôt une vente aux enchères de robes et accessoires vintage, et les articles exposés sont des pièces uniques de certains des créateurs les plus emblématiques. Ils mettent également aux enchères une collection d'œuvres de Henry Moore. J'ai donc flâné un peu.

Levi haussa un sourcil.

— Rappelle-moi qui est Moore ?

Il n'était toujours pas un connaisseur en art, songea-t-elle, amusée.

— Un sculpteur anglais du XXe siècle, répondit-elle. Surtout connu pour ses énormes sculptures en bronze. Il s'est essayé à l'abstrait, représentant souvent des figures de mère et d'enfant. Il était un peu obsédé par le corps féminin.

— Ne le sommes-nous pas tous ?

Bon, elle ne ferait aucun commentaire sur cette remarque.

— Et ses sculptures renferment souvent des espaces creux, poursuivit-elle.

— Merci, Miss Wikipédia, déclara Levi d'une voix sèche.

Comme elle l'avait toujours fait auparavant, elle le noyait sous les informations quand il la questionnait sur le monde de l'art. C'était plus fort qu'elle. Férue d'art, elle connaissait des tas d'anecdotes artistiques et adorait partager sa passion.

— Tu n'as jamais terminé tes études en histoire de l'art ? lui demanda-t-il.

— Non. J'ai été confrontée à… une diversion.

— Mais je parie que ta table de chevet est toujours encombrée de livres d'art.

Elle sourit. Il avait raison. Ses lectures du soir se résumaient à des catalogues d'expositions et des autobiographies d'artistes.

— C'est la première fois que je me rapproche du métier depuis que je suis partie, reprit-elle à voix basse, en repensant à sa visite chez Murphy's.

Sentant le regard de Levi peser sur elle, elle se demanda pourquoi elle éprouvait le besoin de lui raconter quelque chose d'aussi personnel.

— Vraiment ? Et pourquoi ? demanda-t-il.

Elle ne répondit pas. Comment lui expliquer ? Était-ce seulement possible ?

— Tanna ?

Elle fronça le nez, croisant son regard inquisiteur.

— Je ne suis que très rarement revenue à Boston, et je ne voulais pas retourner chez Murphy's parce que j'avais peur que ce soit trop dur, répondit-elle. Et que cela remette en question mes choix en matière d'études et de carrière.

— Et ça a été le cas ?

Elle esquissa un demi-sourire. Difficile d'avouer à Levi que oui, cela lui avait été difficile.

— J'ai regardé cette femme monter l'escalier, murmura-t-elle. Elle portait une étonnante paire de talons rouges et je l'ai suivie. Elle était en ligne avec une cliente d'une robe de Schiaparelli…

— Parle-moi français, Murphy !

— Elsa Schiaparelli était une illustre créatrice italienne. Coco Chanel était sa plus grande rivale, et elle a beaucoup compté entre les deux guerres mondiales. Elle a été influencée par des surréalistes comme Salvador Dalí.

Levi se mit à gémir, et Tanna comprit qu'elle l'avait encore noyé d'informations.

— Bref ! Cette femme parlait de cette robe vintage mais elle faisait un très mauvais job de commerciale. J'avais envie de lui arracher son téléphone pour reprendre la conversation.

— Et tu as réussi à te retenir ? demanda Levi, amusé.

Elle grimaça.

— À peine. Elle ne montrait aucun enthousiasme pour le produit, ne respectait pas le processus. Il faut avoir une passion pour le produit si l'on prétend le vendre efficacement !

— Toi, tu ne manques pas de passion, Tanna…

Elle ignora le double sens évident de cette phrase et poursuivit :

— Peut-être, mais ce n'est plus mon domaine. Ce métier fait partie des nombreuses choses auxquelles j'ai renoncé quand je suis partie.

— C'était ton choix de partir, Tanna. Personne ne t'a forcée.

Là encore, il avait raison. Mais rien ne l'empêchait de réfléchir à ce à quoi elle avait renoncé ? Elle aurait pu faire carrière chez Murphy's, elle aurait pu épouser Levi, s'installer dans cette maison et avoir une vie totalement différente. Il était normal de se demander comment cela aurait été de travailler avec ses frères, de s'adonner à son amour profond de l'art, du textile et de la céramique, et de partager sa passion avec des collectionneurs.

Elle s'imaginait bien sortir du lit de Levi, peut-être après s'être amusée sous la douche, et lui dire au revoir en quittant cette magnifique demeure pour se rendre dans le centre de Boston… Elle disposerait de son propre bureau chez Murphy's et travaillerait au service des relations publiques, à promouvoir les ventes et à rencontrer des collectionneurs du monde entier. Elle voyagerait à l'étranger, rendant visite à ses clients de Hong Kong, New York, Paris, Dubaï… Quand elle en aurait le temps, elle visiterait le Louvre ou le Metropolitan, les antiquaires et les marchands d'art…

Elle ferait toutes les parfumeries de Paris, les marchés d'épices à Delhi, et les boutiques de Rodeo Drive !

Mais elle rentrerait toujours chez elle, auprès de Levi…

Elle s'arracha à sa rêverie, déconcertée. Tout cela lui semblait soudain si vrai, si naturel…

Or rien de tout cela n'était possible. Ni raisonnable.

Stimulée par sa visite chez Murphy's, son imagination ne faisait que s'agiter, lui jouant des tours.

Alors pourquoi cela lui paraissait-il plus… plus *normal* que sa vie actuelle à Londres ?

C'était ridicule !

Elle devait se ressaisir, se rappeler ses priorités. Travailler chez Murphy's avait été son rêve, mais tout avait basculé à l'instant où elle avait mis Addy au volant de sa voiture, la condamnant à mort. En lui confiant ses clés, elle avait déclenché des événements qui non seulement avaient conduit à la mort d'Addy, mais aussi au chagrin d'Isla.

Et à sa fuite à Londres, loin de tout ce qu'elle avait cru jusque-là être sa vie.

Sans compter le mal qu'elle avait fait à Levi.

Boston n'était plus sa ville, et ce n'était plus sa vie.

Elle ne pouvait faire que ce qu'elle pouvait aujourd'hui, ici et maintenant : c'est-à-dire effacer sa dette envers Levi et régler son problème de stress post-traumatique pour pouvoir retourner à Londres et à son travail. À sa nouvelle vie.

Elle se leva, posa son verre de vin sur la table d'appoint, puis adressa un petit sourire à Levi.

— Je vais me coucher.

— Tu es contrariée, déclara Levi en fronçant les sourcils, visiblement confus. Je n'ai rien pu dire parce que tu ne m'as pas vraiment laissé l'occasion de parler.

Elle acquiesça, comprenant son point de vue.

— Ce n'est pas toi le problème, Brogan. C'est moi. Comme toujours.

À ces mots, elle quitta la pièce et monta l'escalier en courant.

- 6 -

À la fin de la troisième journée, Levi avait réussi à tenir le coup en serrant les dents et en s'efforçant de se montrer poli et courtois envers Tanna qui, de son côté, faisait visiblement les mêmes efforts que lui.

Le lendemain, Tanna quitta la maison en milieu d'après-midi, promettant de rentrer bientôt. Il s'écoula cependant deux heures avant qu'il entende de nouveau ses pas sur le plancher. Deux heures, dix minutes et cinquante-trois secondes.

Assis dans le vieux fauteuil de son père, sa jambe reposant sur une méridienne, son cœur se mit à battre la chamade quand Tanna apparut dans l'embrasure de la porte, tenant un sac de courses dans sa main droite.

— Où étais-tu ? demanda-t-il sèchement.

Tanna haussa les sourcils devant son ton, mais il décida qu'il n'avait pas à s'excuser.

Elle était là pour l'aider. Ils avaient passé un accord.

Ce qui ne signifiait pas, pour autant, qu'il devait se comporter comme un crétin…

— Désolé, marmonna-t-il. Qu'y a-t-il dans ce sac, Tanna ?

— Accorde-moi dix minutes et je te montrerai.

Avant qu'il puisse poser plus de questions, elle s'éclipsa et il regretta de ne pouvoir la suivre. Il n'avait actuellement plus les facultés physiques pour jouer au chat et à la souris. Avalant sa frustration, il poussa un soupir.

— Levi ?

— Quoi ?

— Viens par ici ! Salle de bains !

Il quitta la pièce en serrant les dents, remonta le long couloir et reprit son souffle devant la porte entrouverte de la petite salle de bains au bout. Il la poussa avec sa béquille et fut récompensé par une vue de Tanna, penchée au-dessus de la baignoire.

Oh bon sang ! Quel postérieur !

Il se sentit aussitôt à l'étroit dans son pantalon. Comme il avait envie de s'emparer de ces jambes minces, d'explorer la peau lisse de l'intérieur de ses cuisses, de voir si ses mains arriveraient à encercler sa petite taille de guêpe... Comme il avait envie d'enrouler ses longs cheveux autour de ses doigts, de capturer ses lèvres...

Si seulement il était en possession de tous ses moyens physiques !

— Je peux savoir pourquoi tu m'as fait venir ici ? demanda-t-il.

Tanna se redressa, remit une boucle brune et soyeuse derrière son oreille, puis se tourna vers lui. Elle désigna d'un geste la baignoire.

— Je me suis dit que tu aurais envie d'une douche.

Il aurait tué père et mère pour prendre une douche, mais cela lui était impossible : il ne devait pas mouiller son plâtre.

— C'est voué à l'échec, Tanna.

— Ça, c'était avant de m'avoir, répondit-elle en lui montrant les deux tabourets qu'elle avait installés dans la baignoire.

Pour la première fois depuis des jours – peut-être depuis son accident –, il sentit un vrai bonheur l'envahir. Oui, cela pourrait fonctionner. Sauf que...

— Je ne dois pas mouiller mon plâtre, dit-il. Et les sacs en plastique, ça ne fonctionne pas.

Tanna prit alors un long rouleau de plastique et un ruban adhésif.

— Housse spécial plâtre et ruban adhésif imperméable, expliqua-t-elle. Je te garantis que le plâtre restera sec. Déshabille-toi. Je t'aiderai à entrer dans la baignoire.

Oui. Euh… non. Parce qu'il avait beau être un homme de maîtrise, de sang-froid – et il en était fier –, il s'agissait là de… Tanna. La fille qu'il n'avait jamais eue et qu'il n'avait jamais cessé de désirer. La femme qui hantait désormais ses rêves. Or, en se mettant nu devant elle, il s'exposait à ce qu'elle découvre à quel point elle lui faisait de l'effet. Et cela, ce n'était pas acceptable.

— Problème ? demanda Tanna.

— Je veux bien prendre une douche, mais je vais garder mon boxer.

Tanna leva les yeux au ciel.

— J'ai déjà vu des hommes nus, Brogan. Et je parie que tu es constitué comme eux.

Il sentit une brume rouge lui brouiller la vue à l'idée de Tanna nue avec un autre homme. Ses mains sur son corps, sa bouche sur celle d'un autre…

Les mains sur ses hanches, Tanna soutint son regard, attendant sa réponse.

— Alors, tu viens te doucher, oui ou non ?

Oui, il allait prendre une douche. Et il gérerait son embarras le moment venu comme il pourrait.

Il s'avança vers Tanna en boitillant, regrettant qu'ils ne soient pas dans sa salle de bains principale nouvellement rénovée à l'étage. Dans ce vaste espace, il aurait pu garder une certaine distance entre Tanna et lui. Ici, l'endroit était minuscule, et il pouvait sentir son parfum, sa chaleur… Il voyait même son pouls battre au creux de son cou !

Elle n'était donc pas aussi insensible à lui qu'elle se plaisait à le prétendre. Ce qui lui fit chaud au cœur.

Il posa ses béquilles entre le lavabo et l'armoire, puis enleva son T-shirt, notant le regard appréciateur de Tanna qui était en train de le reluquer sans vergogne. Il faisait beaucoup de sport et le fait de constater le désir que lui inspirait son corps valait bien toutes ces longues séances de gym !

Cela allait être très difficile de ne pas toucher Tanna, une fois nu devant elle…

— Installons cette protection, déclara Tanna d'une voix un peu haut perchée.

Avant qu'il puisse protester, elle se mit à genoux et commença à lui enfiler la housse par le pied, remontant jusqu'à son tibia. Le souffle court, il l'implora en silence de remonter un peu plus haut, jusqu'à poser sa main sur son…

Ressaisis-toi, Brogan !

— Tiens le plastique en place, s'il te plaît, ordonna-t-elle d'une voix éraillée.

Elle devait se rendre compte de l'effet qu'elle avait sur lui, il se sentait soudain tellement à l'étroit dans son pantalon… La bouche sèche, il fut incapable de lui répondre.

— Je vais le scotcher, indiqua-t-elle en relevant le visage vers lui avant de le dévisager de ses yeux verts, aussi ronds qu'irrésistibles.

Oh bon sang ! La voir ainsi, agenouillée à ses pieds… Comment garder la tête froide ?

— Tu veux que je te rase ? demanda-t-elle.

Quoi ?

Il écarquilla les yeux pour toute réponse.

— Ça va faire mal quand on enlèvera l'adhésif, à moins que je ne te rase les poils des jambes, expliqua-t-elle.

Ça, jamais ! Pas dans cette vie.

— J'ai une rotule fracturée, je peux supporter quelques poils arrachés, marmonna-t-il.

Il vit que Tanna se mordait les lèvres pour ne pas rire.

— C'est ce que dit tout homme qui se croit capable de supporter la cire, dit-elle. D'accord, à toi de voir.

Elle scotcha le plastique au niveau de sa cuisse, puis se releva.

— Assieds-toi sur le bord de la baignoire, et enlève ton pantalon.

Pour rester pudique, il prit un gant de toilette avant de s'asseoir. Le souffle court, il glissa le gant de toilette dans son boxer, espérant que cela lui permettrait de rester modérément décent.

Tanna haussa les sourcils.

— Ne t'inquiète pas pour moi, murmura-t-elle en croisant son regard.

Il décela aussitôt la passion dans ses yeux. Et la curiosité. Alors, sans plus de cérémonial, il retira le gant de toilette et soutint son regard avec défi.

— J'essayais d'être poli.

— Tu as un corps d'athlète, rétorqua Tanna d'un air narquois. Tu ne devrais pas en avoir honte.

— Je n'ai pas honte de mon corps, protesta-t-il, agacé.

— Il n'y a aucune raison.

Irrité par la froideur de sa voix, il lui saisit le menton.

— J'ai une érection d'enfer. Je voulais juste la couvrir.

À ces mots, Tanna s'humecta la lèvre supérieure.

— J'ai remarqué, répondit-elle d'une voix rauque.

Comment rester de marbre dans une situation pareille ?

C'était plus fort que lui, il devait goûter Tanna. Il fallait qu'il sache si sa bouche était aussi chaude que dans le souvenir de leur premier baiser. Il fallait qu'il vérifie si elle pouvait encore lui faire tourner la tête.

Plantant ses mains sur ses hanches, il l'attira contre lui puis posa son front entre ses seins, s'efforçant de calmer sa respiration. Quelle mauvaise idée… Une fois sur cette pente glissante, ils ne pourraient plus faire marche arrière. Embrasser cette femme tout habillée était une chose. Le faire à moitié nu se révélait beaucoup plus dangereux.

— J'ai envie de toi, Tanna, grogna-t-il en se retenant de mordre ses tétons qui pointaient sous son chemisier.

Tanna ne répondit rien, mais sa main lui effleura la nuque, avant de remonter dans ses cheveux.

— Je n'ai pas envie d'avoir envie de toi. J'en ai fini avec toi, reprit-il en se demandant s'il essayait de la convaincre, elle, ou bien de se convaincre lui-même.

Il croisa de nouveau son regard, dont le vert s'était assombri. Elle hocha la tête.

— Compris. Mais… juste pour goûter, murmura-t-elle en se penchant pour poser ses lèvres sur les siennes.

Tout simplement.

Oh ! quel délice ! Simple, sexy et… oui, doux. Si doux…

Puis Tanna glissa sa langue entre ses dents, à la recherche de la sienne, et il crut que la salle de bains s'embrasait, que les murs s'effondraient. Un véritable feu d'artifice lui embrasa la peau.

Ivre de désir, il lui empoigna les fesses. Il n'y avait plus que cela qui comptait : ce baiser de Tanna.

Il l'entendit murmurer son nom. Oh non… Pas ça… Il voulait l'entendre encore pendant qu'il lui arracherait ses vêtements, poserait ses lèvres sur ses seins, sur son ventre, entre ses cuisses…

Il avait besoin de l'entendre crier son nom contre sa langue, et aussi quand elle l'accueillerait en elle…

— OK, on ne peut pas faire ça, dit-elle en arrachant ses lèvres des siennes.

Il fallut quelques instants à Levi pour enregistrer ces paroles, pour réaliser que les mains de Tanna sur ses épaules essayaient de mettre un peu d'espace entre eux. Il se mordit les lèvres et la dévisagea, déconcerté. Pourquoi s'arrêter là ?

Tanna fit un pas en arrière, puis un autre, et il pouvait entendre sa respiration rauque.

Ou était-ce sa respiration à lui ?

— Il faut que tu te douches, et je sais que tu as mal, dit-elle.

Ça, oui. Mais cela ne les empêchait pas de s'amuser.

— Mauvais moment, mauvais endroit, ajouta-t-elle.

Sa réflexion était sensée. Sauf qu'il n'avait aucune envie d'être sensé. Il avait envie d'être nu, avec Tanna enroulée autour de lui.

Posant ses mains sur ses hanches, il l'enlaça de nouveau.

— Viens là pour que je puisse t'embrasser encore, murmura-t-il.

Mais Tanna repoussa brusquement sa main.

— Brogan ! Concentre-toi !

Le charme était manifestement rompu.

— Bon, concentrons-nous sur ton entrée dans la baignoire, reprit-elle avec vigueur.

Et, parce qu'il était un homme, il imagina Tanna vêtue d'une tenue d'infirmière très, très légère, décolleté profond, bas résille et talons rouges… Le souffle coupé, il gémit et rejeta la tête en arrière pour scruter le plafond.

Comme il n'était pas près d'arriver à ses fins, il se contenterait donc de prendre une douche.

Avec l'aide de Tanna, il ôta son pantalon et tous deux ignorèrent son sexe en érection. Enfin, autant que possible.

Sans un mot, il enjamba la baignoire avec mille

précautions, serrant les dents de douleur, et s'installa sur le tabouret. Tanna l'aida à poser sa jambe plâtrée sur l'autre tabouret et lui donna du savon, un luffa et du shampoing. Elle lui lança ensuite le gant de toilette, qui atterrit sur son entrejambe.

Puis elle ouvrit les robinets, et lui tendit le pommeau de douche.

Il dirigea le jet chaud vers son visage, puis son cou. Oh Seigneur, comme c'était bon… Mais pas autant que d'embrasser Tanna.

— Appelle-moi quand tu auras fini, dit-elle en se dirigeant vers la porte.

Il rouvrit les yeux et la rappela. Quand elle se retourna, il décela une lueur de confusion dans ses yeux et, surtout, un désir encore bouillonnant.

— Merci pour ce que tu fais, Tanna. D'avoir pensé à tout ça.

Elle répondit par un doux sourire qui fit chavirer son cœur. Hochant la tête, elle quitta la salle de bains, refermant la porte derrière elle.

Lâchant la pomme de douche, Levi baissa les yeux sur son sexe encore dur et brûlant.

Plus que jamais il avait envie de ses mains féminines sur son corps, de sa bouche lisse et pulpeuse, ses mains douces comme la soie…

Il avait envie de Tanna. Un point c'est tout !

Tanna entendit les béquilles de Levi heurter le parquet et secoua la tête. Tout à l'heure, elle avait laissé des sous-vêtements propres, un short et un T-shirt sur le rebord du lavabo, mais elle s'était attendue à ce qu'il l'appelle pour l'aider à sortir de la baignoire.

Elle avait juste oublié que cet homme était trop têtu pour demander de l'aide.

Quand il entra dans la cuisine, elle admira son corps, appréciant son torse large et musclé, sa toison légère qui se rétrécissait en une fine ligne au milieu de son ventre musclé avant de disparaître sous l'ourlet de son short. Il tenait le T-shirt dans ses mains et sa jambe plâtrée portait encore la housse en plastique.

Il avait beau être blessé, il était magnifique ! Viril, sexy, grand et audacieux.

Elle sentait son sang bouillonner dans ses veines au souvenir de ses larges mains sur ses fesses, sa langue dans sa bouche, exigeant plus, voulant tout…

Levi serait sans doute un amant fougueux. Oh ! il ne lui ferait jamais de mal, mais il se montrerait très exigeant. Et attentif à son plaisir. Dans ses bras, elle savait qu'elle pourrait se révéler, sexuellement.

Et elle était presque certaine qu'il saurait lui procurer – enfin ! – l'orgasme qu'elle n'avait jamais connu dans les bras d'un autre homme.

Sauf que… coucher avec Levi était une très mauvaise idée. Parce que si cela se révélait aussi bon que ses baisers le laissaient supposer, cela rendrait son départ de Boston très difficile. Or elle avait ses symptômes de stress post-traumatique à vaincre et une carrière à remettre sur les rails. Et surtout, des gens à sauver, une dette plus importante à rembourser que celle qu'elle avait contractée envers Levi.

Elle ne pouvait pas se permettre de se laisser distraire par le beau Levi Brogan.

Elle rejeta ses cheveux derrière ses épaules, et se souvint que Levi n'attendait rien d'elle… sinon du sexe.

Étrangement, et très irrationnellement, vu son besoin de quitter Boston, cette pensée la rendait triste.

Levi s'assit sur la chaise à côté de la grande table de cuisine.

Quelle peau magnifique, parsemée de taches de rousseur qui couvraient ses muscles bombés et ondulants…

Regardant le torchon qu'elle tenait à la main, elle se souvint de l'époque où il lui avait semblé si naturel d'aller vers lui, de poser sa bouche sur la sienne…

Levi se racla la gorge et elle sursauta, sentant ses joues s'empourprer. Refusant de le regarder – elle savait qu'il aurait un sourire narquois –, elle baissa les yeux, et lorsqu'elle releva le visage, Levi était habillé.

— N'hésite pas à me l'enlever à nouveau si l'envie te prend, lui suggéra-t-il en désignant son T-shirt.

Agacée par son sourire, par le fait qu'il était persuadé qu'elle avait une folle attirance pour lui – c'était le cas, mais il n'avait pas besoin de la narguer –, elle ressentit le besoin de lui rappeler à qui il s'en prenait.

Car elle n'était plus la jeune fille docile de dix-neuf ans qu'il avait connue.

Elle s'approcha de lui et, sans prévenir, s'empara du rebord du ruban adhésif sur sa cuisse et tira très fort. Levi sursauta alors que le ruban adhésif lui arrachait ses poils, et il se saisit immédiatement la jambe, l'empêchant d'arracher le reste du ruban.

— Mais qu'est-ce que tu fais ? s'écria-t-il, les yeux brillants.

Elle ne put s'empêcher de lui jeter un regard narquois.

— Je croyais que tu avais dit que tu pouvais supporter une petite épilation.

— J'avais tort. Ça fait un mal de chien, marmonna-t-il, en gardant ses mains à plat sur sa jambe.

Elle éclata de rire.

— Arrête de faire le bébé, Brogan. Des millions de femmes, moi y compris, font ça régulièrement.

— Il existe des objets que l'on appelle des rasoirs, tu ne le sais pas ?

— Je te l'ai proposé, tu te souviens ? La seule façon d'enlever l'adhésif, c'est d'y aller fort et vite. Je vais compter jusqu'à 3 et ensuite l'arracher, d'accord ?

Hochant doucement la tête, Levi serra les dents et elle s'empara fermement du ruban adhésif.

— OK, c'est parti… 1…

Elle tira sur la bande d'un coup sec, et Levi poussa un cri de douleur.

— Voilà ! C'est fait ! s'exclama-t-elle d'un ton joyeux.

— Tu es vraiment… mauvaise ! C'est donc si compliqué de compter jusqu'à 3 ?

— Quelle petite nature ! rétorqua-t-elle en haussant les épaules.

Elle jeta le ruban adhésif, plia la housse en plastique et se lava les mains. Elle se dirigea ensuite vers le comptoir et prit les tomates qu'elle avait découpées pour les jeter dans une poêle. Une délicieuse odeur de basilic, d'ail, de tomates et d'huile d'olive emplit la pièce.

— Qu'est-ce que tu prépares ? s'enquit Levi.

— Des pâtes aux légumes et à la sauce tomate, répondit-elle, délaissant le fourneau pour chercher des épices.

Levi eut l'air déçu.

— S'il te plaît, dis-moi qu'il y a des protéines là-dedans, marmonna-t-il.

— Les suprêmes de poulet sont dans le four.

— Merci, mon Dieu ! murmura Levi en remontant son T-shirt sur sa poitrine pour gratter un point juste sous ses côtes.

Tanna remarqua son ventre écorché, cette fine toison en ligne et sa peau chaude et bronzée.

— Tout va bien ? demanda-t-il en rajustant son T-shirt.

Elle faillit gémir de déception.

Non ! Elle voulait du sexe. Avec lui. Tout de suite.

— Ça va…

Depuis quand mentait-elle aussi facilement ?

Elle revint remuer le contenu de sa poêle. Histoire de se rafraîchir, elle alla ouvrir le réfrigérateur pour chercher du vin, et plongea la tête à l'intérieur.

— Comment s'est passée ta douche ? demanda-t-elle en prenant une bouteille de merlot.

Elle sortit aussi une carafe de thé glacé et en versa un verre à Levi.

— C'était incroyable. C'est tellement agréable de se sentir bien propre, répondit-il.

— Au fait, le motocross, c'est nouveau ? s'enquit-elle, en jetant les pâtes dans une casserole d'eau bouillante.

— Ça fait dix-huit mois environ. C'est Finn qui m'a fait découvrir ce sport. Tu savais que ton frère était un peu accro à l'adrénaline ?

— C'est clair. Je lui ai dit que je le tuerais s'il se blesse avec ses bêtises.

Le sourire de Levi la fit de nouveau chavirer.

Elle l'observa un instant. Il y avait des lignes fines aux coins des yeux et ses lèvres s'étiraient en un sourire d'acier fondu.

Tellement irrésistible…

— Tu devrais sourire plus souvent. Tu as un beau sourire, dit-elle.

Il ne répondit pas et se contenta de la regarder.

Elle ressentit soudain le besoin de lui dire qu'elle ne pensait pas que coucher avec lui dans un avenir proche serait une bonne idée.

Parce qu'il était trop viril, trop sexy, trop séduisant. Et surtout capable de lui faire ressentir des choses qu'elle ne pouvait ou ne voulait gérer. Il la rendait vulnérable et, pire encore, il la poussait à se poser des questions.

À propos de son passé. Du présent. Et de l'avenir.

— Ta sauce est en train de brûler, Murphy.

La déclaration prosaïque de Levi mit fin à la panique qui l'envahissait. Elle pivota sur ses talons pour découvrir la fumée qui s'échappait de la poêle. Ravalant un juron, elle remua rapidement la sauce, soulagée de l'avoir rattrapée à temps.

À présent, si elle pouvait s'empêcher de tomber à nouveau sous le charme de Levi Brogan, ce serait une excellente chose.

À la limite du miracle.

- 7 -

Tanna finit de remplir sa tasse de café. Jetant un coup d'œil par-dessus son épaule, elle constata que Levi était toujours absorbé par l'écran de son ordinateur portable. Ses lunettes fines donnaient à ses yeux bleus un aspect plus sombre, plus sérieux et plus âgé. Il avait le front plissé, et elle sourit en le voyant marmonner des insultes silencieuses à son appareil dernier cri.

Sa tasse en main, elle s'appuya contre le bar en marbre.

— Un problème ? demanda-t-elle.

— La routine. Bulletins de paie, comptes de la société…

— Pour la marina ?

Elle savait qu'il détenait des parts majoritaires dans une marina du centre-ville avec Noah Lockwood, et elle se souvenait qu'un de ses frères lui avait raconté que Levi avait réorganisé l'entreprise pour en faire l'une des meilleures marinas de la côte Est, et la plus avancée technologiquement.

Tout le monde savait que Ray Brogan avait légué plusieurs milliards à sa famille, et que ni Levi, ni ses sœurs, ni Callie n'avaient besoin de travailler. Tanna était quasi sûre que leurs enfants et petits-enfants n'auraient pas besoin de travailler non plus ! Et pourtant…

— Et pour le chantier naval, et mes deux autres marinas, répondit-il.

— Je ne t'imaginais pas aussi impliqué. Je croyais que tu avais des employés pour traiter les affaires courantes.

— J'ai des collaborateurs tout à fait compétents pour gérer mes affaires mais je suis maniaque, tu n'avais pas remarqué ? Je ne délègue pas facilement et j'aime être au courant de ce qui se passe, tous les jours.

— Je me souviens très bien de ton goût prononcé pour la maîtrise. Et que tu avais des idées très précises sur ce que tu voulais pour notre mariage.

Oh non ! Pourquoi avait-elle dit ça ? Elle changea rapidement de sujet.

— Mais j'ignorais que tu possédais autant d'entreprises.

— J'en possède un certain nombre, mais ce n'est qu'une fraction de ce que mon père possédait.

À en juger par son ton faussement désinvolte, elle devina qu'il y avait une histoire lourde derrière tout cela.

— Tu voudrais posséder autant d'entreprises que ton père ? lui demanda-t-elle avec précaution.

Poussant un soupir d'irritation, Levi s'adossa à son fauteuil.

— Mon père était multimilliardaire, c'était un des hommes d'affaires les plus prospères de l'État. J'ai encore du chemin à parcourir avant d'égaler une telle réussite.

Son ton était sarcastique mais il n'avait pas répondu à sa question. Aussi insista-t-elle.

— Mais as-tu *envie* d'avoir autant de succès que lui ?

— Je suis son fils, son héritier. C'est ce qu'il attendait de moi. C'est ce que tout le monde attend de moi.

Encore une fois, une réponse qui n'en était pas une.

— Mais toi, qu'est-ce que tu *veux* ?

Levi la dévisagea, puis sans répondre retourna à son écran.

D'accord, elle venait donc de toucher un point sensible. Y en avait-il d'autres ?

Elle n'avait rencontré le père de Levi qu'à quelques reprises après leurs fiançailles et se souvenait d'un homme charmant, à la personnalité très charismatique. Quand il entrait dans une pièce, sa voix tonitruante, son rire rauque et son charme inimitable éclipsaient tout le reste. Il rayonnait et elle se souvenait distinctement comment Levi se mettait en retrait à chaque instant passé avec son père.

Plus Ray s'agitait et rayonnait, plus Levi se taisait, ce qui collait avec son caractère réservé.

Elle se souvint qu'un jour Ray l'avait assaillie de questions, l'interrogeant sur son accident, sa famille, ce qu'elle avait ressenti en perdant ses parents si jeune, si elle trouvait que ses frères l'avaient correctement élevée. Il manquait parfois de tact, et elle avait été soulagée quand Levi, en quelques mots, avait mis fin à l'interrogatoire.

À l'époque, elle avait apprécié que Levi vole à son secours. Aujourd'hui, avec un peu plus de maturité et de recul, elle réalisait que ce jour-là c'était Levi qui avait pris la parole, et Ray qui l'avait écouté et avait obéi.

Levi n'était pas aussi réservé qu'il le laissait paraître.

Elle se demanda soudain s'il avait eu conscience, à l'époque, que son père le respectait assez pour lui obéir…

— Parle-moi de ta relation avec ton père, murmura-t-elle en soufflant sur son café brûlant.

— J'essaie de travailler, Murphy, rétorqua-t-il sans quitter son écran des yeux.

Au bout d'une minute, il jeta son stylo et se redressa sur son fauteuil, son polo rouge tirant sur ses biceps quand il replia ses bras sur son torse musclé.

Pose défensive classique, Brogan. Qu'est-ce que tu me caches ?

— C'était mon père. Que veux-tu que je te dise de plus ?

Mais il y avait tant de souffrance dans ses yeux, tant de non-dits…

— J'aimais bien ton père, reprit-elle à voix basse. Il

était charmant. Un peu envahissant, mais très charismatique. Mais il n'aurait pas été la personne vers qui je me serais tournée en cas de crise.

Levi croisa ses mains derrière sa tête, l'air intéressé.

— Pourquoi dis-tu ça ? s'enquit-il.

— Parce que j'ai senti que Callie était le roc, le fondement de votre famille. Ray, pour moi, c'était la flamboyance, le mouvement. Il débordait d'énergie, tandis que ta mère, elle, assurait la stabilité.

Levi la regarda fixement avant de pousser un long soupir.

— Wow. C'est plutôt astucieux de ta part.

— Tu veux savoir ce que je pense d'autre ? suggéra-t-elle avec un demi-sourire.

Elle lut le doute dans ses yeux, et se demanda s'il allait éluder le sujet. Il y a dix ans, il évitait systématiquement toutes les discussions à tendance émotionnelle.

Il la surprit en lui faisant signe de poursuivre.

— Je pense que tu mettais ton père mal à l'aise…

Levi tressaillit, visiblement surpris.

— Ce n'est pas possible, Tanna.

— Je suis sûre que c'était le cas. Je pense que ton père voyait en toi quelque chose que lui ne possédait pas.

— Et quoi donc ?

— Eh bien… Quand il tenait des propos provocants, il te regardait, comme s'il avait besoin de voir ta réaction. C'était comme s'il te demandait ton avis.

Levi laissa échapper un petit rire désabusé.

— Non, mon père n'a jamais écouté ce que j'avais à dire, surtout en affaires. Quand je disais noir, il disait blanc.

Peut-être parce qu'il semblait toujours tellement bien dans sa peau, tellement maître de la situation. Il ne se laissait pas facilement déconcerter, et peut-être que Ray, qui captait l'attention de tous, désirait plus que toute autre chose capter celle de son fils.

— Je pense qu'il voulait que tu sois fier de lui, dit-elle.

— S'il avait voulu ça, il n'aurait pas pris des risques aussi énormes, ni parier chaque centime qu'il possédait sur des opportunités folles.

— Ton père a engrangé plusieurs milliards de dollars en agissant ainsi, Levi.

— C'est vrai. Peut-être parce que je crois que Dieu veille sur les imbéciles, répliqua-t-il en fronçant les sourcils. Tout le monde voit mon père comme un incroyable homme d'affaires, ce qu'il était, jusqu'à un certain point. Mais il a eu de la chance plus souvent qu'il n'aurait dû. Il y a eu des moments, sur certaines de ses plus grosses affaires, où je ne respirais plus, attendant de savoir si nous avions tout perdu… ou pas.

— Vous auriez au moins gardé cette maison, les voitures, les comptes bancaires personnels…

Levi afficha un sourire froid.

— Tu ne comprends pas, Tanna. À *chacun* de ses marchés, il remettait *tout* en jeu : cette maison, toutes les maisons, les investissements, l'épargne pour nos études. Tout était remis en jeu, comme au casino.

— Waouh. C'était à ce point ?

— À ce point, oui. On a failli se retrouver sur la paille plusieurs fois. C'est pour ça que j'ai arrêté de travailler pour lui. Je n'arrivais pas à lui faire entendre raison, ni à contrôler ses pulsions. Il jouait avec l'entreprise et je voyais bien que ça tournait mal. J'avais besoin de changer d'air et de me lancer dans quelque chose de nouveau. Pour que nous ayons une source de revenus le jour où nous aurions tout perdu.

Tanna fit la grimace.

— Tu étais certain que ça finirait comme ça ?

— Bien sûr que oui. Absolument certain. Et quand il est mort…

Il se tut, proféra un juron et agita la main. Fin de la discussion.

Tanna respecta son choix, regrettant toutefois qu'il ne lui fasse pas assez confiance pour compléter sa phrase.

Comme il se concentrait de nouveau sur son ordinateur portable, elle continua à le fixer, hésitant à relancer le sujet.

— Alors, c'est pour ça que tu aimes garder le contrôle, que chaque chose soit à sa place ? demanda-t-elle. Parce que les affaires de ton père étaient trop anarchiques à tes yeux.

Levi leva la tête, plissa le front… Puis il finit par sourire.

— Je suppose que c'est une bonne façon de décrire les choses. Mon père s'épanouissait dans le chaos. Pas moi.

Tanna revint à sa première intuition, à savoir que Ray cherchait l'approbation de son fils.

— Peut-être voulait-il t'impressionner en se lançant dans des affaires toujours plus faramineuses et plus risquées, fit-elle remarquer. Peut-être qu'il voulait te montrer qu'il était capable d'y arriver.

Levi soupira.

— Alors il ne me connaissait pas du tout. Je ne suis pas impressionné par tout ce bling-bling.

— Peut-être qu'il ne savait pas être autrement, murmura-t-elle.

C'était la première fois que Levi lui confiait quelque chose d'aussi personnel, fissurant la muraille de son implacable façade. Oh ! comme elle avait soudain envie d'en savoir plus… Oui, elle voulait tout savoir, à présent.

Ainsi, quand elle entendit le coup frappé sur la porte de la cuisine, elle manqua de hurler de frustration.

Elle sourit en voyant Carrick entrer, suivi de près

par l'étonnante blonde qu'elle avait rencontrée dans les bureaux de son frère.

Après l'avoir serrée dans ses bras, Carrick se tourna vers sa compagne.

— Voici Sadie. Elle travaille avec nous pour authentifier ce que nous pensons être un Winslow Homer. Sadie, je te présente Levi Brogan et ma sœur, Tanna.

Tanna lança à Carrick un regard exaspéré.

— Tu m'as présenté Sadie chez Murphy's, Carrick. Tu ne t'en souviens donc pas ?

Cette fois, plus de doute : le cerveau de son frère avait été gravement altéré lors de sa rencontre avec la jolie experte.

Tanna observa la réaction de Levi lorsque Sadie s'approcha pour lui serrer la main. Eh bien, rien. Rien du tout. Ils échangèrent des sourires polis et elle ne vit pas le moindre soupçon d'attirance entre eux. Tous deux affichaient pourtant un spectaculaire potentiel de séduction. Comment pouvaient-ils ne pas être attirés l'un par l'autre ?

Tanna se tourna vers son frère et, là, elle vit ce qu'elle cherchait : les yeux verts de Carrick brillaient d'un soupçon de jalousie et d'une bonne dose d'irritation.

Eh bien, eh bien… Voilà qui pourrait devenir intéressant.

— Dis-moi, Carrick, tu es venu voir ta petite sœur ou ton meilleur ami ?

— Les deux.

Tanna désigna les chaises vides autour de la table.

— Je vous offre du café ?

Carrick et Sadie hochèrent la tête, ôtèrent leur manteau et s'installèrent à côté et en face de Levi, qui referma son ordinateur. Levi interrogea Sadie sur sa carrière d'experte en art et la conversation dériva bientôt sur les tentatives de la jeune femme pour retrouver la provenance du tableau.

Tout cela semblait merveilleux et intéressant.

— Tu devrais rendre public ce processus, Carrick, suggéra Tanna en souriant. Montrer à tes clients comment tu procèdes pour authentifier une œuvre d'art. Ça les intéresserait, j'en suis sûre. Tu pourrais faire ça sous la forme d'une série de blogs. En plus, Sadie et toi êtes tous les deux photogéniques.

Carrick lui lança un regard pénétrant.

— C'est une très bonne idée, dit-il. Je vais la soumettre aux propriétaires du tableau et au service des relations publiques. Au fait, quand vas-tu venir diriger notre service communication ?

Tanna fit semblant d'y réfléchir.

— Euh… Jamais ?

— Et zut…, marmonna Carrick avec une grimace. En parlant de communication, j'ai eu une idée sur laquelle j'aimerais que tu m'aides. C'est pour ça que je suis là, en fait.

Intriguée, Tanna en oublia de boire son café et lui accorda toute son attention.

— Je t'écoute.

— Vendredi soir prochain, Murphy's organise un cocktail pour promouvoir la vente de la semaine prochaine, principalement de la haute couture vintage et du prêt-à-porter. Nous avons des bijoux, des accessoires et, bien sûr, certaines robes uniques des plus grands créateurs du XXe siècle.

— Je sais, dit-elle. J'ai vu la collection chez Murphy's. Tout est splendide.

Carrick s'éclaircit la voix et poursuivit :

— Tu ne le sais peut-être pas, Levi, mais la mère de Tanna, ma belle-mère, collectionnait des tenues étonnantes des années 1920 aux années 1980.

— La collection de maman fait partie de la vente ? s'exclama Tanna, horrifiée.

— Bien sûr que non. Elle ne m'appartient pas.

Confuse, Tanna esquissa un rapide sourire.

En tant qu'aîné, Carrick avait hérité de la maison familiale et de son contenu. Quand ils avaient atteint l'âge adulte et avaient emménagé dans leur propre maison, Carrick avait proposé de partager les biens entre eux quatre, mais chacun avait tenu à ce que la maison reste telle que leurs parents l'avaient laissée.

— Bien sûr qu'elle t'appartient, Carrick.

— Cette collection est à toi, Tan. Maman aurait voulu qu'elle te revienne. En plus, j'aurais l'air idiot à porter du Coco Chanel.

Tanna ravala ses larmes. Cela faisait si longtemps qu'elle n'avait pas vu la collection de sa mère…

Carrick se racla la gorge et poursuivit :

— De toute façon, nous organisons un cocktail pour effectuer une présentation de la vente à une poignée de collectionneurs et de rédacteurs de mode triés sur le volet, et Jane, notre responsable des relations publiques, a suggéré d'utiliser des photos de maman vêtue de certaines de ses robes. Je voulais d'abord t'en parler.

Posant sa main sur sa poitrine, Tanna soupira.

— Waouh, j'adore…, murmura-t-elle. C'est une merveilleuse idée.

— Une meilleure idée encore serait que Tanna porte une des robes vintage de sa mère pour cette soirée, suggéra Levi.

La surprise de Tanna fit écho à celle de Carrick et de Sadie.

— Excellente idée, mon vieux ! s'exclama Carrick.

— Ça m'arrive de temps en temps, marmonna Levi en se frottant la nuque. D'ailleurs, Tanna ressemble beaucoup à Raeni, et si elle se changeait plusieurs fois durant le cocktail, pour présenter chaque robe, elle pourrait le faire avec les photos de sa mère dans les mêmes tenues. Effet garanti !

Carrick sourit à son ami.

— Dis-moi, Levi, tu veux bien venir diriger mon service de relations publiques puisque ma sœur décline le poste ?

— Plutôt me tirer une balle dans le pied ! rétorqua Levi d'un air horrifié.

Carrick sourit à sa réaction et se tourna vers Tanna.

— Qu'en dis-tu, Tan ?

Ce qu'elle en disait ? Il lui demandait donc de porter les robes somptueuses de sa mère, ses superbes bijoux, tout en sirotant du champagne et discutant art et mode avec les plus grands connaisseurs du milieu ? Oh ! avec joie ! Comment refuser une telle offre ?

Ce n'était que le temps d'une soirée. Une soirée de plaisir. Elle avait sûrement droit à un peu de plaisir avant de retourner à Londres, non ?

Ce serait une soirée mémorable.

— Bien sûr que j'accepte ! répondit-elle, un grand sourire aux lèvres.

— Excellent ! Je vais demander à Jane de t'envoyer par mail les photos de maman et tu pourras choisir les robes que tu souhaites porter. En revanche, nous n'aurons pas le temps de modifier quoi que ce soit, garde bien ça à l'esprit, conclut Carrick en se levant, imité par Sadie.

— Je vais contacter Jane et on va s'organiser, assura Tanna en hochant la tête.

Posant une main sur le bas du dos de Sadie – intéressant… –, Carrick vint déposer un baiser sur la joue de Tanna.

— Merci, Tan. À plus tard, Levi !

— À plus, répondit Levi, en rouvrant son ordinateur.

— Ne vous entre-tuez pas ! leur lança Carrick en entraînant Sadie.

— On va essayer, promit Tanna en souriant.

Installé sur le siège passager, Levi regardait le paysage défiler à travers le pare-brise tandis que Tanna roulait en direction de chez Carrick, à Beacon Hill. Il détestait ne pas pouvoir conduire son propre véhicule. Céder le contrôle, ne serait-ce que de quelque chose d'aussi banal que sa voiture, l'agaçait profondément.

Tanna n'avait pas semblé intimidée par son SUV Lexus de luxe, une grosse cylindrée, qu'elle avait conduit comme une pro, cependant il éprouva un certain soulagement lorsqu'elle se gara sous le magnolia devant sa splendide maison d'enfance de Beacon Hill.

Après le départ de Carrick et Sadie, Tanna lui avait dit avoir un rendez-vous de deux heures en ville et son visage fermé lui avait suggéré de ne pas poser de questions. Ce qui, honnêtement, lui avait juste donné envie de savoir qui elle rencontrait et pourquoi elle faisait autant de mystère. Sa réticence l'intriguait ; la Tanna qu'il connaissait n'avait jamais su garder un secret…

Mais elle n'était plus la jeune fille qu'il avait aimée. Désormais, c'était une femme totalement indépendante qui menait sa propre vie. Il avait adoré sa fiancée, mais cette version de la Tanna d'aujourd'hui, devenue quelque peu insaisissable, était, à bien des égards, encore plus attirante… Il la trouvait plus excitante, mystérieuse et envoûtante que jamais.

Comprenant qu'elle ne lui communiquerait aucune information personnelle avant de s'y sentir prête, il lui avait demandé, puisqu'elle allait dans la même direction, de le déposer à la marina pour qu'il puisse reprendre contact avec son personnel et voir comment son entreprise se portait en son absence.

Ainsi, il avait passé une heure dans son bureau avec son directeur avant de faire le tour de la marina. Il n'était pas le genre de patron à rester enfermé dans un bureau. Il aimait être sur le terrain, et n'hésitait pas à mettre la main à la pâte. Il avait salué ses employés, approuvé quelques demandes et contrôlé son équipe de maintenance.

Il savait que l'hiver apportait son lot de soucis, avec les récentes tempêtes hivernales, et il s'inquiétait que le personnel ne surveille pas les charges de neige, en particulier sur les quais. Le poids de la neige risquait d'enfoncer les piliers sous l'eau, emportant avec eux les branchements électriques. Cela s'était déjà produit auparavant, et il ne voulait pas revivre cela. L'hiver à la marina était plutôt calme, mais plâtre ou pas plâtre, il devait rester vigilant.

Or son personnel maîtrisait la situation et personne n'avait eu besoin de lui. Ce qui était à la fois rassurant et terrifiant.

D'autant qu'il payait à présent physiquement le prix de cette sortie. Mais il n'avait aucun regret.

— Es-tu sûr que tu ne veux pas que je te ramène à la maison ? lui demanda Tanna.

— Arrête de faire des histoires, Tan, répondit-il sèchement. Je sais que ça te démange de revoir la collection de robes de ta mère. On commandera le déjeuner. Il y a un super resto chinois qui livre des repas, à deux rues d'ici.

À peine avait-il mentionné la collection de sa mère qu'il se rendit compte qu'il n'avait jamais vu une telle lueur d'excitation dans les yeux de Tanna, ni cette expression particulière sur son visage.

Un mélange de tristesse, de joie et d'enthousiasme.

Était-elle impatiente de porter les robes de sa mère ? De participer à leur présentation ? Ou bien se réjouissait-t-elle de s'impliquer à nouveau auprès de Murphy's International ?

Quand elle était à l'hôpital, dix ans plus tôt, elle lui avait parlé du rôle de chargée de relations publiques joué par sa mère dans l'entreprise, et elle disait souvent qu'une fois diplômée en histoire de l'art elle suivrait ses traces.

Sa mère avait été un prodige des relations publiques et c'était grâce à son travail acharné que Murphy's était devenue l'une des maisons de vente aux enchères les plus prestigieuses du pays.

Or Tanna avait quitté Boston et choisi une voie très différente, en faisant carrière dans la médecine d'urgence. Une carrière dont elle parlait peu. Voire pas du tout. Il y avait là un mystère qu'il allait bien finir par découvrir.

Tanna remonta ses lunettes de soleil sur le haut de sa tête, rejetant ses boucles noires et lui sourit.

— J'ai hâte de voir ses vêtements ! s'exclama-t-elle. Je ne me souviens pas très bien de ce que contient cette collection, depuis la dernière fois que je l'ai vue, il y a plus de douze ans.

Elle scruta l'immense porte d'entrée noire devant elle et murmura :

— J'avais l'habitude de jouer à cache-cache dans sa penderie quand j'étais enfant.

— Tu as sans doute dû y retourner quand les temps étaient durs, et que tu avais besoin d'un lien avec ta mère. Quand tu avais besoin d'une mère.

Tanna se tourna vers lui, surprise.

— Comment le sais-tu ?

Parce qu'il la connaissait, aussi bien qu'elle le connaissait.

Ils avaient beau avoir passé toutes ces années séparés, ils étaient toujours, d'une certaine manière, liés.

Il repensa à leurs conversations précédentes, et aux remarques incroyablement pertinentes de Tanna concernant son père. Ça lui faisait drôle qu'elle ait pu facilement voir au-delà du charisme de son père pour découvrir l'homme en dessous.

Constatant qu'elle attendait toujours une réponse, il haussa les épaules.

— Je l'ai deviné.

Soucieux de ne pas épiloguer, il ouvrit sa portière.

Tanna sortit de la voiture et la contourna au pas de course. Ouvrant la portière arrière, elle prit ses béquilles sur la banquette et les lui tendit avant d'attraper un bonnet jaune vif dans la poche de son manteau qu'elle enfila.

— Hé, c'est mon bonnet ! protesta-t-il.

Son préféré, à vrai dire.

— Je sais. Je l'ai trouvé dans le panier à linge, rétorqua Tanna nullement impressionnée. Et tu ne portes pas de bonnet.

— Si, quand je vais au ski.

Tanna lui sourit d'un air moqueur.

— Tu comptes skier aujourd'hui ? Ou prochainement ?

Grillé… Il secoua la tête et coinça ses béquilles sous ses aisselles.

— Tu as toujours été aussi pénible ? demanda-t-il.

Elle éclata de rire.

— Oh ! Je me suis perfectionnée au fil des ans. Et le pire, c'est que là je fais un effort pour rester polie.

Eh bien, il n'était pas encore tiré d'affaire…

- 8 -

Levi s'installa dans la bibliothèque de Carrick, soulagé de pouvoir se rasseoir. Il avait accepté la tasse de café que Tanna lui avait proposée et, après avoir commandé leur déjeuner, il sortit son ordinateur portable qu'il fit démarrer.

Il avait du travail et pouvait très bien gérer cela. Après avoir répété pour la troisième fois à Tanna qu'il n'avait besoin de rien, il lui fit signe de le laisser.

Peu après, on sonna à la porte pour la livraison du déjeuner, et presque aussitôt il aperçut les longues jambes nues de Tanna, ses fesses à peine couvertes par un foulard noir, alors qu'elle passait devant la porte de la bibliothèque.

Bon sang, mais quel était donc cet accoutrement ?

— Tanna !

Deux secondes plus tard, elle était dans l'embrasure de la porte et il crut s'étrangler.

Elle portait la plus minimaliste des robes qu'il n'avait jamais vues, dans une étoffe délicate qui s'accrochait à chacune de ses courbes, sublimant ses jambes finement galbées et hâlées. Ses orteils fins étaient vernis en rouge. À l'intérieur de sa cheville gauche, elle arborait un tatouage en forme d'étoile, et portait une bague en or autour d'un orteil de son pied droit. La robe était composée de diverses franges révélant une bonne partie de son ventre bronzé… et du bonnet droit de son soutien-gorge rouge vif.

— Mais… C'est quoi cette tenue ? bredouilla-t-il.

Adieu, velléités de vengeance… Cette femme allait vraiment avoir sa peau.

— C'est une robe grunge des années 1980, expliqua-t-elle en ajustant les franges au niveau de sa jupe. Je ne suis pas sûre du créateur. Il faudra que je fasse une recherche. En tout cas elle est de facture exquise.

Exquise ? Pour lui, c'était un tas de chiffons. Mais qui valait probablement une sacrée fortune aux yeux des connaisseurs.

La sonnette retentit de nouveau et Tanna pivota sur ses talons.

— Tu ne peux pas aller ouvrir dans cette robe ! lança-t-il. Tu veux que le livreur fasse une crise cardiaque ?

Tanna baissa les yeux, fit la moue puis croisa son regard.

— Zut. OK, je file me changer.

Levi s'empara de ses béquilles et se hissa sur ses pieds.

— J'y vais. Toi, tu…

Il ferma les yeux, abasourdi. Bon sang, comment une tenue aussi… *moche* pouvait-elle devenir aussi seyante sur elle ?

— … vas te changer, Tan.

Et pour l'amour du ciel, enfile quelque chose de décent avant que je ne fasse une bêtise. Comme arracher cette prétendue « robe » de ton corps…

Tanna s'éclipsa, et il pria pour que son cœur tienne le choc.

Prenant plusieurs grandes inspirations, il descendit le couloir jusqu'au magnifique hall d'entrée, où un Jackson Pollock ornait le seul mur libre. Il y a quelques années, Carrick lui avait fait visiter son historique maison familiale, lui parlant avec désinvolture du Vermeer dans le salon et du Dalí de la salle à manger. Dans l'une des salles de réception, était exposée une console ayant appartenu au Roi-Soleil ! Elle avait apparemment été construite au palais de Versailles.

Et lui qui considérait que son père était riche… Il l'était, en argent et en biens, mais pour ce qui était de l'art et des objets de collection, les Murphy battaient les Brogan à plate couture.

Après avoir payé le livreur et lui avoir offert un généreux pourboire – il faisait froid, et le bonhomme était souriant –, il apporta le repas à la cuisine avant de retourner dans le hall. Appelant Tanna, il fut surpris d'entendre sa voix sortir d'une pièce située à deux portes de là.

Il s'avança dans le long couloir et s'arrêta devant une porte entrouverte. Là, il vit Tanna devant un mur de miroirs dans une salle qui arborait une barre de ballet et une piste de danse en parquet. Des miroirs du sol au plafond couvraient trois murs. Oubliant leur repas, il la regarda fixement, envoûté.

La robe que portait Tanna était faite de tulle noir superposé en une série de couches. Elle était aussi sophistiquée que la tenue précédente avait été bariolée, mais si elle dissimulait, cette fois, la plus grande partie du corps exquis de Tanna, elle était paradoxalement plus sexy, plus affriolante.

Il entra dans la pièce et appuya son dos contre la barre, essayant d'ignorer son reflet dans tous ces miroirs.

— Je pense que Carrick a oublié de me faire visiter cette salle le jour où il m'avait fait faire le tour du propriétaire, fit-il remarquer.

— Ma mère était une ballerine accomplie. J'ai pris des cours de danse dès mon plus jeune âge, et on venait toutes les deux dans cette pièce pour nous entraîner, expliqua Tanna avant de désigner une porte ordinaire à l'autre bout de la salle. Il y a le placard intégré, si tu veux jeter un coup d'œil aux costumes.

— Tu sais, les robes de ballerine, ce n'est pas mon truc, répondit-il sèchement. Je ne saurais pas apprécier.

Tanna se retourna et lui sourit.

— Très bien. Si tu veux savoir, la robe que je porte est une Jean Patou, des alentours de 1930, annonça-t-elle en caressant le tissu comme si c'était le doux pelage d'un chat. C'est l'heure des aveux : j'adore la mode ! Et surtout les vêtements anciens. Je suis passionnée par le stylisme. J'aime ce que les vêtements racontent de certaines périodes de l'histoire. Même si je porte toujours des tenues simples, pratiques, très peu flatteuses.

Ses yeux s'embuèrent et son regard se perdit dans le vide un instant.

— Parle-moi de ton travail, demanda Levi d'une voix douce.

Tanna souleva la couche supérieure de la robe et en examina l'ourlet, lui accordant beaucoup plus d'attention qu'il ne le méritait aux yeux de Levi.

— Je réponds aux appels d'urgence. Je traite le patient puis je le conduis à l'hôpital. Il n'y a pas grand-chose à dire.

— Au contraire. As-tu décidé de te consacrer à la médecine d'urgence à cause de ton accident ? Tu aimes ton travail ? Quand as-tu compris que tu voulais travailler dans la médecine d'urgence ?

Il lut la panique dans ses yeux et perçut la tension qui l'habitait soudain. Pourquoi se sentait-elle aussi mal à l'aise ? Pourquoi le fait de parler de son métier, un des seuls sujets dont ils auraient dû pouvoir discuter facilement, la poussait-il à se refermer sur elle-même ? Qu'avait-il manqué ?

Tanna désigna quelques sacs de vêtements accrochés sur la barre, signe évident qu'elle allait changer de sujet.

— Jane, la chargée des relations publiques, et moi avons

décidé de changer trois fois de tenues, expliqua-t-elle. Je n'arrive pas à me décider entre une robe en laine signée Pierre Cardin et ornée de vinyles des années 1960, une Karl Lagerfeld et une Grès.

Comme il ne répondait pas, Tanna le fixa un instant puis regarda le placard et rougit.

Que faisait-elle à présent ? Qu'allait-elle lui demander ?

— Finissons-en, Murphy. Notre repas chinois va refroidir.

Il n'avait que faire dudit repas, mais se désespérait de savoir ce qui faisait rougir cette femme magnifique.

— Il y a une robe qui est incroyable, mais…

— Mais ? demanda Levi devant son hésitation.

— Elle est assez osée. Ça ne me dérange pas de me dévêtir un peu, seulement…

Ce n'était pas lui qui s'en plaindrait, à vrai dire !

— … Je ne suis pas sûre que ce soit seyant sur moi, conclut-elle en se raclant la gorge. Si je l'essaye, tu me dirais ce que tu en penses ? Quitte à être franc et brutal ?

— C'est ce que je sais faire de mieux, non ?

Elle laissa échapper un petit rire.

— C'est vrai. Attends. Je vais me changer aussi vite que possible. Ensuite, on pourra manger.

Appuyé contre le mur, Levi imagina facilement Tanna virevolter sur ce parquet, en justaucorps et collants roses, la peau luisante de sueur. Génial, encore un fantasme qui l'empêcherait de dormir cette nuit…

S'efforçant de penser à autre chose, il se demanda combien de temps elle avait pratiqué la danse avant d'abandonner. Malgré leur complicité passée, il y avait encore tant de choses qu'il ignorait à son sujet…

Jusqu'à aujourd'hui, il ne savait pas qu'elle se passionnait autant pour l'histoire de la mode que pour l'art, qu'elle savait cuisiner des pâtes comme une *mama* italienne, ou encore qu'elle chantait aussi faux qu'une casserole.

Il voulait en savoir plus. Et parfois, quand il baissait sa garde, il voulait *tout* savoir d'elle.

Il lui avait demandé de rester parce qu'il voulait lui faire payer son départ de Boston, et il lui semblait soudain qu'il avait endossé le rôle de l'arroseur arrosé !

Il soupira, admettant à contrecœur qu'il mourait d'envie de tout savoir d'elle, les gémissements qu'il lui arracherait quand il lui ferait l'amour, si sa peau sentait encore les cerises sauvages. Et il voulait désespérément découvrir si d'autres tatouages ornaient son corps de déesse.

Tanna toussota doucement, et il se tourna vers elle. Oh Seigneur… Une véritable apparition se tenait devant le placard intégré dans le recoin de la salle.

Pour résumer simplement, la robe qu'elle avait revêtue était faite de volants, couvrant le haut de ses cuisses et tombant au sol en une cascade couleur crème. Le haut était constitué de deux triangles qui plongeaient jusqu'à son nombril. Sa peau hâlée et soyeuse était largement exposée, et Levi dut s'accrocher à la barre contre laquelle il s'était adossé parce qu'il avait l'impression que le monde vacillait.

Puis Tanna se retourna et il crut défaillir. À cet instant précis, sa vision se troubla, et son genou encore valide plia.

C'était une robe dos nu. Quand Tanna releva ses lourdes boucles, étirant sa nuque, il aperçut son joli sein droit de profil à travers les interstices des bandes de tissu…

C'était officiel, il était à terre. Si sa jambe n'avait pas été fixée dans un plâtre, il serait tombé à genoux, haletant.

— Tu me tues là, Tanna, lâcha-t-il avec ce qui lui restait de souffle.

Tanna laissa retomber ses cheveux et se retourna lentement, oh, si lentement vers lui…

— Est-ce que ça te plaît ? demanda-t-elle.

Est-ce que ça lui *plaisait* ? Le mot était un peu faible…

— Ce n'est pas vintage, mais il y a une photo incroyable de ma mère dans cette robe, et je voulais savoir si je pouvais la porter aussi bien qu'elle, bafouilla Tanna. Je veux dire, je sais que je ne serai pas aussi belle qu'elle, mais si je peux la porter, ça me ferait plaisir. Enfin, je me répète… Alors… qu'est-ce que tu en penses ?

Elle se moquait de lui ? Là, il n'arrivait plus à penser !

— Viens par ici, Murphy.

Tanna fronça légèrement les sourcils, mais elle prit la longue jupe dans ses mains et la souleva, découvrant ses mollets galbés, pour s'avancer vers lui.

Quand elle fut face à lui, il posa son index sur le rebord de son corsage dont il traça les contours. Il sourit en la voyant frissonner. Toujours incapable de parler, il lui effleura l'épaule et fit courir ses doigts le long de sa nuque, avant de plonger dans ces lourdes boucles brunes. Elle posa ses petites mains sur son torse, et il vit sa bouche sexy s'élever jusqu'à la sienne.

Oh oui…

Il n'y connaissait rien en robes, en vintage ou en ballets, il ne comprenait pas pourquoi Tanna était de retour dans sa vie, mais une chose était sûre : il s'en fichait.

Son cerveau disjoncta dès que leurs bouches se rencontrèrent. Il se délecta de la saveur de son baume à lèvres et ravala un petit gémissement lorsque sa langue s'enroula autour de la sienne. Il avait besoin de la sentir. Laissant tomber ses béquilles, il posa une main sur son dos, caressa sa peau satinée, fit danser ses doigts le long de ses reins, avant de lui palper les fesses.

Bon sang, il adorait cette robe…

Tanna se pressa tout contre lui, et il savoura cette sensation divine avec gourmandise. Cette femme était une brassée parfumée, un goût de paradis, la tentation du péché… Ses lèvres douces et son odeur divine le rendaient fou de désir.

Il avait besoin d'elle. Envie d'elle. Là. Tout de suite.

À contrecœur, il retira sa bouche de la sienne et sa main de son dos pour prendre son visage entre ses deux mains.

Elle lui offrit un sourire hésitant.

— Je suppose que ça veut dire que tu aimes la robe ?

— En effet. Mais tu es naturellement éblouissante, Murphy. Tu n'as pas besoin d'une robe fantaisie pour être sublime.

Son sourire s'élargit, toujours plus lumineux, et le cœur de Levi se serra.

— Fais-moi confiance, tu peux te passer de cette robe, Tanna, assura-t-il en reposant son front contre le sien. J'ai l'impression de me retenir de t'arracher tes vêtements depuis que l'on est entrés dans cette maison. Enfin, ce n'est pas tout à fait vrai. J'ai eu envie de te déshabiller dès que tu es revenue dans ma vie il y a deux semaines.

Les yeux verts de Tanna s'assombrirent alors qu'un sourire sensuel s'étirait sur ses lèvres.

— Je te propose un marché, Brogan.

Oh bon sang ! Lui restait-il assez de sang-froid pour négocier quoi que ce soit avec cette femme ? Elle allait probablement abuser de la situation, mais il l'avait vue dans cette robe, il l'avait embrassée. Alors il pouvait mourir en homme heureux.

— Je t'écoute, dit-il.

— Je t'offre un strip-tease, car il n'est pas question de m'arracher cette robe qui est quand même une pièce de haute couture, et tu pourras faire de moi ce que tu veux.

Il hocha la tête sans un mot. Si l'enfer existait, il venait sans doute d'en franchir les portes.

Il regarda Tanna ôter lentement, soigneusement sa

robe, lui révélant centimètre par centimètre sa peau sublime. Le tissu soyeux tomba de sa poitrine et, pour la première fois, il découvrit ses seins magnifiques, leurs pointes tendues, d'un rose à la fois doux et profond. Le tissu descendit le long de ses hanches fines, révélant un string noir. Il posa les yeux sur sa hanche, et du bout des doigts, suivit sa longue et large cicatrice.

— Elle est affreuse, chuchota Tanna.

— C'est ta marque de survie, ma jolie. Ta victoire.

Tanna lui sourit d'un air reconnaissant et continua son strip-tease.

Les yeux mi-clos, saisissant la barre derrière lui, Levi la regarda accrocher la robe sur la barre à côté d'eux, puis elle vint se planter devant lui, les mains sur les hanches. Elle soutint son regard, et il dut consentir un effort surhumain pour ne pas se jeter sur elle et garder son sang-froid.

Parce qu'elle devait garder l'initiative de chaque étape.

— Sais-tu combien de fois j'ai pensé à ça au fil des ans ? lui demanda-t-elle d'une voix grave et sensuelle.

Pas aussi souvent que lui, à coup sûr !

— Je regrette tellement de ne jamais avoir fait l'amour avec toi Levi, murmura-t-elle d'une voix rauque. J'ai besoin de savoir si la réalité est conforme à mon imagination.

Oh ! mais lui aussi !

Tanna s'attaqua aux boutons de sa chemise. Il n'aurait pas été contre le fait qu'elle les lui arrache ; ce n'était pas une pièce de haute couture.

— Lee, est-ce que je peux te faire l'amour ?

Il sentit son cœur battre un peu plus vite. Voilà des années qu'elle ne l'avait pas appelé par son surnom, et cela faisait un bien fou.

Lâchant la barre derrière lui, il effleura sa joue d'une caresse.

— Je vais pleurer comme un bébé si tu ne le fais pas, répondit-il.

Tanna hocha la tête, mais demeura immobile.

— Un problème ? demanda-t-il.

— Eh bien… oui. Tu as un genou cassé et une épaule luxée. Comment allons-nous faire ? Tous les lits sont à l'étage, mais il y a bien quelques canapés au rez-de-chaussée.

Il ne voulait pas attendre. Il ne *pouvait* pas attendre une minute de plus. Mais, touché par sa sollicitude, il sourit.

— Tu es un poids plume, Tan, et si tu accroches tes jambes à mes hanches, et que je te tiens avec un bras, on devrait pouvoir y arriver.

À peine eut-il prononcé ces mots qu'il grimaça et se traita de tous les noms.

Il n'avait pas plus romantique en magasin ? Il s'agissait là de Tanna, là, pas d'une fille d'un soir.

Au lieu de se vexer, Tanna pouffa de rire.

— Il faudra faire vite, alors…

— Chérie, j'ai envie de toi si fort et depuis tellement longtemps que la rapidité ne sera pas un problème pour moi, assura-t-il d'une voix éraillée.

Le sourire de Tanna s'élargit, puis elle se concentra sur sa chemise déboutonnée, qu'elle fit lentement glisser sur ses épaules. Il retint son souffle alors que ses doigts exploraient ses tétons durcis de plaisir à son contact. Ivre de désir, il referma lentement ses doigts autour de la pointe durcie de ses seins. Sans la quitter du regard, il sentit ses yeux s'embuer, sa respiration s'accélérer.

Oh ! Cette première fois allait être rapide. Il était déjà dur comme le roc, sentait la chaleur monter entre ses jambes. Et Tanna haletait déjà de désir, ses seins tendus le suppliaient d'être caressés et ses yeux trahissaient un désir évident.

Aussi impressionné que fier, il se sentait follement viril

et étrangement humble que cette femme, cette femme étonnante et forte, s'abandonne ainsi dans ses bras.

Et ils n'en étaient qu'au début de ce qui promettait d'être des ébats torrides !

Glissant ses doigts sous le string de Tanna, il le fit descendre le long de ses jambes. Lorsque le triangle de dentelle fut à terre, il contempla la silhouette parfaite de Tanna et soupira. Il voyait son reflet sublime dans tous les miroirs, et chaque version de Tanna était plus belle que la précédente. Cette expérience érotique était sublime, et elle resterait à jamais gravée dans sa mémoire.

N'étant pas en état de s'accorder le temps de se déshabiller correctement, il baissa son pantalon et son boxer d'une main fébrile, et bloqua la main de Tanna qui tentait de prendre son sexe entre ses doigts.

— Ne fais pas ça, ma belle. Si tu me touches, je vais exploser.

Hochant la tête, elle le regarda, les yeux écarquillés d'impatience.

— Alors, et maintenant ?

— Maintenant, voilà, murmura-t-il en la soulevant de son bras valide pour la plaquer tout contre son sexe raide et palpitant.

Serrant les dents, il s'efforça de rester lucide.

— Bloque tes jambes derrière mon dos, et pose tes mollets sur la barre, dit-il.

Tanna obtempéra, et il lui embrassa le coin des lèvres.

— Je vais me glisser en toi, et là, je t'embrasserai jusqu'à te faire perdre la raison…

Les yeux brillant d'un désir puissant et espiègle, Tanna enroula ses bras autour de son cou, plaquant ses seins contre son torse. Le fait qu'elle soit entièrement nue et lui non était follement érotique à ses yeux.

— On parle trop, Brogan, ça manque d'action…

En transe, Levi s'enfonça entre ses cuisses lisses, guettant sa réaction. D'abord surprise, elle ondula ensuite des hanches pour mieux l'accueillir en elle. Oh…

Comme…

C'était…

Bon.

Souvent, les premières fois n'avaient rien de glorieux, soit par maladresse, soit par hésitation, soit un peu des deux. Or rien dans la façon dont ils se cherchaient, dont ils se trouvaient, ne suggérait le moindre embarras. Tanna gémissait à l'unisson avec lui tandis qu'il voyageait dans sa chaleur humide. Bon sang, comme c'était bon… Un million de fois mieux que ce qu'il avait imaginé.

La réalité dépassait toute imagination. Et si c'était cela le goût de la vengeance, alors il se vengerait encore et toujours.

Ivre de plaisir, il plaqua sa bouche contre la sienne et, malgré son épaule douloureuse, l'étreignit plus fort encore. Pas moyen de la serrer plus, son équilibre était trop précaire, mais Tanna, visiblement sur la même longueur d'onde que lui, reprit l'initiative avec de subtiles ondulations de hanches dévastatrices… Cette fois, il dit adieu à son self-control.

Il n'avait pas eu besoin de préliminaires, le simple fait de la tenir ainsi et de s'inviter en elle lui procurait un plaisir inouï, qui embrasait chaque cellule de son corps.

Il ne lui avait pas menti : cela allait être rapide.

Tout en empoignant les fesses de Tanna, il promena ses lèvres de sa bouche jusqu'à son cou, puis son épaule.

— Dis-moi que tu vas jouir, Tanna, parce que je ne vais pas pouvoir tenir longtemps, murmura-t-il à bout de souffle.

— Moi non plus…

À ces mots, elle se contracta autour de lui en un

spasme sublime. Il regarda son visage, pour la voir jouir. Il n'avait jamais vu une femme aussi belle de toute sa vie. Sa peau, ses lèvres étaient rougies par ses baisers, et ses yeux étincelaient d'un vert flamboyant.

Elle était parfaitement sublime.

L'instant d'après, elle ondula une dernière fois de façon indolente, et il n'en fallut pas plus pour qu'il sente son propre plaisir se libérer, le transpercer de part en part, irradiant chaque cellule de son corps… Il crut même que sa tête allait exploser ! Il se mit à rugir, donnant un ultime coup de reins et sourit en voyant Tanna avoir un nouvel orgasme, plus fort et plus fulgurant encore que le premier.

Oui, il s'était douté que faire l'amour à Tanna serait une belle expérience, mais comment s'attendre à ce que le sol se dérobe sous ses pieds de façon aussi spectaculaire ?

Il la serra dans ses bras, savourant chacun de ses tremblements de plaisir.

Alors qu'il reprenait son souffle, son épaule et son genou lui rappelèrent très vite qu'il venait de commettre un exploit physique moins de trois semaines après son accident et son opération.

Et alors ?

Il ferait l'amour à Tanna quand il voudrait et où il voudrait. Il fallait bien que les antidouleurs servent à quelque chose, non ?

- 9 -

— Relax, Murphy. Je ne suis pas encore mort.

À ces mots, Tanna se redressa aussitôt dans son fauteuil et ramassa un magazine au sol avant de l'agiter devant lui.

— J'étais en train de lire un article sur les jardins à la française.

Levi scruta la couverture de la revue.

— C'est marrant, aux dernières nouvelles, il n'y a pas de jardins à la française, sur les yachts, lui fit-il remarquer, moqueur.

Tanna baissa le nez sur son magazine de yachting et ravala un juron. Il venait de la prendre en flagrant délit de voyeurisme… Oui, elle l'avait observé pendant qu'il dormait, encore surprise par la fougue qui s'était emparée d'elle dans le studio de danse, et terrifiée à l'idée que Levi ait aggravé sa blessure à l'épaule. Ou celle du genou.

Quand ils avaient quitté la maison de Beacon Hill pour retourner chez Levi, elle avait bien vu qu'il souffrait. Tout cela par sa faute à elle. C'était *elle* la professionnelle de santé. Si elle avait eu les idées claires, elle aurait fait passer la convalescence de Levi avant sa libido.

— Ne t'avise pas de t'excuser, grogna Levi dont le regard bleu océan brillait d'irritation. J'étais pleinement consentant, pour cette folie, et j'aurais pu à tout moment dire stop.

— Pourquoi tu ne l'as pas fait ?

— J'avais besoin de toi. Arrête de culpabiliser, Tanna. Ça ne te va pas.

Pourtant, elle ne pouvait s'empêcher de se sentir coupable.

— Mais ton épaule, ton genou…

— Tout va bien, l'interrompit-il d'un ton rassurant.

Il avait dû lire le doute dans ses yeux car il poussa un soupir frustré.

— Bon, c'est vrai, j'ai mal, avoua-t-il. Mais je sais que je ne me suis pas fait de nouvelles blessures.

— On devrait peut-être t'emmener aux urgences pour être sûrs ?

Il éclata de rire.

— Bonne idée ! Et comment tu expliqueras notre visite ? Voilà, Dr Bryce, on a fait l'amour comme des bêtes, debout contre un mur, et nous venons voir s'il y a de nouvelles blessures.

Elle rougit et haussa les épaules.

— Ne t'en fais pas, Murphy. Je vais bien. Passons à une autre conséquence de nos ébats inoubliables.

Elle n'était pas sûre d'avoir envie d'entendre la suite.

— OK, crache le morceau…, marmonna-t-elle.

— On n'a pas utilisé de protection.

Il lui fallut plusieurs secondes avant qu'elle comprenne sa phrase… et fut aussitôt saisie d'une bouffée de chaleur. Fermant les yeux, elle soupira.

— Je déduis à ta réaction que tu ne prends pas la pilule.

— Non, admit-elle.

Levi hocha la tête d'un air étonnamment joyeux.

— Alors… Tu pourrais, peut-être, tomber enceinte ?

Tanna réfléchit à son cycle et secoua la tête.

— Non. Je pense que ça ira. Je ne suis pas dans la période sensible.

— Alors, il y aurait quand même un risque ?

— Infime, répondit-elle, ne voulant pas s'attarder sur le sujet.

— OK, là tu fais une tête qui commence à me faire peur…

— Il ne faut pas que je sois enceinte, Levi. Je ne veux pas d'un bébé ! Tu imagines, cela me lierait à toi, et à Boston !

Aïe !

Lui qui ne pensait pas que Tanna puisse de nouveau le faire souffrir… Eh bien, apparemment il s'était trompé.

— Est-ce qu'être enceinte de moi serait vraiment la pire chose qui puisse t'arriver, Tanna ? Devenir mère, revivre à Boston…

Rester près de moi ? Voir où cela nous mène ?

Qu'est-ce qui n'allait pas, chez lui ? Pourquoi retombait-il dans ce piège ? Tanna avait clairement fait son choix il y a dix ans, et rien n'avait changé. Il ne l'avait pas comprise à l'époque, et dix ans plus tard il tâtonnait toujours avec elle.

— Peut-être que je devrais m'expliquer, déclara Tanna. J'ai besoin que tu comprennes… Ce n'était pas toi le souci, mais moi.

— C'est ce que disent toujours les gens, non ?

— Peut-être. Mais dans mon cas, c'est la pure vérité. Quand j'ai quitté Boston, j'ai pris l'avion pour Londres et je me suis installée chez Padma, ma marraine. Elle m'a ramassée à la petite cuillère. Bref, je sais que tu ne me croiras pas, mais te quitter a été difficile pour moi, Levi.

Ça non, il n'y croyait pas. Ou peut-être qu'il ne voulait pas. Comment croire une chose pareille, d'ailleurs ?

Semblant chercher ses mots, Tanna passa sa main dans ses longs cheveux, fixant le téléviseur sur le mur d'en face.

Il attendit patiemment qu'elle poursuive son récit.

Autant tout se dire, non ? L'heure de vérité avait sonné.

— Donc, j'ai débarqué à Londres, reprit-elle. Tu me manquais, tout comme mes frères, ma maison. Après une semaine de larmes, Padma, qui est aussi dure qu'affectueuse, m'a ordonné de cesser de me lamenter sur moi-même, et de réagir. Alors, je suis partie en voyage. À mon retour à Londres, deux ans plus tard, Padma m'a de nouveau incitée à réfléchir à ce que je voulais faire de ma vie. Tu n'as jamais rencontré Padma, mais je sais qu'elle te plairait. Et qu'elle te draguerait !

Son regard croisa le sien, et son sourire fit chavirer son monde. Oh non, encore une autre chose qu'il avait oubliée… Cette façon dont ses yeux s'éclaircissaient, dont son sourire était plus brillant encore qu'une étoile la nuit.

— Je savais que je ne pouvais pas retourner à Boston, ni rejoindre Murphy's.

— Pourquoi ça ? demanda-t-il.

Elle mit beaucoup de temps avant de lui répondre :

— Ça me paraissait… frivole. À l'époque, je ne me voyais pas retourner chez Murphy's alors que ma vie avait été bouleversée. Je ne pouvais pas non plus m'empêcher de penser que, si tu n'avais pas appelé les secours, s'ils n'avaient pas été aussi rapides et efficaces, j'aurais pu, comme Addy, perdre la vie cette nuit-là. J'ai éprouvé le besoin de savoir réagir en cas d'urgence si quelqu'un avait besoin d'aide. J'ai donc suivi un cours de secourisme. J'ai adoré, alors j'ai fait un autre stage. Deux ans plus tard, j'ai décroché mon diplôme d'infirmière.

Fasciné par son histoire, Levi arrivait presque à ressentir sa détermination de l'époque ; il l'imaginait aisément s'investir avec assiduité dans ses études.

— J'ai enfin eu l'impression d'être utile, de faire quelque chose d'important, et puis j'ai rejoint la BIZD.

— La *quoi* ?

— La Brigade d'Intervention en Zone Dangereuse. Une structure qui recrute et forme du personnel d'urgence spécialisé qui répond aux incidents majeurs, expliqua-t-elle.

— Quel genre d'incidents majeurs ?

— Accidents de train, carambolages sur autoroutes, effondrements d'immeubles ou incendies importants. Les attaques terroristes, explosions à la bombe, ce genre de choses. La BIZD ne traite pas les accidents banals, précisa-t-elle. En gros, nous allons sur les points les plus chauds.

Levi frémit. Il ne pouvait imaginer pire que de savoir un de ses proches constamment en danger, sans pouvoir le protéger. Quel soulagement de se dire que Tanna et lui n'étaient plus ensemble… Car il n'aurait pas supporté de la savoir en permanence sur le fil du rasoir.

— J'étais la plus jeune, la moins expérimentée des recrues depuis quinze ans. Au vu de mes antécédents médicaux, ils m'ont annoncé que je ne réussirais jamais l'examen d'aptitude, mais j'ai déjoué les pronostics. Ils ont insisté en me disant que j'échouerais aux tests psychologiques, étant donné le traumatisme que j'avais subi, mais j'ai réussi ! Les exercices de survie étaient les plus difficiles. Rafting en eaux vives, descente en rappel, parcours du combattant en pleine nuit. Et je m'en suis sortie.

Il comprit qu'elle attendait qu'il fasse un commentaire, qu'il loue ses efforts, et cela aurait été la moindre des choses. Cette réussite avait de quoi impressionner, surtout quand on connaissait le traumatisme qu'elle avait dû surmonter quelques années auparavant. Mais il ne parvint pas à formuler ces mots, car l'envie de la secouer, d'exiger de savoir pourquoi elle se mettait ainsi en danger après avoir survécu de justesse à un dramatique accident l'embrasa de l'intérieur.

Comment osait-elle jouer ainsi avec sa sécurité ? Comment osait-elle se mettre à nouveau en danger ?

Il allait faire exploser sa colère, mais il se dit qu'il n'en avait pas le droit. La bague de fiançailles qu'il lui avait autrefois offerte n'était plus à son doigt. Elle était libre de mener sa vie comme elle l'entendait.

Il se mit alors à scruter le plafond, songeur.

Ses sœurs lui reprochaient toujours d'être trop protecteur, et il savait que s'il s'en prenait à Tanna elle se replierait sur elle-même, et cette conversation prendrait fin.

Il serait sans doute plus judicieux de se taire, alors il serra les dents. Cela lui était difficile mais il y parvint. Tout juste.

— OK, donc tu as rejoint cette brigade spécialisée, reprit-il.

— Oui, et j'ai enfin eu l'impression d'être à ma place. J'ai débuté dans la médecine d'urgence parce que je voulais rendre ce que j'avais reçu, et j'ai rejoint la BIZD parce que je sentais que j'y avais un grand rôle à jouer, parce que ce travail fait sens. Je suppose que j'avais besoin de me prouver que j'étais plus qu'une simple enfant gâtée, plus qu'un corps blessé, meurtri, allongé dans ce lit d'hôpital.

— Tu étais bien plus que ça, protesta-t-il, incapable d'imaginer qu'elle avait éprouvé de tels sentiments.

— Non, tu ne comprends pas ! marmonna-t-elle en se passant nerveusement les mains dans les cheveux. Avant l'accident, je menais une vie de rêve. Certes, j'ai perdu mes parents jeune, mais j'avais trois frères géniaux, forts et dévoués qui m'ont mise au centre de leur vie. L'école a été une partie de plaisir pour moi. J'étais jolie, riche, intelligente et populaire. J'ai intégré une université de l'Ivy League sans avoir à trop me forcer.

— Tu as aussi eu un accident qui a failli te coûter la vie.

— Mais ça n'a pas été le cas, précisa-t-elle, les yeux bouillonnant d'émotion. J'aurais dû mourir, or j'ai survécu. Je n'aurais pas dû pouvoir remarcher, mais j'y suis arrivée. J'ai même réussi à trouver un homme sublime, qui m'a soutenue, puis demandée en mariage. À qui cela arrive-t-il ?

— À toi, apparemment.

— Je me suis aperçue que je n'avais jamais vraiment été mise au défi, que tout m'était venu facilement.

Elle trouvait qu'elle avait eu une vie trop facile ? Elle avait frôlé la mort et avait connu des mois de souffrance après de multiples opérations ! Pourquoi continuait-elle à occulter cet aspect des choses ?

— Avant l'accident, je n'avais jamais été seule, je n'avais jamais eu à faire de choix compliqué, je n'avais jamais rencontré de difficultés.

Levi fronça les sourcils. Et alors ? Le truc, dans la vie, n'était-il pas justement de profiter des bons moments et d'éviter les mauvais ?

Tanna se tut un instant, et, après avoir frotté ses mains sur son jean, reprit :

— Devenir infirmière dans une équipe d'urgence, ça c'était difficile. J'ai si souvent voulu abandonner… Mais c'est un beau métier, Levi, un métier important, assura-t-elle en baissant les yeux, le visage pâle. Et je pense qu'Addy serait fière de voir que je fais quelque chose qui compte, que je donne de ma personne.

Levi l'observa avec attention, décelant dans ses yeux comme une profonde tristesse, un océan de culpabilité.

— Qu'est-ce que tu veux dire par là, Tan ?

— Elle serait fière de voir que je ne suis plus une petite fille riche qui a besoin de ses frères ou de son fiancé sexy pour s'occuper d'elle. Addy était indépendante et courageuse. Rien ne lui a été servi sur un plateau. Elle m'aurait félicitée d'avoir fait mon propre chemin. D'avoir accompli quelque chose d'important, qui rende le monde un peu meilleur. Elle, elle n'est plus là pour agir…

Levi ouvrit la bouche et la referma, choqué par ce qu'il croyait comprendre.

— Tan, ce n'est pas ta faute si elle est morte.

Tanna le dévisagea fixement.

— Oh ! je t'en prie, bien sûr que si ! Elle conduisait ma voiture, une grosse cylindrée, parce que j'étais ivre, et que j'avais trop fait la fête. Addy est morte à cause de moi, Levi.

Non ! C'était un accident, un malheureux concours de circonstances.

Levi sentit son cœur se serrer pour elle. Elle avait cru bien faire en ne conduisant pas sous l'emprise de l'alcool, mais la soirée s'était malgré tout soldée par une mort tragique.

Quoi de plus atrocement triste que cela ?

— Chérie, tu dois te donner une chance.

— La vie n'a accordé aucune chance à Addy. Pourquoi moi, j'en aurais une ?

Elle croisa les bras sur sa poitrine et Levi comprit qu'elle regrettait d'en avoir trop dit. Avant qu'il puisse lui démontrer à quel point elle était dure envers elle-même, elle se leva brusquement et quitta la pièce. Trente secondes plus tard, il l'entendit monter l'escalier en vitesse.

Il voulut s'élancer à sa suite, mais se rappela vite qu'il ne pourrait la suivre dans l'escalier…

Il en avait assez d'être blessé ! S'il le pouvait, il arracherait son plâtre à mains nues.

— Je peux t'offrir quelque chose à boire ?

Heureusement, Tanna n'était pas d'un naturel rancunier ; elle redescendit peu après, les yeux rougis mais l'air serein.

Levi la trouvait pâle, cependant, et il était prêt à tout pour effacer cette lueur triste dans son regard. Elle n'était pas aussi sereine qu'il l'avait d'abord cru.

Lui-même n'était pas au mieux de sa forme.

Son projet de revanche était en train de partir en vrille.

Peut-être avaient-ils creusé trop profond, en s'attaquant à des plaies pansées depuis longtemps. Le passé restait le passé : on ne pouvait ni le modifier, ni le réparer. Lui n'était pas du genre à regarder derrière lui. Il n'était pas non plus du genre à parler d'avenir en matière de relations sentimentales.

Il devait garder à l'esprit que, si Tanna et lui avaient bien un passé, ils n'avaient pas d'avenir. Il ne leur restait que le présent. Dans ce contexte, à quoi bon se disputer pour des détails que personne ne pourrait changer ?

Il se devait de garder la maîtrise des événements. Pour lui comme pour Tanna. Il était temps de se ressaisir.

— Viens ici, Tan.

Elle traversa la pièce et, quand elle fut assez proche, il l'attrapa par le bras et l'attira vers lui. Tanna l'interrogea du regard, et il sourit devant son expression de défi et de fierté.

— Chérie, je n'ai pas envie de me disputer avec toi.

Elle n'avait pas l'air convaincue.

Du bout des doigts, il caressa la peau douce de l'intérieur de son poignet.

— Tu es ici pour quelques semaines encore, et je trouve que ressasser le passé, c'est improductif, ajouta-t-il.

Une lueur amusée teintée de soulagement égaya son regard, et il comprit qu'il gagnait du terrain.

— Et je suppose que tu as quelques idées sur la façon dont nous pouvons être *productifs* ? demanda-t-elle.

Il se tapota la cuisse.

— Si tu viens t'asseoir, je pourrai te montrer ce que j'avais en tête.

Tanna s'installa à califourchon sur lui, ses cheveux retombant sur son visage et venant lui chatouiller le menton.

— On dirait que tu as tes propres idées sur la question, lui fit-il remarquer en haussant un sourcil.

Tanna lui mordilla le menton.

— Oh ! J'en ai bien quelques-unes…

— Je serais ravi de les prendre en considération, murmura-t-il en lui passant la main dans le dos, avant de lui empoigner les fesses.

C'était tout ce qui comptait : ici et maintenant. Ses mains sur elle. Il voulait prendre son temps, il voulait se montrer sensuel, la faire succomber de plaisir.

Or ils n'avaient toujours pas de préservatifs. Ils avaient pris un sacré risque, tout à l'heure, et il n'était pas prêt à jouer avec le feu sur un sujet pareil.

Il ne pouvait et ne voulait pas non plus qu'il y ait le moindre malentendu entre eux. La saisissant par les bras, il la repoussa doucement.

Tanna parut confuse.

— Un souci ? s'enquit-elle.

— Il nous faut des préservatifs.

— Ah, c'est vrai, marmonna-t-elle en fronçant le nez. Je n'en ai pas… Et toi ?

Il en avait une boîte à l'étage. D'une voix rauque, il lui expliqua où les trouver mais, alors qu'elle s'apprêtait à quitter ses genoux, il lui serra les hanches pour la maintenir en place.

Elle lui jeta un regard interrogateur.

Depuis que cette femme sublime était revenue dans sa vie, il avait voulu prendre sa revanche, pour qu'elle implore son pardon. Il ne pensait qu'à se protéger, à s'assurer qu'il ne retomberait pas amoureux d'elle.

Il ne pouvait pas refaire la même bêtise deux fois.

Il lui caressa le bras tout en soutenant son regard.

— On a toujours réussi à se parler, Tan, donc là, ce n'est pas une bonne idée, de refaire l'amour.

— Parce que ça te semble un peu trop réel, c'est ça ? Trop semblable à ce que l'on a vécu ?

— Oui. Je ne peux pas revivre un tel échec, Tanna.

Les épaules de Tanna s'affaissèrent.

— Moi non plus, avoua-t-elle dans un souffle.

— J'ai envie de toi, mais je ne veux pas que tu penses que nous pourrons recommencer comme avant.

— Je sais. Mais c'est moi qui repars de l'autre côté de l'Atlantique, tu te souviens ? Dès que je…

Elle se tut et ses yeux se perdirent dans le vague.

— Dès que quoi, Tanna ?

Qu'hésitait-elle à lui dire ? Peut-être s'était-il montré un peu trop brusque dans ses paroles ?

— Laisse tomber, murmura-t-elle. Ça n'a pas d'importance.

Oh que si ! Tout ce qu'elle pensait, tout ce qu'elle ressentait était important. Et cela, même si cela l'agaçait au plus haut point.

— J'ai toujours envie de coucher avec toi, déclara-t-il.

Le sexe. Voilà tout ce qu'il pouvait y avoir entre eux.

Il s'attendait à ce qu'elle batte en retraite, qu'elle se lève et quitte la pièce, mais elle se contenta de le dévisager.

— Moi aussi, j'en ai toujours envie, Levi.

Il recommença à respirer quand elle descendit enfin de ses genoux. Bien ! Ils étaient sur la même longueur d'onde.

Arrivée à la porte, Tanna se retourna avec son sourire aussi doux que séducteur.

— Tu disais que les préservatifs se trouvent sur l'étagère du haut de ton armoire de toilette, c'est bien ça ?

Oh ! Merci la vie ! Pour le sexe, c'était réglé. Quant à ce tumulte d'émotions ? Pas tout à fait.

Voire pas du tout.

- 10 -

À l'entrée de la salle d'exposition, Carrick observait Tanna qui indiquait au personnel d'entretien comment accrocher les immenses photographies de Raeni dans des robes similaires à celles qui étaient en vente. Il devait admettre que l'idée de Levi de faire le lien entre la vente et sa belle-mère en demandant à Tanna de porter les robes de Raeni était géniale. Murphy's allait connaître une affluence record.

Par un étrange concours de circonstances, réussissant la prouesse de ne pas contrarier la chargée de relations publiques, Jane, ou tout autre membre du personnel, Tanna avait pris en charge toute l'organisation pour le cocktail de présentation de la vente. Ses réticences envers Murphy's International semblaient envolées, et Carrick la retrouvait souvent dans les bureaux, dans la salle d'exposition ou dans le bureau de Jane. Voire au téléphone avec un acheteur potentiel, ou en train de discuter avec un vendeur.

Quand il lui demandait pourquoi elle passait ses vacances chez Murphy's, à travailler, elle lui répondait allègrement que cela lui faisait plaisir d'avoir trouvé une activité pour passer le temps pendant que Levi était au travail. Et Carrick l'aurait peut-être crue, si seulement elle avait pu soutenir son regard en lui parlant.

Or elle mentait. Elle affirmait être revenue à Boston

pour ses vacances, mais il finirait par découvrir la véritable raison de son retour.

De plus, il était quasiment sûr que Levi et Tanna couchaient ensemble, et il s'en réjouissait pour eux. Lui, il n'avait pas cette chance…

Le visage éblouissant de Sadie Slade lui apparut et il ferma les yeux. Allons ! Ce n'était pas le moment de se laisser envahir d'images érotiques alors qu'il était au travail. Il avait rêvé de la sublime experte, et s'était réveillé en sueur, désorienté… Et en proie à un désir fulgurant.

Il ne s'était pas retrouvé dans un tel état depuis son adolescence, et cela le contrariait de constater que Sadie puisse avoir un tel effet sur lui. Et tant qu'il ne maîtrisait pas cette folle envie de lui sauter dessus, il préférait l'éviter.

Passant sa main dans les cheveux, il s'aperçut qu'il ne servait à rien de rester planté là, et décida donc de retourner à son bureau où il pourrait, il n'en doutait pas, encore sentir le parfum de Sadie dans l'air…

Une main se posa sur son épaule et il se retourna pour découvrir Levi. Ils échangèrent un check par les poings et il sourit.

— Que fais-tu là ? Tanna m'avait demandé si je pouvais envoyer un chauffeur te chercher, mais pas avant une heure, déclara Carrick en regardant sa montre.

— Mon chirurgien orthopédiste a eu une annulation et a pu me recevoir plus tôt. J'ai pris un taxi pour venir ici, expliqua Levi avant de désigner Tanna, qui se tenait sur un escabeau, un immense portrait de sa mère dans les mains. Elle est aussi autoritaire avec toi qu'avec moi, je suppose ?

Carrick sourit devant le ton affectueux de Levi.

— C'est clair !

Levi balaya la pièce du regard, aperçut les somptueuses compositions florales, et fronça les sourcils.

— Où sont les robes et les articles de la vente ? demanda-t-il.

— Ah, eh bien, ma sœur a décidé de façon unilatérale que, plutôt que d'exposer les robes dans des vitrines, elle engagerait des mannequins pour défiler avec tenues et bijoux. Il y a une douzaine de filles dans la salle de conférences, en petite tenue.

Levi sourit et fit mine de s'emparer de ses béquilles.

— Rappelle-moi où se trouve la salle de conférences ?

Carrick éclata de rire.

— Cette vente s'annonce bien, non ? fit remarquer Levi.

— Elle peut ! Tanna a fait exploser le budget.

— Je te connais, et tu ne sembles même pas préoccupé. Comment ça se fait ?

— Je suppose que c'est parce que je suis sacrément heureux de la voir chez Murphy's, à prendre autant de plaisir, répondit Carrick en soupirant. Tu sais qu'elle a convaincu au moins dix des plus grands collectionneurs au monde d'assister en personne au cocktail et à la vente aux enchères ? Leur présence va faire grimper les prix, alors comment pourrais-je me plaindre qu'elle a dépassé notre budget ?

— Ta sœur a le don de renverser le cours des choses…, marmonna Levi.

— C'est ce qu'elle t'a fait ?

Levi fixa Tanna, qui se tenait toujours en haut de l'échelle, puis se tourna vers Carrick, secouant la tête.

— Enlève-toi cette idée de la tête, mon vieux. Ça n'arrivera pas. Ta sœur et moi, on est juste amis.

Carrick lui jeta un regard dubitatif. Bien sûr. Ils étaient *amis*. Et lui, il n'éprouvait aucune attirance pour Sadie Slade.

D'ailleurs, en parlant de la jolie experte en histoire de l'art, il l'aperçut soudain qui s'approchait de lui, dans une de ses tenues de style bohème : une minijupe d'inspiration aztèque, un chemisier en soie bleu cobalt, ainsi qu'une veste aux couleurs chaudes cintrée sur ses hanches fines. Ses talons mettaient en valeur ses jambes galbées.

Sadie lui sourit et il crut que son cœur s'arrêtait. Elle désigna la salle d'exposition et, après avoir salué Levi, demanda si elle pouvait entrer pour y jeter un œil.

Carrick s'écarta pour la laisser passer, et en découvrant la salle vide la déception se peignit sur son visage.

— Oh. J'avais vraiment envie de voir les robes et les bijoux, dit-elle.

— Venez donc au cocktail de demain soir, suggéra Carrick.

Les yeux de Sadie se mirent à pétiller d'excitation, et Carrick sentit la chaleur envahir ses veines. Oui, c'était officiel, il ferait n'importe quoi pour voir cette femme sourire. Après l'échec de son mariage, il s'était juré de réduire sa vie amoureuse à sa plus simple expression. Or Sadie mettait ce vœu à rude épreuve.

— Vous êtes sûr ? demanda-t-elle.

— Certain. Je vous enverrai une invitation par mail.

— Génial ! Merci. Je suppose que ce sera une soirée chic ?

— Tenue correcte exigée, répondit Carrick, incapable de retirer son regard de sa bouche sexy.

Dans un état second, il vit Tanna s'approcher de lui alors que Levi lui donnait un coup dans les côtes.

— Bon sang, tu es pathétique ! grogna ce dernier entre ses dents.

— C'est l'hôpital qui se moque de la charité, rétorqua Carrick en regardant sa sœur et la femme avec laquelle il rêvait de passer la nuit se saluer.

Cette fois, plus de doute : son célibat avait du plomb

dans l'aile. Et, à en juger par l'expression sur le visage de Levi, il n'était pas le seul.

Le vendredi matin, une fois son café terminé, Tanna se tourna vers Levi, qui venait de conclure son appel quotidien avec son directeur de marina. Ou à l'un de ses directeurs car il passait de nombreux coups de fil tous les matins.

— J'ai un rendez-vous en ville, annonça-t-elle. Puis je vais chez le coiffeur cet après-midi. Quant à ce soir, c'est le cocktail chez Murphy's.

Levi fronça les sourcils.

— C'est ton troisième rendez-vous cette semaine. Tu es malade ou quoi ?

— Non, tout va bien, assura-t-elle.

Levi lui jeta un regard peu convaincu.

— Qu'est-ce qui se passe, Tanna ?

Elle prit son téléphone et consulta ses messages, espérant qu'il comprenne qu'elle ne comptait pas en discuter davantage. La main de Levi s'empara de son poignet et elle n'eut d'autre choix que de le regarder en face. Crispée, agacée, elle lui rendit son regard sévère.

— Pourquoi tu insistes, Levi ? Ce n'est pas bon pour… Pour nous.

Levi la lâcha, et son visage s'assombrit.

— Tanna, tu fais des cauchemars. Je les entends. Tu te réveilles souvent et tu parles dans ton sommeil. Il se passe quelque chose, et je veux que tu me dises ce que c'est.

N'était-ce pas lui qui avait assuré qu'il ne servait à rien de ressasser le passé ? Alors pourquoi insistait-il ainsi ?

Elle se voyait mal lui avouer qu'elle souffrait de stress post-traumatique, et qu'elle avait été mise en congé maladie. Qu'elle risquait de perdre son emploi, celui dont elle avait besoin pour pouvoir se regarder en face, si elle ne se ressaisissait pas. Que personne d'autre, à part elle-même, ne pouvait l'aider. Qu'elle n'était plus la fille qu'il connaissait, celle qui avait besoin de son fiancé ou de ses frères pour résoudre ses problèmes.

Tout cela était beaucoup trop personnel et elle ne pouvait rien lui confier de ce qui lui arrivait.

Mais il était têtu…

— C'est en rapport avec ton travail ? Pourquoi fais-tu cette pause de six semaines ? Et ne me dis pas que ce sont des vacances, Tanna. Je n'y crois pas.

Il ne comprenait pas… Passer du temps avec lui et chez Murphy's, c'était des vacances pour elle. Elle chérissait chaque minute passée à parler art, design et bijoux, à préparer cette vente exceptionnelle.

Dès son retour à Londres, elle devrait affronter des blessures, la mort, opérer des choix difficiles dans l'urgence. Son travail n'était guère amusant, mais il était utile, et même nécessaire. Et elle y mettrait tout son cœur.

— Quel est le mot que tu ne comprends pas dans « Tout va bien », Brogan ? répliqua-t-elle avant de consulter sa montre. Bon, je vais prendre une douche et me changer.

— Pourquoi ne parles-tu jamais de ton travail ? Pourquoi es-tu vraiment revenue à Boston ?

Seigneur ! Si elle ne répondait pas, il n'allait pas la lâcher…

— Je ne parle pas de mon travail parce que la plupart des gens n'ont pas envie d'entendre parler de fractures, ni de crises cardiaques, expliqua-t-elle avec un sourire forcé.

Et parce qu'à chaque fois qu'elle s'imaginait reprendre son poste à la BIZD son estomac se serrait et sa gorge se nouait. Ce qu'elle ne lui dirait pas, bien sûr.

La mâchoire de Levi se crispa, et elle vit qu'il essayait de comprendre.

— Ça te plaît de travailler dans le domaine médical ? s'enquit-il.

Déstabilisée par sa question, elle le dévisagea longuement. Bien sûr que cela lui plaisait. Elle n'avait pas suivi toutes ces études, longues et difficiles, pour le plaisir.

— Évidemment, répondit-elle.

Mais Levi ne semblait pas convaincu.

— Raconte-moi quelque chose qui te plaît dans ton travail, quelque chose qui te motive à chaque fois que tu prends ton service, précisa-t-il. Et ne me dis pas que tu sauves des vies. C'est trop facile.

C'était pourtant la seule réponse !

— Je ne comprends pas où tu veux en venir, Levi.

Il réfléchit un instant et reprit :

— Laisse-moi te donner un exemple. C'est un peu idiot, mais quand un yacht quitte la marina, je consulte immédiatement le livre d'or pour savoir ce que les clients ont pensé de leur séjour. Je reçois de sacrées bonnes critiques et ça me motive. C'est une de mes nombreuses petites joies. Dis-moi juste quelles sont les petites joies de ton métier.

Elle le regarda avec méfiance. Il lui était difficile de trouver des *petites joies* qui ponctuaient son métier… Son travail alternait les temps morts avec ceux nécessitant concentration et responsabilités intenses. Elle avait toujours été consumée par le sentiment de faire quelque chose d'utile, alors elle ne s'était jamais posé la question de ces petites joies…

— Tu n'arrives pas répondre, hein ? OK, dans ce cas réponds donc à ça…

Tanna se força à soutenir le regard perçant de Levi qui la fit chavirer.

— Est-ce que tu aimes vraiment ce que tu fais, Murphy ? As-tu jamais aimé ton métier ?

Impossible de lui répondre, cette question était trop lourde, trop directe. Elle se refusait à poursuivre cette conversation, car si Levi la poussait à creuser, à s'interroger sur ses motivations, les réponses qui sortiraient risquaient de ne pas lui plaire.

De plus, peu importait qu'elle aime son travail ou non, c'était ce qu'elle devait faire pour pouvoir se regarder en face, pour vivre avec la culpabilité de la mort d'Addy.

Bien ! Il était grand temps de mettre un terme à cette conversation.

Rassemblant son courage, elle fit le tour de la table et s'humecta les lèvres, apercevant aussitôt la lueur de désir dans les yeux de Levi. Elle l'embrassa, laissant sa langue s'inviter entre ses lèvres. Levi la prit dans ses bras et l'attira sur ses genoux, à califourchon. Elle sentit aussitôt son désir qui pointait entre ses cuisses.

Elle approfondit son baiser. Quoi de plus efficace pour détourner une conversation gênante ?

Levi reprit l'initiative, et bientôt elle avait oublié sa question, s'abandonnant contre son corps robuste, envoûtée par sa force, captivée par ses baisers. Levi avait ce don de l'entraîner dans une autre dimension, un monde où rien n'existait sinon leur passion et leur désir.

Plus besoin de se parler, se toucher suffisait…

Puis Levi posa ses mains sur ses épaules et la repoussa doucement. Elle le dévisagea, étonnée. Pourquoi s'arrêtait-il soudain ?

Levi fit courir son pouce sur sa lèvre inférieure.

— Je sais que tu essayais de me distraire, mais je ne suis plus un gamin. Tu n'as pas répondu à ma question, Murphy.

Et elle n'en avait aucune envie !

Frustrée et vexée d'avoir été démasquée, elle se leva et lui adressa un sourire froid.

— Je vais prendre une douche, et ensuite j'irai en ville, dit-elle. On se voit plus tard.

— Tu es tellement… frustrante ! grommela Levi alors qu'elle s'éloignait.

Se doutait-il seulement combien elle-même était frustrée ?

— Bienvenue, madame Talbot ! s'exclama Tanna en tendant la main à la vieille dame, avant de déposer un baiser sur chacune de ses joues à la peau parcheminée. La dernière fois que nous nous sommes vues, je n'étais qu'une enfant.

La très riche et très mondaine Frieda Talbot, à qui on ne donnait plus d'âge, la dévisagea de ses yeux étoilés de rides profondes.

— Je me souviens de toi portant des nattes, assise dans le coin du bureau de Carrick pendant que nous parlions affaires.

Frieda était l'une des plus anciennes et des plus riches clientes de Murphy's et possédait de vastes collections d'art et de bijoux. Véritable passionnée des salles de ventes, elle recevait une invitation pour chaque réception et chaque vente aux enchères organisées chez Murphy's.

— C'est un tel plaisir de vous revoir. Avez-vous déjà repéré des articles qui vous plaisent ? demanda Tanna.

— J'ai remarqué le sac à main à motifs fleuris des années 1930. Je trouve l'estimation à cinq cents dollars un peu élevée.

Tanna sourit, se souvenant que Frieda avait un jour acheté un Willem de Kooning pour plus de trois millions de dollars.

— J'espère que vous le décrocherez, lui répondit sincèrement Tanna. Et à un prix satisfaisant !

Frieda parut satisfaite de sa réponse et, interpellée par un vieil ami, elle prit brusquement congé.

Le sourire aux lèvres, Tanna se retourna alors qu'on lui donnait un petit coup sur l'épaule.

— Sadie ! Quel bonheur de te voir ici ! J'adore ta robe.

Avec son corsage blanc et sa jupe courte à motifs fleuris, elle ressemblait beaucoup à un modèle Christian Dior de la vente.

— C'est une imitation bon marché, avoua Sadie. Je l'ai trouvée dans une petite boutique, à Paris. La propriétaire est une créatrice qui s'inspire des années 1960.

— Tu es magnifique.

— Toi aussi ! J'ai adoré toutes les robes que tu as présentées ce soir, mais celle-ci est tout simplement sublime.

Tanna ne put s'en empêcher : elle regarda de l'autre côté de la salle Levi qui se tenait près du bar, appuyé sur ses béquilles et qui bavardait avec Finn. En baissant les yeux sur sa robe en crêpe couleur ivoire, elle se souvint du moment où elle l'avait ôtée, dans le studio de danse de la maison de Beacon Hill, et qu'elle s'était retrouvée nue, alors que Levi était encore habillé…

Elle se sentait tellement sexy dans cette robe…

Mais c'était Levi qui la rendait sexy.

Elle accepta un martini lors du passage d'un serveur, et vida les trois quarts de son verre, tout en se disant qu'elle n'avait jamais autant fait l'amour de sa vie… Et ses ébats avec Levi étaient magiques, malgré sa capacité de mouvements limitée. Oh Seigneur ! Si jamais elle avait l'occasion de lui faire aussi l'amour quand il serait complètement rétabli… elle aurait du mal à s'en remettre.

Mais non, elle serait rentrée à Londres depuis longtemps avant que cela arrive. Et en attendant, elle devait rester concentrée sur son objectif : guérir de son stress pour reprendre son travail. Jouer aux amoureux avec Levi, ce n'était pas la vraie vie. C'était le rêve d'une adolescente, et il y avait longtemps qu'elle avait rejoint le monde des adultes, au détriment de celui des rêveurs.

Tout en contemplant la robe de Sadie, elle se dit que quitter Levi, une fois de plus, allait être difficile, peut-être même plus difficile qu'il y a dix ans. Car elle avait beau savoir qu'elle devait retourner à son travail et à sa vie à Londres, elle avait apprécié de renouer avec lui. Cela lui avait donné un aperçu de ce qu'aurait pu être sa vie si elle avait pris la voie de la facilité en l'épousant.

En même temps, cela lui faisait regretter tout ce à quoi elle avait renoncé, avec lui. Toutes ces années durant lesquelles elle aurait pu partager sa maison et son lit, l'aimer, rire avec lui, se disputer et se réconcilier…

Sauf que, si elle l'avait épousé, sa vie, leur vie, aurait été entachée par sa culpabilité… Comment aurait-elle pu s'adonner à une vie aussi idyllique alors qu'Addy, elle, était six pieds sous terre ?

Et puis elle aurait facilement pu retomber amoureuse de Levi – avait-elle seulement cessé de l'aimer ? – même si elle n'avait pas le droit de prétendre à un happy end de conte de fées.

Non ! Elle devait payer pour les choix qu'elle avait faits.

Elle s'accordait juste une petite parenthèse sensuelle de quelques semaines. Bientôt, elle retrouverait son véritable travail, difficile et émotionnellement épuisant, ainsi que sa vie tranquille à Londres. Même si, pour l'instant, oui, elle allait profiter au maximum de Levi Brogan.

— Wow ! Tu m'as l'air partie à des années-lumière d'ici ! s'exclama Sadie en souriant. Je veux absolument savoir ce qui a provoqué cette lueur lointaine dans tes yeux.

Tanna se contenta de sourire. Si Sadie et elle avaient

été suffisamment proches, elle lui aurait avoué la vérité : elle était au bord de l'overdose de sexe.

Elle se tourna vers Levi qui pivota presque immédiatement vers elle. Leurs regards se croisèrent. Ils avaient beau se trouver aux extrémités opposées de la salle, elle sentait la chaleur de son regard sur elle, et sut exactement ce qu'il avait en tête : « Plus tôt je t'arracherai ta robe, mieux je me porterai ! »

Il lui fit signe de venir le rejoindre, et, après s'être excusée auprès de Sadie, elle se dirigea vers lui.

Mais, au lieu de l'attendre, il fila vers la porte. Il arrivait à se déplacer rapidement, avec ses béquilles !

Elle avait beau s'efforcer d'éviter les invités qui voulaient lui parler, elle fut obligée d'accueillir plusieurs clients de Murphy's, échangea baisers et accolades amicales. Mais, même en réduisant au maximum les conversations, il lui fallut près de dix minutes avant de sortir dans le couloir de l'hôtel. Levi n'était visible nulle part.

Elle se dirigea vers les ascenseurs, puis bifurqua vers les toilettes pour dames, relevant sa robe pour hâter le pas.

Elle se trouvait à quelques mètres des toilettes lorsqu'une porte s'ouvrit sur sa droite et qu'un bras musclé lui enveloppa la taille, avant de l'attirer contre un torse tout aussi musclé.

La bouche de Levi recouvrit la sienne alors qu'il refermait la porte derrière lui.

Reprenant son souffle, elle constata qu'ils se trouvaient dans un petit salon, idéal pour un tête-à-tête clandestin.

Levi s'appuya contre la porte et fit basculer le verrou. Et à en juger par son regard embué de désir, les prochaines minutes s'annonçaient torrides…

Comme elle aimait quand il la prenait ainsi par surprise…

— Je t'ai dit à quel point je te trouve sexy ce soir ? À

quel point j'aime cette robe ? demanda-t-il en promenant ses lèvres sur son épaule nue.

Non, mais vu la façon dont il lui avait fait l'amour avant de quitter la maison, en lui ôtant soigneusement sa robe, elle en avait une petite idée.

— J'adore cette robe, mais…

— J'ai compris l'allusion, murmura-t-elle en passant ses bras autour de son cou. J'espérais que tu me dirais ça.

— Et que je te kidnappe pour t'embrasser dans une pièce déserte alors que le cocktail bat son plein ? demanda-t-il tout en promenant sa langue le long de son cou.

Elle frissonna et plongea sa main dans ses cheveux.

— Aussi. C'est très… sexy, admit-elle en rougissant. À chaque fois qu'on est ensemble, j'ai l'impression d'être branchée en permanence sur une prise électrique.

Levi la regarda, haussant un sourcil.

— Est-ce une bonne ou une mauvaise chose ?

— Tu sais très bien que c'est une bonne chose, Lee.

En fait, tout était merveilleux, avec lui. Malgré les limites qu'il avait tenté de poser entre eux, ils discutaient beaucoup entre leurs ébats, et intellectuellement, ils étaient sur la même longueur d'onde. Il y avait un équilibre, à présent…

— Tu as envie que je te touche ? lui demanda Levi d'une voix éraillée par le désir.

Il demandait toujours la permission, ne partait jamais du fait qu'elle était à sa disposition. C'était sans doute sa façon de garder une certaine distance émotionnelle entre eux.

Après un long silence, elle hocha la tête.

— S'il te plaît, touche-moi, Lee. Fais-moi l'amour, ici. Tout de suite. Sans plus attendre

— J'en ai envie, tu sais que j'en ai envie, mais… Tous les invités ont les yeux rivés sur toi, ce soir, et tout le monde, y compris tes frères, risque de deviner ce que nous avons fait, chuchota-t-il au ceux de son oreille. Je refuse de te mettre dans un tel embarras, ma chérie.

— Aargh, marmonna-t-elle. Alors pourquoi m'as-tu entraînée ici ?

— Parce que je ne pouvais pas supporter d'être à l'autre bout de la salle sans pouvoir t'enlacer, t'embrasser. Faire comme si nous n'étions que des amis, dans une relation platonique, ça me tue. Et si tes frères découvrent que l'on a couché ensemble, ils me tueront. Même si je pense que Carrick soupçonne quelque chose.

— Ça ne les regarde pas, rétorqua-t-elle, agacée.

— Je sais mais crois-moi, ce n'est pas comme ça que fonctionnent, les frères, chuchota-t-il avant de capturer ses lèvres pour un baiser aussi langoureux que sexy. J'ai envie de toi, Tan. Encore. C'est trop, n'est-ce pas ?

Elle était d'accord. C'était vraiment trop. Mais cela lui convenait à merveille.

Elle prit le visage de Levi dans ses mains, et leur baiser se prolongea, languide, adorable, tellement doux et sensuel. La passion était palpable mais retenue, car ils savaient tous deux que s'ils la laissaient s'exprimer, se déchaîner, ils perdraient le contrôle. Elle laissa donc Levi choisir le rythme, leurs langues s'entremêlant en douceur. Elle soupira alors qu'il glissait sa main sous le triangle recouvrant son sein droit, ses doigts effleurant son mamelon de la plus sexy des façons.

Elle étouffa un gémissement, avide d'aller plus loin encore, mais Levi secoua la tête.

— Ne nous emballons pas, ma belle. Pas tout de suite.

Ah oui ! Cocktail. Foule d'invités. Sauver les apparences.

La main de Levi descendit le long de sa hanche, puis de sa cuisse et enfin sous la haute fente de sa robe, sa main disparaissant sous ses replis ondulés. Elle retint son souffle lorsque ses doigts trouvèrent le bord de sa culotte, et elle défit immédiatement sa veste de smoking, à la recherche de la braguette de son pantalon.

Mais la main robuste de Levi couvrit la sienne.

— Non. Il ne s'agit pas de moi.

— Mais…

— On va y aller doucement. Un seul d'entre nous aura tout le plaisir. Et devine quoi ? murmura-t-il contre ses lèvres.

— Quoi ?

— Ce ne sera pas moi…

À peine eut-il prononcé ces mots que ses doigts baissèrent sa culotte pour s'inviter entre ses replis. Comme toujours, ses caresses étaient douces, tendres, excitantes…

En quelques secondes, elle était déjà au bord de l'extase.

Comment diable arrivait-il à la mettre dans cet état ?

— Tu as envie de jouir, Tan ? Là, maintenant ?

— S'il te plaît, Lee…

Il s'empara de nouveau de sa bouche, et, avec sa langue, il se fit l'écho des lents mouvements de ses doigts qui se glissaient en elle. Seul Levi avait un tel don pour la faire languir… Lentement, mais sûrement.

Elle sentait le plaisir monter en elle, irrépressible, cette fois-ci une vague douce et délicate, par opposition au tsunami de passion qui l'avait submergée lors de leurs précédents ébats…

Ondulant des hanches pour mieux recevoir ses caresses, elle se délecta de le sentir stimuler cette petite zone particulière dont il lui avait fait découvrir l'existence. C'en était trop… Elle se figea, écarta ses lèvres de celles de Levi, alors que tout son corps se concentrait sur ses caresses.

Bientôt, la vague monta de l'intérieur, puis déferla sur elle, immense, impitoyable…

Un véritable feu d'artifice de sensations la submergea, et elle frappa le torse de Levi de sa main. Se rendait-il compte qu'elle ne tenait plus debout, qu'elle arrivait à peine à respirer ?

Plus rien n'avait d'importance. Il n'y avait plus que Levi et elle. Il enroula son autre bras autour d'elle, la soutint fermement pour qu'elle s'approprie son plaisir, pour qu'elle s'abandonne entièrement. Et elle jouit une nouvelle fois, poussant un petit cri, avant de se désintégrer dans ses bras.

Elle n'avait aucune idée du temps qu'il lui fallut pour revenir à la réalité.

Levi s'écarta doucement d'elle, puis ses bras musclés l'enlacèrent, et elle sentit son nez dans ses cheveux, ses lèvres contre sa tempe.

— Bon sang, Tanna. Tu es tellement belle.

Fermant les yeux, elle se laissa bercer par ses paroles.

Seigneur ! Comment arriverait-elle à le repousser, une nouvelle fois ? À l'époque où elle avait fui leur mariage, elle ne connaissait pas encore la puissance de ses caresses, la satisfaction de s'abandonner entièrement entre ses bras. Tandis qu'à présent…

Non seulement cet homme lui procurait des orgasmes faramineux, incroyables, mais surtout, il la voyait telle qu'elle était, aujourd'hui : forte, indépendante, confiante.

Pourtant, elle devait rentrer à Londres.

— Tanna ? Enfin, mais où es-tu ?

Elle sursauta en entendant le cri qui venait du couloir. Carrick. Et il semblait paniqué.

— Tanna, j'ai besoin de toi, bon sang !

La voix de Carrick se fit plus pressante encore derrière la porte.

Sans plus attendre, Levi se retourna et ouvrit. Carrick apparut, essoufflé et livide.

Tanna posa une main sur le bras de son frère.

— Carrick ! Qu'est-ce qui se passe ?

— C'est Sadie ! Je crois qu'elle est en train de s'étouffer. Il faut que tu viennes !

Tanna n'hésita pas une seconde. Ôtant ses escarpins à talons, elle souleva sa robe et se mit à courir.

- 11 -

Les portes de l'ambulance à peine refermées, le chauffeur démarra en trombe pour emmener Sadie, qui respirait grâce au tube de stylo que Tanna lui avait inséré dans la gorge, aux urgences les plus proches.

Tanna sentit le bras de Finn se glisser autour de sa taille, et le corps robuste de Ronan la protéger du vent glacial. Quelque chose de doux recouvrit ses épaules nues, et elle reconnut la veste de Ronan.

— Ma puce, tu dois rentrer à présent, murmura-t-il. Tu dois avoir les pieds gelés.

Tanna baissa les yeux, réalisant soudain qu'elle ne sentait plus ses orteils. Figée sur les marches de pierre froides menant à l'entrée de l'hôtel Forrester-Grantham, elle regarda autour d'elle en clignant des yeux.

— Où est Levi ? bredouilla-t-elle alors que Ronan et Finn la raccompagnaient dans le hall de l'hôtel.

— On ne sait pas, ma puce, répondit Finn. Mais on est là, nous.

Elle croisa son regard, ravalant ses larmes. Pas question de le vexer en lui expliquant que, bien qu'elle apprécie leur soutien, c'était Levi dont elle avait besoin.

Tout de suite.

— Je vais remonter à la salle de réception pour voir s'il est toujours là, proposa Ronan.

Tanna regarda son frère s'éloigner, puis l'ourlet sale et mouillé de sa robe. Ses pieds avaient bleui. Elle avait l'impression d'agir en dehors d'elle-même, comme si elle se regardait de l'extérieur.

— Ça va, Tan ? demanda Finn, visiblement inquiet.

Non, ça n'allait pas.

Elle était sur le point de vomir son champagne, ainsi que les délicieux petits fours de la réception.

Inspirant par le nez, elle compta jusqu'à 10, puis jusqu'à 20, ce qui atténua peu à peu sa nausée.

Les images de ces vingt dernières minutes s'accumulaient à son esprit : Sadie allongée sur le dos, les yeux exorbités, terrifiés, suffoquant, la main autour de son cou, implorant de l'aide en silence.

Tanna avait aussitôt retrouvé ses réflexes. En bonne urgentiste, elle s'était mise à donner des ordres autour d'elle. Alors que tout le monde obtempérait, elle avait effectué une trachéotomie d'urgence, et Sadie avait de nouveau pu respirer.

Tanna avait attendu l'ambulance calmement, rassurant Sadie de son mieux. Et non, cette fois, elle n'avait pas paniqué ; pas de petites taches noires devant ses yeux, ni de difficulté à respirer. Non, elle était restée calme et détendue et avait gardé son sang-froid, retrouvant les automatismes de son métier. Elle avait sauvé la vie de Sadie, tout comme elle avait sauvé d'autres vies dans des situations similaires.

Addy était toujours morte, mais elle, elle remboursait sa dette du mieux qu'elle pouvait. Tel était son devoir. Travailler chez Murphy était agréable, amusant, léger, mais tellement futile. Contrairement au fait de sauver des vies.

Or voilà ce qu'elle venait de faire : sauver une vie. Sans un seul symptôme de stress post-traumatique.

Elle sentit soudain la chaleur de Levi, puis ses bras qui

l'enlaçaient avec vigueur. Elle se retourna, enfouit son visage dans son cou, glissant ses bras autour de sa taille.

— Bien joué, Tan. Tu lui as sauvé la vie !

— Je n'arrête pas de trembler, bredouilla-t-elle, sentant enfin les larmes couler sur son visage.

— Je suis là, murmura Levi en lui caressant le dos. Je suis là.

Ses mains la réchauffaient comme jamais la veste de Ronan ne le ferait.

Levi la prit par la taille et l'entraîna vers un canapé dans un coin reculé du hall. Elle se blottit sur ses genoux, enfouit son visage dans son cou et éclata en sanglots.

Normalement, elle ne craquait qu'une fois qu'elle se retrouvait seule, dans l'intimité. Mais là, c'était différent. Elle ne voyait pas Addy, elle ne sentait pas l'odeur du sang, elle n'était pas dans sa voiture d'autrefois, les jambes piégées par la tôle.

Elle ne pleurait pas à cause du SPT, mais parce que, cette fois, pour la première fois, elle était redevenue la soignante qu'elle avait été durant toutes ces années. Elle avait accompli son devoir, rapidement et avec efficacité.

Elle avait sauvé la vie de Sadie.

Alors peut-être, qui sait, que ses symptômes de SPT s'étaient envolés aussi vite qu'ils étaient apparus.

Elle pleura deux minutes ? Vingt minutes ? Puis Levi lui tapota le dos en lui demandant d'arrêter. Sa voix rassurante, ses doigts délicatement posés sur son épaule l'aidèrent à se ressaisir, et elle leva ses yeux embués vers lui.

— Je ne comprends pas, murmura-t-il. Tanna, tu es infirmière urgentiste. C'est ton métier de secourir les gens. Tu as sans doute connu des situations pires que celle-ci, non ?

— Oui, évidemment.

— Alors je ne comprends pas ta réaction. Ces larmes. Tu sembles effondrée. Pourquoi ?

Elle sécha ses larmes d'un revers de main et, quittant ses genoux, s'installa à côté de lui.

— Tu veux bien me répondre, Tan ?

Le plus simple serait de mentir, mais elle n'en avait pas la force.

— Ces derniers temps, j'ai souffert de flash-back de mon accident, d'une grande anxiété et d'une série d'autres symptômes de stress post-traumatique, avoua-t-elle.

À ces mots, Levi se figea.

— Quand cela a-t-il commencé, exactement ?

— Quelques semaines avant de quitter Londres, je suis intervenue sur un accident de la route. Une adolescente était prise au piège, et elle a dû être désincarcérée.

— Tout comme toi.

— Elle ressemblait à Addy. J'avais l'impression d'être dans la voiture, avec elle. J'ai été la première personne à arriver auprès de cette jeune fille, mais je suis restée figée. J'étais incapable de la soigner. Je me suis éloignée. Mon collègue a dû prendre la relève. Comme Addy, elle ne s'en est pas sortie. Elle a arrêté de respirer et je ne peux pas m'empêcher de penser que si j'avais réagi plus tôt pour elle, je l'aurais peut-être sauvée.

Et elle s'en voudrait sûrement toute sa vie.

— Je me sens tellement coupable, Lee. Pour elle et pour Addy. Depuis, j'ai des flash-back, des angoisses et je fais de très mauvais rêves. Pire encore, je me suis remise en question sur les deux sauvetages auxquels j'ai assisté après celui-là. Mon superviseur m'a adressée à un psychologue et j'ai été mise en congé maladie. On m'a fortement recommandé d'en profiter pour suivre une thérapie pour vaincre ce SPT. Et si je n'y arrive pas, je ne pourrai pas reprendre mon travail.

Elle se leva, prit une longue inspiration, chercha le regard de Levi et poursuivit :

— Or là, si je viens de craquer, ce n'est pas parce que j'ai eu des flash-back.

— Euh, d'accord…, marmonna Levi d'un air perplexe. Je ne comprends pas ce que tu essaies de me dire, Tanna.

— J'ai craqué parce que… j'ai vu Sadie et j'ai su ce que je devais faire, et comment le faire. Je n'ai pas pensé à l'accident, ni à Addy, ni à cette nuit maudite. J'ai juste fait mon travail, expliqua-t-elle avec un petit sourire triste. Je crois que j'ai vaincu mes démons, Levi…

Elle allait pouvoir retourner à Londres, reprendre son travail.

Mais alors pourquoi n'en éprouvait-elle aucune joie ?

Le lendemain matin, Levi entra dans sa cuisine, béquilles sous les bras. Jules, Darby et Callie étaient installées autour de la grande table, chacune devant une pile de rectangles de couleurs différentes. La table était recouverte d'une grande feuille de papier sur laquelle étaient imprimés des cercles, et barrée d'un gros titre : « Lockwood-Brogan Organisation », un indice clair qu'elles discutaient de son sujet le moins favori.

Encore une fois.

— Pourquoi l'organisation du mariage doit-elle avoir lieu chez moi ? demanda-t-il.

— Parce que Noah a menacé de me kidnapper pour m'emmener à Vegas si je lui posais encore une question sur le mariage, rétorqua Jules sans même lever les yeux vers lui.

Levi retint un juron. C'est Noah qui allait se marier et c'était lui qui devait se coltiner les préparatifs ? Vraiment, il n'y avait pas de justice !

— Où est Tanna ? demanda sa mère quand il eut déposé un baiser sur sa joue.

Cette dernière était éblouissante. Radieuse. Mason lui faisait manifestement un bien fou. Contrairement à lui qui ne pensait pas faire du bien à Tanna…

Il se frotta la nuque en repensant à la nuit précédente.

Après ses aveux, Tanna avait quitté ses bras pour se diriger vers les toilettes. À son retour, elle était extraordinairement pâle, mais avait séché ses larmes. Elle paraissait sereine.

Et aussi distante que l'était le désert sibérien.

Au lieu de dormir avec lui en bas, elle avait regagné la chambre d'amis. Il n'avait fait aucun commentaire ; il comprenait. Mais il avait à peine dormi. Tout lui manquait en elle : sa respiration douce, son corps soyeux, son parfum subtil et féminin.

Bon sang ! Il avait besoin de la voir. Maintenant. Tout de suite.

Cette fois, il était incurable.

— Alors, que s'est-il réellement passé hier soir ? lui demanda sa mère. J'ai entendu dire que Tanna avait sauvé une invitée lors du cocktail chez Murphy's.

Levi ne se ferait jamais à la rapidité avec laquelle les nouvelles circulaient à Boston ! Et sa mère, qui avait autrefois été l'une des personnalités les plus populaires de Boston, restait parmi les mieux informées.

Darby leva brusquement les yeux vers lui.

— C'est vrai ça, que s'est-il passé ? demanda-t-elle, en plaçant quelques rectangles autour d'un cercle sur la table.

— La nouvelle experte en art de Carrick s'est étouffée et Tanna lui a fait une trachéotomie d'urgence, expliqua Levi, en se dirigeant vers la machine à café. Elle lui a sauvé la vie.

Jules ouvrit de grands yeux.

— C'est génial !

Sans doute sa sœur avait-elle raison. Mais sauver des gens, cela pesait beaucoup sur Tanna, et personne ne se rendait compte du lourd fardeau qu'elle portait. Et même si elle semblait vouloir croire qu'elle était guérie, il n'était pas convaincu que les symptômes d'un stress post-traumatique puissent s'envoler aussi vite. Dans quelques semaines, quelques mois, elle risquait d'être confrontée à un autre déclencheur, et les symptômes reviendraient en force, la mettant peut-être elle-même en danger…

Il savait ce dont elle avait besoin, et ce n'était certainement pas d'un métier qui lui ferait revivre en permanence l'atroce nuit de son accident dans toute son horreur.

Il lui en avait voulu pendant des années, mais aujourd'hui il avait enfin accepté et compris pourquoi elle avait éprouvé le besoin de quitter Boston.

Et combien il avait été naïf de la croire prête pour le mariage quelques mois seulement après un si grave accident, après avoir vu mourir son amie. Quelle arrogance il avait eue de penser qu'en l'épousant, en la prenant sous son aile, il parviendrait à faire disparaître ces horribles souvenirs…

Il avait voulu la protéger, et il était à l'époque convaincu que ce mariage était le moyen d'y arriver. Il était tellement déterminé à ne plus laisser rien de mal lui arriver, à la protéger, à lui faire oublier cette nuit maudite…

Or un tel traumatisme ne pouvait pas simplement s'effacer par un mariage, même un mariage d'amour. Cela nécessitait une véritable résilience, la capacité à affronter les difficultés afin de les combattre.

Tanna avait tenté de surmonter son traumatisme en choisissant un métier où elle pourrait se sentir utile, expier sa culpabilité de survivante.

Mais lui, il était certain d'une chose : la culpabilité, cela ne s'effaçait pas en exerçant un travail que l'on détestait.

Bon, peut-être ne détestait-elle pas complètement son métier, mais elle avait beau être douée, elle ne s'épanouissait pas particulièrement dans son travail. Ses yeux ne s'illuminaient pas d'excitation lorsqu'elle évoquait son travail d'urgentiste, contrairement aux fois où elle parlait d'un tableau ou admirait le stylisme d'une robe, ou le travail d'orfèvre nécessaire à la fabrication de bijoux de l'époque victorienne.

D'ailleurs, depuis son retour à Boston, chez Murphy's, elle s'était de nouveau plongée dans un domaine qu'elle adorait, avec sa famille, et s'y était épanouie. Même le dernier des crétins pouvait constater qu'elle était heureuse ici, que Boston était sa ville de prédilection.

Pensif, il regarda par la fenêtre de la cuisine. Son accord avec Tanna, si l'on pouvait encore appeler ainsi ce qui se passait entre eux, ne durerait plus que quelques semaines. Oubliée, la revanche ! Dépassée l'idée d'une aventure sans lendemain ! Il ne lui restait pas beaucoup de temps pour persuader Tanna de ne pas retourner à Londres et de commencer une nouvelle vie, ou un nouveau chapitre de sa vie, à Boston.

Avec lui.

Il contempla le jardin enneigé. Aujourd'hui, ils étaient tous deux plus âgés, plus raisonnables… et toujours follement attirés l'un par l'autre.

Ils étaient si bien, ensemble. Cette femme était faite pour lui et sa place était à Boston, auprès de lui.

Et bon sang ! Il était temps qu'elle s'en rende compte !

Il voulait Tanna sous son toit, il la voulait dans sa vie. Il avait toujours envie de l'épouser, envie qu'elle porte sa bague.

Son cœur se serra à cette idée. Ils avaient déjà essayé

ce scénario, et cela s'était soldé par un échec. Tanna avait pris la fuite.

Or il voulait croire qu'elle ne referait pas une telle chose. En tout cas, si elle y songeait, il était presque sûr de pouvoir l'en dissuader.

Ils ne s'étaient fait aucune promesse, mais il percevait à présent le lien qui les unissait dans son regard – même s'il avait trop peur pour appeler cela de l'amour. Il le percevait dans ses gestes, dans ses caresses, quand elle se lovait contre lui… Mais aussi dans la façon dont elle lui avait prodigué toutes ces caresses ; tantôt douces, langoureuses, entrecoupées de baisers fiévreux et gourmands.

Tout finirait donc par s'arranger. Il le fallait bien. La vie ne pouvait être cruelle au point de lui donner un avant-goût de Tanna pour ensuite l'arracher une nouvelle fois de sa vie.

Cette fois, ils y arriveraient. Tous les deux, ils étaient plus forts, plus raisonnables, plus matures. Oui, tout irait bien…

— Levi, avec qui penses-tu que nous devrions placer le cousin Bob ?

À ces mots, il grimaça. Il en avait presque oublié ces fichues préparations de mariage…

— La question est de savoir *pourquoi* vous l'avez invité, répliqua-t-il. C'est un cousin éloigné, et on ne le voit que lors des mariages. Ou des enterrements.

— Il est de la famille ! protesta Jules dont le regard laissait pourtant entendre qu'il l'avait presque convaincue.

— Si vous l'invitez, vous vous attirerez des ennuis, fit-il remarquer.

Jules hocha la tête. Elle froissa le rectangle puis le lança vers lui.

— Compris ! Cousin Bob ne recevra donc pas son invitation officielle. Ça te va, maman ?

— Depuis que cet homme a essayé de m'embrasser à pleine bouche le jour de mon mariage, je suis plus que d'accord avec cette décision, répondit Callie en souriant. Ton père l'avait frappé, et envoyé voler dans le gâteau.

Ses sœurs étaient bouche bée, et Levi éclata de rire.

— Ah oui ! s'exclama Jules. J'ai vu des photos de votre gâteau ! Quelle scène !

— Et le gâteau avait un goût de sciure. Comme tous les gâteaux de tante Pénélope. Elle était douée pour les glaçages, mais ses gâteaux étaient répugnants, précisa Callie. Moi, ça m'avait bien fait rire.

Maudits mariages, songea Levi. Vivement que celui-ci soit passé. Mais, dès qu'il serait passé, il devrait écouter les projets de DJ, puis ceux de Darby… Pourquoi la vie le punissait-elle ainsi ? Et pourquoi sous son propre toit ?

— Bonjour.

Levi se retourna pour apercevoir Tanna de l'autre côté de la pièce, sur le seuil de la porte, vêtue d'un jean, de bottes et de son manteau préféré. Avec un foulard multicolore enroulé autour de la gorge, elle semblait sur le point de sortir.

Sans doute voulait-elle prendre l'air. À moins que… Non, elle n'allait pas faire ses bagages tout de suite ?

Tanna répondit aux quelques questions de ses sœurs à propos des événements de la veille au soir. Ses réponses devinrent de plus en plus tranchées à mesure que la discussion progressait. Oui, elle était encore bouleversée par l'incident avec Sadie, mais elle n'avait pas envie de ressasser tout cela…

Elle pénétra dans la cuisine, glissant ses mains dans les poches de son manteau. Il faisait chaud dans la cuisine, et elle l'ôta en vitesse pour se diriger vers la machine à café, et s'installer sur une chaise.

Elle jeta un coup d'œil intrigué à l'immense feuille de papier étalée sur la table.

— Vous cherchez à torturer Levi avec des histoires d'organisation de mariage ? s'enquit-elle.

— Je manque de place à la villa Lockwood, répondit Jules.

Levi lui jeta un regard moqueur. Ben voyons ! Sa sœur habitait dans la propriété familiale de Noah, la Lockwood House, une demeure d'époque à la splendeur inégalée.

— N'importe quoi, grommela-t-il.

Jules échangea un regard avec leur mère, puis haussa doucement les épaules.

— En venant ici, je me sens plus proche de papa, avoua-t-elle. C'est comme si j'attendais qu'il rentre du travail, comme avant… D'ailleurs, s'il était toujours là, il serait impliqué dans tous les préparatifs, et ça me rendrait folle…

Levi contempla sa tasse de café, regrettant de ne pouvoir ignorer la jalousie qu'il éprouvait toujours en entendant la note triste, nostalgique et affectueuse dans la voix de ses sœurs lorsqu'elles parlaient de leur père.

Sa relation avec son père avait été si différente de celle des jumelles. Avec elles, leur père avait été plus doux, plus détendu, plus bienveillant. Elles n'avaient pas subi les aléas de son caractère, son hyperactivité et son besoin inconscient de toujours repousser les limites.

Et elles n'avaient jamais su que leur père prenait tous ces risques, quitte à se brûler les ailes et à ruiner la famille.

Pourquoi était-il si différent de son père ? Pourquoi avait-il besoin de tout verrouiller et contrôler ? Pourquoi ressentait-il la nécessité de faire tout le contraire de son père, de protéger sa mère et ses sœurs ?

Que s'était-il passé pour qu'il devienne ainsi ?

On pouvait dire que Tanna n'était pas la seule à avoir des difficultés non résolues dans son passé !

Soudain, Tanna lui donna une petite tape sur l'épaule et, aussitôt, tout en lui s'apaisa.

Il n'avait pas besoin de tout contrôler. Il n'avait pas besoin que sa vie soit réglée comme du papier à musique. Il n'avait pas besoin de grand-chose à vrai dire, du moment que Tanna se tenait à ses côtés, là, sous son toit et dans sa vie.

Il avait besoin d'elle. C'était aussi simple que ça.

— Tes frères auront des cavalières au mariage ? demanda Jules à Tanna.

Cette question tira Levi de ses pensées.

— Ah, ce n'est pas le genre choses dont ils me font part, répondit Tanna. Mais oui, je suppose qu'ils viendront accompagnés.

— OK, alors Levi et toi, vous voudrez vous asseoir avec nous ou bien avec eux ?

Levi s'apprêtait à dire à Jules que cela n'avait pas vraiment d'importance, mais il regarda Tanna et la vit pâlir. Fronçant les sourcils, il sentit la panique lui serrer la poitrine.

Jules les dévisagea, le front plissé.

— Alors ?

Tanna se mordit la lèvre et ses yeux s'embuèrent.

À cet instant, Levi sentit sa gorge se nouer.

Ne fais pas ça, Tan. Ne les prononce pas, ces mots.

Ne me brise pas le cœur encore une fois.

Pour l'amour du ciel, ne t'en va pas !

— Je peux te donner ma réponse plus tard ? suggéra-t-elle avec un sourire forcé.

Levi aurait dû se sentir soulagé de ne pas entendre les mots qu'il redoutait, mais ce ne fut pas le cas. Il se passait trop de choses dans les beaux yeux de Tanna pour qu'il se sente rassuré.

Un petit sourire crispé aux lèvres, Tanna s'excusa poliment puis s'éclipsa.

Levi fronça les sourcils, s'empara de ses béquilles et la suivit.

Il voulait savoir ce qu'elle avait en tête.

- 12 -

Le fait d'avoir sauvé Sadie était un signe du destin, se dit Tanna en sortant de la cuisine pour aller se réfugier dans un des salons du rez-de-chaussée.

Un signe qui lui indiquait que la médecine d'urgence était sa vocation, sa raison d'être au monde. Un signe suggérant que Levi – et une éventuelle vie passée auprès de lui, à travailler chez Murphy's – n'était pas une option sérieusement envisageable. Voire pas du tout.

Et il avait fallu ce retour à Boston pour qu'elle en prenne conscience.

Elle avait grandi entourée d'œuvres d'art inestimables, et sa maison d'enfance de Beacon Hill était une mine d'or, plus encore que la plupart des musées. On lui avait appris à apprécier chaque coup de pinceau, la composition d'un tableau, la finesse des matériaux. Elle en était venue à vénérer des œuvres de maîtres, à s'interroger sur le sens des peintures abstraites, à interpréter ce qu'il y avait au-delà des apparences. Sa famille avait fait fortune dans le commerce d'objets précieux, la transmission d'œuvres d'art uniques.

Mais face à la mort, face à un corps meurtri, un être humain ne pensait pas aux *Nénuphars* de Monet, ni aux œufs en or brillamment conçus et incrustés de bijoux de Fabergé. Pas plus au travail nécessaire sur une marqueterie, ou sur des sculptures en bronze.

L'autre soir, il était clair que Sadie s'était préoccupée

de retrouver son souffle pour vivre plutôt que de ces robes somptueuses qu'elle avait admirées un peu plus tôt.

Les blessés graves avaient besoin de forces et de soutien pour se battre. Le métier de Tanna, la formation qu'elle avait suivie, les y aidaient. Cela leur était nécessaire.

Debout devant les fenêtres massives du plus élégant des salons de Levi, elle ne contemplait pourtant pas la pièce à la décoration sophistiquée. Elle pensait à la décision qu'elle avait prise. Si elle restait à Boston, si elle continuait à vivre sous le toit de Levi, elle réintégrerait le clan Murphy et redeviendrait la princesse mondaine qu'elle avait été autrefois. Levi n'était peut-être pas aussi extraverti ou sociable que son père, mais il n'en demeurait pas moins un Brogan, et l'un des célibataires les plus en vue de Boston.

En restant dans cette ville, elle serait soumise à une pression énorme pour remplir le rôle que l'on attendait d'elle. Si elle rejoignait le service relations publiques de Murphy's, elle devrait alors assister aux soirées mondaines de la haute société de la côte Est, devrait revêtir tenues et chaussures de marque ; cela ferait partie de son travail.

Comment pourrait-elle rester là à parler art, sachant qu'elle était capable de sauver des vies ? Comment pourrait-elle se regarder dans un miroir ? En quelques semaines, quelques mois, elle serait envahie par la frustration. Au bout d'un an, elle se détesterait. Alors pourquoi s'infliger une telle chose ?

Et que penserait Addy, dont la vie avait été sacrifiée, si elle devenait une mondaine, coupe de champagne en main, à déguster des petits fours tout en débattant des particularités d'une toile de maître avec des collectionneurs suffisamment riches pour s'acheter un petit pays du Tiers-Monde ?

Elle serait déçue.

Et ça, Tanna ne le supporterait pas. Elle n'avait pas trompé la mort pour ne rien faire de sa vie. Certes, elle en avait bavé à l'hôpital après son accident, mais ce n'était pas cela, la vraie souffrance. Car elle était encore en vie, n'est-ce pas ?

Et à Londres, elle n'était pas malheureuse. Elle s'en sortait assez bien.

Bien sûr, il lui serait difficile de quitter Levi, de ne plus se réveiller avec lui, ni partager son lit, ni profiter de sa splendide maison, ni rire avec lui, ni l'aimer… Or elle l'avait déjà quitté autrefois. Et pour les mêmes raisons qu'à l'époque, il lui faudrait de nouveau renoncer à lui.

De plus, cette fois-ci, son départ ne le ferait pas souffrir. Il lui avait affirmé qu'il ne lui confierait plus jamais son cœur, qu'il ne s'autoriserait plus jamais à l'aimer, donc même si leur complicité charnelle allait lui manquer, il se remettrait aisément de son départ.

Il n'aurait pas le cœur brisé.

Mais il se pourrait bien que son cœur à elle…

Non, elle partirait quand même.

Elle n'avait pas le choix.

Levi trouva Tanna dans le salon réservé aux invités, celui qui arborait le portrait de son père au-dessus de la cheminée et un croquis de Picasso entre les deux fenêtres arrondies. Il ne venait pas souvent dans cette pièce, car c'était celle que la famille utilisait pour les visites et les conversations sérieuses.

Ces murs avaient entendu les nombreuses discussions, voire les disputes, qu'il avait eues avec son père. Dans cette pièce, il avait annoncé à ses parents avoir accidenté sa toute nouvelle voiture, et à son père qu'il quittait Brogan LLC.

Peu de conversations s'étaient bien terminées, dans ce salon. Il était presque sûr que celle-ci ne ferait pas exception.

Tanna se tenait près de la fenêtre de gauche, les bras croisés, regardant la neige qui tombait.

— Tu veux bien me dire ce qui se passe ? demanda-t-il en calant ses béquilles contre le dossier du canapé. Pourquoi n'as-tu pas répondu à la question toute simple de Jules ?

Elle garda le silence, ce qui accentua son agacement.

— Que se passe-t-il, Tanna ?

Elle finit par se retourner.

— Levi, tu sais parfaitement pourquoi je n'ai pas répondu à sa question, dit-elle en croisant son regard. Je n'irai pas à son mariage.

Et voilà. Sa plus grande crainte était confirmée. Tanna le quittait. Encore une fois.

— Donc, tu comptes toujours retourner à Londres dans quelques semaines ?

— Non.

Son cœur fit volte-face. Elle restait !

— Je pars aujourd'hui. J'ai trouvé un vol retour ce soir.

Levi sentit son cœur se figer.

Tu ne vas pas mourir, Brogan. C'est juste une impression.

La gorge nouée, il se frotta le visage.

— Est-ce une sage décision ? Comment es-tu sûre que tu n'auras pas une crise d'angoisse demain ou la semaine prochaine ?

— Merci pour tes encouragements ! rétorqua-t-elle en agitant ses mains en un signe évident de frustration. C'est vrai, je ne peux pas garantir que mes crises de panique et mes angoisses ne reviendront pas. Mais elles ne m'ont pas affectée, quand j'ai porté secours à Sadie. La trachéotomie était la seule option, et malgré la gravité de cette intervention j'ai réussi à gérer ça toute seule. C'est un progrès énorme. J'ai appelé mon superviseur aujourd'hui, je lui ai raconté ce qui s'était passé et il a été impressionné. Il a accepté que je reprenne mon service à titre d'essai. Je dois poursuivre ma thérapie et, si je n'ai pas d'autre crise au travail au cours du prochain mois, je serai réintégrée.

— Et que se passera-t-il si l'un de tes symptômes de stress post-traumatique réapparaît ?

— Tant que cela n'affecte pas mon travail, je me débrouillerai.

Il ne voulait pas qu'elle se *débrouille* ! Il voulait qu'elle soit heureuse.

Il chercha les arguments pour la persuader de rester.

Il commencerait par lui rappeler que Carrick était prêt à l'embaucher, qu'elle serait à la fois utile et adulée chez Murphy's.

Puis il lui dirait que le soir du cocktail il avait lu la joie dans ses yeux lorsqu'elle parlait d'art, il avait vu combien elle aimait discuter avec la clientèle, charmant aussi bien les anciens que les nouveaux clients. Il avait écouté sa longue conversation avec Jane au sujet de la vente prochaine de rubis, de spinelles et de saphirs rouges. Tanna avait suggéré de la promouvoir en la surnommant la « Vente Rouge », faisant preuve d'esprit créatif et d'un enthousiasme précieux.

Il savait qu'elle serait beaucoup plus heureuse à Boston, en travaillant chez Murphy's, qu'à Londres en tant qu'infirmière.

Bon sang ! Elle devait le savoir, elle aussi !

— Pourquoi veux-tu t'en aller, Tanna ?

— J'ai besoin d'être dans l'action, sur le terrain, de faire quelque chose d'utile, de jouer mon rôle.

— À quel prix ? Comment puis-je te laisser retourner

à Londres, sachant que ce stress post-traumatique est susceptible de resurgir, et que je m'inquiéterais de te savoir seule, et à l'étranger ?

— Tu peux me *laisser* retourner à Londres ? répliqua-t-elle sèchement. Mais je n'ai pas besoin de ta fichue permission, Brogan ! Et Londres est plus chez moi que Boston aujourd'hui.

Bon, il s'était exprimé de façon maladroite. Il devait calmer le jeu.

— Pourquoi ne vois-tu pas que ta place est ici, à Boston ? reprit-il. C'est tellement évident. J'essaie de comprendre pourquoi tu es si têtue, si déterminée à me quitter, à quitter Boston une nouvelle fois. Reste avec moi, Tanna. Reste ici.

Le vert des yeux de Tanna s'enflamma.

— Ma place est ici ? Tu te fiches de moi ?

Encore une fois, il aurait mieux fait de se taire.

— Tu continues à être persuadé d'avoir une sorte de pouvoir sur ce que je fais de ma vie, déclara Tanna, le visage crispé. Sauf que je ne *m'en vais* pas, Levi : je ne suis jamais *revenue* ! Je suis douée pour mon travail. As-tu seulement remarqué que j'ai sauvé une vie, hier soir ?

— J'étais là, rétorqua-t-il en s'efforçant de ne pas paraître brusque. Je t'ai aussi vue craquer, après, dans mes bras. Tu crois que ça me fait quoi, tout ça ?

— Ce qui est important, c'est que je n'ai pas perdu mes moyens, ni fait une crise d'angoisse. C'est tout ce qui compte.

— Pas pour moi. Ton bonheur est important. Faire quelque chose que tu aimes, chaque jour, c'est important.

Et il est important que tu m'aimes...

— C'est le prix que je paie, Levi, pour la vie que j'ai eue, la vie que j'ai.

Que diable voulait-elle dire par là ?

Il s'approcha d'elle et plongea son regard dans le sien.

— Qu'est-ce que tu veux dire par « le prix que je paie » ? Tu n'as pas le droit de me rejeter sans explication. Parle-moi, Tanna.

— Tu peux laisser tomber, Brogan ?

— Non. Explique-moi.

— Levi…, murmura-t-elle en rejetant ses cheveux de son visage avant de nouer son foulard autour de son cou.

— Enlève ton manteau, ordonna-t-il. Tu n'iras nulle part tant qu'on n'est pas allés au bout des choses.

Tanna plissa les yeux, visiblement ulcérée par son ordre.

— Tu comptes me harceler longtemps ? répliqua-t-elle en le fusillant du regard.

Tiens bon, Brogan.

Serrant les lèvres, il lui fit signe qu'il l'écoutait.

Elle soupira et, après une profonde inspiration, reprit :

— Avant mon accident, je vivais une vie de rêve, tu ne peux pas le nier.

— Tu avais perdu tes parents quand tu étais petite.

— Mais j'avais mes frères qui m'adoraient. J'étais riche, protégée, et très privilégiée.

Levi trouva qu'elle exagérait, mais à ce stade, il préféra ne rien dire.

— Ensuite, j'ai eu cet horrible accident, mais je m'en suis sortie, et cela grâce à la fortune de ma famille qui m'a permis d'être soignée par les meilleurs médecins du pays. J'ai même fini par tomber amoureuse d'un homme beau et riche qui voulait m'épouser.

— Et ? Je ne vois pas où est le problème.

— Isla, la mère d'Addy, m'a traitée d'enfant gâtée. Elle m'a rappelé ma vie de privilégiée, hors de la réalité.

— Quand t'a-t-elle dit une chose pareille ? Pourquoi est-ce que tu ne m'en parles que maintenant ?

— Quand j'ai quitté l'hôpital, je suis allée lui rendre

visite. Elle n'était pas contente de me voir. En gros, elle m'a dit que c'est moi qui aurais dû mourir, pas Addy.

Une colère sourde s'empara de Levi, mais il se rappela que cette femme venait alors de perdre sa fille unique.

— Elle était en deuil, fit-il remarquer. Les gens disent des choses qu'ils ne pensent pas quand ils souffrent.

Tanna eut un sourire dépité.

— Je l'ai revue récemment, le jour même de mon retour à Boston, à vrai dire. Elle n'a pas changé d'avis.

— Je suis navré, Tan, murmura-t-il.

— J'ai aussi entendu pas mal de conversations entre les infirmières, dont certaines, j'en suis sûre, étaient destinées à ce que je les entende. Un certain nombre de leurs remarques étaient fondées.

— Comme ?

— Le fait que j'étais riche et privilégiée, et que je n'avais aucune idée de ce que l'on ressentait quand on vivait dans un monde impitoyable, injuste. C'est vrai. Après tout, seule une fille comme moi, née avec une cuillère en argent dans la bouche, pouvait survivre à un abominable accident de voiture, se trouver un fiancé sublime qui la soutient dans son projet de reprise d'études, pour ensuite récupérer le confortable job qui l'attend dans l'entreprise familiale.

— Pour moi, cela ressemble à de la jalousie. Je ne comprends même pas pourquoi on en parle.

— Parce que la mère d'Addy et ces infirmières ont versé de l'eau sur les graines du malaise qui me rongeait déjà. Je me sentais inutile, je me cherchais, je ne savais plus où j'en étais. Mais surtout, je me sentais tellement coupable d'être en vie… Alors qu'Addy, elle, était morte. J'ai ressenti cette envie de faire plus, d'être plus.

— Et tu ne pouvais pas faire ça, à Boston, avec moi ?

Tanna secoua la tête.

— Non. En restant, j'aurais été ta femme, la princesse choyée. J'avais besoin de partir, Levi. Il me fallait accomplir ce qu'Addy n'avait pu accomplir. Je devais prouver à tout le monde, et surtout à moi, que j'étais forte.

— Tu l'as toujours été, Tanna, assura Levi d'une voix qui trahissait son émotion. C'est toi qui as décidé de marcher à nouveau, qui as refusé de baisser les bras. Tu as prouvé que tout le monde avait tort. Tu n'as aucune idée de ta force ! Et pour ma part, je suis profondément heureux que tu ne sois pas morte.

Tanna le fixa, les yeux embués de larmes. Il savait que cette conversation lui faisait mal, mais ils devaient discuter. Il fallait qu'elle comprenne.

— J'ai lu quelque part que l'une des choses les plus difficiles dans la vie, c'est de lâcher prise. On s'accroche à notre culpabilité, notre colère, à l'amour, la séparation, la trahison, et on a du mal à lâcher prise, murmura-t-il en posant une main sur sa joue. Tu dois lâcher prise, Tanna.

Elle recula d'un pas.

— *Je* dois lâcher prise ? Et c'est toi qui me dis ça, Levi ?

Il fronça les sourcils, ne comprenant pas son allusion.

— Quand vas-tu arrêter d'essayer de tout contrôler parce que tu ne pouvais pas contrôler ton père ? précisa-t-elle.

On parlait d'elle, là, pas de lui. Tout allait bien pour lui. D'un point de vue général. Et puis, sa relation avec son père n'avait rien à voir avec Tanna et ses sentiments pour elle. Mais si cela pouvait faire avancer cette conversation dans le bon sens, alors il ferait une petite concession.

— On traîne tous les deux les casseroles de notre passé, Tanna, mais ce n'est pas moi qui prends encore la fuite.

Elle lui jeta un regard furibond, la mâchoire crispée.

— Comment ça, Levi ? Tu es en train de me dire que tu veux recommencer quelque chose avec moi ?

Il lui sourit.

— Chérie, on n'a pas besoin de recommencer quoi que ce soit, parce que ça ne s'est jamais fini. Je suis aussi fou de toi que je ne l'ai jamais été.

À ces mots, Tanna le regarda, médusée.

— Voyons, Levi ! Si tu penses vraiment ce que tu dis, viens à Londres avec moi, vis dans mon petit appartement, soutiens-moi dans mon travail.

Levi soutint son regard avec détermination.

— Je pourrais accepter, et même en un clin d'œil, répondit-il. Mais…

— Et voici le « mais » !

Tanna se moquait-elle de lui ?

Garder son sang-froid était de plus en plus difficile… Ce serait tellement plus simple s'il la jetait sur son épaule pour l'enfermer dans sa chambre, nue, jusqu'à ce qu'elle retrouve ses esprits.

— Mais je ne pense pas que mon déménagement à Londres résoudrait le problème, car tu serais toujours malheureuse, conclut-il. Tu l'es depuis très, très longtemps.

— Et donc tu considères que mon retour à Boston résoudrait la question ?

Bien sûr que oui ! Pourquoi diable ne le voyait-elle pas ? Et pourquoi était-il incapable de lui démontrer quelque chose d'aussi évident ?

Bon sang ! Il avait l'impression de se disputer avec son père une fois de plus.

— Ce qui est sûr, c'est que cela ne peut pas te faire de mal, murmura-t-il en s'efforçant de maîtriser son impatience. Si j'avais la conviction que tu aimes ton métier d'infirmière, qu'il te stimule, qu'il t'épanouit, alors je comprendrais ton désir de retourner à Londres. Or ce n'est pas le cas. Tu ne vis qu'au jour le jour, à tenter d'apaiser ta culpabilité, à faire amende honorable pour quelque chose qui n'était pas de ta faute.

— Addy est morte, Levi ! Parce que j'étais ivre et que je lui ai demandé de conduire !

Percevant la détresse dans sa voix, il secoua la tête.

— Elle est morte parce que c'était un accident, ma chérie. Un horrible accident. Arrête de te punir pour ça.

Même s'il connaissait déjà sa réponse, il savait qu'il devait lui faire cette proposition. Juste une fois.

— Ne pars pas, Tanna. Reste ici, avec moi.

Elle ne répondit pas, mais son silence était éloquent. Il lui avait donné ses arguments, tentant de faire valoir son point de vue et de se montrer convaincant. Mais elle campait sur ses positions.

Il n'avait pas réussi à reprendre le contrôle de la situation.

Tanna lui échappait, encore une fois. Elle le quittait, dès aujourd'hui. Et il devait la laisser faire.

Il devait la laisser partir… Et cela le rendait malade. Mais il savait que la forcer à rester ici n'était pas juste, ni pour elle, ni pour lui. Il fallait qu'elle s'en rende compte par elle-même. Qu'elle choisisse toute seule.

Alors… Il la laisserait partir.

Elle avait déjà choisi de fuir dix ans plus tôt, mais cette fois il devait la respecter suffisamment, l'aimer suffisamment, pour ne plus chercher à la contrôler.

Il avait vécu sans elle toutes ces années. Il finirait par dompter sa solitude. Par quels moyens, il n'en avait pas la moindre idée, mais il le ferait. Quel autre choix avait-il ?

Il fixa le parquet sous ses pieds et rassembla son courage, prêt à offrir à Tanna la seule chose dont elle avait besoin : une acceptation, un soutien inconditionnel.

— Tan, regarde-moi…

Il attendit que ses yeux inondés de larmes rencontrent les siens et se retint de la prendre dans ses bras.

— Vas-y, Tan, dit-il alors en un souffle.

Tanna tressaillit, et ses lèvres se mirent à trembler.

— Qu'est-ce que tu dis ?

— Retourne à Londres, Tan.

— Mais… je croyais que… tu… Et mince ! s'exclama-t-elle en agitant les mains, visiblement frustrée. Je croyais que tu voulais que je reste à Boston, pour que l'on soit ensemble ?

C'était le cas, bien sûr. Autant qu'il désirait que son cœur continue de battre.

— Tu sais que c'est ce que je veux, mais je ne veux pas que tu restes si ce n'est pas *ton* choix, expliqua-t-il. Si tu dois rester à Boston, auprès de moi, ce sera *ta* décision. C'est tout.

— J'aurai toujours besoin de travailler, Levi.

Elle ne comprenait donc pas.

— Je me fiche du métier que tu exerces. La seule chose qui m'importe, c'est que ce métier te plaise. Qu'il te rende heureuse. Tu ne comprends pas que ton bonheur est tout ce qui compte à mes yeux ? demanda-t-il, à bout de souffle, tout en s'efforçant de sourire. Je préfère que tu sois à Londres, à faire ce que tu aimes, plutôt que de rester ici, à être malheureuse à mes côtés, Tan.

— Lee…

Non ! Cette fois, il n'en pouvait plus. Il était à bout de forces. Il fallait qu'elle parte.

Le cœur lourd, il déposa un baiser sur sa joue, avant de lui caresser une dernière fois la lèvre.

— Pour l'amour du ciel, sois heureuse, Tan. Je n'ai jamais espéré quoi que ce soit d'autre pour toi.

À ces mots, il récupéra ses béquilles, les coinça sous ses bras, et se dirigea vers la porte, le cœur en mille morceaux.

Levi s'assit sur le luxueux canapé en cuir, face au portrait de son père. Il éprouvait le besoin d'être dans la pièce où il avait vu Tanna pour la dernière fois.

Parfois, il fermait les yeux et l'imaginait debout près de la fenêtre, le faible soleil d'hiver se reflétant dans ses cheveux. Il revoyait son profil parfait, sentait son parfum subtil.

Elle occupait toutes ses pensées, ses rêves, à chaque instant de la journée. Elle lui manquait tellement… Il la désirait si ardemment… Pourquoi ne pas simplement l'admettre, quitte à être pathétique ? Sa vie serait donc désormais dépourvue de couleur, de lumière, d'espoir ?

— Tu deviens mélodramatique, Brogan, marmonna-t-il.

S'il ne se ressaisissait pas, il allait se retrouver à lire *Roméo et Juliette* !

Soudain, il entendit la porte s'ouvrir derrière lui, et ne prit pas la peine de se retourner. Ce devait être sa mère, ou une de ses sœurs, qu'il n'avait aucune envie de voir. Puisqu'il ne pouvait pas être avec Tanna, alors autant rester seul.

Contemplant le portrait de son père, il ignora sa mère qui vint s'asseoir à côté de lui. Très vite, il sentit son regard inquiet sur lui.

— Ça va, maman, je vais bien.

— Physiquement peut-être. Ton épaule est guérie, et tu arrives à te déplacer sans douleur. Ton corps possède de puissantes capacités de guérison, Lee.

Il savait qu'elle attendait une réponse, mais comme il était têtu, il garda le silence. Il était prêt à parier que sa mère avait quelque chose à lui dire. Seulement il n'était guère d'humeur à engager la conversation.

— En tout cas, ton cœur, lui, met une éternité à guérir, mon grand.

Et voilà ! Sa mère essayait d'entrer dans sa tête. Mais

il était trop las, trop meurtri de chagrin pour se battre sur ce terrain.

— Si tu veux, maman…

Sa mère lui donna une petite claque sur la cuisse.

— Ne me parle pas sur ce ton, Levi Ray Brogan, marmonna-t-elle en croisant les bras tout en contemplant à son tour le portrait de son père. Ah, ton père… Quand j'y repense, il me rendait folle.

Décelant une pointe d'agacement dans sa voix, Levi fronça les sourcils. Non, il n'allait pas poser de questions pour relancer la discussion, vraiment pas.

Seulement, Callie Brogan n'avait besoin de personne pour faire la conversation.

— Ton père était une force de la nature, lumineuse et audacieuse. Il aimait être aimé. Et je l'aimais vraiment, tu sais.

Levi se tourna vers elle et, devant sa détresse, posa fermement sa main sur son genou.

— Je n'ai jamais eu aucun doute là-dessus, maman. Tu l'as pleuré pendant si longtemps.

— C'est vrai. Mais quand il est mort, j'ai aussi fait le deuil de la femme que j'étais à l'époque, et de la femme que j'aurais pu être.

À ces mots, Levi la regarda, intrigué.

— Maman, je ne comprends pas…

Le sourire de sa mère s'adoucit.

— Une des raisons pour lesquelles il nous a fallu du temps, à Mason et moi, pour nous rapprocher, c'est que je ne savais pas qui j'étais *sans* ton père. J'avais toujours existé *à travers lui*. J'ignorais qui j'étais, moi, sans Ray.

— Et moi donc…, marmonna-t-il. Je n'ai jamais été le fils qu'il voulait que je sois. Son fils unique…

Le regard soudain triste, sa mère lui prit la main.

— C'est vrai que son plus grand regret a toujours

été votre relation, Lee. Quand on se disputait, c'était à propos de toi.

Un tel aveu ne fit qu'accentuer la culpabilité qu'il portait en lui.

— Je suis désolé, maman.

Elle serra sa main un peu plus fort.

— C'était à cause de lui, Levi. Toi, tu n'as jamais rien fait de mal.

— Oh si ! J'étais tellement en colère contre lui, et si souvent. Je détestais tous ces risques qu'il prenait, son côté tête brûlée. Je détestais qu'il t'inquiète, qu'il remette continuellement en jeu tout ce que nous possédions. Il est mort depuis longtemps, mais je suis toujours en colère de ne pas avoir réussi à le comprendre, de l'avoir trouvé si impulsif et impétueux.

— Mais ce n'est pas la seule raison pour laquelle tu es en colère contre lui, remarqua sa mère d'une voix attristée.

— Je suis presque sûr que si, maman.

Sa mère se tourna vers lui, son doux visage soudain crispé.

— Tu n'as jamais pardonné à ton père d'avoir failli vous tuer en voiture, le jour où il a fait des tonneaux…

Le cœur serré, la gorge nouée, Levi chercha son regard.

— Je… je ne sais pas de quoi tu parles, maman, balbutia-t-il.

— Oh si, tu le sais, mon chéri.

Il s'agissait d'un souvenir qu'il avait profondément, délibérément, enfoui au plus profond de lui-même.

À l'époque, il devait avoir cinq ou six ans, et il se souvenait de la musique hurlante dans l'autoradio, des sourires radieux sur les visages des jumelles et de son père qui conduisait dans les virages serrés d'une route sinueuse, accélérant à chaque fois que les filles lui criaient d'aller plus vite. Levi lui avait hurlé de ralentir, le suppliant de freiner, lui criant à plusieurs reprises qu'ils allaient avoir un accident.

Son père s'était moqué de lui, et lui avait rétorqué que ses sœurs étaient moins froussardes que lui. Puis il avait perdu le contrôle de sa voiture qui avait fait plusieurs tonneaux…

Levi se rappelait les hurlements de ses sœurs, la poussière, le bruit de la tôle froissée quand la voiture avait heurté la barrière de sécurité, les sanglots des jumelles et le visage livide de leur père. Puis après s'être retournée, encore et encore, la voiture s'était enfin immobilisée.

Son père l'avait supplié de ne rien dire à sa mère. C'est ce jour-là que Levi avait cessé de lui faire confiance.

— Il avait failli nous tuer, maman ! C'était à deux doigts, dit-il d'une voix chevrotante. Comme on s'en était sortis, il m'a ordonné de ne rien te dire pour ne pas t'inquiéter.

Sa mère hocha la tête.

— Je sais. Ton père en était malade, et il m'a tout avoué, environ trois mois plus tard. Je lui en ai tellement voulu que nous sommes restés plusieurs semaines sans nous parler. C'est pour ça que tu es si protecteur envers les jumelles, et que tu n'as jamais vraiment pu avoir confiance en ton père, à propos de quoi que ce soit.

L'analyse de sa mère était pertinente. Sa méfiance envers son père avait sans doute vu le jour cet après-midi-là.

— Chaque fois qu'il prenait un risque, je crois que ça me ramenait de façon subliminale à cet après-midi d'été, avoua-t-il. Et je l'ai détesté pour cela. Peut-être que j'ai réagi de façon excessive à certains de ses choix. Peut-être qu'ils n'étaient pas tous aussi mauvais que je le pensais.

— Oh ! La plupart l'étaient. Il avait le goût du risque, Lee. Rien n'aurait pu le changer.

Sa mère se lova contre son épaule.

— Pour ce que ça vaut et quoi que tu en penses, ton père était extraordinairement fier de toi, mon grand.

— C'est bon à savoir, maman.

— Mais ce n'est pas ça qui t'empêche de dormir la nuit, si ?

— Non, en effet, avoua-t-il avec un demi-sourire.

Haussant, les épaules, il contempla le visage compatissant de sa mère puis le paysage pluvieux derrière la fenêtre.

— Tanna me manque…

— Tu n'as jamais cessé de l'aimer, Lee. Et je ne crois pas que ton cœur se soit jamais remis de votre première rupture. Un cœur aussi gros que le tien, ça ne guérit pas si vite.

Pas vraiment ce qu'il avait besoin d'entendre…

— Je l'ai laissée partir, maman. Pire. Je lui ai *dit* de partir.

Sa mère garda le silence pendant un long moment.

— Je trouve que c'est incroyablement courageux de ta part, Levi. Parce que rester, ou partir, ça devait être son choix à elle. On ne peut pas forcer l'amour. Tu le sais mieux que quiconque. Et tu mérites d'être aimé. Complètement, et inconditionnellement.

Poussant un soupir, il hocha la tête.

— Mais ça fait quand même sacrément mal, murmura-t-il convaincu que sa mère était la seule personne susceptible de le comprendre. Pour une fois, maman, j'aimerais être la personne vers laquelle Tanna revient, non pas celle qu'elle fuit.

- 13 -

Carrick se tenait dans la salle d'exposition donnant sur la salle de vente et regardait Ronan s'activer. Son frère, commissaire-priseur en chef, n'avait à l'origine pas prévu de diriger cette vente de mode vintage mais, grâce à Tanna, de nombreux anciens contacts et clients de Raeni étaient venus assister à l'événement, et tous avaient exprimé leur souhait de voir un membre de la famille Murphy mener cette vente.

Ainsi, Ronan s'était retrouvé à endosser le rôle qui lui allait à merveille : user de ses talents oratoires, de son esprit et de son charme naturel pour faire monter les prix.

Carrick haussa un sourcil alors qu'une robe atteignait la barre des cinquante mille. Bon sang ! Tanna aurait adoré voir ça ! Elle se serait mise en quatre pour repérer les offres ou travailler par téléphone avec les clients ne pouvant être présents. Oui, elle aurait adoré prendre part à cette soirée…

Mais elle était rentrée à Londres et Levi ne répondait plus au téléphone. Carrick ne pouvait donc que supposer qu'ils avaient tous deux gâché leur deuxième chance.

Est-ce qu'un jour les membres de la fratrie Murphy finiraient par trouver l'amour ? se demanda-t-il. Lui, il avait divorcé de sa diabolique épouse. Thandi, la femme de Ronan, était morte en donnant naissance à Aron, leur second fils. Et personne ne savait pourquoi Finn et Beah avaient divorcé.

Il avait fondé de grands espoirs sur Tanna et Levi, mais le départ précipité de sa sœur pour Londres laissait entendre que leur relation avait de nouveau échoué.

Il s'adossa au mur alors que Ronan, d'un coup de marteau, annonçait que la robe était adjugée. Le sac à main vintage Hermès, pour lequel de nombreux acheteurs avaient manifesté leur intérêt, arrivait en suivant.

Bien que séparé de ses clients tout endimanchés par une paroi de verre, il sentit l'ambiance dans la salle se modifier. Il faisait ce métier depuis assez longtemps pour savoir qu'une guerre des enchères s'apprêtait à éclater et il sourit. Ce genre de développements étaient particulièrement bons pour les finances de Murphy's International.

Il balaya la pièce du regard, scrutant les nombreux visages aux maquillages et brushings impeccables, aux bijoux hors de prix. Il reconnut quelques-uns de ses clients et sourit à Frieda Talbot, qui arborait un collier de perles somptueux et affichait un sourire de connaisseuse.

Sur les côtés de la salle, ses employés géraient les appels téléphoniques et, à droite, se tenait une blonde en talons hauts et robe bouffante à motifs bleus et noirs. Sadie.

Il sentit son cœur s'emballer et, envoûté, sourit en percevant le bref mais radieux sourire sur le visage de Sadie.

Elle scruta alors les deux écrans géants au mur qui révélaient aux enchérisseurs la photographie du prochain objet mis à la vente. Elle porta une main sur sa gorge, et il se souvint qu'elle avait eu le même geste l'autre soir alors qu'il s'invitait en elle, dans la plus langoureuse, la plus brûlante des étreintes…

Il s'était rendu chez elle pour s'assurer qu'elle s'était remise de son bref séjour à l'hôpital, et lorsqu'il avait frappé à sa porte, un énorme bouquet de fleurs à la main, elle l'avait accueilli en le saisissant par la cravate, pour le faire entrer chez elle en plaquant ses lèvres contre les siennes. Très vite, ils s'étaient retrouvés au lit, et il avait passé la majeure partie de la nuit à lui faire l'amour.

Le lendemain matin, ils avaient tous deux décidé que cela resterait une aventure d'un soir.

Mais à la voir aujourd'hui, le regard brillant d'excitation, il eut de nouveau envie d'elle. Sauf qu'il avait déjà mélangé travail et plaisir autrefois, et cela lui avait explosé au visage.

Il serait idiot de commettre de nouveau une telle erreur.

Pourtant, si on lui offrait la possibilité de refaire une telle bêtise, avec Sadie… il n'hésiterait pas un instant.

Dans son luxueux appartement de Marble Arch, Padma versa une généreuse quantité de vin rouge dans le verre de Tanna, qu'elle fit glisser sur le comptoir en marbre de la cuisine qui n'avait pas vu la moindre casserole ni le moindre repas fait maison depuis 1992.

Padma avait un accord avec plusieurs chefs étoilés de Londres qui, si elle ne mangeait pas dans l'un de leurs restaurants, lui livraient leurs plats à domicile. Avec son regard sombre, son rouge à lèvres écarlate et sa confiance en elle, Padma n'avait aucune difficulté à rallier les restaurateurs les plus narcissiques à sa façon de penser.

Un tel degré d'assurance avait toujours impressionné Tanna.

— Alors, comment s'est passée ta première semaine de reprise au travail ? demanda Padma, juchée sur un tabouret de l'autre côté du comptoir en allumant une cigarette.

Tanna haussa les épaules.

— Froid. Pluvieux. Calme, surtout. On a fait quelques exercices d'entraînement, hier.

Elle but une gorgée de vin et passa une main dans ses cheveux, qu'elle avait attachés en une natte serrée. Londres était Londres. Rien n'avait vraiment changé, en un mois.

Même si elle avait l'impression d'être revenue dix ans en arrière, ses pensées étant consumées par Levi.

Est-ce qu'il allait bien ? Et sa jambe ? Est-ce qu'elle lui manquait ? Lui en voulait-il ? Elle n'avait pas eu de nouvelles de lui depuis son retour il y a dix jours. Son téléphone restait désespérément muet. Silence radio. C'était peut-être mieux ainsi…

Elle soupira, dénoua sa tresse et se passa les doigts dans les cheveux. Si Levi était là, elle lui demanderait de lui masser le cuir chevelu, puis il déplacerait ses mains vers sa nuque, puis son dos, ses doigts s'attardant sur ses muscles noués. Ensuite, après quelques minutes, ses mains descendraient plus bas, vers sa poitrine, entre ses jambes…

Elle cligna des yeux alors que Padma agitait sa main aux ongles vernis de rouge sous son nez.

— Allô, Tanna, ici la Terre !

Aïe. Elle pensait encore à Levi. Il lui manquait tellement. Avait-elle fait le bon choix en quittant Boston ?

Elle avait cru que, dès sa descente de l'avion à Londres, elle serait confortée dans sa décision de quitter Boston. Mais non. Elle avait cru qu'elle se sentirait mieux en retrouvant son appartement de Wimbledon. Mais non.

Puis, le premier jour de son retour au travail, puis à la fin de la première semaine…

Toujours rien.

Après dix jours, elle s'interrogeait encore sur sa décision : avait-elle eu raison de quitter Boston ?

— Tu as répondu à des appels d'urgence cette semaine ? lui demanda Padma.

— Un accident de voiture sur l'A3 avant-hier, puis une alerte à la bombe au bureau d'un politicien.

Padma plissa les yeux, et Tanna devina la question qui allait suivre.

— Et toi, comment tu vas ?

— Je vais bien, ma gentille marraine.

Les doigts fins de Padma lui encerclèrent le poignet.

— Tanna, c'est moi, Padma… Tu peux me raconter.

Tanna se frotta la nuque.

— En fait, ça va, reconnut-elle. Je pensais que le carambolage serait un déclencheur, mais rien, pas la moindre crise d'angoisse à l'horizon. Ni quand je soignais des patients, ni plus tard, une fois seule à la maison.

— Rien du tout ? insista Padma en fronçant ses sourcils fins et parfaitement dessinés.

Elle parlait comme son superviseur qui s'assurait en permanence de sa guérison émotionnelle, songea Tanna.

— Absolument rien, assura-t-elle. Je crois que c'est parti aussi vite que c'est arrivé.

— Donc, si le déclencheur était l'accident où la jeune fille est morte, qu'est-ce qui aurait fait disparaître tes symptômes de stress post-traumatique ?

Tanna n'était pas prête à se dire guérie ; elle considérait cependant que ses symptômes étaient sous contrôle.

— Je crois que c'est cette trachéotomie que j'ai pratiquée, répondit-elle. J'étais terrifiée, mais j'y suis arrivée. J'ai pleuré toutes les larmes de mon corps sur l'épaule de Levi après, mais je crois que j'ai tout évacué ce soir-là.

Padma dégusta une gorgée de vin avec flegme.

— Ah, tu me parles enfin de Levi… Je me demandais quand tu allais le faire entrer dans la conversation.

Tanna retint un soupir. Padma avait-elle l'intention de lui tirer les vers du nez ? Elle défit la fermeture Éclair de sa combinaison de travail.

— Peut-on baisser le chauffage ?

— Non, répondit Padma en posant son verre. Il ne fait pas si chaud. C'est juste toi qui te sens mal à l'aise.

— N'importe qui se sentirait mal à l'aise face à la tête que tu fais, rétorqua Tanna.

— Raconte-moi tout.

Padma n'étant pas du genre à renoncer, Tanna attendit qu'elle revienne à la charge. Mais plutôt que l'assaillir de questions, sa marraine alluma une autre cigarette et, à travers la fumée, plissa les yeux en la dévisageant.

— Est-ce que tu l'aimes, ma puce ?

La réponse n'était-elle pas dans la question ?

— Je n'ai jamais cessé de l'aimer, avoua-t-elle.

— Oh oh…, murmura Padma en reprenant son verre. Cela étant dit, puis-je savoir pourquoi tu te trouves dans mon appartement, à Londres, à siroter mon vin alors que tu pourrais être avec lui, en train de lui faire l'amour ?

Tanna se posait la même question.

— Mon travail est ici, Padma.

— Ils n'ont pas besoin de personnel médical, à Boston ?

— Non. Je veux dire… oui, sûrement…

— Donc, tu pourrais être là-bas, avec Levi, à exercer le même métier qu'ici, décréta Padma avec conviction. Je reprends donc : pourquoi n'es-tu pas à Boston, auprès de l'homme que tu dis aimer ?

Tanna aurait pu mentir, mais elle était lasse de mentir, que ce soit à elle-même ou aux autres.

— Parce que j'ai peur.

— Tu as raison d'avoir peur. L'amour, c'est effrayant, déclara Padma avec un haussement d'épaules. Mais de quoi, précisément, as-tu peur ?

— Je ne veux pas le faire souffrir encore.

À ces mots, Padma lui lança un regard noir.

— Sois honnête envers toi-même, Tanna Murphy.

Tanna poussa un lourd soupir.

— Comment pourrais-je aspirer au bonheur alors que j'ai déjà eu tellement de privilèges, Padma ? Alors que je suis vivante, que je respire, que je vis ma vie !

Voilà ! Padma avait voulu savoir, elle savait, à présent.

Mais elle avait beau savoir, elle lui demanda quelques explications supplémentaires.

Une fois que Tanna eut fini son laïus maladroit, Padma se pencha vers elle en croisant les bras sur sa chemise Armani en soie. Ignorant sa cigarette allumée, elle se pinça les lèvres.

Tanna, qui pensait bien connaître sa marraine, fut incapable de déchiffrer son expression.

Quoi que Padma ait en tête, elle espérait qu'elle la traite avec indulgence. Car elle avait le cœur en miettes, et ne s'était jamais sentie aussi perdue et vulnérable.

Padma ouvrit la bouche, mais secoua la tête. Quittant le tabouret, elle se promena entre l'îlot central et les comptoirs de la cuisine, en scrutant son somptueux carrelage en marbre.

La femme la plus flegmatique que Tanna avait jamais connue ne dissimulait plus sa contrariété, ou son agacement.

— Quel tas de… crottes de bique ! s'exclama Padma.

Bon. Il s'agissait donc d'agacement.

Peut-être que sa marraine n'était pas la meilleure personne à qui confier ses appréhensions. Pourtant, elle était la seule, hormis Levi, dont elle respectait l'opinion.

— Ma puce, j'ai une question pour toi.

Tanna hocha la tête et prit une gorgée de vin. Cette discussion avait bien besoin des pouvoirs apaisants de l'alcool.

— Explique-moi en quoi le fait de renoncer à tes aspirations, de rester célibataire, de ne pas toucher à ton héritage est susceptible d'aider Addy ?

Et voilà que ça recommençait !

— J'ai aidé beaucoup de gens, Padma. J'ai sauvé des vies. J'ai appris à tenir un budget, à vivre de mon salaire, à faire la différence entre envies et besoins. Je crois que j'ai mûri.

Padma cessa de faire les cent pas et la fixa de ses yeux noirs.

— Peut-être. Mais tu n'as pas répondu à ma question… Comment tout cela, comment le fait de rester ici à Londres et de ne pas être avec Levi, peut-il aider Addy ?

— Ça ne l'aide pas. Elle est morte.

— Alors pourquoi te sacrifier, ainsi que ton bonheur, pour une personne décédée ? C'est ce qu'elle aurait voulu de toi ?

Tanna fit lentement tourner son vin dans son verre.

— Sa mère m'en veut tellement, Padma. Elle m'en veut d'avoir survécu. Pour elle, ce n'est qu'une illustration de plus que les riches s'en sortent toujours mieux que les pauvres.

Padma fit la grimace.

— Cette femme a perdu son enfant unique, Tanna. Mais c'est sa perception des choses, pas la tienne. Tu ne peux pas t'interdire de vivre, de te priver de bonheur parce qu'Addy est morte. En fait, beaucoup de gens diraient que tu devrais honorer sa mémoire en vivant la meilleure vie possible. Tu as remboursé toutes les dettes que tu pensais avoir, ma puce, murmura Padma en prenant ses mains dans les siennes. Personne n'a à te pardonner. Personne n'a à te dire si tu as le droit d'être heureuse, ni à te donner la permission de tomber amoureuse, de te marier, d'avoir des enfants. Personne ne va te sauver de toi-même, ni combattre ces démons pour toi. Cesse de t'autoflageller. Tu dois te pardonner à toi-même, et à la jeune fille de dix-neuf ans que tu as été.

Tu dois juste respecter ta décision de ne jamais conduire en état d'ivresse.

— Je…

Tanna ne savait que répondre à cela.

Padma serra un peu plus ses mains entre les siennes.

— Tu as envie de rester à Londres, ma belle ?

Tanna se mordit la lèvre supérieure.

— Non.

— Tu as toujours envie d'être infirmière secouriste ?

— Non, j'ai envie de travailler chez Murphy's… Mais c'est tellement futile, Pad ! Futile et superficiel…

Padma poussa un soupir agacé.

— Picasso disait que le but de l'art, c'est de balayer la poussière quotidienne de nos vies pour élever nos âmes.

Tanna regarda sa marraine, étonnée, non de la citation mais de la familiarité avec laquelle elle semblait évoquer l'artiste.

— On dirait que tu le connaissais…, murmura-t-elle.

— Je l'ai rencontré plusieurs fois au début des années 1970. Il était vieux, moi jeune. Il me trouvait belle, et j'étais… Bref ! Je ne vais pas te laisser faire diversion avec mes frasques de jeunesse.

Oh ! Tanna savait qu'en matière de frasques de jeunesse Padma aurait pu rédiger plusieurs volumes de mémoires !

— L'art… L'art a son importance, Tanna. L'appréciation de la beauté, de la création de la beauté, c'est ça qui nous rend humains. Qui nous pousse à l'introspection, à considérer le monde sous différents angles, à réfléchir en profondeur.

— Je ne veux pas redevenir une princesse gâtée, Padma.

— Chérie, dit Padma en enroulant une de ses boucles autour de son doigt, tu étais une princesse à dix-neuf ans. À presque trente ans, tu es une reine. Tu as mené des batailles, fait la guerre, tu as vécu, dans le rire et les larmes. Ma petite fille, mieux qu'une reine, tu es devenue une reine guerrière ! À présent, redresse ta couronne et embrasse la vie, embrasse l'amour et sois heureuse, pour l'amour du ciel !

Ces paroles semblaient si évidentes… Or Tanna arriverait-elle à renier tous les préceptes qui l'avaient guidée jusque-là ?

— Je ne sais pas comment faire…, avoua-t-elle.

— Eh bien, je te suggère d'apprendre ! rétorqua Padma avec autorité.

Encore quelques semaines, et on le débarrasserait enfin de ce plâtre ! Levi n'en pouvait plus !

Il déroula l'élastique qui maintenait le plastique autour de son plâtre. Comme il était peu enclin à répéter l'expérience du ruban adhésif lui arrachant les poils, Tanna lui avait suggéré ces élastiques qui fonctionnaient à merveille, et lui permettaient de prendre une douche sans abîmer le plâtre.

Après avoir noué une serviette autour de sa taille, il repoussa les cheveux qui tombaient sur ses yeux. S'agrippant aux bords du lavabo, il se regarda dans le miroir et grimaça devant son visage pâle et ses cernes bleus.

Il ne s'était pas économisé physiquement, ni mentalement. Incapable de rester dans sa maison vide, il avait loué une voiture avec chauffeur pour l'emmener au bureau, où il passait bien plus de temps qu'il ne le devrait. Et quand son chauffeur le ramenait chez lui, il appréhendait de rentrer dans une maison où il n'y avait pas Tanna.

Deux semaines s'étaient écoulées depuis son départ, et il n'en pouvait plus. Il enviait les hommes des cavernes ! Il avait tellement envie d'aller à Londres, d'attraper Tanna par les cheveux pour la traîner jusqu'à la maison. Sans plus de tergiversations. Ah, ces hommes des cavernes ne réalisaient pas leur chance, à l'époque…

Cela dit, il n'aurait jamais forcé Tanna à revenir à Boston. Certes, il voulait être avec elle, mais plus que tout, il voulait qu'elle ait envie d'être avec lui.

Les nuits seraient longues et les journées bien remplies, jusqu'à ce qu'il se soit remis de leur rupture.

À supposer qu'il s'en remette un jour.

Il en avait tellement marre d'en avoir marre… Il avait le cœur brisé. Il n'avait plus envie de rien. Enfin si, de marcher librement, courir, conduire sa voiture, refaire l'amour sans l'inconfort de son plâtre. S'endormir sans avoir à prendre un antidouleur ou un somnifère, sous peine de ne pas fermer l'œil et de se languir de Tanna…

Bon sang, comme il souffrait ! Autant physiquement qu'émotionnellement.

Pire que tout, il commençait à envisager la possibilité que Tanna ne revienne pas. Jamais…

Comment était-il censé vivre le reste de sa vie sans elle ?

Bon, il lui avait déjà survécu une fois. Il devait être capable de ravaler son orgueil et de recommencer.

Réjouissantes perspectives…

— Tu as une tête d'enterrement, Brogan.

Levi ferma les yeux au son de cette voix.

Sans doute une hallucination. Tanna ne pouvait pas réellement être là, sur le seuil de sa salle de bains. Oh non, s'il ouvrait les yeux et qu'elle n'était pas vraiment là, il n'allait pas s'en remettre.

— Hé, Lee ? ! Tu es devenu sourd ?

Rouvrant les yeux, il vit Tanna dans le miroir de la salle de bains, ses cheveux attachés en arrière, ses grands yeux lumineux. Elle avait l'air fatiguée. Elle non plus n'avait sans doute pas beaucoup dormi.

Ils ressemblaient tous les deux à des zombies, et, curieusement, cela lui donna un peu d'espoir. Il se retourna lentement, en s'appuyant sur sa jambe non plâtrée.

Oui, elle était bien là ! En chair et en os, dans un jean bleu délavé, un pull en cachemire rouge et son manteau noir préféré. Oh Seigneur ! Il allait lui sauter dessus et la déshabiller… Plus jamais il ne la laisserait le quitter. Quitte à laisser libre cours à son homme des cavernes intérieur.

— Comment va ta jambe ? demanda-t-elle. Et ton épaule ?

Comme si cela avait de l'importance !

— Viens ici, souffla-t-il après un silence.

Tanna inclina la tête sur le côté, comme si elle hésitait à lui obéir trop facilement, mais elle s'avança vers lui.

Dès qu'il put, il posa ses deux mains sur ses hanches et l'attira à lui, couvrant sa bouche de la sienne. Oh bon sang ! Il en avait besoin. Oui il avait tellement besoin d'elle…

Dans ses bras, lovée contre lui… Voilà, comme ça…

Plongeant les mains dans ses cheveux soyeux, il lui dévora la bouche, retrouvant enfin la saveur de ses lèvres.

Oh ! Comme c'était bon… Elle était là, et il ne la laisserait plus repartir. Plus jamais. Tant pis s'il devait l'implorer, à genoux, voire déménager à Londres… Car oui, il allait faire sa vie avec cette femme.

Elle était… son âme sœur, tout simplement !

Ses mains fraîches et féminines se promenèrent sur son torse, et ses longs doigts élégants se faufilèrent bientôt sur la peau juste en dessous de sa serviette. Son corps lui montra combien il était heureux de la revoir, et les doigts de Tanna se refermèrent autour de son sexe en érection.

Ce serait le bon moment pour la prendre dans ses bras, la porter en haut des escaliers et la jeter sur le lit.

— J'aimerais tellement pouvoir te porter jusqu'au lit...

— Dans quelques semaines, je te laisserai exaucer ton souhait, murmura-t-elle contre ses lèvres. Mais pour l'instant, laisse-moi t'aimer.

La serviette tomba au sol et Tanna referma ses mains autour de lui. Cette fois, il crut défaillir.

Il faillit la repousser. Il voulait savoir.

Était-elle revenue pour de bon, ou allait-elle simplement rester jusqu'à ce qu'il soit complètement rétabli ?

Il allait lui poser la question, mais elle s'agenouilla et referma ses lèvres autour de son sexe. Et il en oublia comment on faisait pour parler. Ou penser.

Il ne put que s'agripper au lavabo derrière lui tandis que des vagues de plaisir le submergeaient.

Un peu plus tard, Tanna poussa une tasse de café sur la table de la cuisine en direction de Levi, qui la dévisageait toujours d'un air stupéfait. Elle porta sa tasse à ses lèvres pour dissimuler son sourire. Elle n'avait pas prévu de faire l'amour à son homme de cette façon si particulière, mais visiblement, c'était une réussite !

Car cela lui plaisait assez de voir Levi pris au dépourvu.

À présent vêtu d'un pantalon de survêtement et d'un henley, les manches retroussées, il la scrutait comme pour décider si elle était le fruit de son imagination ou non. Pour l'aider, elle lui pinça la peau sur le dessus de la main.

— Aïe ! s'écria Levi. Mais qu'est-ce qui te prend ?

— Je suis de retour. Il faudra t'y habituer ! rétorqua-t-elle, en prenant le siège d'en face.

Levi posa soigneusement sa tasse de café sur la table, puis la repoussa loin de lui en soutenant son regard.

— J'ai beau être ravi de te revoir, et avoir adoré ce

qui vient de se passer dans la salle de bains, je vais être franc avec toi, Tan, quitte à être brusque.

— Tu veux dire, plus que d'habitude ?

Il ignora sa boutade sarcastique et poursuivit :

— Si tu ne dois pas rester, ou si tu as l'intention de repartir dans quelques semaines, fais-le maintenant. Va-t'en et ne reviens plus. J'ai envie de toi, tu n'imagines pas à quel point, mais je ne peux pas te laisser débarquer pour disparaître de ma vie tous les quatre matins, dit-il en poussant une main tremblante dans ses cheveux. Je t'aime, mais je suis du genre « tout ou rien ».

Tanna sentit sa gorge se nouer devant l'émotion qu'elle lisait dans ses yeux

— Je sais, Lee.

Elle soutint son regard, sans rien dire de plus.

Elle avait envie de lui expliquer qu'elle avait vidé son appartement de Londres, que tous ses meubles, livres et cartons étaient dans un conteneur et devaient arriver à Boston dans une semaine. Elle voulait lui demander si elle devait louer un appartement ou s'installer de nouveau dans la maison de Beacon Hill, ou encore s'il voulait qu'elle reste ici. S'il envisageait de se marier, de fonder une famille. Avec elle, évidemment.

Mais tous ces mots importants, lourds de sens et effrayants, restèrent coincés dans sa gorge. Pourquoi n'arrivait-elle pas à parler ? Pourquoi maintenant, à l'un des moments les plus cruciaux de sa vie, son cerveau saturait-il ainsi ?

Parce que c'était énorme. Crucial. Bouleversant.

Et elle était terrifiée.

Levi repoussa sa chaise et se leva.

— OK. Ton silence est éloquent, dit-il.

Quoi ? Non, non, pas du tout !

Tanna se pencha en avant et s'éclaircit la gorge.

— Rassieds-toi, Levi. S'il te plaît.

Il la dévisagea, visiblement frustré, mais se rassit, les yeux rivés sur sa tasse de café.

Le moment fatidique était venu. Tanna n'avait pas le temps de rassembler ses pensées ni de choisir ses mots. Elle devait juste parler.

— Je suis une femme chanceuse, Lee. Bénie, même.

Levi plissa les yeux d'un air dubitatif.

— Tu vas vraiment encore me débiter tes bêtises ? marmonna-t-il.

Elle sourit devant son ton irrité.

— J'ai de la chance, Levi. J'ai traversé des périodes difficiles, mais en réalité, j'ai eu beaucoup de chance. J'ai eu mes frères quand mes parents sont morts, j'ai reçu d'excellents soins médicaux et je t'ai rencontré. Et être aimée de toi a été la plus grande bénédiction de ma vie.

— Mais ?

Elle se pencha et posa sa main sur son poignet, dessinant ses veines du bout de son doigt.

— Je suis navrée de la façon dont je t'ai quitté, Levi, mais pas d'être partie. J'avais besoin de le faire. J'avais besoin de construire une vie différente. J'avais besoin de faire ce que j'ai fait et de me débrouiller seule.

— Tu ne me racontes rien de nouveau, Murphy, grogna-t-il d'une voix impatiente.

— Mais j'en ai assez de me sentir coupable, de penser que je ne mérite ni l'amour ni le bonheur parce que j'ai vécu cette vie de princesse.

— Tu as perdu tes parents très jeune, tu as eu un grave accident et tu as failli ne plus jamais remarcher. Tu avais vraiment l'impression d'être une princesse, quand tu étais à l'hôpital ?

— Tu étais mon ange gardien, Lee. Toi, ta mère et mes frères, vous avez été là à chaque étape. Au milieu de mon calvaire, je suis tombée amoureuse, j'ai même retrouvé une seconde mère. Je suis tombée amoureuse de Callie à peu près au même moment que je suis tombée amoureuse de toi, murmura-t-elle en se mordant la lèvre. À l'époque, et jusqu'à récemment, je ne pouvais m'empêcher de comparer ma vie avec celle d'Addy. Je culpabilisais. J'avais besoin de temps pour m'en sortir, pour régler tout ça.

— Et quand en auras-tu fini avec *tout ça* ? demanda-t-il d'un ton bourru mais les yeux, enfin, remplis d'espoir.

Elle lui sourit.

— Aujourd'hui, répondit-elle d'une voix assurée. À partir d'aujourd'hui je vais apprécier ce que j'ai, et ne pas laisser mon passé m'empêcher d'être heureuse. De vivre la vie que je désire mener.

Levi entremêla ses doigts aux siens.

— Et quel genre de vie as-tu envie de mener, Murphy ?

— Ça m'est égal, tant que tu en fais partie. Je prendrai tout ce que tu peux me donner, murmura-t-elle les yeux pleins de larmes. Je ne suis pas fière. Je te veux, Levi. Si je peux encore t'avoir, je te veux.

Levi la fixa pendant un long moment, et elle se tortilla sur sa chaise, soudain mal à l'aise, espérant réussir à percer le mystère de ce que pensaient ces yeux bleus. Les yeux dans lesquels elle voulait plonger pour le reste de sa vie.

— Non. Tu ne me convaincs pas, Tanna. Qu'est-ce que tu veux vraiment ? J'ai besoin de savoir.

C'était sans doute le moment de lui offrir son cœur, et pour de bon… Oui, elle allait y arriver… Il s'agissait là de se battre pour sauver le restant de sa vie.

— J'ai parlé à Carrick tout à l'heure, et il aimerait que je rejoigne Murphy's, au service relations publiques, pour m'occuper des clients premium, expliqua-t-elle.

— Travailler pour Murphy's, c'est vraiment ce que tu

désires ? Et ton métier d'infirmière ? Tu as travaillé dur pour t'y former, et il compte aussi beaucoup pour toi.

— Je trouverai une association à qui offrir mes compétences à temps partiel, comme bénévole. Sur le plan professionnel, je sais que cet équilibre me conviendra.

Levi hocha la tête, visiblement satisfait de cette partie-là. Ne restait qu'à aborder la partie la plus difficile…

— Personnellement, j'aimerais pouvoir dire aux déménageurs de livrer mes meubles ici, dans cette maison, reprit-elle. Je verrais bien mes vêtements dans un placard à côté du tien, et me servir de ton épaule comme oreiller. Je veux me réveiller chaque jour au bruit de ta respiration. Je veux voir ton sourire, sentir ta bouche sur ma peau, faire l'amour aussi souvent que l'on pourra.

Levi lui fit signe de continuer.

— Je veux te faire des enfants, me disputer, rire avec toi…

Allez, Murphy, encore un peu de courage.

— Je veux le mariage que nous n'avons jamais eu. Mais mariage ou pas, je veux surtout, *surtout*, être ta femme.

Les yeux de Levi s'illuminèrent, et elle sentit renaître l'espoir. Or il haussa les épaules, l'air faussement désinvolte.

— Alors…, demande-moi, dit-il.

Elle fronça les sourcils.

— Te demander quoi ?

— La dernière fois, c'est moi qui t'ai fait la demande. C'est ton tour maintenant, répondit Levi en reculant sur sa chaise, un petit sourire aux lèvres.

Sérieusement ? Il voulait vraiment qu'elle le fasse ?

— Je m'impatiente, Murphy !

— Bon. Veux-tu m'épouser, Levi Brogan ?

S'il disait non, après tout ce qu'elle venait de lui déclarer, elle le giflerait. Vraiment, vraiment fort.

— Et pourquoi veux-tu m'épouser, Tan ?

Ne venait-elle pas de lui détailler ses raisons ? À quoi jouait-il ? Avait-il décidé de… Soudain elle comprit qu'elle avait oublié un détail, et les larmes lui montèrent aux yeux.

— Parce que je t'aime, Lee… Je t'aime si fort.

— Enfin ! s'exclama-t-il en se penchant pour prendre ses lèvres dans le plus doux et le plus sexy des baisers.

Puis il s'écarta d'elle, lui caressa la joue et sourit.

— Tu vas encore me laisser tomber, Murphy ?

— Je te promets de ne plus jamais te laisser. Si tu me dis oui, ce sera pour le meilleur et pour le pire, Lee.

À ces mots, elle se leva, contourna la table et vint s'asseoir sur ses genoux. Il glissa aussitôt ses bras autour de sa taille, et déposa un baiser sur sa tempe. Après avoir échangé un tendre baiser, elle lui caressa la joue.

— Tu ne m'as pas répondu, Brogan.

— Oh. Pardon. C'est oui. À tout. Pour ton emménagement ici, les bébés, le mariage.

Il la serra contre lui, et elle eut l'impression… de renaître. Ou d'ouvrir un nouveau chapitre du grand livre de sa vie, dont les pages blanches la suppliaient de venir les remplir d'amour et de beauté.

— Et je dis aussi oui au sexe surprise dans la salle de bains ! ajouta-t-il.

Éclatant de rire, elle sentit ses joues flamber.

Oui, ils allaient remplir leur vie d'amour, de bonheur, de sexe et de rires. Tout irait pour le mieux, et surtout, elle sentait enfin qu'elle méritait cet homme merveilleux, et cette seconde chance que la vie lui offrait.

Alors elle fit le vœu de ne jamais en gâcher la moindre seconde.

Retrouvez prochainement,
dans votre collection

PASSIONS

Des conséquences inattendues, de Janice Maynard- N°914

Hartley ne manque pas d'audace pour venir frapper à sa porte après lui avoir brisé le cœur ! Furieuse contre cet amant qui l'a brutalement quittée, Fiona est bien tentée de le renvoyer sans ménagement. Pourtant, en le revoyant aujourd'hui, elle se rend compte qu'elle le désire toujours. Elle ne peut pas lui tourner le dos, surtout quand elle découvre, stupéfaite, que leur dernière nuit d'amour a eu des conséquences inattendues…

Un marché si séduisant, de Reese Ryan

Kayleigh est sous le choc lorsqu'elle voit Parker Abbott entrer dans sa boutique de bijoux. Son ennemi de toujours veut acheter son magasin, mais il n'est pas question qu'elle le lui vende ! Or, lorsqu'elle apprend qu'elle est invitée au mariage d'une amie, Kayleigh ne veut absolument pas y aller seule et propose un marché à Parker : elle lui vendra sa boutique s'il accepte de jouer le rôle de son fiancé pendant le mariage…

Trahie par son premier amour, de Maureen Child - N°915

Camden Guthrie est de retour à Royal après quinze ans d'absence… Quand Beth est avertie de la terrible nouvelle, le souffle lui manque. Comment fera-t-elle pour vivre dans la même ville que son premier amour, qui a épousé une autre femme juste après leur rupture ? Beth ne sait pas comment elle pourra pardonner à Camden son infâme trahison, même si son cœur bat toujours aussi fort en sa présence…

Une passion incandescente, d'Yvonne Lindsay

Chloe n'a qu'une idée en tête : venger la mort de son père, qui s'est ôté la vie après avoir été trahi par Trent Wingate. Son plan : se rapprocher de la famille Wingate, découvrir ses secrets et les révéler à la presse. L'instrument de sa vengeance : Miles, le fils de Trent. Mais Chloe n'avait pas prévu d'être à ce point séduite par le très galant Miles, et se trouve désormais tiraillée entre ses sentiments pour lui et son désir de vengeance…

Fiancée à son meilleur ami, de Jules Bennett - N°916

SÉRIE : LIAISONS SCANDALEUSES TOME 3

Elle, fiancée à son meilleur ami, Reese ? Qu'est-ce qui a pris à Josie d'inventer un tel mensonge ? Certes, cette fausse relation était destinée à éloigner son ex-mari, qui la harcèle depuis leur divorce, mais le trouble que Josie ressent au contact de Reese, lui, est bien réel. Quand leurs lèvres se rencontrent, elle ne contrôle plus rien et se demande si elle est sûre de ne vouloir que l'amitié de Reese…

Le cow-boy de ses rêves, de Joanne Rock

Hannah a réussi à s'immiscer sur le tournage du dernier film d'Antonio Ventura afin de se venger de lui. Dans le ranch où se déroule l'histoire, elle rencontre un beau cow-boy, Brock, et le temps d'une nuit s'abandonne au plaisir entre ses bras. Or, lorsque Brock lui révèle être un McNeill, Hannah se fige, car cela signifie que sa famille est liée à celle d'Antonio Ventura! Elle ne doit surtout pas revoir Brock, si elle veut que sa vengeance réussisse…

L'espoir d'Alex, de Merline Lovelace - N°917

SÉRIE : LE BÉBÉ D'UN MILLIARDAIRE TOME 1

Alex Dalton, encore sous le choc, regarde le bébé qu'il tient dans ses bras. Les yeux bleus de Molly l'ont déjà conquis, il serait prêt à la reconnaître officiellement sur-le-champ ! Seulement voilà, il faut qu'il se raisonne: car Molly, abandonnée sur le pas de la porte des Dalton, pourrait être tout aussi bien la fille de son frère jumeau, Blake. Comment s'en assurer ? Il faut qu'il retrouve à tout prix la mère de ce bébé…

Le défi de Blake, de Merline Lovelace

SÉRIE : LE BÉBÉ D'UN MILLIARDAIRE TOME 2

Depuis que la petite Molly a fait irruption dans sa vie, Blake Dalton ne vit plus que pour elle. Ce bébé abandonné par sa mère, et dont il voudrait tellement être le père… Hélas, les analyses ADN n'ont pu déterminer avec certitude la paternité de Molly. Et si c'était son frère jumeau, Alex, le papa ? Mais Blake a d'autres raisons de se faire du souci. Car Grace, la nounou qui s'occupe du bébé, semble le fuir : comme si elle cachait un secret…

Une grossesse sous contrat, de Paula Roe - N°918

AJ Reynolds... Malgré les années, Matthew se souvient parfaitement de la jeune femme, et rien ne saurait lui faire plus plaisir que leurs retrouvailles inattendues. Sauf qu'AJ lui fait une incroyable proposition: elle veut un enfant de lui. Un enfant et rien d'autre, car leurs chemins se sépareront après la conception. D'abord révolté, Matthew ne tarde pas à reprendre ses esprits. Cette aventure sera peut-être l'occasion de persuader AJ qu'une vie à deux est possible...

Une nuit pour te séduire, de Karen Booth

Melanie a une mission : transformer l'image du futur P-DG de LangTel, Adam Langford. Et, pour cela, elle est bien décidée à ne pas lésiner sur les moyens. Tout doit être mis en œuvre pour faire oublier le scandale qui l'a frappé. En effet, c'est la réputation du cabinet de conseil en image de Melanie qui est en jeu... Alors, tant pis si elle doit effacer de sa mémoire les souvenirs de la nuit magique qu'ils ont passée ensemble, des années plus tôt...